Marie Force
Versuchung auf Gansett Island

AF177841

Das Buch

Der charmante Cooper James ist ein echter Traumtyp. Doch bisher konnte keine Frau sein Herz erobern. Das ändert sich in einem einzigen magischen Augenblick, als er am Pool seines Bruders Jared die umwerfende Gigi kennenlernt. Fortan weiß Cooper genau, was er will, aber dafür müsste er sein ganzes Leben umkrempeln ...

Gigi Gibson ist auf Gansett Island, um hier die neue Staffel ihrer TV-Erfolgsserie zu drehen. Sie ist glamourös, frech und wunderschön, doch ihr Herz ist fest unter Verschluss. Liebe? Will sie nicht! Aber gegen eine heiße Sommerromanze und Coopers wunderbare Küsse hat sie nichts einzuwenden. Gar nichts ...

Die Autorin

Marie Force ist die Autorin von über 80 zeitgenössischen Liebesromanen, von denen etliche sich auf den Bestsellerlisten der New York Times, der USA Today und des Wall Street Journal platziert haben. In deutscher Sprache sind bisher die erfolgreichen Reihen »Gansett Island«, »Quantum«, »Neuengland« und »Miami Nights« erschienen.

Marie Force wurde in Rhode Island geboren, wo sie auch heute wieder mit ihrem Mann und ihren Hunden lebt.

Marie Force

Versuchung auf Gansett Island

Roman

Aus dem Amerikanischen
von Lotta Fabian

 Montlake

Die Originalausgabe erschien 2021 unter dem Titel
»Temptation After Dark« bei HTJB, Inc., Portsmouth, Rhode Island.

Deutsche Erstveröffentlichung bei
Montlake, Amazon Media EU S. à r. l.
38, avenue John F. Kennedy, L-1855 Luxembourg
Februar 2022
Copyright © der Originalausgabe 2021
By HTJB, Inc.
All rights reserved.
Copyright © der deutschsprachigen Ausgabe 2022
By Lotta Fabian

Die Übersetzung dieses Buches wurde durch Amazon Crossing ermöglicht.

Umschlaggestaltung: bürosüd⁰ München, www.buerosued.de
Umschlagmotiv: © LightField Studios; © DeltaOFF; © tomgigabite;
© ParabolStudio / Shutterstock
Lektorat: Birte Lilienthal, Ute-Christine Geiler, Agentur Libelli GmbH
Gedruckt durch:
Amazon Distribution GmbH, Amazonstraße 1, 04347 Leipzig /
Canon Deutschland Business Services GmbH, Ferdinand-Jühlke-Str. 7,
99095 Erfurt /
CPI books GmbH, Birkstraße 10, 25917 Leck
ISBN: 978-2-49670-744-1

www.montlake.de

KAPITEL 1

Cooper James hatte schon jede Menge Freundinnen gehabt. So viele, dass seine Mutter ihre Bemühungen eingestellt hatte, jede einzelne kennenlernen zu wollen, weil sie, wie sie behauptete, nie lange genug blieben, um den Aufwand zu rechtfertigen. Seine Schwestern nannten ihn »Honigtopf«. Die Mädchen waren dabei die Bienen, hatten ihn von dem Zeitpunkt an umschwärmt, seit er alt genug war, um zu begreifen, dass das andere Geschlecht der Schlüssel zu ewigem Glück war.

Als Cooper gerade fünfzehn geworden war, hatte Mindy Farthings Vater ihn beim Sex mit ihr in der Scheune erwischt und ihm gedroht, ihm eine Ladung Schrot dorthin zu verpassen, wo es wehtat, falls er sich noch einmal in die Nähe seiner Tochter wagen sollte. Niemand hatte hören wollen, dass nicht Cooper mit allem angefangen hatte, sondern Mindy.

Seine Mutter hatte ihn zum Pfarrer geschleppt, der ihm einen strengen Vortrag über die Sünden des Fleisches gehalten hatte.

Der arme Pater Patrick hatte versucht, Cooper eine Heidenangst einzujagen.

Leider vergebens.

Die Mädchen hatten ihn weiter umschwärmt, und er ließ sich gerne von ihnen einfangen – natürlich immer nur vorübergehend. Als friedliebender Typ wusste er, wann es Zeit für seine patentierte Ausstiegsstrategie wurde, sodass er sich verabschiedete, bevor es hässlich wurde. Als Ergebnis davon war er mit den meisten Frauen, mit denen er früher ausgegangen war, immer noch befreundet, und sie erkundigten sich regelmäßig über Textnachrichten nach seinem Befinden.

Sein Befinden war prima, danke der Nachfrage.

Cooper liebte alles an Frauen – dass ihre Haut so weich war, dass sie immer so gut rochen, dass sie an den richtigen Stellen angenehm gerundet waren. Er mochte sie in jeder Form, groß und klein, dünn und füllig. Er liebte die burschikosen und jungenhaften genauso wie die Prinzessinnen, doch mehr als alles andere liebte er, wie unglaublich brillant sie waren. Sie faszinierten ihn derart, dass er unbedingt begreifen wollte, wie sie tickten. Die einzigartigen Eigenschaften jeder neuen Frau herauszufinden war so was wie ein Hobby von ihm geworden.

Er nahm seine Verantwortung sehr ernst, ihre Zeit mit ihm schön und unterhaltsam zu gestalten, und blieb im Umgang mit ihnen stets Gentleman. Zu Beginn jeder neuen »Beziehung« sorgte Cooper dafür, dass seine aktuelle Lady genau wusste, dass er nicht nach irgendwas Ernsthaftem Ausschau hielt, und falls sie auf der Suche nach einem Ehemann war, kümmerte er sich rasch darum, dass sie begriff: Dafür kam er nicht infrage. Er glaubte an Aufrichtigkeit und ging offen damit um, was er zu bieten hatte und was nicht.

Eine schöne Zeit? Absolut. Einen Ring am Finger? Auf keinen Fall.

Warum sollte man mit *einer* Frau sesshaft werden, wenn man mit so vielen verschiedenen Spaß haben konnte?

Trotz all seiner Vorbehalte in diesem Punkt war Cooper, nachdem er einige Zeit mit seinem Bruder Jared und dessen Frau Lizzie verbracht hatte, schnell klar geworden, dass Jared bei seiner Ehefrau etwas ganz Besonderes gefunden hatte. Wenn ihm jemand wie Lizzie begegnen würde, könnte sich selbst Cooper in Versuchung geführt fühlen, sein Dauerdating aufzugeben, um mit *einer* Frau glücklich zu werden. Doch bislang hatte er niemanden kennengelernt, der in ihm den Wunsch geweckt hätte, sein Leben derart drastisch zu ändern.

Das war zumindest bis zu dem Zeitpunkt so gewesen, zu dem er der schönsten aller Göttinnen begegnet war, als die gerade in Jareds Swimmingpool auf Gansett Island ihre Runden zog.

Gigi Gibson.

Er konnte es immer noch nicht fassen, dass sein Hollywoodschwarm tatsächlich in dem Apartment über der Garage seines Bruders auf Gansett Island wohnte und in seinem Pool schwamm.

In einem weißen Bikini.

Lieber Gott, die Frau war so sengend heiß, dass Cooper zum ersten Mal in seinem gesamten Leben kein Wort rausgebracht hatte, weil es ihm die Sprache verschlagen hatte. Und ebenfalls zum ersten Mal hatte sich eine der »Bienen« so überhaupt nicht überwältigt von Coopers Honig gezeigt. Sie hatte sich zwar auf einen kleinen Flirt eingelassen (eine weitere seiner berüchtigten Fähigkeiten), aber er hatte das Gefühl, sie käme prima damit zurecht, wenn sie ihn nie wieder treffen würde.

Wohingegen er ungeduldig die Minuten bis zu ihrer Verabredung heute Abend zählte. Da die Insel mitten in einer gigantischen Hitzewelle mit einem massiven Stromausfall zu kämpfen hatte, war er sich nicht sicher, welche Restaurants überhaupt geöffnet haben würden, aber er war entschlossen, ihr dennoch einen tollen Abend zu bieten.

Er, Cooper James, würde heute Abend Gigi Gibson ausführen. Das war der beste Tag seines Lebens, und er begann ja gerade erst. Bevor er irgendwas anderes unternahm, musste er Jared finden und ihn davon überzeugen, seinem kleinen

Bruder den Porsche zu leihen. Eine Frau wie Gigi hatte gewisse Erwartungen, und Cooper war entschlossen, sie zu erfüllen, indem er sie *nicht* fragte, ob *sie* fahren könnte.

Im Haus herrschte im Moment eine gewisse Anspannung. Jared hatte Cooper von ihrem letzten gescheiterten Versuch einer künstlichen Befruchtung erzählt, und dass er und Lizzie sich nicht sicher waren, was sie jetzt tun sollten. Die beiden umgab eine Aura tiefer Traurigkeit, daher musste er bei seinem vergleichsweise unwichtigen Ansinnen, sich Jareds heiß geliebten Porsche zu borgen, behutsam vorgehen. Das Auto war das Erste gewesen, was sich Jared angeschafft hatte, nachdem er Geld zu scheffeln begonnen hatte, und er war unglaublich sentimental, was den Wagen betraf.

Coopers Herz schmerzte für Jared und Lizzie, die derart heftig ineinander verliebt waren, dass es nicht mehr komisch war. Dank Jareds überwältigendem Erfolg an der Börse waren sie außerdem stinkreich. Zugleich erbrachten sie allerdings den Beweis dafür, dass es Dinge gab, die man mit Geld nicht kaufen konnte. Nachdem Jared ihn in Bezug auf das, was sie gerade durchmachten, ins Vertrauen gezogen hatte, hatte Cooper sich sogar gefragt, ob er lieber zurück nach New York fahren sollte, damit die beiden ungestört sein konnten. Aber sowohl Jared als auch Lizzie hatten ihn gebeten, nicht abzureisen. Sie behaupteten, er sei eine unterhaltsame Ablenkung, die sie gerade im Moment dringend brauchten. Daher würde er bleiben, bis sie seiner Gesellschaft überdrüssig wurden.

Er fand seinen Bruder am Pool, wo er im Wall Street Journal las und dabei eine der seltenen Zigarren paffte, die Lizzie ihm zugestand – solange er sie draußen rauchte. Da Jareds Haus ein Notstromaggregat hatte, litten sie unter dem Stromausfall nicht so sehr wie der Rest der Insel, doch da die Klimaanlage ganz niedrig eingestellt war, war es im Haus trotzdem stickig.

»Hey, Coop. Was ist los?«

Cooper streckte sich auf der Liege neben Jared aus. »Du, mein lieber Bruder, hast mir etwas Wichtiges verschwiegen.«

Jared blickte ihn an. »Was denn?«

»Hallo? Gigi Gibson wohnt in dem Apartment über deiner Garage.«

»Und?«

»Ich wusste ja schon, dass du steinalt bist, aber hast du wirklich keine Ahnung, wer sie ist?«

»Sie ist zusammen mit Masons Freundin Jordan in irgendeiner Show.«

Cooper lachte. »›In irgendeiner Show‹. Das ist im Moment zufällig die beliebteste Sendung überhaupt.«

»Ach ja?«

»Mhm. Ehrlich, Jared, wie kannst du davon nichts mitbekommen haben?«

»Und du guckst das?«

»*Alle* gucken es, und es ist superlustig. Zwei wunderschöne Frauen, die zusammen saukomisch sind und ein tolles Leben führen.«

»Okay, dann werde ich mir das wohl mal anschauen müssen.«

Cooper verdrehte die Augen. »Wenn du deine Nase auch nur für zehn Minuten am Tag aus dem Wall Street Journal rausbekämst, würdest du vielleicht rausfinden, dass das Leben mehr zu bieten hat als Methoden dafür, dein Vermögen zu vergrößern.«

»Das wusste ich bereits, vielen Dank. Bloß weil ich nicht viel Fernsehen gucke, heißt das nicht, dass ich kein interessantes Leben führe.«

»Das weiß ich, aber die Show musst du dir trotzdem ansehen. Sie ist einfach nur großartig.«

»Ja, mach ich. Wenn du ein Fan bist, solltest du ja eigentlich gehört haben, dass sie und Jordan hier draußen drehen.«

»Hab ich auch, wobei sich allerdings niemand bemüßigt gefühlt hat, mir gegenüber zu erwähnen, dass sie bei meinem Bruder wohnt.«

»Mir war nicht klar, dass dich das interessiert.«

»Es interessiert mich sogar sehr.«

»Bist du hier, weil du gehofft hast, ihr zu begegnen?«

»Ich bin hergekommen, um meinen Bruder und meine Schwägerin zu besuchen und an der Hochzeit meines anderen Bruders teilzunehmen«, erklärte Cooper mit gespielter Entrüstung.

»Du musst ja förmlich ausgeflippt sein, als du sie hier entdeckt hast«, antwortete Jared lachend.

»Und wie! Sie ist in einem weißen Bikini im Pool geschwommen, und ich wäre beinahe an meiner eigenen Zunge erstickt.«

»Ich muss zugeben, die Vorstellung, dass eine Frau wie Gigi dich von oben herab behandelt, hat ihren Reiz.«

»Sie befindet sich so weit außerhalb meiner Reichweite, dass es geradezu lachhaft ist.«

»Nein, so ist sie nicht. Sie ist wirklich nett, und Lizzie und ich mögen sie sehr.«

»Ich hab so ein Gefühl, als könnte ich sie auch sehr gern mögen.«

»Das ist eine äußerst interessante Entwicklung«, stellte Jared fest.

»Aber quatsch das nicht gleich bei den Mädels aus«, bat Cooper. »Das Letzte, was ich gebrauchen kann, ist, dass unsere Schwestern etwas davon mitkriegen.«

»Mal sehen, ob ich es schaffe, das für mich zu behalten.«

»Gib dir Mühe. Wo steckt eigentlich Lizzie?«

»Drinnen, mit Jessie und dem Baby.«

»Und wie läuft es?«

»Wer weiß das schon? Ich habe keine Ahnung, was ein Neugeborenes bei uns zu suchen hat, vor allen Dingen im Moment.« Die Schärfe in Jareds Ton war nicht zu überhören, was höchst ungewöhnlich war, zumal wenn er von seiner geliebten Ehefrau sprach. »Ich möchte eigentlich nicht, dass sie das tut, doch du kennst ja Lizzie. Wenn sie von jemandem erfährt, der Hilfe braucht, kann sie nicht anders, selbst wenn sie selbst einen hohen Preis dafür zahlen muss.«

»Bist du sauer?« Das wäre das erste Mal, soweit Cooper wusste.

»Ich kann nicht sauer auf sie und ihr großes Herz sein. Nur manchmal wünsche ich mir, sie würde sich selbst wichtiger nehmen. Der letzte Fehlschlag bei der künstlichen Befruchtung hat sie tief getroffen. Himmel, das hat uns beide tief getroffen. Sie hatte kaum Zeit, das zu verarbeiten, und jetzt hat sie eine junge Mutter und ein Kind hier zu Hause bei uns untergebracht. Das kann nicht gut für sie sein.«

»Vermutlich nicht.«

»Selbst wenn es ihr das Herz bricht, wird sie sich um Jessie kümmern und ihr verschaffen, was auch immer sie braucht.«

»Sie ist wirklich der beste Mensch, den ich kenne.«

»Sie ist der beste Mensch überhaupt. Wir alle sollten uns bemühen, mehr wie sie zu sein, aber ich hasse es, zusehen zu müssen, wenn sie leidet.«

»Was kann ich tun?«

»Es hilft mir schon, wenn ich darüber reden kann, daher danke, dass ich das bei dir abladen kann.«

»Immer gern. Ich bin zwar vielleicht der dumme kleine Bruder, doch ich hab euch alle richtig gern.«

»Du bist nicht dumm, Coop. Du hast gerade dein Studium an der NYU Business School mit Auszeichnung abgeschlossen.«

»Das war nur Zufall.«

»Nein, das stimmt nicht. Ich hab gestern dein Exposé gelesen.«

Coopers Herz setzte einen Schlag aus. Er konnte sich nicht an das letzte Mal erinnern, dass er sich etwas so sehr gewünscht hatte wie Jareds Billigung für den Businessplan, den er während des MBA-Programms an der NYU entworfen hatte. »Wirklich? Und?«

»Es ist brillant.«

»Findest du?«

»Es ist eine großartige Idee, ein Geschäft aufzubauen, das die boomende Hochzeitsindustrie auf der Insel unterstützt. Schiffstouren für Junggesellen und Junggesellenabschiede werden wie eine Bombe einschlagen. Nur eine Sache bereitet mir dabei Kopfzerbrechen.«

»Was denn?«

»Die Haftung. Betrunkene auf ein Boot zu lassen ist riskant.«

»Das habe ich berücksichtigt und ein umfassendes Versicherungspaket geschnürt sowie die maximale Anzahl von Drinks an Bord auf drei beschränkt. Zusätzlich dazu werden wir Atemalkoholkontrollen durchführen, bevor wir irgendwen an Bord lassen.«

»Das ist eine gute Idee. Das Letzte, was du brauchst, sind betrunkene Passagiere, die über Bord gehen.«

»In meinem Kurs für Wirtschaftsrecht haben wir dieses Szenario von vorne bis hinten durchgekaut. Der Professor dachte, es sei ein schöner Brocken für die Klasse, um sich daran die Zähne auszubeißen, und sie haben mir geholfen, allem den letzten Feinschliff zu geben.«

»Ich bin beeindruckt, Coop. Ehrlich.«

»Danke.« Jareds Meinung hatte Cooper schon immer viel bedeutet, aber nie mehr als jetzt, wo er kurz vor dem Start seines eigenen Geschäfts stand.

»Ich nehme an, du suchst nach Investoren.«

»Nur wenn es sich für dich nach einer guten Idee anhört. Ich hab einen Plan, wie ich auch allein weitermachen kann, falls du nicht interessiert bist.« Cooper hatte sich vorgenommen, diese Geschäftsidee selbst zu verwirklichen – oder so weit selbst, wie das möglich war mit der stattlichen Summe, die Jared jedem seiner Geschwister und seinen Eltern überschrieben hatte. »Ich hab von meinen Investments ein bisschen Geld. Die haben sich höchst erfreulich entwickelt.«

»Das freut mich.«

»Wir haben ja schließlich einen Ruf zu wahren.«

Jared lachte. »Du bist jedenfalls gut unterwegs. Es ist eine tragfähige Idee, und es scheint, als hättest du deine Hausaufgaben gemacht. Ich investiere gerne ein bisschen Startkapital, wenn dich das weiterbringt.«

»Das wäre großartig, Jared. Danke.«

»Was kann ich sonst noch tun, um dir zu helfen?«

»Zwei Sachen. Ich brauche jemanden, der den Kontakt zu Kara Ballard herstellt …«

»Die heißt inzwischen Torrington. Sie und Dan haben geheiratet.«

»Stimmt. Das habe ich gehört.«

»Wozu brauchst du sie?«

»Ich möchte meine Boote bei Ballard's Boat Works kaufen. Ich dachte, sie könnte das einfädeln.«

»Was ist die zweite Sache?«

»Geschäftskontakte zu den McCarthys zu knüpfen. Ich würde am liebsten von ihrer Marina aus operieren, wenn sie damit einverstanden sind.«

»Das kann ich ebenfalls tun. Die sind wirklich total nett. Und bald Quinns Schwiegerleute.«

»Ich freue mich schon darauf, sie besser kennenzulernen. Und wo ich dich grad hierhab, da ist noch ein Gefallen, um den ich dich gern bitten möchte.«

»Und was wäre das?«

»Wie schon gesagt, habe ich vorhin Gigi kennengelernt. Durch irgendein Wunder hat sie zugestimmt, mit mir auszugehen.«

»Ich dachte, du bittest Frauen grundsätzlich nie um ein Date?«

Verlegen, weil Jared das so unverblümt aussprach, erwiderte er: »Gewöhnlich muss ich das auch nicht. Sie fragen mich, bevor ich dazu komme, sie zu bitten. Aber in diesem Fall habe ich die Frage gestellt.«

»Und sie hat Ja gesagt?«

»Tu nicht so überrascht.«

Jared lachte. »Ist ihr klar, auf was sie sich bei dir einlässt?«

Zum ersten Mal in seinem Leben verspürte Cooper leises Unbehagen wegen seiner zahllosen Frauengeschichten. »Nein, und das sollte sie besser nicht von dir erfahren.«

»Wird sie nicht, Honigtopf.«

»Sei still.«

Jared lachte so sehr, dass ihm Tränen in die Augen traten. »Du und Gigi Gibson. Die wird nicht lange fackeln und dich zum Frühstück verspeisen.«

Cooper wurde bei dem Gedanken sofort hart. »Das kann ich nur hoffen.«

»Igitt, so hab ich das nicht gemeint.«

Cooper schaute Jared an und wackelte mit den Augenbrauen. »Trotzdem, das Bild, das du da gemalt hast …«

»Du bist widerlich.«

»Daran ist überhaupt nichts widerlich, Bruderherz. Wenn du so was widerlich findest, sollte ich dir vielleicht ein paar Tipps geben.«

»Spar dir deine Tipps«, erklärte Jared verächtlich. »Was ist das für ein Gefallen?«

»Kann ich mir bitte heute Abend deinen Porsche leihen?« Cooper fühlte sich wie ein dummer Junge, der darum bettelte, sich das Auto seines großen Bruders borgen zu dürfen, doch als echter New Yorker besaß er selbst kein Auto, und da er hier zu Besuch war, waren seine Möglichkeiten begrenzt.

»Auf gar keinen Fall.«

»Ach komm schon, Jared! Lizzie hat mir gesagt, du würdest ihn mir für den Abend überlassen, und ich passe auch auf wie ein Luchs, dass er nicht den kleinsten Kratzer abkriegt. Ich kann schließlich nicht mit einer Frau wie Gigi ausgehen und sie bitten, dass sie uns fährt.«

»Warum nicht? Sie ist eine Frau des neuen Jahrtausends. Das wird sie nicht stören.«

»Bitte, Jared? Ich möchte alles richtig machen.«

Jared schob seine Pilotensonnenbrille nach unten, um seinen Bruder besser anschauen zu können. »Was ist denn mit dir los?«

»Nichts. Es ist einfach nur, dass sie Gigi Gibson ist.«

»Ja, das ist mir klar.«

»Offensichtlich nicht. Du hast die Show nie gesehen. Sie ist eine verdammte Göttin, jeder Hetero-Mann in Amerika würde dafür töten, mit ihr auszugehen, und sie ist mit mir verabredet. Ich kann sie nicht fragen, ob sie fährt oder mich mit ihrem Auto fahren lässt!«

»Wenn ich dir den Porsche leihe, musst du mir versprechen, dass nichts damit passieren wird, weil ich es hassen würde, dich töten zu müssen.«

»Ich verspreche es hoch und heilig. Dem Wagen wird nicht das Geringste zustoßen.«

»Wenn ich ›töten‹ sage, hoffe ich, du weißt, dass das mein voller Ernst ist.«

Mit einem Grinsen erwiderte Cooper: »Das würdest du nie tun. Du brauchst mich zur regelmäßigen Erheiterung.«

Jared verdrehte die Augen. »Wenn du meinem Baby auch nur eine einzige Schramme zufügst, werde ich keine Sekunde zögern, dich kaltblütig umzubringen.«

KAPITEL 2

Jared würde ihn umbringen. Was für eine blöde Idee, an den Klippen ein Selfie mit Gigi und dem Auto machen zu wollen. Denn jetzt hing das Auto halb über dem Abgrund, und er hatte sich bei seinem verzweifelten Versuch, zu verhindern, dass es ins Meer stürzte, richtig wehgetan. Nur ein morscher Baumstumpf stand zwischen ihm und der absoluten Katastrophe.

Gigi war am Telefon und sprach mit dem Dispatcher der Feuerwehr. In der Ferne konnte Cooper die Sirenen der Einsatzwagen hören.

Sie würden nicht rechtzeitig hier sein.

Viel länger konnte er den Wagen nämlich nicht mehr halten. Er würde die Stoßstange loslassen müssen oder mit in die Tiefe gerissen werden. Wobei das vermutlich angenehmer wäre, als Jared gegenüberzutreten, nachdem sein kostbares Auto auf den Felsen zerschellt war.

Bei dem Hechtsprung, mit dem er den Porsche hinten zu packen bekommen hatte, hatte sich Cooper, als er gegen den Baumstumpf geprallt war, die Rippen geprellt. Er war sich nicht sicher, was mit seinem Gesicht war, aber es schmerzte wie die Hölle. Das passierte vermutlich, wenn man sich in Richtung des Hecks eines Autos warf, wenn es begann, auf einen Klippenrand zuzurollen.

Gigi hatte sich gerade noch auf festeren Boden gerettet, während er den Kampf gegen die Schwerkraft begann – einen Kampf, den die Schwerkraft bald gewinnen würde. Er hatte noch eine, vielleicht zwei Minuten, bevor das Auto verloren war.

»Cooper, lass los!«, schrie Gigi. »Es ist es nicht wert, dass du dein Leben dafür riskierst! Jared würde das auch nicht wollen!«

O doch, Jared würde das wollen, und Cooper würde erst loslassen, wenn ihm absolut nichts anderes mehr übrig blieb. Und wenn es sich anfühlte, als würden ihm gleich die Finger von den Händen gerissen, nun, dann war das eben so.

Die Sirenen kamen näher. Wenn er nur noch eine Minute oder so schaffte, könnte er den Wagen und sein eigenes Leben retten. Schmerz strahlte von seinen Händen und Armen durch seinen gesamten Körper. Jeder Muskel war in dem Bemühen angespannt, den Absturz zu verhindern.

»Cooper, bitte! Lass los!« Gigi klang inzwischen, als würde sie weinen, was nun absolut nicht das war, was er geplant hatte. Er hatte gewollt, dass das hier ein schöner Abend mit jeder Menge Spaß wurde, aber es war in einer Katastrophe gemündet.

Die Sirenen waren jetzt nah genug, dass ihr Heulen ihm in den Ohren wehtat. Das war ein gutes Zeichen, oder?

Er war am Ende seiner Kräfte, als ein Feuerwehrmann mit einer Kette neben ihm auftauchte, die er um die Stoßstange des Porsche schlang. »Sie können jetzt loslassen.«

Coopers Arme und Hände waren so verkrampft, dass er seine Muskeln nicht dazu bringen konnte, den Worten des Feuerwehrmanns Folge zu leisten.

Gigi erschien neben ihm.

»Gehen Sie zurück«, warnte der Feuerwehrmann sie. »Der Untergrund hier ist nicht sicher.«

Sie achtete nicht weiter auf den Mann, sondern löste Coopers Hände von der Stoßstange und zerrte ihn in Sicherheit. »Meine Güte«, stieß sie aus, als sie zusammen im Gras landeten. »Du hast mir einen Heidenschreck eingejagt.«

»Sorry.«

Ein Rettungssanitäter näherte sich ihnen. »Sind Sie verletzt?«

»Ich … Ja, ich glaub schon.« Der Schmerz, der von seinem Brustkorb ausstrahlte, war zu heftig, um ignoriert zu werden.

»Er ist gegen den Baumstumpf geprallt, als er zum Wagen gestürzt ist, und hat genau die Brust getroffen«, erklärte Gigi.

Cooper konnte sich nur daran erinnern, wie er erkannt hatte, dass der Wagen in die Tiefe stürzen würde und ihm bloß noch Sekunden dafür blieben, das zu verhindern.

»Seine Hände sind auch ganz blutig«, fügte Gigi hinzu.

»Wir bringen ihn in die Krankenstation und lassen ihn dort durchchecken«, entschied der Rettungssanitäter.

»Gigi, alles in Ordnung?«, erkundigte sich ein anderer Typ. Er musste knapp zwei Meter groß sein und trug ein weißes Shirt, während die anderen Feuerwehrleute blaue anhatten.

»Oh, hey, Mason. Ja, mit mir ist alles okay. Aber mein Freund Cooper hat gerade verhindert, dass das Auto seines Bruders abstürzt.«

»Verdammt«, antwortete Mason. »Sie können von Glück reden, dass Sie nicht tot sind.«

»Glauben Sie mir«, meinte Cooper, »das weiß ich.«

»Cooper, das ist der Chief der Feuerwehr von Gansett Island, Mason Johns. Mason, das hier ist Cooper James.«

»Dachte ich mir doch, dass ich den Porsche kenne. Jared ist Ihr Bruder?«

»Ja.«

»Soll ich ihn benachrichtigen?«, wollte Mason wissen.

»Auf keinen Fall. Ich möchte nicht, dass er je davon erfährt.«

»Ah, okay. Da wünsche ich Ihnen auf dieser Insel, auf der alle immer alles wissen, viel Glück.«

Cooper stöhnte. Jared würde ihn umbringen, weil er so knapp der Katastrophe entronnen war und weil die Kette ganz bestimmt irgendwelche Spuren an der Stoßstange hinterlassen würde, wenn die Feuerwehrleute den Sportwagen daran von der Klippe auf festen Boden zogen.

»Wie ist das Auto denn überhaupt so dicht an den Rand geraten?«, fragte Mason.

»Er wollte ein Selfie mit mir im Auto und im Sonnenuntergang«, erwiderte Gigi.

»Irgendwie wusste ich, dass das Wort ›Selfie‹ fallen würde«, stöhnte Mason. »Wenn Sie wüssten, wie viele Leute in den letzten Jahren von diesen Klippen gestürzt sind, wären Sie nicht um die Begrenzung gefahren.«

Cooper hätte dem Typen am liebsten gesagt, er solle sich seine Vorträge sparen. Ja, sie waren unverzeihlich leichtsinnig gewesen. Ja, sie hätten es nicht tun sollen. Ja, sie hatten ihre Lektion gelernt. Dachte er wirklich, sie hätten das nicht begriffen, als das Auto plötzlich in Richtung Klippenrand gerollt war? Und er war sich so sicher gewesen, dass er den ersten Gang eingelegt und die Handbremse angezogen hatte, als sie ausgestiegen waren.

Ihm blieben weitere gut gemeinte Vorträge erspart, weil die Sanitäter ihn – für ihn überaus schmerzhaft – auf eine Liege luden und über den unebenen Untergrund zum Rettungswagen brachten. »Du kannst das Auto mit nach Hause nehmen«, sagte er zu Gigi.

»Ich fahre nicht nach Hause. Ich folge dir zur Krankenstation.«

»Das musst du nicht. Das hier ist nicht gerade das, was mir vorgeschwebt hat, als ich dich um ein Date gebeten hab.«

»Das hier ist der aufregendste Abend, den ich erlebt habe, seit ich auf Gansett bin.«

»Das kann unmöglich stimmen.«

»Tut es aber, und ich werde dich jetzt nicht einfach im Stich lassen.« Sie zwinkerte ihm zu. »Noch nicht, jedenfalls.«

Nachdem Gigi zum Auto gegangen war, um dem Krankenwagen zu folgen, starrte der jüngere der beiden Sanitäter Cooper mit großen Augen an. »Wow, war das Gigi Gibson?«

»Höchstpersönlich.«

»Und Sie hatten ein Date mit ihr?«

»Ja. Ich weiß allerdings nicht, als was man das jetzt bezeichnen sollte.« »Katastrophe« kam ihm spontan in den Sinn.

»Himmel ...«

»Glauben Sie mir, ich weiß.«

»Ich hab gehört, dass hier eine Fernsehshow gedreht wird, aber niemand hat mir gesagt, dass es die von den beiden ist.«

»Ich glaub, das ist Absicht. Sie wollen die Zuschauer überraschen.«

»Nun, bei mir ist das schon mal gelungen. Wie haben Sie sie kennengelernt?«

»Sie ist die Freundin eines Freundes.«

»Hör auf, den Armen zu nerven, und gib ihm lieber was gegen die Schmerzen«, schaltete sich eine ältere Sanitäterin ein.

»Ich will nichts, was mich ausknockt. Ich muss später noch fahren.«

»Sie werden heute Nacht ganz bestimmt nicht mehr fahren«, entgegnete sie. »Und außerdem sollten Sie das Zeug zur Untersuchung in der Krankenstation besser bereits intus haben.«

»Na gut«, ergab sich Cooper mit einem Seufzen seinem Schicksal. »Aber nicht so viel, dass ich nicht mehr bei mir bin.

Ich kann es nicht gebrauchen, dass der Typ hier sich an Gigi ranmacht, während ich außer Gefecht bin.«

»Haha«, warf der junge Mann ein. »Sie würde mir nie einen zweiten Blick gönnen.«

Cooper hätte gelacht, wenn die Schmerzen nicht seine ganze Aufmerksamkeit beansprucht hätten. Nach dem hier würde Gigi auch ihm keinen zweiten Blick mehr gönnen. Es war nur nett von ihr, dass sie mit zur Krankenstation kam. Mit einem Seufzen schloss Cooper die Augen und versuchte, nicht an den Schmerz zu denken, der von seinen Rippen, seinem Gesicht, den Armen und den Händen wellenförmig bis in jede Faser seines Körpers ausstrahlte. Immerhin dämpfte das, was ihm die Sanitäter gegeben hatten, den Schmerz ein wenig, und er hatte das Gefühl, zu schweben.

Bis der Krankenwagen über ein Schlagloch fuhr.

Cooper biss sich auf die Lippe, um nicht laut aufzuschreien. Verdammter Mist, das war total in die Hose gegangen. Er hatte eine Verabredung mit der Frau seiner Träume gehabt, und dann hatte er es höchstpersönlich ruiniert, indem er sich wie ein Idiot aufgeführt und die super Idee mit dem Auto und dem Selfie gehabt hatte. Er konnte niemandem außer sich selbst die Schuld an der Katastrophe des heutigen Abends geben. Und wie lange würde es dauern, bis Jared davon erfuhr?

* * *

Gigi hatte sich die Keilsandaletten abgestreift, um die Pedale leichter bedienen zu können, und dankte im Geiste dem Freund an der Highschool, der sie in die Geheimnisse der manuellen Gangschaltung eingeweiht hatte. Da sie es jedoch seit Jahren nicht mehr geübt hatte, würgte sie mehrmals den Motor ab, bis sie erkannte, dass der Kuppelpunkt leicht anders lag, als sie es gewohnt war, und dass sie das Gaspedal etwas weiter durchdrücken musste.

Während sie dem Rettungswagen in die Stadt folgte, hoffte sie, dass Jared sie nicht am Steuer seines Porsche sehen und sich fragen würde, was zur Hölle Cooper zugestoßen war.

Vorhin, als er zum Wagen gestürzt war, um ihn aufzuhalten, war ihr beinahe das Herz stehen geblieben. Und während der endlosen Minuten, die sie warten mussten, bis Hilfe eintraf, war sie sich sicher gewesen, dass Cooper jede Sekunde in den Tod stürzen würde, und alles nur wegen eines dummen Autos.

»Tut mir leid«, entschuldigte sie sich beim Wagen. »Ich weiß, du bist ein wunderschönes und furchtbar teures Schmuckstück, aber er hätte nicht seinen Hals riskieren sollen, um dich zu retten.«

Als Antwort auf diese Bemerkung bockte das Fahrzeug prompt am nächsten Stoppschild.

Gigi startete den Motor erneut, und als sie die Kupplung kommen ließ, machte der Porsche einen Satz nach vorn. Mit ihr am Steuer war der Wagen vermutlich in größerer Gefahr als vorhin, als er über dem Abgrund gehangen hatte. Nachdem sie den Parkplatz an der Krankenstation erreicht und den Motor ausgestellt hatte, atmete sie erleichtert auf.

Bloß … was tat sie hier überhaupt? Sie hatte Cooper erst heute früh kennengelernt und war keinesfalls dazu verpflichtet, an seinem Bett zu sitzen. Nur dass er eben süß und lustig und charmant gewesen war, bevor der Porsche in Richtung Klippen gerollt war.

»Das ist alles deine Schuld«, teilte sie dem Auto mit. »Es fing gerade an, ein echt netter Abend zu werden, doch dann hast du alles ruiniert.«

Wann war das letzte Mal gewesen, dass sie auf einem ganz gewöhnlichen Date gewesen war? Und auch noch mit einem

23

Typen, der mit einem Strauß selbst gepflückter Wildblumen an ihrer Tür erschienen war und ihr erklärt hatte, wie glücklich er sei, dass er Zeit mit ihr verbringen könne. Hm, nie?

Die Wildblumen waren eine nette Geste gewesen, vor allem da Cooper aus einer absurd reichen Familie stammte und ihr problemlos das teuerste Blumenarrangement hätte schenken können, das die Insel zu bieten hatte. Sie fand seine selbst gepflückten Wildblumen allerdings tausendmal schöner als kunstvoll gebundene Blumensträuße, wie es sie an jeder Ecke zu kaufen gab, und nicht zu vergessen, er war auch noch lachhaft attraktiv.

Das hatte sie heute Morgen schon beim ersten Blick am Pool festgestellt, und als er an ihrer Tür erschienen war, ausgehfertig zurechtgemacht, hatte er ihr den Atem geraubt. Er trug Stoffshorts, ein weißes Baumwollhemd mit hochgekrempelten Ärmeln, unter denen sexy muskulöse Unterarme zu sehen waren, und eine wuchtige silberne Armbanduhr am linken Handgelenk. Das weiße Hemd betonte seine gesunde Bräune und das sandfarbene Haar, das unbewusst unordentlich wirkte, genau wie sein Dreitagebart auch. Er war wie Gottes Geschenk an die Frauen, aber komischerweise schien er das nicht zu wissen. Bevor die Katastrophe eingetreten war, war er süß, nervös und amüsant gewesen.

In der Stunde, bevor der Porsche in Richtung Abgrund gerollt war, hatte sie mehr gelacht als mit irgendeinem anderen Typen, an den sie sich erinnern konnte. Männer hatten angefangen, sie zu langweilen. Sie waren alle gleich mit ihren ewigen Versuchen, sie zu beeindrucken.

Cooper hingegen war erfrischend anders. Er hatte sich nicht bemüht, irgendwas anderes zu sein als er selbst, und obwohl er ihr eine Heidenangst eingejagt hatte, als er sich an die Stoßstange geklammert hatte, musste sie ihm zugutehalten, dass er nicht einfach tatenlos rumgestanden hatte. Sein Bruder war einer der reichsten Männer der Welt und konnte sich hundert Porsches kaufen, wenn er wollte. Doch Cooper hatte dennoch sein Leben riskiert, um dieses Auto vor dem Absturz zu bewahren, und sie musste ihm dafür Respekt zollen, auch wenn sie tausend Tode gestorben war, während sie auf das Eintreffen der Feuerwehr gewartet hatten.

Apropos Feuerwehr, sie hatte Jordan gegenüber gar nicht erwähnt, dass sie mit Cooper verabredet war. Mason würde es ihr erzählen, da die beiden keine Geheimnisse voreinander hatten. Sie waren so irre verliebt, dass einem schon allein vom Zuschauen schlecht werden konnte.

»Ach, sei still«, ermahnte sie sich, während sie in ihrer Handtasche nach ihrem Handy kramte. »Du bist nur eifersüchtig.«

Zuzusehen, wie sich Jordan Hals über Kopf in Mason verliebt hatte, war erschütternd gewesen, um es vorsichtig auszudrücken. Nachdem Jordans katastrophale Ehe mit dem Rapper Zane so spektakulär in die Brüche gegangen war, hatte Gigi eigentlich damit gerechnet, dass ihre beste Freundin eine ganze Weile Single bleiben würde. Doch dann hatte sie Mason kennengelernt, der ihr das Leben gerettet hatte, und Jordan hatte praktisch vom ersten Moment an ihr Herz an ihn verloren.

Gigi würde nie begreifen, warum Leute sich freiwillig für den Rest ihres Lebens an einen anderen Menschen binden wollten. Monogamie ergab für sie keinen Sinn. Sie hatte noch nie feststellen können, dass es auf lange Sicht funktionierte. Ihre Ex-Mutter war zum dritten Mal verheiratet, ihr Ex-Vater das vierte Mal, und nach allem, was sie hörte, standen beide Ehen bereits wieder vor dem Aus.

Sie bemühte sich nicht länger, ihre verschiedenen Stiefeltern kennenzulernen, denn die Ehen hielten nie lange. Hölle, sie hatte schon ewig nichts mehr von den beiden Menschen gehört, die sie adoptiert und im Anschluss daran vergessen hatten, bis sie sie im Alter von sechzehn Jahren vor Gericht gezerrt hatte, um sich von ihnen loszusagen und ihre Mündigkeit zu erstreiten.

Jordan und ihre Zwillingsschwester Nikki hatten nach der Trennung ihrer Eltern einen der übelsten Sorgerechtsstreite durchgemacht, die Gigi je beobachtet hatte. Doch sie waren bis über beide Ohren verliebt in Mason Johns und Riley McCarthy. Liebe lag auf Gansett Island offenbar in der Luft. Rileys Bruder Finn hatte sein Herz an Chloe Dennis verloren, und sogar Rileys und Finns Vater Kevin hatte in Chelsea noch mal die große Liebe gefunden, nachdem seine erste Frau ihn nach dreißig Jahren Ehe verlassen hatte.

Warum taten Leute sich das an? Gigi würde das nie begreifen können, selbst wenn sie einräumen musste, dass sie Jordan nie glücklicher erlebt hatte, als sie jetzt mit Mason war. Beide strahlten förmlich, wenn der andere in der Nähe war, und Jordan lächelte die ganze Zeit, selbst wenn Mason gerade nicht da war.

Gigi setzte einen Text an Jordan auf. Bevor du es von Mason hörst: Ich war heute mit Cooper James (Jareds Bruder) auf einem Date.

Jordan schrieb sofort zurück, vermutlich weil Mason Dienst hatte und sie daher allein zu Hause war. Wenn Mason freihatte, konnte es schon mal zwölf Stunden dauern, bis Jordan antwortete. Bei ihrer Freundin, die sonst rund um die Uhr online gewesen war, war das eine weitere bemerkenswerte Veränderung, seit der hünenhafte Chef der Feuerwehr in ihr Leben getreten war. Wo hast du Mason gesehen?

Natürlich wollte Jordan lieber wissen, wo sie Mason getroffen hatte, als was sie mit Cooper getrieben hatte. Es gab da ein kleines Problem an den Klippen, und die Feuerwehr ist gekommen.

O mein Gott! Du bist doch nicht abgestürzt, oder?

Nein, nur Jareds Porsche beinahe. Cooper hat es irgendwie geschafft, das zu verhindern. Es war alles sehr beängstigend.

Verdammt, Gigi. Alles okay mit dir?

Alles bestens, aber Coop ist ziemlich übel zugerichtet. Wir sind in der Krankenstation. Oder genauer genommen, er ist es. Ich sitze draußen und frage mich, was ich hier tue.

Das Telefon klingelte, und Gigi nahm den Anruf von Jordan an. »Hey.«

»Was zur Hölle ist da los, Gigi?«

»Das weiß ich doch auch nicht! Ich hab keine Ahnung, wie das passieren konnte.«

»Erzähl mir alles. Wieso warst du überhaupt mit ihm verabredet?«

»Ich war in Jareds Pool schwimmen, und Cooper ist aus dem Haus gekommen. Wir haben angefangen, uns zu unterhalten, und dann hat er mich gefragt, ob ich mit ihm ausgehe. Ich fand, dass er süß ist, daher habe ich Ja gesagt.«

»Du hast Ja gesagt? Das tust du sonst nie, wenn dich jemand das erste Mal fragt.«

Das stimmte. Bevor sie sich mit einem Date einverstanden erklärte, musste man sie drei- oder viermal fragen. Das war ihre Regel, damit sie sich sicher sein konnte, dass es den Typen auch ernst war. Cooper hatte nur einmal gefragt. »Er schien so nett, und du und deine Schwester seid so langweilig glücklich. Außerdem seid ihr so häuslich geworden. Es war zumindest eine Abwechslung.« Während sie das aussprach, verspürte sie Gewissensbisse, als wäre sie Cooper gegenüber illoyal, was absoluter Quatsch war. Sie kannte ihn seit zwölf Stunden. Warum sollte sie ihm Loyalität schulden?

Daran waren allein diese verdammten Wildblumen schuld.

»Geht es Cooper gut?«, erkundigte sich Jordan.

»Ich glaub schon. Seine Rippen haben ziemlich was abgekriegt, und sein Gesicht auch, ebenso wie Hände und Arme.«

»Das muss echt Furcht einflößend gewesen sein.«

»Es war verrückt. Ich hab die ganze Zeit geschrien, er soll loslassen, aber er hat einfach nicht auf mich gehört. Da war ein Baumstumpf am Rand der Klippen, und er hatte sich dagegengestemmt und den Wagen an der Stoßstange festgehalten. Ich weiß gar nicht, wie das alles überhaupt genau passiert ist. In der einen Sekunde haben wir fröhlich Bilder vom Sonnenuntergang gemacht, mit dem Auto im Hintergrund, und in der nächsten ist er zum Auto gestürzt und hat es an der Stoßstange gepackt. Er war überall blutig.«

»Puh, das klingt, als wäre es ganz schön knapp gewesen.«

»War es definitiv. Meine Hände zittern immer noch. Trotzdem hab ich keine Ahnung, warum ich vor der Krankenstation sitze und mich wegen eines Typen sorge, den ich kaum kenne.«

»Wenn Cooper Jared auch nur ein bisschen ähnlich ist, wette ich, er ist total heiß.«

»Er sieht nicht ganz schlecht aus.«

Jordan lachte. »Ich hab immer noch daran zu knabbern, dass du beim ersten Mal Ja gesagt hast, als er dich gefragt hat.«

»Mach da kein großes Ding draus. Ich hab dir schon erklärt, ich bin gelangweilt, mir ist heiß, und der Stromausfall nervt gerade jetzt bei der Hitzewelle.«

»Das wird's sein.«

Wenn es einen Menschen gab, dem sie niemals etwas vormachen konnte, dann war das Jordan, die sie besser kannte als sonst irgendjemand auf der Welt.

»Vielleicht ist er genau der Richtige für dich.«

»O mein Gott. Hör dir nur zu. Der Richtige für mich? Ich hab keinerlei Interesse daran, den Richtigen oder sonst wen zu finden, und das weißt du.«

»Sag das nicht, bevor du es nicht ausprobiert hast«, wandte Jordan mit ihrem sexy verführerischen Ton ein, den sie sich angewöhnt hatte, seit sie das mit Mason am Laufen hatte.

»Das wird nicht passieren, daher kannst du dir den Vortrag über Glückseligkeit sparen. Ich hatte ein Date mit Cooper, weil es eine nette Abwechslung war. Das ist alles.«

»Also gehst du nicht rein, um dich nach ihm zu erkundigen?«

»Doch, das tue ich, weil ich nämlich kein Monster bin, aber danach fahr ich nach Hause.«

»Ich möchte, dass du mir einen Gefallen tust.«

»Was denn?«

»Gib diesem Typen eine Chance. Wenn er auch nur ein bisschen wie sein Bruder ist, ist er ein wirklich toller Mann.«

»Er ist ein Baby. Ich glaube, er ist noch nicht mal fünfundzwanzig.«

»Ja, und?«

»Komm schon, Jordan. Jetzt mal ehrlich, wir reden hier über mich. Du weißt doch, wie ich bin.«

»Ich weiß, wie du gewesen bist. Das heißt ja nicht, dass sich das nicht ändern kann.«

»Dinge können sich nur dann ändern, wenn man das möchte. Ich bin glücklich und zufrieden, wie ich bin.«

»Ach ja?«

Gigi lachte. »Hör bitte auf. Du bist glücklich, weil du rund um die Uhr Sex hast, daher denkst du, alle wollen das, was du hast.«

»Erst einmal ist es überhaupt nicht rund um die Uhr.«

»Na gut, dann eben außer am Sonntagvormittag.«

»Sehr komisch. Du wirst mir verzeihen müssen, wenn ich mir wünsche, dass meine beste Freundin weiß, wie es ist, wenn man verliebt ist.«

»Kein Bedarf. Aber trotzdem danke.«

»Wie kannst du dir da so sicher sein, wenn du es nie ausprobiert hast?«

»Ich weiß es, weil ich gesehen habe, was die Leute davon haben, wenn sie es ausprobieren, und daran bin ich einfach nicht interessiert.«

»Denkst du, Mason würde mir das Herz brechen oder Riley Nikki?«

»Darüber habe ich ehrlich gesagt noch gar nicht groß nachgedacht. Sie scheinen mir echt nette Männer zu sein, und ich bin wirklich glücklich für euch beide. Wirklich. Aber so ein Leben ist nichts für mich. Warum führen wir diese Unterhaltung überhaupt? Ich bin zu einem Date gegangen. Hallo, Leute tun das die ganze Zeit. Verabredungen sind etwas, was man hat, wenn man es leid ist, allein zu Hause zu hocken. Sie führen nicht notwendigerweise zum großen Happy End bis ans Ende ihrer Tage.«

»Trotzdem können sie das.«

Entnervt erwiderte Gigi: »Bloß weil dich der Liebespfeil getroffen hat, heißt das nicht, dass ich mir das für mich ebenfalls wünsche. Das ist sogar das Letzte, was ich will. Ich mag mein Leben genau so, wie es ist, vielen Dank. Und jetzt muss ich los und nach Cooper sehen, und dann nach Hause, eine Angelegenheit für einen Mandanten erledigen.« Irgendwie war es ihr gelungen, ihre Anwaltskanzlei am Laufen zu halten und sich um die Anliegen ihrer Klienten aus Los Angeles zu kümmern, während sie den Sommer über auf Gansett Island war.

»Schick mir nachher eine Nachricht, und lass mich wissen, wie es ihm geht.«

»Mach ich.«

Gigi beendete das Gespräch mit einem Gefühl der Erleichterung, weil sie Jordans Unsinn im Keim erstickt hatte. Bald würde sie zurück in Los Angeles sein, wo sie hingehörte, und ihr Sommer auf Gansett Island würde nur eine ferne Erinnerung sein. Ihr persönlich konnte es gar nicht schnell genug gehen.

KAPITEL 3

Wo war sie? Sie hatte gesagt, sie wolle zur Krankenstation kommen, also wo blieb sie? Hatte sie am Ende irgendwo auf dem Weg hierher mit Jareds Porsche einen Unfall gebaut? Das wäre allerdings wirklich der Gipfel der Ironie, oder? Nachdem er sich fast umgebracht hatte, um das Auto zu retten, war sie damit irgendwo gegengefahren. Und wenn das tatsächlich passiert war, wie ging es ihr?

Vorhin hatte sie ihm die Tür in einem gelben Kleid mit Blumenmuster geöffnet, das nur mit Mühe all die strategisch wichtigen Bereiche bedeckte, an den Füßen Sandalen mit hohem Keilabsatz. Das blonde Haar war ihr in Wellen über den Rücken gefallen.

Er würde nie vergessen, wie wunderschön sie dort im Sonnenlicht ausgesehen hatte oder wie ihre braunen Augen aufgestrahlt hatten, als sie die Wildblumen entdeckt hatte, die er ihr gepflückt hatte.

Das war eine nette Idee gewesen, wenn er das sagen durfte.

Verdammt, wo steckte Gigi und wo der Arzt? Nachdem der Krankenwagen ihn hier abgeladen hatte, wartete er jetzt schon beinah eine halbe Stunde. Obwohl ein Generator lief, sodass zumindest die Grundversorgung aufrechterhalten werden konnte, war es so entsetzlich heiß, dass Cooper vermutlich bald eingehen würde. Eine Krankenschwester hatte ihm erklärt, dass der Arzt bei einem anderen Patienten sei und sich gleich um ihn kümmern werde. Das hatte er mal als gutes Zeichen gewertet, weil man nicht zu befürchten schien, dass er im Sterben lag oder so.

Es hätte auch anders enden können, wenn das Auto die Klippen hinabgestürzt wäre und ihn mitgerissen hätte. Wenn er nur daran dachte, brach ihm kalter Schweiß aus. Er hätte umkommen können. Ein etwas anderer Winkel, ein paar rutschende Felsbrocken mehr, und diese Geschichte wäre zu einer Tragödie geworden. Es war seine eigene Schuld, weil er vergessen hatte, die Handbremse anzuziehen, als er jenseits der Baumstämme geparkt hatte, die als Absperrung dort lagen, um Autofahrer von genau dem abzuhalten, was Cooper getan hatte.

So dämlich.

Und was für ein Riesenglück.

Er holte tief Luft und bereute das sofort, als Schmerz in seiner Brust explodierte.

»Tut mir leid, dass Sie so lange warten mussten«, erklärte der dunkelhaarige Arzt, als er in Coopers Behandlungskabine kam, und blieb dann überrascht stehen. »Oh, hey, Cooper. Ich bin Dr. David Lawrence. Wir haben uns vor einer Weile kennengelernt, als ich noch bei Jared gewohnt habe.«

»Ja, ich erinnere mich. Ich würde ja sagen, schön, dich wiederzusehen, aber …«

»Was ist denn passiert?«

Cooper weihte ihn in die Geschichte mit dem Auto, den Klippen und der Beinahekatastrophe ein.

»Himmel, du hast den Wagen also festgehalten, damit er nicht abstürzt?«

»Irgendwie schon.«

»Jared liebt dieses Auto.«

»Glaub mir, ich weiß.«

Dr. Lawrence schaute im Computer nach. »Die Krankenschwester hat notiert, du hättest schmerzende Rippen, und dein Gesicht hat unübersehbar einiges abbekommen.«

»Der schlimmste Schmerz, den ich je hatte, genau hier«, teilte Cooper ihm mit und deutete auf die rechte Seite seines Brustkorbs.

»Wir machen eine Röntgenaufnahme, um zu überprüfen, ob irgendwas gebrochen ist.« Er beugte sich vor, um Coopers Gesicht zu studieren. »Und was ist da geschehen?«

»Ich bin zum Auto gehechtet und mit der Wange gegen einen Holzstamm auf dem Boden geprallt.«

Der Arzt zückte eine Lupe. »Da sind Holzsplitter drin, die wir rausholen müssen.«

Cooper schluckte die Galle runter, die bei dem Gedanken in seiner Kehle aufstieg, dass jemand Splitter aus seinem verletzten Gesicht entfernte. Es tat auch so schon schlimm genug weh. Wie schrecklich würde das werden?

»Wir werden es örtlich betäuben, bevor wir uns dranmachen«, beruhigte ihn der Arzt und tätschelte ihm die Schulter. »Wann war deine letzte Tetanusimpfung?«

»Keine Ahnung.«

»Dann werden wir uns darum ebenfalls kümmern. Ich bin in einer Minute zurück.«

Kaum hatte er die Behandlungskabine verlassen, als auch schon Gigi erschien, dabei so frisch und hübsch aussah wie vorhin, als sie zu Hause aufgebrochen waren. Aber sie hatte sich ja auch nicht auf den Boden geschmissen, um ein Auto vor dem Absturz zu retten. »Hey«, sagte er. »Du hast es geschafft.«

»Das hab ich, und das Auto auch.«

»Das ist gut«, antwortete Cooper, ehrlich erleichtert, dass sie und der Porsche heil angekommen waren.

»Und? Wie lautet das Urteil?«

»Der Arzt war gerade da. Sie werden meine Rippen röntgen und mir die Splitter aus dem Gesicht rausoperieren. Das kann ich gar nicht erwarten.«

»Autsch.«

»Aber echt. Allerdings hat man mir versprochen, das mit örtlicher Betäubung zu machen, trotzdem … Heißt das, Spritzen ins Gesicht?«

»Das möchte ich gar nicht so genau wissen.«

»Es tut mir furchtbar leid, dass dieser Abend so kolossal schiefgelaufen ist. Das war nicht das, was ich geplant hatte.«

Gigi trat näher und setzte sich auf einen Stuhl neben dem Bett. »Was hattest du denn geplant?«

»Nachdem wir von den Klippen aus den Sonnenuntergang beobachtet hätten, wollte ich mit dir essen gehen und danach ins Beachcomber, um ein bisschen Livemusik zu hören. Soweit ich weiß, gibt es da einen Typen, der ziemlich gut Gitarre spielt.«

»Das wäre sehr schön gewesen.«

»Können wir das ein andermal nachholen?«

Sie zuckte die Achseln. »Schauen wir mal.«

Das war zwar nicht die Antwort, auf die Cooper gehofft hatte, aber nachdem er ihre erste Verabredung derart in den Sand gesetzt hatte, konnte er ihr da kaum einen Vorwurf machen. »Du musst nicht hierbleiben. Nimm das Auto, und fahr nach Hause, wenn du möchtest. Ich rufe mir ein Taxi, wenn ich hier fertig bin.«

»Es stört mich nicht, auf dich zu warten.«

»Sicher?«

»Ja, allerdings werde ich nicht dabei zusehen, wie sie dir die Splitter aus dem Gesicht ziehen.«

»Glaub mir, dafür habe ich vollstes Verständnis. Das steht auch bei mir nicht unbedingt an erster Stelle auf der Liste der Dinge, die ich dringend mal ausprobieren möchte.«

»Was steht denn da? Auf deiner Liste, meine ich.«

Er hatte das Gefühl, dass sie die Unterhaltung in Gang hielt, um ihn von der drohenden Splitterentfernung abzulenken. »Ich bin dabei, eine Geschäftsidee zu verwirklichen.«

»Was denn für eine Geschäftsidee?«

Er erzählte ihr von den Bootstouren für Junggesellenabschiede. »Die Hochzeitsindustrie auf der Insel boomt. Ich hab mir gedacht, da könnten ergänzende Angebote gut funktionieren.«

»Das ist eine interessante Idee.«

»Freut mich, dass du das findest.«

»Wenn du einen Anwalt brauchst, der einen Blick auf die juristischen Details wirft, lass es mich wissen. Ich hab zwar keine Lizenz für Rhode Island, aber ich könnte dir den einen oder anderen unverbindlichen Tipp geben.«

Cooper starrte sie ungläubig an. »Du bist Anwältin?«

»Jap.«

»Ich dachte, ich wüsste alles, was es über dich zu wissen gibt, aus der Show.«

Gigi schnaubte nur. »Wir zeigen dir, was du sehen willst – zwei alberne Frauen, die alberne Dinge tun und dabei Spaß haben.«

»Wie kann es sein, dass du nie darüber redest, dass du Anwältin bist?«

»Weil das langweilig ist und im Fernsehen nicht gut ankommt.«

»Ich fasse es einfach nicht.«

»Warum? Weil ich zu dumm wirke, um Anwältin zu sein?«

»Nein! Überhaupt nicht. Jeder, der die Show guckt, kann erkennen, wie klug ihr beide seid. Darum ist es ja so unterhaltsam. Nun, das und die Tatsache, dass ihr beide total heiß seid.«

»Ach, echt?«

Nun schnaubte er. »Als ob ihr das nicht wüsstet.«

»Wir haben das schon ein paarmal gehört, trotzdem ist das ja nicht alles, was uns ausmacht.«

»Das wusste ich auch schon, bevor du mir das mit der Anwaltssache erzählt hast.«

»Ach, wirklich?«

»Klar, natürlich. Das, was ihr für unterprivilegierte Kinder in L. A. tut, ist toll.«

»Damit haben wir angefangen, als uns eine unserer Produzentinnen von einer Familie an der Schule ihrer Kinder berichtet hat, die kein Geld für Unterrichtsmaterial hatte. Wir haben uns gesagt, da können wir helfen. Jordan und ich haben dafür gesorgt, dass die Leute bekommen haben, was sie brauchten, und dann haben wir begonnen, darüber nachzudenken, wie wir auch anderen Familien mit diesem Problem unter die Arme greifen könnten. Von da an hat es sich irgendwie verselbstständigt, und jetzt läuft das landesweit.«

»Das ist total beeindruckend.«

»Danke. Zu wissen, dass wir etwas Gutes bewirken, hilft uns dabei, uns besser zu fühlen, obwohl die Show so seicht ist.«

»Die Show ist nicht seicht.«

»Doch, ist sie. Aber auf eine lustige Art und Weise, und den Leuten scheint es zu gefallen. Es wird seltsam sein, wenn wir sie nicht mehr machen.«

»Warte, das ist die letzte Staffel?«

»Ich denke schon. Jordan hat sich noch nicht endgültig entschieden, schwebt allerdings mit ihrem riesigen Feuerwehrmann auf Wolke sieben. Ich kann mir kaum vorstellen, dass sie hier irgendwann in näherer Zukunft wieder wegwill. Und es ist ausgeschlossen, dass ich nach Ende der Dreharbeiten noch länger hierbleibe.«

»Gefällt dir Gansett nicht?«

»Darum geht es nicht. Die Insel ist wunderschön, und ich habe hier viele tolle Leute kennengelernt.«

»Aber es ist nicht dein Zuhause.«

»Richtig. Und natürlich hilft ein tagelanger Stromausfall während einer Hitzewelle nicht unbedingt dabei, mir Gansett schmackhaft zu machen.«

»Vermutlich nicht. Zu Hause ist L. A.?«

»Bisher schon, auch wenn ich nicht so recht weiß. Vielleicht ziehe ich um.«

»Wohin?«

»Keine Ahnung. Irgendwohin, wo man mich in Ruhe lässt.«

»Warum siehst du so traurig aus, wenn du das sagst?«

»Tu ich das?«

»Ja, tust du.«

Bevor er dieser Frage weiter nachgehen konnte, erschien der Arzt zusammen mit einer hübschen dunkelhaarigen Frau.

»Das hier ist Victoria Stevens, eine unserer Krankenschwestern mit medizintechnischer Ausbildung. Sie nimmt dich mit zum Röntgen, und dann säubern wir deine Gesichtsverletzungen.«

»Ich kann es gar nicht erwarten«, bemerkte Cooper trocken. Er schaute Gigi an. »Du musst wirklich nicht bleiben. Ich bin sicher, du hast Besseres zu tun, als hier abzuhängen.«

»Nein, alles in Ordnung. Das macht mir nichts aus. Du wirst nachher jemanden brauchen, der dich heimfährt.«

»Ich kann mir ein Taxi rufen.«

»Nicht nötig. Ich warte.«

* * *

Nachdem sie Cooper zum Röntgen mitgenommen hatten, setzte sich Gigi wieder auf den Besucherstuhl. Erneut fragte sie sich, was sie hier eigentlich tat. Gestern um diese Zeit hatte sie Cooper noch gar nicht gekannt. Warum wartete sie hier, um ihn nach Hause zu kutschieren, obwohl er ihr versichert hatte, das wäre nicht nötig? Vielleicht, weil er lustig war und unterhaltsam und, obwohl seine eine Gesichtshälfte blutig und aufgeschürft war, niedlicher aussah, als irgendein Mann das von Rechts wegen dürfte.

Sie mochte ihn.

Und das war merkwürdig. Sie mochte nicht viele Menschen. Die meisten, denen zu vertrauen sie beschlossen hatte, hatten sie irgendwann bitter enttäuscht. Als Ergebnis erlaubte sie nur ganz wenigen Leuten, ihr wirklich nahezukommen. Cooper würde keine Ausnahme von der Regel sein, doch die Tatsache, dass sie ihn gernhatte, faszinierte sie.

Gigi war stolz darauf, dass sie ein ausgezeichnetes Gespür für Menschen hatte. Binnen Minuten nach einer Begegnung konnte sie sagen, ob jemand ein Blödmann war. Das Gefühl hatte sie bei Cooper nicht. Sie war sich noch nicht sicher, wie ihr Urteil über ihn schließlich lauten würde, aber er war zumindest definitiv kein Blödmann. Und darum war sie hier, an einem warmen Spätsommerabend in der Krankenstation, und wartete darauf, ihn nach Hause zu fahren.

* * *

Das Röntgen war die Hölle. Sie drehten und wendeten Cooper, bis er schweißgebadet war und gegen eine Welle der Übelkeit ankämpfen musste, so heftig strahlte der Schmerz von seiner rechten Seite aus.

»Tut mir schrecklich leid«, erklärte Victoria. »Ich weiß, es tut weh. Immerhin sind wir jetzt fast fertig.«

Nachdem sie die letzte Aufnahme gemacht hatten, atmete Cooper tief durch, was er sofort bereute. Er hatte gar keine Ahnung gehabt, dass angeknackste Rippen so quälend sein konnten. Verdammt. So hatte er sich diesen Abend mit seiner Traumfrau ganz bestimmt nicht vorgestellt. Es war echt super von ihr, wie sie damit umging und dass sie geblieben war, statt mit wehenden Fahnen die Flucht zu ergreifen. Das hätte er gut verstehen können.

Wegen des Vorfalls auf den Klippen fühlte er sich wie der letzte Idiot. Er hatte sich genau wie jeder andere Blödmann aufgeführt, mit dem sie sich je verabredet hatte, indem er ein besonders tolles Selfie mit ihr hatte machen wollen. Als ob er irgendwann mal jemandem beweisen müsste, dass er ein Date mit Gigi Gibson gehabt hatte.

Sie brachten ihn zurück in den Untersuchungsraum.

Als sie ihn kommen sah, stand Gigi auf. »Warum bist du so blass im Gesicht?«

»Es hat sich herausgestellt, dass angeknackste Rippen röntgen zu lassen nicht halb so spaßig ist, wie man meinen könnte.«

Sie lächelte, wobei ihre Augen übermütig aufblitzten. »Davon bin ich eigentlich auch nicht ausgegangen.«

»Ich kann Ihnen etwas Stärkeres gegen die Schmerzen geben«, schlug Victoria vor.

»Ist schon okay«, antwortete Coop. Er musste für seine verbleibende Zeit mit Gigi alle seine Sinne beisammenhalten. Nicht dass auch nur die geringste Chance auf ein zweites Date bestand, nachdem diese Verabredung mit so einem Desaster geendet hatte. Doch man durfte ja wohl noch hoffen.

»Nimm es, Cooper«, verlangte Gigi. »Ich bring dich nach Hause.«

»Ich möchte aber nicht komplett ausgeknockt sein. Viel lieber, als zu schlafen, möchte ich dich anschauen.«

Bei ihrem süßen Lächeln war er doppelt dankbar, noch am Leben zu sein, denn er war sich natürlich voll und ganz bewusst, dass dieser Abend durchaus ein sehr viel tragischeres Ende hätte nehmen können. Es war dumm gewesen, zu versuchen, das Auto zu retten. Das wusste er. Doch er hasste es, den älteren Bruder zu enttäuschen, den er sein ganzes Leben lang bewundert hatte. Das war auch der Hauptgrund gewesen, warum er dessen geliebtes Auto nicht die Klippen hatte hinabstürzen lassen können.

Sein älterer Bruder würde stinksauer sein, wenn er erfuhr, was Cooper getan hatte. Jared hatte ihn seit seiner Geburt geliebt. Er selbst war da schon zwölf gewesen, aber sie hatten immer eine besondere Verbindung zueinander gehabt, und angesichts der Probleme, mit denen Jared und Lizzie im Moment zu kämpfen hatten, war das Letzte, was Cooper wollte, ihnen weiteren Kummer zu bereiten.

Der Arzt kehrte mit einem Tablett voller Instrumente zurück, die sich näher anzusehen Cooper sich weigerte, weil er das Gefühl hatte, er wäre besser dran, wenn er nicht wusste, was ihn erwartete.

Gigi überraschte ihn, indem sie seine Hand nahm. »Schau mich an.«

»Gerne.« Das war kein Opfer.

Sie blickte ihm tief in die Augen, während der Arzt erklärte, dass er zuerst die örtliche Betäubung setzen würde.

Cooper musste sich sehr zusammenreißen, um beim ersten Einstich nicht zu heulen wie ein Baby.

Gigi umfasste seine Hand fester und sah ihn an, während ihm zwei weitere Dosen verpasst wurden.

Gott sei Dank wirkte das Betäubungsmittel schnell, sodass die zweite und dritte Spritze weniger wehtaten.

Trotzdem traten ihm unwillkürlich Tränen in die Augen.

Gigi wischte sie mit einem Tuch ab, als sei es keine große Sache.

Ihm war ganz leicht ums Herz, was er den Medikamenten zuschrieb. Doch das war es nicht allein. Es war auch sie. Er hatte diese Vorstellung gehabt, wie sie sein würde, dabei war sie in Wirklichkeit so viel mehr.

Die Splitterentfernung dauerte ungefähr dreißig Minuten. Cooper war dankbar, dass er nichts spüren konnte, vermutete aber, es würde wie die Hölle wehtun, wenn die Betäubung nachließ.

Gigi hielt immer noch seine Hand, schaute ihm in die Augen und gab ihm so etwas anderes, worauf er sich konzentrieren konnte, als das Zupfen und Ziehen an seiner Haut.

Victoria betrat den Raum. »Die Röntgenaufnahme zeigt zwei Haarrisse in den Rippen. Außerdem haben Sie heftige Prellungen.«

»Wie behandelt man das?«, wollte Cooper wissen.

»Wir werden Ihnen einen Verband verpassen und würden Ihnen nahelegen, es einige Zeit ruhig angehen zu lassen, damit alles gut verheilt. Die ersten ein, zwei Wochen werden allerdings ziemlich unangenehm sein.«

Das versprach wirklich ein toller Urlaub zu werden.

»Wir sorgen dafür, dass er sich nicht übernimmt«, erklärte Gigi.

Ach, werden wir das? Hieß das etwa, dass sie vorhatte, ihn gesund zu pflegen? Er musste seiner Fantasie sofort Zügel anlegen, weil vor seinem geistigen Auge prompt Bilder von ihr in einem sexy Krankenschwester-Outfit aufgetaucht waren. Schließlich wollte er sich nicht von der Reaktion seines Körpers in Verlegenheit bringen lassen.

Wie er kurz darauf feststellte, war sich gebrochene Rippen verbinden zu lassen ebenfalls alles andere als Spaß.

Cooper verließ die Krankenstation auf wackeligen Beinen, gestützt auf Gigi, die einen Arm um ihn gelegt hatte. Von ihr berührt zu werden war das Beste an dem Mist, aber auf die Verletzung hätte er trotzdem verzichten können. Sie hatten ihm weitere Schmerzmittel mitgegeben, damit er versorgt war, bis am nächsten Tag die Apotheke aufmachte, und außerdem eine antibiotische Salbe für die Schürfwunden im Gesicht.

»Eine Sekunde.« Er holte das Handy aus seiner Gesäßtasche und schaltete die Taschenlampe ein, um die Stoßstange des Porsche genauer untersuchen zu können. »Ist es möglich, dass sie das Auto wieder zurück auf die Straße gezogen haben, ohne am Heck irgendwelche Schrammen zu hinterlassen, oder bilde ich mir das nur ein?«

Gigi beugte sich vor. »Ich kann nichts entdecken.«

»Gott sei Dank. Jared wird sich morgen alles mit der Lupe anschauen.«

»Ach was. Bestimmt nicht.«

»O ja, absolut.«

Gigi öffnete ihm die Beifahrertür. »Brauchst du Hilfe beim Einsteigen?«

»Ich denke, das schaffe ich.« Sich auf dem Beifahrersitz des niedrigen Sportwagens niederzulassen war beinahe so schmerzhaft wie das Röntgen. Nachdem er endlich saß, lehnte er den Kopf nach hinten gegen die Nackenstütze und versuchte, den Schmerz wegzuatmen.

Verdammter Mist.

»Alles okay?«, erkundigte sich Gigi, die hinter dem Lenkrad Platz genommen hatte.

»Ging mir nie besser.«

»Ja, genau.«

»Ich hab dir Dinner versprochen. Möchtest du irgendwo anhalten und was besorgen? Ich lade dich ein.«

»Ich könnte schon was essen. Wie sieht es mit dir aus?«

Er glaubte nicht, dass er was runterbringen würde, aber er wollte nicht, dass sie das Gefühl hatte, sie würden nur ihretwegen was holen. »Klar, klingt gut. Sollen wir uns telefonisch was bei Mario's bestellen? Ich glaube, sie haben trotz des Stromausfalls geöffnet.«

»Ich liebe den Haussalat dort. Was möchtest du?«

»Eine kleine Pizza. Es sei denn, du möchtest auch was, dann würde ich eine große nehmen.«

»Klingt gut, aber ich bleibe bei Salat, bis wir mit dem Dreh fertig sind. Ich schwöre, jedes Pfund mehr auf den Hüften wirkt im Fernsehen wie zehn.«

»Deswegen musst du dir keine Sorgen machen.«

»O doch.«

»Nein.«

»Doch.«

Sie rief in der Pizzeria an, bestellte einen Haussalat und eine kleine Pizza. Als sie den Motor anließ und losfahren wollte, machte das Auto einen Satz nach vorn und blieb dann abrupt stehen.

Cooper musste sich zusammenreißen, um nicht vor Schmerz aufzustöhnen.

»Sorry. Diese Gangschaltung spinnt.«

»Schon okay«, antwortete Cooper mit zusammengebissenen Zähnen. »Man braucht eine Weile, um ein Gefühl dafür zu kriegen.« Jared würde ihn umbringen, weil er sie ans Steuer ließ, aber was blieb ihm schon anderes übrig? Es war völlig ausgeschlossen, dass er das Auto mit Gott weiß was für einem Medikamentencocktail im Blut fahren konnte. »Lass die Kupplung ganz langsam kommen. Das funktioniert am besten.«

Sie tat, was er ihr gesagt hatte, und das Auto rollte geschmeidig los und vom Parkplatz.

Cooper war froh, die Krankenstation hinter sich zu lassen, wenigstens für den Moment. Sie hatten versprochen, ihn morgen anzurufen, um sich nach seinem Befinden zu erkundigen. Er konnte es kaum erwarten.

KAPITEL 4

Gigi fuhr den Porsche langsam und vorsichtig durch die Stadt zu Mario's, das hinter dem Beachcomber lag.

»Eigentlich hatte ich vorgehabt, dass wir dort den Abend beschließen.« Cooper deutete auf das malerische weiße Hotel, das den Mittelpunkt der Stadt bildete. »Tut mir echt leid, dass ich unser Date verdorben habe.«

»Es wäre übler gewesen, wenn du oder das Auto – oder ihr beide – über die Klippen gestürzt wärt, daher danke, dass du das nicht zugelassen hast.«

»Ha!«, erwiderte Cooper mit einem schnaubenden Lachen. »Das stimmt allerdings.«

»Können wir das mit dem Beachcomber auf ein andermal verschieben?«

»Selbstverständlich«, antwortete Cooper und fühlte sich sofort tausendmal besser, weil er jetzt wusste, dass er eine zweite Chance erhalten würde.

»Und wie wäre es, wenn wir nächstes Mal mein Auto nehmen?«

»Sehr gerne«, sagte er mit einem Lächeln.

»Das hat ein Automatikgetriebe, daher musst du dir wegen des Schaltens keine Sorgen machen.«

»Es war echt idiotisch von mir, dich mit dem Porsche meines Bruders beeindrucken zu wollen«, räumte Cooper mit einem Seufzen ein.

»Du hast mich mit den Wildblumen beeindruckt und damit, wie du deine eigene Sicherheit aufs Spiel gesetzt hast, um etwas zu retten, das deinem Bruder viel bedeutet.«

Cooper wünschte, er würde sich gut genug fühlen, um diesen kleinen Erfolg zu feiern. »Ich weiß, es muss albern wirken, dass ich mein Leben für etwas riskiert habe, was Jared leicht tausendfach ersetzen könnte, ohne es überhaupt zu spüren, aber der Wagen war das Erste, was er sich gekauft hat, nachdem er reich geworden war. Er hat uns alle großzügig bedacht, hat die Hypotheken für das Haus meiner Eltern bezahlt, für das meiner Großeltern und auch noch die meiner Tanten und Onkel, hat für all unsere Cousins und Cousinen die Kosten fürs College übernommen. Und erst danach hat er sich selbst etwas gegönnt.« Cooper schaute sie an. »Ich konnte einfach nicht zulassen, dass dieses Auto über die Klippen stürzt.«

»Das ist unglaublich«, meinte Gigi. »Ich meine, dass er all das für seine Familie getan hat.«

»Er ist total großzügig, manchmal sogar zu sehr. Ein paar Mitglieder unserer Familie und einige seiner Freunde haben versucht, das auszunutzen, indem sie so getan haben, als sei er ihre persönliche Bank.«

»Das ist schlimm.«

»Ja, aber er gibt sich Mühe, sich nichts daraus zu machen. Er sagt, sein Gewissen sei nach allem, was er für sie getan hat, rein.«

»Also hast du fürs Leben ausgesorgt, ja?«

»Ja und nein. Jared hat das meiste von dem, was er mir gegeben hat, in einem Treuhandfonds angelegt, den ich erst auflösen kann, wenn ich dreißig bin. Damit ich nicht völlig nutzlos werde, wie er es ausgedrückt hat.«

Gigi lachte. »Das gefällt mir.«

»Ich war zu der Zeit stinksauer darüber, dabei hatte er recht. Wenn ich schon Zugriff darauf gehabt hätte, als ich noch jünger war, wäre ich garantiert in Schwierigkeiten geraten. Jared hat mir genug zur Verfügung gestellt, dass die Gebühren für College und Hochschule gedeckt waren, außerdem hat er mich während des Studiums in seinem New Yorker Apartment wohnen lassen. Und er hat mir einen Investmentaccount eingerichtet, mithilfe dessen ich mich mit den Gesetzen des Aktienmarktes vertraut machen konnte. Er ist ein toller Lehrer, und mir ist es gelungen, den Wert des Depots ordentlich zu steigern.«

»Er ist ein guter Bruder.«

»Er ist der Beste. Wir haben uns schon immer sehr nahegestanden.«

»Wie groß ist der Altersunterschied zwischen euch?«

»Zwölf Jahre. Er war immer nett zu mir, selbst als ich noch ein nerviger kleiner Junge war, hatte immer Zeit für mich und hat Sachen mit mir unternommen. Ich würde alles für ihn tun.«

»Das ist schön. Ich kenne ihn und Lizzie natürlich nicht so gut wie du, aber in letzter Zeit wirken sie irgendwie neben der Spur.«

»Wenn ich dir verrate, warum, versprichst du mir dann, es niemandem weiterzuerzählen?«

»Natürlich.«

»Sie versuchen schon ziemlich lange, ein Baby zu bekommen, und jetzt ist kürzlich ein weiterer Versuch mit künstlicher Befruchtung gescheitert.«

»O nein. Wie schrecklich. Sie wären großartige Eltern.«

»Ganz bestimmt. Es ist für sie beide nicht leicht.«

»Ist doch komisch, dass wir, wenn wir jünger sind, die ganze Zeit so auf der Hut sind und aufpassen, bloß nicht schwanger zu werden«, stellte Gigi nachdenklich fest, »und wenn wir es dann später wollen, will es bei manchen Leuten einfach nicht klappen.«

»Ich weiß.«

»Und das ist ein Beweis dafür, dass es auf der Welt Dinge gibt, die man mit Geld nicht kaufen kann.«

»Richtig. Jared macht sich Sorgen, dass Lizzie sich bei dem Baby und der jungen Mutter emotional zu sehr engagiert.«

»Das kann ich gut verstehen. Lizzie ist so unglaublich lieb. Anfangs habe ich mich gefragt, ob das echt sein kann.«

»Ist es«, versicherte ihr Cooper. »Sie ist genau so, wie sie zu sein scheint. Es gibt nichts, was sie nicht für andere tun würde.«

»Ich wünschte, ich wäre mehr wie sie.«

»Wir sollten alle mehr wie sie sein. Jared ist immer hinter ihr her und möchte, dass sie sich selbst und ihren eigenen Bedürfnissen genauso viel Aufmerksamkeit schenkt wie denen von anderen. Laut ihm liebt sie es, sein Geld für wohltätige Zwecke auszugeben, aber nie für sich selbst. Er hat schon am Anfang ihrer Beziehung gelernt, nicht zu versuchen, ihr teure Dinge zu schenken. Einmal hat er ihr eine Louis-Vuitton-Tasche gekauft. Sie hat ihn gebeten, die Tasche zurückzugeben und ihr das Geld dafür auszuhändigen, das sie postwendend einer Tafel gespendet hat.«

Gigi griff nach ihrer Handtasche, die sie zwischen den Sitzen abgestellt hatte, und räumte sie in den Fußraum. »Ich werde die hier und meine Koffer versteigern, wenn ich zurück in L. A. bin, und dann spende ich die Einnahmen ebenfalls einer Tafel.«

Cooper lachte. »Lizzie wäre stolz auf dich.«

Gigi lenkte den Wagen auf den Parkplatz bei Mario's und bremste geschmeidig ab. Der Porsche wurde langsamer, ehe er plötzlich einen Satz nach vorn machte und der Motor erstarb.

Cooper keuchte auf.

»Sorry.«

»Kein Problem.«

»Ich bin nicht gut mit der Gangschaltung. War ich noch nie.«

»Und das sagst du mir jetzt?«, erwiderte Cooper mit einem Lachen. »Ist in Ordnung. Besser du am Steuer als ich, zugedröhnt von den ganzen Medikamenten.«

»Ich lauf nur schnell rein und hole unsere Bestellung.«

Bevor er ihr hinterherrufen konnte, dass sie warten solle, bis er ihr seine Kreditkarte gegeben hatte, war sie schon ausgestiegen und auf dem Weg ins Restaurant, balancierte geschickt auf den Keilabsätzen, die ihre herrlichen Beine noch sexyer wirken ließen.

Konnte dieser Abend noch schlimmer werden? Jetzt zahlte sie auch noch für das Dinner. Von hier an würde sein einziges Ziel im Leben sein, Wiedergutmachung zu leisten, weil er das hier so kolossal in den Sand gesetzt hatte. Keine andere Verabredung in seiner ausgedehnten Dating-Geschichte war je so schiefgelaufen. Irgendwie war es typisch, dass ihm das ausgerechnet mit seiner Traumfrau passieren musste.

Sie kehrte mit einer Pizzaschachtel und einer braunen Papiertüte zurück, die sie ihm reichte, damit er sie während der Fahrt hielt.

»Eigentlich wollte ich dich einladen.«

»Kein Problem.«

»Doch. Das hier muss die furchtbarste Verabredung sein, die du je hattest.«

»Ha, nicht mal annähernd. Aber sie wird mir in Erinnerung bleiben. So viel steht fest.«

Cooper wünschte, es wäre aus anderen Gründen denkwürdig als wegen einer Beinahekatastrophe, die einen Anruf bei der Feuerwehr und einen Ausflug in die Krankenstation beinhaltet hatte, nicht zu vergessen, dass Gigi fahren und für das Essen zahlen musste.

Gott sei Dank gelang es ihr, mit dem Auto aus der Parklücke zurückzusetzen und vom Parkplatz zu fahren, ohne den Wagen erneut abzuwürgen.

»Also, was war die schlimmste Verabredung, die du je hattest?«

Sie blickte ihn an, als müsse sie überlegen, ob sie aufrichtig sein sollte. »Ich bin einen Monat lang mit diesem Typen ausgegangen, bevor ich begriffen habe, dass er ein Stalker war, den ich in mein Haus und mein Leben gelassen hatte. Ich musste vor Gericht ein Kontaktverbot erwirken, um ihn mir vom Leib zu halten, und ich muss gegen ihn aussagen, wenn ich wieder zu Hause bin.«

»Verdammt, Gigi. Das ist ja schrecklich.«

»Die Menschen sind einfach doof. Das ist auch zum Teil mit dafür verantwortlich, dass ich keine Lust habe, nach L. A. zurückzukehren. Er ist bis zur Verhandlung auf Kaution draußen.«

»Hast du irgendwelche Sicherheitsvorkehrungen getroffen?«

»Ja, ich werde Personenschutz haben, wenn ich dort ankomme. Er hat eine elektronische Fußfessel, die verhindert, dass er die Gegend verlässt, daher bin ich hier in Sicherheit.« Sie ließ ein nervöses Lachen hören. »Einer der Nachteile vom Leben als B-Promi.«

»Du bist kein B-Irgendwas. Du bist komplett echt.«

»Wenn du das sagst.«

»Tu ich.«

Sie lenkte den Porsche langsam aus der Stadt hinaus und über die gewundenen Straßen durch die Nacht. Die Sonne war längst untergegangen, und da es keinen Strom gab, lag alles im Dunkeln.

»Hier würden ein paar Straßenlaternen nicht schaden«, bemerkte Gigi.

Cooper lachte. »Ich hab grad genau das Gleiche gedacht.«

»Es ist verdammt finster hier draußen.«

»Jap.«

»In den ersten paar Wochen, die ich hier war, hatte ich Angst, nachts zu fahren, weil es auf dem Weg nach Hause so stockduster war. In L. A. ist es nachts taghell.«

»In New York auch.«

»Gansett ist wie ein fremdes Land. Keine Straßenlaternen, keine Ampeln, unzuverlässiges Internet, nur ein paar Fernsehprogramme über Kabel, an vielen Orten keine Klimaanlage, Stromausfälle, die Tage dauern. Ich könnte noch viel mehr aufzählen.«

»Es ist auf jeden Fall eine andere Welt.«

»Interessanterweise habe ich mich nie entspannter gefühlt als hier. Es gibt nichts zu tun, das zwingt einen, sich auszuruhen und sich Zeit fürs Leben zu nehmen, wie Evelyn immer sagt. Sie ist Jordans und Nikkis Großmutter.«

»Das ist auch der Grund, warum es Jared hier so gut gefallen hat, als er zu einer Hochzeit hergekommen ist. Er hat die Insel immer als seine Druckentlastungszone bezeichnet, bevor er beschlossen hat, das ganze Jahr über hier zu leben.«

»Ich kann mir nicht vorstellen, den Winter hier zu verbringen.«

»Ich wette, das ist lustig.«

»Ich wette, genau das ist es nicht.«

»Jared und Lizzie scheinen es zu lieben, und mein anderer Bruder Quinn und seine Verlobte Mallory ebenfalls.«

»Das liegt daran, dass sie alle wie blöd verliebt sind und einander dafür haben, sich die Langeweile zu vertreiben.«

Darüber musste Cooper lachen, was er sofort bereute. »O Gott, bring mich nicht zum Lachen.«

»Tut mir leid, dass du solche Schmerzen hast.«

»Es ist ja meine eigene Schuld. Ich hätte nie um den Baumstamm herumfahren dürfen, bloß um ein Selfie zu machen. Was hab ich mir nur dabei gedacht?«

»Gar nichts«, antwortete Gigi. »Wir alle begehen Dummheiten auf der Jagd nach dem perfekten Foto.«

»Ich jedenfalls habe nach der Erfahrung die Nase voll davon.«

»Wir werden sehen, wie lange das anhält.«

Gigi bog nach rechts in Jareds Auffahrt ein und parkte den Wagen. Sie stellte den Motor aus, zog die Schlüssel ab und reichte sie ihm. »Puh. Das ist eine Erleichterung. Das Auto ist in einem Stück wieder zu Hause. Jared wird nie wissen, wie dicht er davor stand, es zu verlieren … und seinen Bruder.«

»Glaubst du allen Ernstes, wir können das auf dieser Insel geheim halten? Ich wette, er ist bereits im Bilde.«

Und richtig, da kam sein Bruder auch schon aus dem Haus und marschierte zur Auffahrt. Flutlicht flammte auf, während er sich mit langen Schritten näherte.

»Ja, er weiß es bereits«, verkündete Cooper.

Jared öffnete die Fahrertür. »Ist alles in Ordnung mit dir?«, wollte er von Gigi wissen.

»Mir geht's prima, ihm hingegen nicht unbedingt.«

»Was zur Hölle ist geschehen?«

»Das ist irgendwie eine ziemlich lange Geschichte«, antwortete Cooper.

»Ich hab Zeit.«

»Wir haben noch nichts gegessen. Kann ich dir das vielleicht alles morgen erzählen?«

»Okay, meinetwegen.« Jared richtete sich zu seiner vollen Größe auf und trat zurück, damit Gigi aussteigen konnte. »Verrat mir nur, was du hast.«

»Zwei gebrochene Rippen und ein aufgeschürftes Gesicht. Nichts, worüber man sich Sorgen machen müsste.«

»Himmel, Coop.«

»Das Auto hat keinen Kratzer.«

»Das Auto ist mir völlig egal!«

»Und das sagst du mir jetzt?«

Gigi lachte leise, während sie Cooper eine Hand hinhielt, um ihm beim Aussteigen zu helfen.

Er holte tief Luft. Das würde höllisch wehtun. Verdammt, er verlor beinah das Bewusstsein, so heftig war es.

Gigi legte stützend einen Arm um ihn, was das Einzige war, was verhinderte, dass er vornüberfiel.

Jared kam zur Beifahrerseite geeilt. »Mein Gott, Cooper! Dein Gesicht! Was zur Hölle?«

»Ist alles halb so wild, versprochen.«

»Unsinn. Du bist schweißnass und atmest ganz komisch.«

Aus Jareds Haus drang das Weinen eines Babys.

»Gibt es irgendwas, was wir tun können?«, erkundigte sich Cooper.

»Nein, aber danke, dass du fragst. Wir werden versuchen, morgen eine andere Unterkunft für Mutter und Kind zu finden. Ich lasse euch jetzt in Ruhe essen. Sag Bescheid, wenn du irgendwas brauchst, Coop. Und ich möchte dringend deine Version der Geschichte hören.«

»Bedeutet das, dass dir bereits andere Versionen zu Ohren gekommen sind?«

Jared hatte sich schon umgedreht, um ins Haus zurückzugehen. Jetzt blieb er stehen und erwiderte über seine Schulter: »Vielleicht. Vielleicht auch nicht.«

»Super.«

Gigi lachte. »Du bist so was von geliefert.«

»Vermutlich. Diese verflixte Insel. Hier bleibt nichts geheim.«

»Nein. Schaffst du die Treppe zu meinem Apartment?«

»Ich hoffe schon.«

»Lass dir Zeit.«

Gigi hatte eine Hand an seinem Ellbogen, in der anderen hielt sie die Pizzaschachtel mit der Tüte darauf.

Cooper schleppte sich mühsam die Stufen hoch. Oben angekommen, war er schweißgebadet und völlig außer Atem. Er war vorher noch nie ernsthaft verletzt gewesen, und er hoffte sehr, dass er das auch nie wieder sein würde.

»Alles okay?«

»Ja, sicher.«

»Lügner! Komm rein, und mach's dir gemütlich.«

»Ich fürchte nur, es wird eine Weile dauern, bis ich es irgendwo wieder gemütlich haben kann.«

»Schauen wir mal, was wir tun können.«

Drinnen führte sie ihn zum Sofa und half ihm, sich darauf einzurichten, indem sie ihm Kissen unter den rechten Arm schob, damit er es einigermaßen bequem hatte. Dank Jareds ausreichend dimensioniertem Notstromaggregat hatte sie in ihrer Wohnung Strom. »Geht es so?«

»Ja, erstaunlich gut. Danke.« Wenn er ehrlich sein sollte, hatte er Angst, vor Schmerz ohnmächtig zu werden, doch das musste sie ja wirklich nicht wissen.

Gigi ging in die Küche und kehrte mit einem Glas Eiswasser zurück. »Hier, trink das.«

Cooper nahm ihr das Glas ab und leerte es in einem Zug zur Hälfte. »Danke.«

»Du musst genug trinken.«

»Wie lange noch, bis ich wieder was von dem Schmerzmittel kriegen kann?«

»Drei Stunden.«

»Das überleb ich nicht.«

»Doch, ganz bestimmt.«

»Vielleicht aber auch nicht.«

»Denkst du, du kannst was essen?«

»Möglicherweise.«

Gigi verschwand in die Küche und kehrte mit Tellern und Besteck zurück. Sie legte ein Stück Pizza auf einen Teller und reichte ihn Cooper.

»Danke.«

Sie holte den Krug mit Eiswasser und stellte ihn auf den Tisch. »Sag es mir, wenn du mehr möchtest.«

»Es tut mir wirklich leid, dass du mich so versorgen musst. So hatte ich mir den Abend nicht vorgestellt.«

Sie hob eine Augenbraue. »Du hast nicht gehofft, dass ich mich um dich kümmere?«

Cooper schnitt eine Grimasse, während er sich mit Mühe ein Lachen verkniff. »Ich hab dir doch gesagt, dass du das nicht tun sollst.«

»Sorry, ich kann nicht anders.«

»Versuch es bitte trotzdem.«

Während sie ihren Salat aß, nahm er vorsichtig einen Bissen von der Pizza. Er war sich nicht sicher, ob sein Magen bereit war für Essen, und das Letzte, was ihm heute noch fehlte, wäre, dass er sich übergeben musste. Das würde ihn garantiert umbringen.

»Bei Mario gibt es einen der besten Haussalate auf der ganzen Welt«, erklärte Gigi.

»Was ist daran denn so besonders?«

»Der gehobelte Parmesan, die Croûtons und das hausgemachte italienische Dressing. Einfach köstlich.«

»Siehst du? Gansett hat auch seine guten Seiten.«

»Ich hab nie was anderes behauptet. Es sind nur weniger als anderswo.«

»Ist das so schlimm?«, wollte er wissen.

»Überhaupt nicht. Es gibt ein paar Dinge an L. A., die mir ganz gewiss nicht fehlen.«

»Wie was zum Beispiel?«

»Der Verkehr. Das ist der schlimmste im ganzen Land.«

»Hab ich schon gehört. Was sonst noch?«

»Leute.«

»Die gibt es auch auf Gansett.«

»Aber Millionen weniger als in L. A. Dort muss man für alles anstehen. Man sollte beispielsweise morgens lieber mindestens eine halbe Stunde für den To-go-Kaffee einplanen. Wir verschwenden so viel Zeit mit Warten.«

»Das trifft auf New York auch zu. Treibt mich komplett in den Wahnsinn.«

»Manche Leute sind schlimmer als andere, wie beispielsweise die zuvor erwähnten Exemplare, die Promis stalken.«

Cooper hielt mitten im Abbeißen inne. »Hast du noch mehr Stalker?«

»Ein paar.«

»Echt jetzt?«

»Ja, das ist wirklich ein Problem geworden, als die Show so beliebt wurde.«

»Verdammt, Gigi. Personenschutz in L. A. zu haben muss furchtbar sein.«

»Stimmt, trotzdem immer noch besser als die Alternative.«

Cooper brauchte eine Minute, um zu verarbeiten, was sie ihm da erzählt hatte. »Und die Polizei weiß Bescheid?«

»Ja, und sie haben getan, was sie konnten, und den einen verhaftet, der jede Grenze überschritten hatte, bevor ich erkannt habe, dass er gefährlich ist. Hauptsächlich hat es meine Bewegungsfreiheit beschnitten. Ich kann nicht mehr einfach so kommen und gehen, wie es mir passt, was lästig ist. Ich habe mich lange gegen Bodyguards gesträubt, bis einer der Stalker mir für meinen Geschmack dann doch zu nahe gekommen ist.«

»Was ist passiert?«

»Er saß auf der Rückbank meines Autos, als ich aus einem Coffeeshop trat. Er hat behauptet, er liebe mich und wolle mich heiraten und Kinder mit mir haben.«

»Verdammt. Was hast du getan?«

»Ich habe ihm meine Dose Pfefferspray gezeigt und ihm erklärt, dass ich nicht zögern würde, es zu benutzen.«

»Ist er verschwunden?«

»Es hat ein paar Minuten gedauert, aber er hat's begriffen. Zu dem Zeitpunkt waren einige Leute auf uns aufmerksam geworden, darunter auch ein Polizist. Er hat dem Typen ins Gewissen geredet und ihn verwarnt.«

»Er hätte ihn sofort verhaften sollen.«

»Der Typ hatte sich ja nicht mehr zuschulden kommen lassen als unbefugtes Betreten.«

»Egal, er hat dir Angst eingejagt und dafür gesorgt, dass du dich unsicher gefühlt hast, und das sollte nicht erlaubt sein.«

»Ich weiß mich zu wehren. Außerdem habe ich zusätzlich zu dem Pfefferspray auch noch einen Taschentaser.«

»Ist das denn legal?«

»Na ja, fast.«

Cooper lächelte darüber, wie sie das sagte. »Was auch immer nötig ist, damit du dich sicher fühlst.«

»Genau. Wie du dir vorstellen kannst, ist Gansett dagegen eine echte Erholung.«

»Hier sind also keine Bodyguards nötig?«

»Außer dass Jordans durchgeknallter Ex-Mann aufgekreuzt ist und ihre Großmutter und ihre Schwester als Geiseln genommen hat, hatten wir bisher keine Probleme. Die Einheimischen lassen uns in Ruhe.«

»Zane hat Jordans Großmutter und ihre Schwester als Geiseln genommen?«

»Jap.«

»Wie kommt es, dass man davon gar nichts gehört hat?«

»Sie haben es vertraulich behandelt. Das Letzte, was Jordan möchte, ist mehr Aufsehen, das sie mit ihm in Verbindung bringt. Er hat sich einverstanden erklärt, in die Scheidung einzuwilligen und sich von ihr fernzuhalten. Außerdem hat er seinen Fans verkündet, dass sie aufhören sollen, sie zu belästigen. Im Gegenzug haben Nikki und Evelyn keine Anzeige gegen ihn erstattet.«

»Wow. Er ist ein Beispiel dafür, wie jemand, der alles besaß, alles weggeworfen hat.«

»Absolut. Wir sind jedenfalls froh, dass sie ihn los ist. Ihre Ehe war ein Albtraum für sie und alle, die sie lieben.«

»Das klingt ganz so.«

»Was in den Medien über ihn berichtet wurde, ist nur ein Bruchteil dessen, was tatsächlich geschehen ist. Er hat ein massives Suchtproblem und psychische Probleme, die ernst zu nehmen er sich geweigert hat, bis das hier passiert ist. Als Teil der Abmachung muss er sich jetzt in Behandlung begeben. Erneut.«

»Suchtkrankheiten sind schlimm. Ich hatte Freunde am College, die es mit den Partys derart übertrieben haben, dass sie seither mit Abhängigkeit zu kämpfen haben. Ein paar von ihnen mussten in den Entzug, und manche mehr als einmal.«

»Ich hatte ebenfalls Freunde, denen es so ergangen ist. In L. A. kommt man viel zu leicht an Drogen. Ich hatte Freunde auf der Highschool, die kokainsüchtig waren.«

»Das ist wirklich sehr jung. Ich hab's erst am College bewusst mitgekriegt.«

»Ich hab den Mist nie angerührt. Ich hatte immer Angst, ich wäre die eine, die das Zeug beim ersten Mal umbringt.«

»Ich auch. Mein Dad hat uns immer gewarnt, dass man nur ein Mal Pech mit verunreinigtem Stoff haben muss, damit das Herz stehen bleibt. Das hat mir genug Angst eingejagt, dass ich die Finger davon gelassen hab. Allerhöchstens mal einen Joint, aber keinesfalls mehr.«

»Genau. Und in letzter Zeit sogar das nicht mehr. Ich glaube, ich bin da rausgewachsen.«

»Na ja, du bist ja auch viel älter als ich. Ich bin noch nicht so weit.«

»Pass auf, Mister. So viel älter als du bin ich nun auch wieder nicht.«

»Verglichen mit mir gehörst du praktisch zum alten Eisen. Eine echte Mrs Robinson.«

»Was weißt du denn über Mrs Robinson?«

»Wir haben an der Uni ›Die Reifeprüfung‹ geschaut.«

»An was für einer Uni bist du denn bitte gewesen, dass ihr da Filme geschaut habt?«

»An der NYU, im MBA-Kurs. Ich hab Filmwirtschaft belegt, und das war einer der Filme, die zum Pflichtprogramm gehört haben.«

»Im Jurastudium haben wir nie Filme geguckt. Vielleicht hätte ich stattdessen Wirtschaft studieren sollen.«

»An welcher Uni warst du?«

»UCLA.«

»Ich bin echt beeindruckt, dass du Anwältin bist.«

»Weil ich auf dich nicht sonderlich klug wirke?«

»Himmel, nein. Ich finde es nur interessant, dass du die Tatsache, dass du Anwältin bist, nie in der Show erwähnst.«

»Darum geht es in der Show ja nicht. Bevor wir begonnen haben, haben Jordan und ich uns abgesprochen, wie viel von unserem echten Leben wir öffentlich machen wollten. Für Jordan war ihre schwierige Kindheit tabu. Sie und ihre Schwester waren Opfer eines Sorgerechtskriegs, der sich jahrelang hingezogen hat. Das Letzte, was sie wollte, war, diesen Albtraum vor Millionen Zuschauern erneut zu durchleben.«

»Und was war für dich tabu?«

»Meine beiden Ex-Verlobten und mein Beruf.«

»Du hast *zwei* Ex-Verlobte?«

»Ja, und das ist was, worüber ich nicht gern rede. Ich war jung und dumm und dachte, ich sei verliebt. Den zweiten bin ich losgeworden, als ich im Jurastudium war, und mir ist klar geworden, dass Liebe und Ehe nichts für mich sind.«

Aus irgendeinem Grund verspürte er bei ihren Worten Traurigkeit, für sie – und für sich selbst. »Auf jeden Fall hast du vor deinem dreißigsten Geburtstag mehr erlebt als viele in ihrem ganzen Leben.«

»Ich möchte es nicht empfehlen.«

Cooper hatte nie zuvor eine Unterhaltung mehr genossen als die hier, doch es fiel ihm immer schwerer, die Augen offen zu halten. Was auch immer sie ihm in der Krankenstation verabreicht hatten, würde ihn gleich ins Reich der Träume befördern. »Ich hasse es, das einzugestehen, aber ich glaub, ich sollte jetzt rübergehen, bevor ich hier auf deinem Sofa einpenne.«

»Es ist okay, wenn du bleiben möchtest.«

»Und nach unserem ersten Date einen Skandal vom Zaun breche?«

»Ich glaub, wir können mit ziemlicher Sicherheit sagen, dass du das bereits getan hast.«

»Vermutlich.« Cooper begann sich zu erheben, aber es tat zu weh. »Ich hatte gar keine Ahnung, wie fies gebrochene Rippen schmerzen können.«

»Ich hab gehört, das ist echt schlimm.«

»Das kann ich bestätigen. Könntest du mir vielleicht aufhelfen?«

»Ja, klar.« Sie sprang auf und hielt ihm beide Hände hin, zog ihn dann behutsam auf die Füße.

Er wäre beinahe zu Boden gegangen, doch als er sich genug erholt hatte, um wieder sprechen zu können, hob er eine Hand und steckte ihr eine Haarsträhne hinters Ohr. Er funktionierte jetzt nur noch dank Adrenalin und Schmerzmitteln. »Es tut mir echt leid, dass dieser Abend so schiefgelaufen ist. Abgesehen von dem beinahe abgestürzten Auto und den gebrochenen Rippen war es wirklich toll.«

»Vergiss nicht die Splitter in deinem Gesicht«, warf sie lächelnd ein.

»Wie sollte ich die vergessen?«

»Sie werden sich nachdrücklich in Erinnerung bringen, wenn die Betäubung nachlässt.«

»Ich kann es kaum erwarten. Wie auch immer, vielleicht können wir es ja bald noch einmal versuchen?«

»Sicher.«

»Danke, dass du in der Krankenstation bei mir geblieben bist und mich nach Hause gefahren hast.«

»Kein Problem. Höchstens das Auto hat darunter gelitten.«

»Das Auto hat es letztendlich ja auch überstanden.«

Und dann jagte sie ihm einen Heidenschreck ein, indem sie ihm eine Hand auf die Brust legte. »Trotz der Verletzungen war es irgendwie schon cool, dass du es geschafft hast, das Auto festzuhalten. Das hatte was von Superman.«

»Ach ja?«

»Mhm.« Sie versetzte ihm den Schock seines Lebens, indem sie sich auf die Zehenspitzen stellte und ihm einen Kuss gab.

Die zarte Berührung ihrer Lippen war vorbei, bevor sie richtig begonnen hatte, aber Gigi Gibson hatte ihn geküsst. Jetzt konnte er glücklich sterben.

Trotzdem wäre es natürlich sehr viel interessanter, noch eine Weile am Leben zu bleiben und zu sehen, ob sie das irgendwann bald wiederholen würde.

KAPITEL 5

Das Weinen eines Babys riss Jared aus dem Tiefschlaf. Zuerst dachte er, er hätte geträumt, denn warum sollte bei ihnen ein Baby weinen? Sie konnten keine Kinder bekommen. Er tastete nach Lizzie, aber ihre Seite des Bettes war leer und kalt.

Und dann erinnerte er sich an die junge Mutter und ihre neugeborene Tochter, die Lizzie aus der Klinik mit nach Hause gebracht hatte. Dies war ihre zweite Nacht bei ihnen, und Lizzie war wieder wegen der Kleinen wach.

Verdammter Mist.

Es war so ungewohnt für ihn, wegen Lizzie verärgert zu sein, dass er keine Ahnung hatte, wie er damit umgehen sollte. Er war wahnsinnig in sie verliebt, und unter normalen Umständen unterstützte er sie bei allem, was sie tat. Aber das jetzt … Das war zu viel. Sie hatten noch nicht mal angefangen, sich mit ihrem Kummer auseinanderzusetzen, nachdem sie erfahren hatten, dass auch ihr jüngster Versuch einer künstlichen Befruchtung fehlgeschlagen war, und ausgerechnet jetzt hatte sie ihnen ein Neugeborenes ins Haus gebracht. Musste das sein?

Er war sauer auf sie und war sich durchaus bewusst, dass er das unter Kontrolle kriegen musste, bevor er etwas zu ihr sagte oder etwas tat, was er im Nachhinein bereuen würde.

Eine ganze Weile lag er einfach da, starrte hoch zur Zimmerdecke, während er dem Babygeschrei lauschte. Als er es nicht mehr ertragen konnte, nicht zu wissen, was los war, stand er auf, zog sich eine kurze Sporthose an und machte sich auf die Suche nach seiner Frau.

Er fand sie im Wohnzimmer, wo sie das weinende Baby vom einen Ende des großen Raums zum anderen trug.

Die Kleine schrie so heftig, dass Jared sich wunderte, dass sie überhaupt Luft bekam.

»Wo ist Jessie?«, fragte er und schaute sich nach der Mutter des Kindes um.

»Sie war so erschöpft, nachdem sie schon die ganze letzte Nacht auf war, dass ich ihr gesagt habe, ich würde eine Schicht übernehmen.«

Sie mussten sehr laut sprechen, um sich über das Gebrüll des Babys hinweg unterhalten zu können.

»Was hat die Kleine denn?«

»Ich weiß es nicht. Ich habe alles versucht. Ich habe ihr das Fläschchen gegeben, die Windel gewechselt, sie Bäuerchen machen lassen, aber nichts, was ich tue, beruhigt sie.«

Jared hatte nicht vorgehabt, nach dem Baby zu greifen, doch er wollte, dass es mit dem Weinen aufhörte. Kaum hatte er es in seinem Arm, verstummte es und schaute ihn mit seinen großen grauen Augen an.

»Wie hast du das geschafft?«, fragte Lizzie und klang beeindruckt.

»Ich hab keine Ahnung.« Als er das süße Gesichtchen betrachtete, hatte er plötzlich das überwältigende Gefühl, dass dies etwas war, was er auf keinen Fall tun sollte. Er sollte kein Baby in den Armen halten, das nicht ihm gehörte. Und Lizzie sollte das genauso wenig tun. Jeder seiner Instinkte warnte ihn, dass dies kein gutes Ende für sie nehmen konnte. »Das geht nicht, Lizzie. Wir können ihnen nicht weiter auf diese Weise helfen.«

»Ich weiß nicht, was ich sonst tun soll. Ich kann Jessie unmöglich mit einem Neugeborenen ins Angestelltenwohnheim des Beachcomber schicken, und sie weigert sich, Geld von uns anzunehmen. Ich habe ihr von dem Apartment im Chesterfield erzählt, aber sie meint, sie könne nicht so weit von der Arbeit entfernt wohnen.«

»Morgen müssen sie woandershin. Es ist mir egal, wohin. Hier können sie jedenfalls nicht bleiben.«

»Ich werde versuchen, etwas für sie zu finden.«

»Jessie muss selbst versuchen, etwas zu finden. Das ist nicht unser Problem.«

»Das weiß ich, doch wie soll ich sie wegschicken, wenn sie keinen Ort haben, wo sie hinkönnen?«

»Jessie muss irgendwo Familie oder Freunde haben, an die sie sich wenden kann. Und wir werden ihr Geld geben, damit sie sich besorgen kann, was immer sie braucht.«

»Sie möchte keine Almosen.«

»Ihre Skrupel in allen Ehren, bloß wenn sie sonst niemanden hat, wird ihr über kurz oder lang nichts anderes übrig bleiben, als unsere Hilfe zu akzeptieren.«

»Ich werde morgen mit ihr reden.«

»Du weißt, ich versuche dich in allem zu unterstützen, was dir wichtig ist.«

»Ja, das tust du wirklich.«

»Aber das hier ist im Moment zu viel für mich. Nach allem, was passiert ist … Ich kann das nicht, Lizzie. Und du solltest es auch nicht tun.«

Ihre schönen Augen füllten sich mit Tränen, und ihr Kinn zitterte.

Diese Tränen machten ihn fertig, doch er konnte das jetzt nicht zurücknehmen, nicht, wo er sie auf eine Katastrophe zusteuern sah. Das Baby war niedlich. Mit jedem Tag, den es länger hierblieb, würde es ihnen mehr ans Herz wachsen. Das konnte nicht gut enden, denn irgendwann würde es wieder aus ihrem Leben verschwinden.

»Bitte sag mir, dass du verstehst, wie ich mich fühle«, verlangte er mit gedämpfter Stimme, da er das Baby nicht stören wollte, das gerade dabei war, einzuschlafen.

»Das tue ich. Es tut mir leid. Ich hätte sie nie herbringen dürfen.«

»Du hast getan, was du für das Richtige gehalten hast, aber morgen werden wir den beiden ein neues Zuhause suchen.«

»Okay.«

»Können wir sie zu ihrer Mutter bringen, wenn sie jetzt ruhig ist?«

»Ja, ich hab ein behelfsmäßiges Babybett aufgestellt.«

»Nach dir.«

Sie schlichen auf Zehenspitzen ins Gästezimmer, wo Jessie schlief, und machten es dem Baby bequem. Jared bemerkte, dass Lizzie das Bettchen benutzte, das sie für ihr eigenes Baby gekauft hatten, das sie sich so gewünscht hatten.

Er fasste nach Lizzies Hand und zog sie mit sich aus dem Zimmer, ließ die Tür offen, nur falls Jessie irgendetwas brauchte. Sie mussten diese eine Nacht überstehen, und dann würden sie sich etwas Neues für die Mutter und das Baby einfallen lassen.

Zurück in ihrem Schlafzimmer, legte Lizzie sich auf ihre Seite des Bettes und drehte sich von Jared weg.

Das war auch ungewöhnlich.

»Komm her, Liebling.«

Sie rührte sich nicht.

Das war der Moment, in dem er bemerkte, dass sie weinte.

Verdammt.

»Lizzie.«

»Es ist nicht fair.«

»Was ist nicht fair?«

»Dass sie ein Baby kriegt, das sie noch nicht einmal will, während wir keins haben können, obwohl wir es uns so verzweifelt wünschen.«

»Woher weißt du, dass sie es nicht will?«

»Ich kann es sehen. Jessie hält die Kleine auf Abstand. Als würde sie überall anders lieber sein als bei ihrer kleinen Tochter.«

Das wurde ja immer besser. »Ich weiß, dass du ihr helfen willst, aber sie muss das für sich selber klären, Lizzie.«

»Das ist mir klar, doch das ist es auch, was ich so unfair finde. Ich würde alles geben, um dieses Baby zu haben, während sie alles dafür geben würde, es *nicht* zu haben.«

Jared rutschte über das Bett, bis er sich an Lizzie schmiegen und sie in seine Arme ziehen konnte. »Du hast recht damit, dass es nicht fair ist. Nichts daran ist fair. Aber wir müssen uns zurücknehmen und Jessie mit dieser Situation umgehen lassen. Wir können ihr jede Form von Hilfe anbieten, die sie braucht, außer sie hier bei uns einzuquartieren.«

»Ich werde morgen mit ihr reden.«

»Es tut mir leid, dass du so traurig bist, Liebste.«

»Und mir tut leid, dass du es bist.«

»Wir werden einen Weg finden, Eltern zu werden. Das verspreche ich dir.«

»Ich glaube nicht, dass ich eine weitere Runde Fruchtbarkeitsbehandlungen aushalten kann.«

»Dann werden wir das nicht tun. Vielleicht ist es an der Zeit, über Leihmutterschaft nachzudenken.«

»Vermutlich«, pflichtete sie ihm mit einem Seufzer bei. Sie hatte das bisher abgelehnt, in der Hoffnung, doch noch ihr eigenes Kind zur Welt bringen zu können.

»Es wird passieren. Wir müssen uns einfach in Geduld üben und uns gleichzeitig vor weiterem Schmerz schützen.«

»Ich weiß.«

»Versuch, ein bisschen zu schlafen. Uns steht Quinns Hochzeit bevor und so vieles, worauf wir uns freuen können.«

»Morgen geht es mir wieder besser.«

»Das ist die einzige Sache, die mir wichtig ist – dass es dir gut geht und du keinen Kummer hast. Das Baby hierzuhaben ist für uns beide zu schmerzhaft.«

»Ich wünschte, wir könnten sie behalten.«

»Lizzie …«

»Ich weiß, das können wir nicht. Aber ich wünschte, es wäre möglich.«

Jared sehnte sich mit ganzem Herzen danach, ihr das Baby zu geben, das sie so verzweifelt wollte, doch es würde nicht Jessies Baby sein. Sie mussten die beiden aus ihrem Haus schaffen, bevor die ohnehin schon fast unerträgliche Situation nur noch schlimmer wurde.

* * *

Cooper sah Gigi weder am Tag nach ihrem Date noch am Tag darauf. Er hatte von Jared gehört, dass sie manchmal für einige Zeit verschwand, wenn sie eine Show aufzeichneten. Die ersten beiden Tage mit gebrochenen Rippen waren furchtbar, aber danach wurde es langsam besser. Seine Mutter hatte schon früher immer verwundert festgestellt, wie schnell er sich von Krankheiten und Verletzungen erholte, etwas, wofür er jetzt besonders dankbar war.

Jedenfalls musste er sich gedulden und einfach auf eine weitere Gelegenheit hoffen, Gigi zu begegnen. In der Zwischenzeit fand in einer wunderschönen Zeremonie im Chesterfield, dem Haus, das Jared und Lizzie in eine elegante Eventlocation verwandelt hatten, die Hochzeit seines Bruders Quinn mit Mallory, der Liebe seines Lebens, statt. Direkt nach der Trauung musste Maddie McCarthy mit einem Hubschrauber zum Krankenhaus auf dem Festland geflogen werden, weil bei ihr die Wehen eingesetzt hatten. Auf dem Flug brachte sie dann ihre Zwillingsmädchen zur Welt, doch das war nicht die dramatischste Entwicklung des Tages.

O nein. Denn dafür sorgte Jessie, die Lizzie während der Hochzeit plötzlich ihr Baby in den Arm gedrückt hatte und dann verschwunden war. Die junge Frau hatte für ein paar Tage bei Jared und Lizzie gewohnt, weil sie nach der Geburt nicht gewusst hatte, wo sie hinsollte. Wo nötig, hatten sie ihr alle bei der Versorgung ihrer kleinen Tochter geholfen. Sogar Cooper hatte das kleine Mädchen ein paarmal genommen. Da Jessie zuletzt davon gesprochen hatte, dass sie etwas anderes gefunden habe, wo sie und ihr Baby leben könnten, hatte niemand damit gerechnet, dass sie einer verdutzten Lizzie einfach ihre Tochter geben und dann untertauchen würde.

Jared hatte Cooper darum gebeten, ihr nachzufahren, an ihrem Arbeitsplatz nach ihr zu suchen, aber im Beachcomber war keine Spur von ihr zu entdecken, und auch sonst nirgends auf der Insel.

Er kehrte zum Chesterfield zurück, erschöpft von seinen vergeblichen Bemühungen. Er hatte alles getan, was ihm eingefallen war, um Jared und Lizzie zu helfen, die von den Ereignissen des Tages wie betäubt waren.

»Ich habe überall nachgeschaut«, erklärte Cooper. »Ich bin sogar in der Krankenstation gewesen, doch da war sie auch nicht.«

»Danke für alles«, erwiderte Jared. »Der Polizeichef hat ebenfalls Leute, die nach ihr suchen.«

Er war so gestresst, wie Cooper ihn noch nie erlebt hatte.

»Was ist los, Leute?«, fragte Quinn, der im Foyer zu ihnen stieß. »Und wessen Baby ist das bei Lizzie auf dem Arm?«

»Das Baby gehört einer Frau namens Jessie, der Lizzie nach der Geburt geholfen hat«, sagte Jared. »Vorhin hat sie Lizzie ihre Tochter in den Arm gedrückt und ist abgehauen. Wir setzen gerade Himmel und Hölle in Bewegung, um sie zu finden, fürchten allerdings, dass sie die Insel mit der Sechs-Uhr-Fähre verlassen hat.«

»Verdammt«, entfuhr es Quinn. »Was kann ich tun?«

»Geh zurück, und genieße deinen großen Tag«, antwortete Jared. »Wir kümmern uns darum.«

»Seid ihr euch sicher? Ich kann helfen, wenn ihr es braucht.«

»Das ist nicht nötig, aber danke, Quinn. Wir kommen wieder rein, sobald wir können. Es tut mir leid, dass das ausgerechnet heute passieren musste.«

»Mach dir deswegen keine Gedanken. Für Mallory und mich kann diesen Tag nichts ruinieren.«

Nachdem Quinn gegangen war, schaute Jared zu Lizzie und dem Baby, bevor er den Blick auf Cooper richtete. »Wir müssen sie finden. Vielleicht hat sie die Fähre gar nicht erreicht. Könntest du bitte noch einmal zum Beachcomber fahren und herumfragen, ob jemand dort irgendetwas über sie weiß? Rede auch unbedingt mit Libby, der Hotelmanagerin, und guck mal, was sie dir erzählen kann.«

»Bin schon weg.«

»Danke.«

Auf der Rückfahrt zum Hauptort der Insel sah sich Cooper jeden, an dem er vorbeikam, genauer an. Am Beachcomber suchte er sofort das Büro der Hotelleitung auf. »Hallo, mein Name ist Cooper James. Sie kennen meinen Bruder Jared, wenn ich mich nicht irre?«

»Natürlich. Was kann ich für Sie tun?«

»Ich versuche, eine Ihrer Mitarbeiterinnen zu finden. Jessie Morgan?«

»Willkommen im Club. Die letzten paar Tage ist sie nicht zur Arbeit erschienen, und auch sonst hat niemand von uns hier von ihr gehört.«

»Sie hat ein Kind bekommen.«

Libby blinzelte mehrmals erstaunt. »Sie war schwanger?«

Wie konnte sie das nicht gewusst haben? »Äh, ja?«

Die Hotelmanagerin schwieg eine Sekunde, offenbar um nachzudenken. »Sie hat angefangen, lockere Kleidung zu tragen, doch ich hatte keine Ahnung, dass sie schwanger war. Meine Güte.«

»Meine Schwägerin Lizzie wurde gebeten, ihr zu helfen, und sie hat sie und ihr Baby mit nach Hause genommen. Aber jetzt hat Jessie das Baby bei Lizzie zurückgelassen und ist verschwunden. Wir versuchen verzweifelt, sie zu finden. Wir befürchten, dass sie die letzte Fähre zum Festland genommen hat. Und wir hoffen, dass irgendwer hier was weiß, das uns weiterhelfen könnte.«

»Ich habe vorhin erst meine gesamte Belegschaft befragt. Seit Tagen hat niemand etwas von ihr gehört. Und im Angestelltenwohnheim hat sie auch niemand zu Gesicht bekommen.«

»Wäre es möglich, nachzuschauen, ob sie ihre Sachen gepackt hat?«

»Ja, lassen Sie mich nur kurz meine Schlüssel holen. Ich bin sofort wieder da.«

Während er auf sie wartete, schrieb Cooper an Jared. Bin im Beachcomber und hab mit Libby geredet. Niemand hier hat Jessie seit dem Tag der Geburt gesehen. Wir werden jetzt in ihr Zimmer gehen, um zu überprüfen, ob sie ihr Zeug mitgenommen hat.

Danke, Coop. Halt mich darüber auf dem Laufenden, was du rausfindest.

Na klar.

Libby kam mit einem Schlüsselbund zurück. »Die Apartments sind hinten, falls Sie mich begleiten möchten.«

»Gerne. Gehen Sie voran.«

Während sie durch die Hintertür des Hotels traten, schaute Libby ihn an. »Die verschorfte Wunde in Ihrem Gesicht sieht ziemlich fies aus.«

»Fühlt sich auch ziemlich fies an.«

»Das glaube ich gern. Sind Sie der Typ, der neulich Nacht verhindert hat, dass der Porsche über die Klippe rollt?«

»Ja, das bin ich wohl.«

»Niemand von der Feuerwehr kann es fassen, dass Sie ihn so lange festhalten konnten.«

»Meine Rippen, Schultern, Arme, Hände und mein Gesicht können schmerzhaft Zeugnis davon ablegen.«

»Sie hatten ein Riesenglück, dass Sie keine schwereren Verletzungen davongetragen haben.«

»Ich weiß.« Er folgte ihr über eine Außentreppe in den ersten Stock eines weiß gestrichenen Gebäudes. Im Garten standen jede Menge Fahrräder, da war ein Sacklochspiel aufgebaut, die Mülltonnen quollen über, und aus dem überfüllten Glascontainer ragten leere Flaschen. Es war offensichtlich, dass hier ordentlich gefeiert wurde, und er konnte verstehen, warum Lizzie nicht wollte, dass Jessie mit ihrem Baby hier wohnte.

Vor dem Zimmer mit der Nummer achtzehn blieb die Managerin stehen und sperrte mit ihrem Generalschlüssel auf. »Wow«, sagte Libby. »Ich schätze, sie ist wirklich abgehauen.«

Mit einem kurzen Blick konnte Cooper erkennen, dass der Raum bis auf ein ungemachtes Bett leer war. Jetzt, da er wusste, dass Jessie hier gewesen sein musste, bevor sie zum Chesterfield zurückgekehrt war, schrieb er das Jared.

Sein Bruder antwortete fast sofort. Verdammt noch mal.

Möchtest du, dass ich mir von der Fährgesellschaft bestätigen lasse, dass sie an Bord war?

Wir können das als wahrscheinlich annehmen. Mist. Was machen wir jetzt?

Ich werde sehen, ob ich von Libby eine Adresse auf dem Festland kriegen kann, und werde mit den Leuten hier reden, ob irgendjemand weiß, wohin sie sich vielleicht gewandt hat.

Danke, dass du es versuchst.

Reg dich nicht zu sehr auf. Wir werden sie finden.

Während sie die Treppe wieder hinabstiegen, kam ihnen ein Polizist mit Namensschild am Shirt entgegen, auf dem »Taylor« stand. Cooper sprach ihn sofort an. »Mein Name ist Cooper James. Suchen Sie nach Jessie Morgan?«

»Deacon Taylor.« Er reichte ihm die Hand, die Cooper schüttelte. »Und ja, das tun wir.«

»Ihr Zimmer ist komplett ausgeräumt, und wir gehen inzwischen davon aus, dass sie die letzte Fähre zum Festland genommen hat«, teilte Cooper Deacon mit.

»Ich hab rausgefunden, dass sie sich ein Ticket gekauft hat«, revanchierte sich Deacon. »Ich hab am Schalter der

Fährgesellschaft ein Foto von ihrem Facebook-Profil vorgezeigt, und der Ticketverkäufer hat sie erkannt. Ich habe die Polizei in Narragansett informiert und sie darum gebeten, sie beim Verlassen des Schiffs festzuhalten.«

»Mein Bruder und seine Frau ... Sie möchten nicht, dass das Kind vom Jugendamt irgendwo untergebracht wird.«

»Das verstehe ich. Wir werden tun, was wir können.«

»Danke.«

»Wo erreichen wir sie später?«

»Wieder in ihrem Haus, nach der Hochzeit meines anderen Bruders im Chesterfield.«

»Okay, wir unterrichten sie, sobald wir was wissen.«

»Danke für die Hilfe.«

»Ist doch selbstverständlich.«

Nachdem Deacon wieder gegangen war, dankte Cooper Libby und sandte Jared ein weiteres Update zu dem, was Deacon ihm mitgeteilt hatte. Entmutigt und in Sorge darüber, wie sich das alles wohl weiter entwickeln würde, begab sich Cooper zurück zum Parkplatz. Sein Handy klingelte, als er in den Porsche stieg. Er nahm den Anruf an, während er das Fenster runterfuhr.

»Hi, hier ist Gigi.«

Der Klang ihrer Stimme war alles, was nötig war, um seine Stimmung sofort zu heben. »Hi.«

»Es tut mir so leid, dass ich mich bis jetzt nicht bei dir gemeldet habe. Wir haben zwölf Stunden am Tag gedreht.«

»Das hab ich mir schon gedacht. Wie geht es dir?«

»Gut, aber ich habe nicht angerufen, um über mich zu reden. Wie geht es *dir*?«

»Deutlich besser. Meine Rippen tun viel weniger weh, und mein Gesicht ziert eine hübsche Schorffläche.«

»Es ist ein Verbrechen, ein attraktives Gesicht derart zu verschandeln.«

Sie fand sein Gesicht attraktiv? »Hoffentlich hinterlässt es keine Narben.«

»Warum hörst du dich so seltsam an? Fühlst du dich immer noch schlecht?«

»Nein, ich war auf der Hochzeit meines Bruders Quinn ...«

»O mein Gott, stimmt ja! Ich hatte total vergessen, dass das heute ist. Ich habe gehört, dass Maddie McCarthy während der Trauung Wehen bekommen hat.«

»Das war die erste verrückte Sache, die passiert ist. Die zweite war, dass Jessie Morgan, die junge Mutter, der Lizzie geholfen hat, ihr Baby zu ihr ins Chesterfield gebracht hat und dann verschwunden ist.«

»Was? Wo ist sie hin?«

»Wir befürchten, dass sie die Express-Fähre zurück zum Festland genommen hat.«

»O mein Gott. Lizzie und Jared müssen kurz vorm Durchdrehen stehen.«

»Es hat sie ziemlich mitgenommen. Die Polizei versucht, Jessie zu finden, und Lizzie macht sich Sorgen, dass das Baby dem Jugendamt gemeldet werden muss. Es ist das pure Chaos.«

»Wie kann ich helfen?«

»Da bin ich im Moment überfragt, aber danke für das Angebot.«

»Ich bin nachher in meinem Apartment, falls du rüberkommen möchtest.«

»Das wäre schön. Allerdings bin ich mir nicht sicher, wann wir zurück sein werden.«

»Kein Problem. Ich werde am Pool sitzen und entspannen. Es waren ein paar verrückte Tage.«

»Okay, wir sehen uns dann später.«

»Ja, auf jeden Fall.«

Plötzlich konnte Cooper »später« gar nicht erwarten. Er fuhr zurück zum Chesterfield und wünschte sich, er hätte Jessie gefunden. Was, wenn die Polizei von Narragansett sie beim Verlassen der Fähre nicht erwischte? Die Überfahrten waren zu dieser Zeit des Jahres fast immer ausgebucht, sodass sie mühelos in der Menge untertauchen und ohne große Probleme an ihnen vorbeikommen konnte.

Im Chesterfield fand er Jared und Lizzie mit dem schlafenden Baby in einem Raum neben der Hauptlobby. Im Hintergrund war gedämpft die Musik von der Hochzeitsfeier zu hören.

»Irgendwelche Neuigkeiten?«, fragte Cooper sie.

Jared schüttelte den Kopf. »Wir warten darauf, zu erfahren, ob die Polizei von Narragansett in der Lage war, sie abzufangen.«

»Leider nein«, erklärte Blaine Taylor, der Polizeichef von Gansett Island, der gerade hinzukam.

»Ernsthaft?«, rief Jared. »Wie konnten sie sie verpassen?«

»Ich habe mit zweien von ihren Leuten gesprochen. Sie haben übereinstimmend berichtet, dass die Anlegestelle hoffnungslos überfüllt war. Sie haben versucht, jeden zu überprüfen, der von Bord gegangen ist, aber sie haben sie nicht gesehen. Ich habe gefragt, ob sie auf der Fähre geblieben sein könnte, damit sie nicht gefasst wird. Sie haben das ebenfalls überprüft. Keine Spur von ihr.«

»Was sollen wir nur tun?«, fragte Lizzie mit großen Augen.

»Wir könnten das Jugendamt einschalten«, sagte Blaine.

»Nein«, lehnte Lizzie strikt ab. »Vielleicht kommt Jessie zurück, wenn ihr klar wird, dass sie einen Fehler gemacht hat. Sie wird bestimmt zurückkommen.«

»Lizzie …«, begann Jared, und den flehenden Ton in der Stimme seines Bruders zu hören tat Cooper in der Seele weh.

»Wir sollten sie eine Minute allein lassen«, wandte er sich an Blaine.

Er folgte dem Polizeichef aus dem Zimmer und schloss die Tür, um Jared und Lizzie etwas Privatsphäre zu geben. »Wir müssen Jessie finden«, verkündete er.

»Ich arbeite mit der Staatspolizei von Rhode Island zusammen. Wir tun alle unser Bestes.«

»Himmel, ich hoffe, es klappt.«

KAPITEL 6

Nach der Hochzeit verabschiedeten sie sich von dem glücklichen Paar, das am nächsten Morgen von der Insel aus zu seinen Flitterwochen in Irland aufbrechen wollte. Weil Jared was getrunken hatte, als sie Jessie nicht hatten finden können, fuhr Cooper seinen Bruder, Lizzie und das Baby nach Hause. Sie hatten sich von Mallorys Schwester Janey Cantrell eine Babyschale geliehen. Janey hatte ihren Mann losgeschickt, damit er sie holte, als die Geschichte bekannt geworden war.

Jared und Lizzie schwiegen sich auf der gesamten Fahrt an, und dieses Schweigen machte Cooper nervös. Jared war nicht damit einverstanden, das Baby auch nur eine Nacht länger im Haus zu behalten, aber Lizzie ließ sich nicht davon abbringen.

Daher das Schweigen.

Cooper sollte vermutlich nach New York zurückkehren und sie allein lassen, damit sie das ungestört ausdiskutieren konnten. Heute war es schon zu spät dafür, doch vielleicht konnte er morgen abreisen.

Er parkte das Auto in der Einfahrt und stieg aus, um Lizzie mit dem Babysitz zu helfen. »Gibt es irgendwas, was ich tun kann?«, fragte er.

»Nein, danke für deine Hilfe vorhin.«

»Wenn du mich brauchst, ich bin direkt hier.«

»Danke, Coop.« Sie klang erschöpft, während sie den Autositz mit dem Baby darin ins Haus trug.

Jared blieb zurück, daher wartete Cooper ab, ob sein Bruder reden wollte.

»Das hier ist der größte Mist überhaupt«, stellte der fest, nachdem Lizzie durch die Haustür verschwunden war.

»Auf jeden Fall.«

»Was, wenn Jessie nie zurückkommt? Was zur Hölle sollen wir dann tun?«

»Du brauchst juristischen Rat und einen Privatdetektiv, der sie sucht«, erklärte Cooper.

Jared blickte ihn an. »Du hast recht. Gleich morgen früh werde ich Dan Torrington anrufen, und ich hab da jemanden in New York, den ich darauf ansetzen kann, sie aufzuspüren.«

»Gut. Du musst das wie ein geschäftliches Problem behandeln.«

»Mach ich. Danke für den guten Ratschlag, kleiner Bruder.«

»Möchtest du, dass ich verschwinde? Ich kann jederzeit nach New York zurück.«

»Nein, bitte bleib. Könnte gut sein, dass ich noch mehr vernünftige Ratschläge brauche, bevor das hier vorbei ist.«

Jared würde nie erfahren, was es für Cooper bedeutete, dass sein verehrter großer Bruder ihn wie einen Gleichberechtigten behandelte.

Da es gerade so gut lief, beschloss Cooper, noch eine Sache zu sagen, die ihm durch den Kopf ging. »Ich weiß, es ist wirklich schwierig, deine Gefühle da rauszulassen, vor allem wenn man bedenkt, was ihr beide in letzter Zeit erlebt habt. Aber versuch, nett zu Lizzie zu sein. Du kannst ihr großes Herz ja nicht nur lieben, wenn sie Dinge tut, die dir gefallen. Du musst sie immer lieben.«

»Ich weiß«, erwiderte Jared mit einem tiefen Seufzen. »Ich liebe sie mehr als alles andere auf der Welt. Bloß … wie soll ich tatenlos zusehen, wie sie etwas tut, von dem ich genau weiß, dass es sie am Ende am Boden zerstört zurücklässt?«

»Sie weiß das genauso gut wie du, und sie macht es trotzdem. Folge ihrem Beispiel.«

Jared atmete angespannt aus. »Ich werde genauso am Boden zerstört sein. Die Kleine ist einfach zu niedlich.«

»Das ist sie. Hat Jessie ihr schon einen Namen gegeben?«

»Nein, ich glaube nicht.« Er blickte Cooper an. »Wenn du mich fragst, sie kommt nicht zurück. Jessie hat Lizzie erzählt, dass sie das Baby eigentlich gar nicht wollte, dass es das Ergebnis eines Fehltritts sei und dass sie Angst habe, dem Kind am Ende etwas anzutun.«

»Himmel, das ist heftig.«

»Genau. Mehr als alles andere ärgert mich, wie sie dabei Lizzies Freundlichkeit und Herzensgüte ausgenutzt hat.«

»Schon, nur vergiss nicht, sie weiß ja nicht, was ihr mit der künstlichen Befruchtung und alldem durchgemacht habt. Vermutlich hätte sie sonst andere Entscheidungen getroffen.«

»Ja, das stimmt wohl. Das Einzige, was ich mit Sicherheit weiß, ist, dass auf nicht absehbare Zeit erst mal ein Neugeborenes bei uns leben wird, und wenn wir gezwungen sind, sie wieder herzugeben, wird es hier ziemlich hässlich werden.«

»Es tut mir so leid, Jared. Ich wünschte, es gäbe etwas, was ich für euch tun könnte.«

»Es hilft schon sehr, dass du hier bist. Geh nirgendwohin, ja?«

»Werde ich nicht. Und falls du mich doch loswerden willst, reicht ein Wort.«

Jared drückte ihm den Arm. »Ich möchte, dass du so lange bleibst, wie du willst. Immerhin gab es heute eine gute Neuigkeit: Der Strom ist wieder da.«

»Aber echt. Ich gehe jetzt mal zu Gigi. Schick mir eine Nachricht, falls ich irgendwas für euch tun kann. Und wenn es das Besorgen von Windeln ist oder was ihr sonst braucht.«

»Danke, Coop. Eins kann ich über diesen Tag jetzt schon sagen, nämlich dass wir Quinns Hochzeit definitiv nicht vergessen werden.«

»Allerdings«, antwortete Cooper mit einem Lachen.

»Es ist ihm und Mallory gelungen, trotz allem eine tolle Zeit zu haben. Zwillinge im Rettungshubschrauber und ein Baby, das von seiner Mutter verlassen wurde … Was für ein Tag!«

»Ich habe Quinn jedenfalls noch nie so glücklich gesehen wie heute.«

»Ja, geht mir genauso.«

»Am Ende wird sich eine Lösung finden, Jared. Im Moment ist es total intensiv, aber alles wird gut. Einfach immer weiteratmen.«

»Ich werd's versuchen. Bis morgen früh.«

»Genau. Wie gesagt, meldet euch, wenn ihr was braucht. Und ich hole morgen auch den Porsche vom Chesterfield her.«

»Gut, danke, Coop.«

Cooper blickte seinem Bruder hinterher und wartete, bis er im Haus war, bevor er die Stufen erklomm, um an Gigis Tür zu klopfen.

Als sie ihm öffnete, sah er, dass sie zu Boyshorts ein bauchfreies Oberteil trug, das ihre schmale Taille betonte.

Verdammt, war das heiß.

Vielleicht hatte Jared doch recht gehabt, als er gesagt hatte, dass sie zu viel Frau für ihn war.

»Cooper? Alles in Ordnung?«

Er schüttelte den Kopf.

»Was ist los?«

Cooper war sich nicht sicher, was ihn dazu verleitete oder ob er das überhaupt tun sollte, aber er legte einen Arm um sie und zog sie eng an seinen sofort erregten Körper. Er hatte keine Ahnung, ob sie von ihm geküsst werden wollte, bis er es tat und sie den Kuss erwiderte, indem sie ihm die Arme um den Hals schlang und den Mund unter seinen Lippen öffnete.

Trotz seiner ausgedehnten Erfahrung mit Küssen hatte er noch nie einen erlebt, der so schnell von null auf hundert beschleunigt hatte, in einem Auflodern von Hitze und Verlangen, sodass es ein Wunder war, dass sie nicht ihre unmittelbare Umgebung in Flammen setzten.

Er wünschte, er könnte sie hochheben und zum Sofa tragen, doch seine Rippen schmerzten immer noch höllisch, sodass er so was lieber gar nicht erst versuchen wollte. Stattdessen schloss er mit einem Tritt die Tür und schob Gigi rückwärts zum Sofa, ohne den Kuss zu unterbrechen. Dort angekommen, bog er sie nach hinten, hoffte, sie würde ihn mit sich ziehen.

Aber seine Rippen waren da anderer Meinung.

Mit einem Aufkeuchen löste er sich von ihr.

»Oh, Mist, deine Rippen«, sagte sie. »Alles in Ordnung?«

»Es war total okay, bis ich es übertrieben hab.«

Sie lächelte, und in seinem Kopf brach Chaos aus. Himmel, sie war auf eine völlig ungekünstelte Art und Weise wunderschön. Ihr Gesicht war ungeschminkt, ihre Wimpern lang und dicht, ihre Lippen feucht und geschwollen von ihren Küssen.

»Was guckst du so?«

»Du bist das allerhübscheste Mädchen, das mir je untergekommen ist.«

»Ausgeschlossen.«

»Doch.«

»Marilyn Monroe war hübscher.«

Er schüttelte den Kopf. »Mit dir kann sie sich nicht messen.«

»Genau.«

»Ehrlich. Sie würde liebend gern mit dir tauschen.«

»Du bist witzig.« Sie setzte sich aufs Sofa und streckte eine Hand aus, um ihm zu helfen, neben ihr Platz zu nehmen.

Sein Körper schmerzte von dem langen Tag, und als er endlich neben ihr saß, war er schweißgebadet. »Gebrochene Rippen sind total doof, nur falls du dich das je gefragt hast.«

»Kannst du nicht irgendwas einnehmen?«

»Ich hab Schmerzmittel drüben im Haus, aber ich hab heute drauf verzichtet, weil ich bei der Hochzeit meines Bruders ein oder zwei Bierchen trinken können wollte.«

»Das war vielleicht dumm.«

»Das weiß ich jetzt auch.«

»Ich hab ein paar Ibuprofen. Würden die dir helfen?«

»Zumindest ein bisschen.«

»Ich hol sie dir.«

Er hielt sie zurück. »Ich wollte nicht aufhören, dich zu küssen.«

»Und ich wollte nicht, dass du aufhörst.«

Unter dem sinnlichen Blick, den sie ihm zuwarf, wurde er sofort hart. Diese Frau würde ihn noch ins Grab bringen.

* * *

Cooper James war wirklich voller Überraschungen. Während Gigi ins Bad ging, um die Tabletten zu suchen, sah sie wieder vor sich, wie er sie angeschaut hatte, als sie ihm die Tür aufgemacht hatte, und erinnerte sich, wie er den Arm um sie gelegt und sie geküsst hatte. Er hatte vorher nicht groß um Erlaubnis gefragt, wie es so viele Typen taten. Auch wenn sie Höflichkeit bei Männern zu schätzen wusste, nahm die vorherige Frage der Geste viel von ihrer romantischen Spontaneität.

Bis sie ihm eben die Tür geöffnet hatte, war sie vage an ihm interessiert gewesen, nach dem Kuss jedoch war ihr Interesse förmlich aufgeflammt. Nicht dass sie die Zeit hätte, an irgendeinem Mann auf Gansett Island interessiert zu sein, vor allem da sie in zehn Tagen zurück nach L. A. fliegen würde. Nur hieß das ja nicht, dass sie nicht ein bisschen Spaß mit dem sexy Cooper haben konnte, der wie jemand küsste, der viel Erfahrung hatte – was wiederum dazu führte, dass sie überlegte, worin er wohl sonst noch gut war.

Die letzten vierzehn Monate waren die längste Dürreperiode ihres Lebens gewesen, nachdem die Beziehung davor, die zum Schluss sehr hässlich geworden war, geendet hatte. Und das war die nach der mit dem Stalker gewesen, sodass man mit Fug und Recht behaupten konnte, dass sie einen echten Lauf gehabt hatte.

Aber das war das Letzte, worüber sie jetzt nachdenken wollte, solange sie einen süßen, sexy neuen Typen bei sich hatte, der einfach nur traumhaft küsste. Cooper war vielleicht ein netter Kandidat dafür, die Durststrecke zu beenden und ihr zu helfen, die Zeit rumzubringen, bevor sie zu ihrem echten Leben zurückkehrte.

Sie reichte ihm die Packung Ibuprofen und ein Glas Wasser.

»Danke.« Er schluckte zwei Tabletten und leerte das Glas in einem Zug. »Tut mir leid, dass ich die Stimmung ruiniert habe.«

»Meine Stimmung ist prima. Wie steht es um deine?«

»Schon viel besser.« Er griff nach ihrer Hand und hielt sie fest, auch nachdem sie sich zu ihm aufs Sofa gesetzt hatte. »Diese Sache heute – dass Jessie ihr Baby einfach bei Lizzie gelassen hat – war echt heftig. Vor allem das Timing ist angesichts ihrer aktuellen Probleme extrem ungünstig.«

»Ja, das zusätzlich ist alles andere als ein Kinderspiel.«

»Jared regt sich deswegen schrecklich auf. Er versucht es nicht zu tun, aber er kann nicht anders.«

»Da kann ich ihm keinen Vorwurf machen. Es ist klar, dass sie binnen kürzester Zeit ihr Herz an die Kleine verlieren werden.«

»Genau das ist es, wovor er Angst hat.«

»Die Mutter tut mir auch leid. Und wenn sie das Kind aus welchen Gründen auch immer schon nicht selbst großziehen kann, hat sie es wenigstens bei jemandem gelassen, der sich um ihre Tochter kümmert, statt ihr zu schaden.«

»Stimmt«, musste Cooper ihr recht geben.

»Eine Schülerin von meiner Highschool hat ihr Baby auf dem Mädchenklo gekriegt und es niemandem erzählt. Als das Neugeborene gefunden wurde, war es bereits tot.«

»Wie traurig. Warum hat sie niemandem Bescheid gesagt?«

»Die Leute waren ziemlich lange aufgewühlt deswegen. Ich vermute, sie hatte schreckliche Angst, alle würden erfahren, dass sie schwanger war.«

»Hat sie Schwierigkeiten gekriegt?«

»Ich glaub schon. Sie ist von der Schule runter und ist nicht wiedergekommen.«

»Das wirft ein anderes Licht darauf, wie Jessie gehandelt hat. Wie du schon gesagt hast, wenigstens hat sie ihre Tochter bei jemandem gelassen, der sich gut um sie kümmert. Und sie hatte keine Ahnung, dass die beiden ungewollt kinderlos sind und was sie deswegen gerade durchmachen.«

»Was immer als Nächstes passiert, das Baby kann sich glücklich schätzen, dass es bei jemandem wie Lizzie gelandet ist. Sie wird dafür sorgen, dass es der Kleinen an nichts fehlt.«

»Genau. Doch jetzt genug von dem Thema. Sprechen wir mal über dich.«

Das passierte auch nur extrem selten – die meisten Typen wollten immer bloß über sich selbst reden. »Was willst du denn wissen?«

»Alles, was du mir erzählen möchtest. Wie waren die Dreharbeiten diese Woche?«

»Vor allem lang. Aber ich denke, wir haben ein paar gute Sachen im Kasten. Die verantwortliche Produzentin ist glücklich, und wenn sie glücklich ist, sind wir das auch.« Wann war das letzte Mal gewesen, dass sie mit einem Typen Händchen gehalten hatte, der nicht sofort versucht hatte, mehr daraus zu machen? Sie konnte sich nicht erinnern. Sie wollten immer mehr – so viel, wie nur irgend möglich, so schnell, wie sie es kriegen konnten. »Jordan gibt morgen eine Dinnerparty. Sie hat gesagt, ich solle ruhig jemanden mitbringen, wenn ich mag.«

»Ach ja? Hast du da jemand Bestimmten im Sinn?«

»Nicht wirklich.«

Er setzte eine gekränkte Miene auf, über die sie lachen musste. »Autsch.«

»Möchtest du denn?«

»Liebend gern sogar, solange Jared und Lizzie mich nicht für irgendwas brauchen.«

Auch durch seine Sorge um seinen Bruder und seine Schwägerin unterschied sich Cooper von den anderen Männern, mit denen Gigi bislang ausgegangen war, die fast ausschließlich an sich selbst gedacht hatten und daran, bei ihr zum Zug zu kommen. Sie kannte Cooper noch nicht lange, doch sie wusste bereits, dass seine Familie für ihn immer an erster Stelle stehen würde, selbst wenn das hieß, dass er dadurch eine Gelegenheit versäumte, mit ihr zusammen zu sein. Vielleicht war sie da komisch, aber ihr gefiel das. »Es ist süß von dir, dass du dir solche Sorgen um sie machst.«

»Jared ist immer sehr nett zu mir gewesen, wirklich, wirklich nett. Und Lizzie ist einfach ein so unfassbar guter Mensch, wie man nur ganz selten einen trifft. Ich hasse es, sie so aufgewühlt zu sehen, wie sie vorhin waren.«

»Das ist schlimm.«

»Ja, und sie sind sich nicht einig, wie sie die Situation am besten handhaben sollen. Jared will, dass sie das Baby dem Jugendamt übergeben, doch davon will Lizzie nichts wissen.«

»Weil sie verhindern möchte, dass die Kleine im Pflegesystem landet. Und glaub mir, da handelt sie richtig.«

Er legte den Kopf schief und musterte sie neugierig. »Sprichst du aus Erfahrung?«

»Schon möglich.« Gigi verfluchte sich im Geiste, weil sie sich in seiner Nähe so wohl fühlte, dass sie etwas erwähnt hatte, worüber sie eigentlich nie sprach. »Es kann für Kinder schwierig sein, so aufzuwachsen.«

»Das kann ich mir gut vorstellen.«

Sie konnte erkennen, dass er gerne weiter nachgehakt hätte, aber sie musste ihm zugutehalten, dass er es nicht tat.

Gigi nutzte die kurze Pause in der Unterhaltung, um das Thema zu wechseln und Dinge in der Vergangenheit zu belassen, die dort ohnehin besser aufgehoben waren. Sie beugte sich vor, um ihn zu küssen, erwartete mehr von dem Feuer und der Leidenschaft, doch dieses Mal fand sie Zärtlichkeit.

Mit Feuer und Leidenschaft kam sie klar, Zärtlichkeit hingegen stand auf einem ganz anderen Blatt. Das war ein Risiko, das sie lieber nicht eingehen wollte. »Ich … muss morgen früh raus. Wir müssen um sieben am Set sein.«

»Wird es ein weiterer langer Tag?«

»Nur ein halber. Jordan hat sich Zeit ausbedungen, um alles für ihre Party vorzubereiten.«

»Hättest du Lust auf einen Nachmittag mit mir am Strand?«

»Klar, das klingt gut.«

»Ich besorge uns was zum Mittagessen. Hast du irgendwelche besonderen Wünsche?«

»Überrasch mich. Nur frittiert sollte es nicht sein.«

»Verstanden, hab ich mir notiert.« Er beugte sich für einen weiteren dieser süßen Küsse vor, die sie so aus dem Gleichgewicht brachten.

Leider war dies kein günstiger Zeitpunkt in ihrem Leben, um, sich aus dem Gleichgewicht bringen zu lassen, was bedeutete, dass sie bei Cooper James auf der Hut sein musste. Sich zu sehr auf einen attraktiven Typen einzulassen, der fünftausend Kilometer von ihr entfernt wohnte, wäre keine gute Idee.

* * *

Cooper war mehr als je zuvor fasziniert von ihr, während er langsam den Garten durchquerte. Seine Rippen brannten nach dem langen Tag, und die Tabletten, die Gigi ihm gegeben hatte, hatten gegen die Schmerzen nicht viel ausrichten können.

Als er von der Terrasse durch die Schiebetür ins Haus trat, war das Erste, was er hörte, Babygeschrei.

Jared kam gestresst wirkend in die Küche.

»Alles okay mit ihr?«

»Wir wissen einfach nicht, was ihr fehlt. Wir haben alles versucht – Fläschchen, Windelwechsel, Herumtragen und Wiegen. Sie ist untröstlich.«

»Vielleicht spürt sie irgendwie, was heute passiert ist.«

Jared überlegte einen Moment. »Das fände ich echt schlimm. Die arme Kleine.«

Urplötzlich verstummte das Baby.

Die Brüder standen ganz still da und lauschten.

»Ich werde mal nach ihnen schauen«, flüsterte Jared. »Wir sehen uns morgen früh.«

»Wenn ich irgendwas tun kann …«

»Danke, Coop.«

Nachdem Jared den Raum verlassen hatte, goss sich Cooper ein Glas Wasser ein, verzichtete auf Eis, damit er das Baby nicht mit dem Krach weckte, und schlich auf Zehenspitzen zum Gästezimmer. Das Erste, was er tat, war, eine der verschriebenen Schmerztabletten zu nehmen. Verdammt, tat das weh. Morgen würde er es ruhig angehen lassen und sich erst mal von der Hochzeitsfeier seines Bruders erholen.

Als er sich auf dem Bett ausgestreckt hatte, atmete er erleichtert auf. Er hatte nie zuvor eine Verletzung gehabt, die so geschmerzt hatte wie das hier. Und sein Gesicht fühlte sich nicht viel besser an. Wie vorhergesagt brannte es wie die Hölle, seit die Betäubung nachgelassen hatte.

Seine Gedanken wanderten zu Gigi und den verräterischen Dingen, die sie zum Thema Jugendamt angedeutet hatte. Er hatte viel über sie in der Presse gelesen, aber nie was davon, dass sie ohne Eltern aufgewachsen wäre. Obwohl er ernsthaft in Versuchung war, sich sein Handy zu nehmen und zu sehen, was er herausfinden konnte, widerstand er diesem Impuls. Er wollte, dass sie ihm von sich aus von ihrem Leben erzählte – ihrem echten Leben, nicht dem, das sie der Öffentlichkeit präsentierte.

Sie zu küssen war unglaublich gewesen, doch das hatte er vorher gewusst.

Jetzt hatte er einen Ausflug an den Strand mit ihr vor sich, auf den er sich freuen konnte. Er konnte es gar nicht erwarten, mehr Zeit mit ihr zu verbringen, sie besser kennenzulernen, sie zu küssen und vielleicht sogar …

Nein, diese Richtung verbot er seinen Gedanken. Dafür war es noch zu früh.

Sein Verstand mochte nicht bereit sein, sich so weit vorzuwagen, aber der Rest von ihm war das auf jeden Fall.

»Runter, Junge«, sagte er laut, als ob seine Erektion darauf reagieren würde.

Er begab sich auf ganz neues Territorium, was Gigi betraf. Gewöhnlich dachte er nicht lange über seine Interaktionen mit Frauen nach. Sie passierten mehr oder weniger spontan.

Das Zusammensein mit Gigi erforderte hingegen sorgfältige Planung und Überlegung. Außer wenn es ums Küssen ging. Er hatte das zwar nicht vorgehabt, doch als sie ihm aufgemacht und in ihrem Top und den Shorts wie eine Göttin ausgesehen hatte, hatte er gehandelt, ohne groß nachzudenken.

Dankenswerterweise hatte sie ihm das nicht übel genommen und auf eine Weise reagiert, die für seinen jetzigen Zustand verantwortlich war.

Auf seinem Handy waren jede Menge Textnachrichten von Freunden aus der Stadt, die wissen wollten, wann er nach New York zurückkommen würde. Außerdem hatte er schon mehrere Tinder-Matches von Frauen auf der Insel. Aber er hatte kein Interesse daran, eine von ihnen zu treffen. Nicht solange die verlockende Gigi Gibson in der Nähe war.

Er konnte den morgigen Nachmittag gar nicht erwarten.

Kapitel 7

Quinn und Mallory blieben auf ihrem Hochzeitsempfang, bis sich alle Gäste verabschiedet hatten und nur noch Mallorys Vater Big Mac und ihre Stiefmutter Linda McCarthy da waren.

»Ich bin mir sicher, ihr Kinder könnt es gar nicht erwarten, dass endlich die Hochzeitsnacht beginnt«, neckte Big Mac sie und schnitt eine Grimasse.

Mallory lachte. »Was ich mehr als alles andere möchte, ist ein Glas alkoholfreier Sekt mit meinen Eltern auf der Veranda, bevor wir uns zurückziehen.«

Big Mac lächelte seine Tochter an. »Das kriegen wir wohl hin. Ich organisiere schon mal den Saft.«

Nachdem er und Linda gegangen waren, um mit dem Barkeeper zu sprechen, schaute Mallory zu ihrem attraktiven Ehemann. »Ich hoffe, es macht dir nichts aus.«

»Natürlich nicht.«

»Ich wollte einen Moment allein mit ihnen, um ihnen noch einmal für diesen unglaublichen Tag zu danken. Ich hätte nie geglaubt, dass ich eine so große Feier möchte, aber es war einfach …«

»Es war wunderschön.«

Unter seinem Jackett schlang sie die Arme um ihn und lehnte ihren Kopf an seine Brust. »Ja, das war es.«

»Und meine Braut war die hübscheste Braut in der Geschichte hübscher Bräute.«

Sie lachte wieder. Das tat sie häufig, wenn sie bei ihm war. »Und da bist du auch überhaupt nicht voreingenommen, richtig?«

»Überhaupt nicht. Es ist nichts als die Wahrheit.«

»Vielen Dank für diese wunderschöne zweite Chance aufs Glück. Nach Ryans Tod hatte ich wirklich gedacht, dieser Teil meines Lebens wäre vorbei, bis ich dich getroffen und eine neue Liebe gefunden habe.« Ihr erster Ehemann war im Alter von siebenundzwanzig Jahren plötzlich und unerwartet gestorben. Das schien ein ganzes Leben her zu sein.

»Du musst dich nicht bei mir bedanken, Süße. Ich war ein Wrack von einem Mann, bis ich dich getroffen habe, als wir beide zufällig zu diesem Unfall gekommen sind und herausgefunden haben, wie viel wir gemeinsam haben.«

»Es fühlt sich an, als wäre das eine Million Jahre her. Wenn man bedenkt, was seitdem alles passiert ist …«

Während sie sich unterhielten, wiegten sie sich zu der Musik, die die Aufräum-Mannschaft laufen hatte.

»Das war der beste Tag meines Lebens, ohne Frage«, erklärte er.

»Geht mir genauso.« Dann erkundigte sie sich: »Hast du mit Jared und Lizzie gesprochen?«

»Wir haben uns Nachrichten geschickt. Sie haben das Baby mit nach Hause genommen, und morgen wird Jared einen Detektiv anheuern, der die Mutter suchen soll.«

»Was für eine schreckliche Situation, gerade nach allem, was sie durchgemacht haben.«

»Ich weiß. Ich bin so froh, dass Coop da ist, um sie zu unterstützen. Mein kleiner Bruder ist jetzt ganz erwachsen.«

»Er ist wirklich nett.«

Big Mac kam mit einer Flasche und vier Gläsern zurück. »Bereit für eine letzte Runde?«

»Auf jeden Fall.« Mallory nickte, nahm Quinns Hand und folgte Big Mac und Linda auf die hintere Veranda.

Big Mac ließ den Korken knallen, füllte die vier Gläser und reichte jedem eins. »Einen Toast auf meine Tochter und meinen Schwiegersohn. Ich hoffe, dass all eure Tage so glücklich werden wie dieser.«

»Darauf trinke ich gerne«, sagte Quinn, während sie ihre Gläser hoben und einen Schluck nahmen.

»Einen Toast auf meinen Vater und meine zusätzliche Mutter«, fuhr Mallory fort. »Vielen Dank für diesen wunderschönen Tag und dafür, dass ihr mich überzeugt habt, meine Hochzeitspläne ein bisschen zu pimpen, mir die Familie gegeben habt, die ich nie hatte, mir aber immer gewünscht habe. Die beste Idee, die ich je hatte, war, nach Gansett Island zu kommen, um meinen Dad zu finden.«

Ihr Vater blinzelte Tränen zurück, während er mit ihr anstieß. »Nachdem ich mich von dem Schock erholt hatte, dass ich eine Tochter habe, von der ich nichts geahnt hatte, ist das einer der sieben besten Tage meines Lebens geworden – einer war mein Hochzeitstag und die anderen jeweils die Geburtstage meiner sechs Kinder.«

Sie liebte es, eins seiner sechs Kinder zu sein, auch wenn sie ihn erst kennengelernt hatte, als sie schon Ende dreißig gewesen war. Seither hatten sie sich alle Mühe gegeben, die verlorene Zeit aufzuholen.

»Einen Toast auf meine zusätzliche Tochter«, meldete sich nun Linda zu Wort, »und meinen neuen Schwiegersohn. Wenn du mich gefragt hättest, bevor du bei uns aufgetaucht bist, Mallory, ob unsere Familie komplett war, hätte ich mit Ja geantwortet. Aber du hast uns auf wundervolle Weise weiter ergänzt, und wir lieben dich sehr.«

»Danke«, erwiderte Mallory und spürte plötzlich einen Kloß in der Kehle. »Du bist der Schlüssel zu allem, Linda. Wenn du uns nicht so unterstützt hättest, hätte das ganz anders laufen können.«

»Meine Lin ist die Allerbeste«, bestätigte Big Mac. »Und mit diesen Worten werden wir euch jetzt als frischgebackenes Ehepaar euch selbst überlassen, damit ihr etwas Zeit allein zu zweit verbringen könnt.« Er stellte sein Glas ab und breitete die Arme aus.

Mallory trat hinein, als hätte sie das ihr ganzes Leben lang getan. Tränen schossen ihr in die Augen, als ihr Vater sie eng an sich zog. »Ich liebe dich so sehr«, flüsterte sie. In ihren wildesten Träumen über den ihr unbekannten Vater hätte sie sich niemals vorstellen können, dass es jemand wie Big Mac McCarthy sein könnte, der freundlichste, süßeste, lustigste und liebevollste Vater, den es je gegeben hatte.

»Ich liebe dich mehr«, entgegnete er.

Sie umarmte Linda, während Quinn Big Mac in die Arme schloss, und dann stellten sie die Flasche und ihre Gläser auf eins der Tabletts, die auf das Reinigungspersonal warteten, und gingen ins Foyer.

»Ich wollte schon die ganze Zeit fragen, ob ihr irgendwas von Mac und Maddie gehört habt«, erkundigte sich Mallory.

»Ich habe vor einer Stunde mit ihm gesprochen, und Mutter und Kinder sind wohlauf«, berichtete Big Mac. »Sie werden die Babys ein paar Tage im Krankenhaus behalten, um ihre Atmung zu überwachen. Aber mit ein bisschen Glück können sie in ein oder zwei Wochen nach Hause.«

»Ich kann es gar nicht erwarten, die Kleinen kennenzulernen, wenn wir aus unseren Flitterwochen zurück sind«, sagte Mallory. »Was für ein Tag für die Familie McCarthy.«

»Aber wirklich«, bestätigte Big Mac. »Es passiert nicht oft, dass wir uns um gleich drei neue Mitglieder vergrößern.«

»Gott sei Dank«, seufzte Linda. »Das würde mein Blutdruck auch nicht aushalten.«

Alle lachten, während Big Mac den Arm um Linda legte. »Bring mich nach Hause und ins Bett, Liebste.«

Mallory wurde bewusst, dass er ziemlich betrunken war, aber glücklicher, als sie ihn je zuvor erlebt hatte – und das wollte etwas heißen, denn er war der glücklichste Mensch, den sie kannte.

»Morgen früh mache ich Frühstück für alle«, rief Linda ihnen über die Schulter zu. »Kommt vorbei, bevor ihr abreist, wenn ihr möchtet.«

»Werden wir«, versprach Mallory.

Sie winkten ihnen hinterher, während Linda Big Macs Pick-up von der Auffahrt lenkte.

»Bereit, die Hochzeitssuite aufzusuchen?«, fragte Quinn und streckte Mallory die Hand hin.

»Mehr als bereit.«

Er zog ihre Hand in seine Ellenbeuge und führte Mallory die Treppe hinauf in die Suite im ersten Stock, die Lizzie bis nach ihrer Hochzeit für niemand anderen freigegeben hatte. Deshalb hatten sie auch keine Ahnung, was sie erwartete, als sie in den kerzenerleuchteten Raum traten.

»Oh, wow«, hauchte Mallory und ließ ihren Blick durch das wunderschöne Zimmer mit dem großen Doppelbett schweifen. Weiße Vorhänge bewegten sich in der leichten Brise vom Meer, und auf einem Tisch stand ein Mitternachtssnack aus Käse, Crackern, Weintrauben, schokoladenüberzogenen Erdbeeren und mehr alkoholfreiem Sekt.

Mallory hatte noch nie an einem einzigen Tag mehr alkoholfreien Sekt getrunken als heute. Sie hatte Alkohol schon vor Jahren aufgegeben, und er fehlte ihr überhaupt nicht – oder wie schlecht es ihr danach am nächsten Tag ging.

»Das ist ja toll«, bemerkte Quinn, der sich im Raum umschaute.

Als er näher an den Tisch trat, um die Snacks genauer zu begutachten, bemerkte Mallory, dass er leicht hinkte, da er den ganzen Tag auf den Beinen gewesen war. Meistens konnte man leicht vergessen, dass er eine Beinprothese hatte, bis er sich zu viel zumutete und dafür zahlen musste.

»Tut dein Bein weh?«

»Ein bisschen. Nichts, womit ich nicht klarkäme.«

»Was hältst du davon, wenn wir uns ausziehen und es uns gemütlich machen?«

»Das hört sich für mich nach einer ausgezeichneten Idee an.«

»Ich hab mir schon gedacht, dass dir das gefallen könnte.« Sie wandte ihm den Rücken zu. »Könntest du mir den Reißverschluss öffnen?«

»Nur zu gern, auch wenn ich traurig bin, dass ich dich nie wieder in diesem atemberaubenden Kleid sehen werde.«

»Es ist mein absolutes Lieblingskleid«, sagte sie. Sie hatte ein Seidenkleid an, das ihre Schultern frei ließ und in dem sie sich jung und sexy gefühlt hatte.

Er stand hinter ihr und küsste sie auf den Nacken. »Immerhin haben wir jede Menge Bilder.«

»Ja, das stimmt.«

Er zog langsam am Reißverschluss und schob ihr das Kleid über den Körper nach unten, bis es sich als duftige Seidenwolke um ihre Füße bauschte. Er streckte die Hand aus und hielt ihre, während sie aus dem Kleid heraustrat, und seine Augen weiteten sich beim Anblick dessen, was sie dank Tiffany Taylor als Unterwäsche gekauft hatte.

»Was zur …«

»Gefällt es dir?«, fragte sie und meinte Bustier, Strapsgürtel und Strümpfe. Als sie sich das vorhin angezogen hatte, hatte sie kichern müssen, weil sie sich auf genau diesen Moment so diebisch gefreut hatte.

»Und wie. Darf ich mir ein Foto davon machen?«

»Nein!«

»Ach bitte. Ich verspreche hoch und heilig, niemand außer mir wird es je zu Gesicht bekommen.«

»Berühmte letzte Worte.«

»Das ist mein Ernst. Ich möchte mich für den Rest meines Lebens daran erinnern, wie du genau jetzt aussiehst.«

Wie konnte sie ihm das abschlagen? »Also gut. Solange du mir schwörst, dass es wirklich nur für dich ist.«

»Das würde ich nie irgendjemandem zeigen.«

Mallory kam sich albern vor, als sie sich für ihren neuen Ehemann in Pose warf, der sie rasch fotografierte und dann das Handy beiseitewarf. Er hatte gerade nach ihr gegriffen, als das Telefon klingelte. Er stöhnte auf. »Ich muss mal checken, ob das Jared ist. Ich habe ihm gesagt, dass sie anrufen sollen, falls irgendwas wegen des Babys ist.«

»Kein Problem.«

Er warf einen Blick auf das Handy. »Es sind meine Eltern. Ich beeil mich.«

»Lass dir Zeit.«

»Hey«, meldete er sich. »Es war ein toller Tag. Ich bin so froh, dass ihr die Zeremonie mitverfolgen konntet. Wie ist Italien?« Nach einer langen Pause erklärte er: »Ihr müsst euch nicht schlecht fühlen. Ihr wart im Geiste bei uns.« Zu Mallory sagte er: »Sie wünschen uns beiden einen schönen Geburtstag.«

»Vielen Dank.«

»Sie bedankt sich. Das machen wir. Ruft an, wenn ihr wieder zu Hause seid, dann planen wir das. Hab euch auch lieb.« Er beendete das Telefonat und legte das Handy auf den Tisch. »Sie haben gesagt, dass es ihnen furchtbar leidtut, dass sie den großen Tag verpasst haben, und sie wollen uns besuchen, wenn sie aus Italien zurück sind.«

»Das wäre schön.«

»Und damit genug von jedem, der nicht meine wundervolle Frau ist.« Er zog sie in seine Arme und sah sie für eine lange Zeit einfach an.

»Was?«

»Ich schau mir nur an, was ich heute bekommen habe. Ich bin so glücklich, dass ich dich habe und uns und das hier.«

»Geht mir genauso mit dir. Ich dachte, ich wäre mit Liebe und Ehe und allem durch, und dann bist du gekommen und hast mir das Gegenteil bewiesen.«

»Nur falls du dich das fragst: Dies war der absolut beste Tag meines gesamten Lebens. Und ich weiß, dass dieser Tag für dich mit einem anderen zusammen an erster Stelle steht.«

»Nein, tut er nicht«, widersprach Mallory und wählte ihre Worte mit Bedacht. »Dies war auch für mich der beste Tag meines Lebens, denn er ist der Beweis, dass das Leben weitergeht, selbst wenn man sich das nicht immer vorstellen kann. Damit will ich meinen Hochzeitstag mit Ryan in keiner Weise schmälern, denn er war auch ganz oben auf meiner Liste bester Tage. Aber dieser hier bedeutet mir sogar noch mehr nach allem Schweren, was ich erlebt habe. Was *wir beide* erlebt haben.«

»Gut gesagt, Liebste. Ich weiß, dass Ryan immer ein Teil von dir und von uns sein wird.«

»Danke, dass du ihn auf diese Art ehrst.«

»Danke, dass du mich geheiratet hast«, erwiderte er mit einem Lächeln.

»Das Beste, was ich je getan habe.« Sie hob sich auf die Zehenspitzen, um ihn zu küssen. »Ich habe darüber nachgedacht, meinen Namen zu ändern.«

»Ach wirklich?«

Sie nickte. Sie hatten das vor der Hochzeit nicht diskutiert. »Ich würde gerne Mallory Vaughn McCarthy James heißen. Was denkst du?«

»Ich liebe es, und dein Vater wird das ebenso sehen.«

»Mallory James. Mir gefällt der Klang.«

»Mir auch.«

Als er sie küsste und an sich presste, durchströmte Mallory ein Gefühl des Friedens, weil sie nach dem plötzlichen Tod ihres ersten Ehemanns und so vielen Jahren der Unsicherheit endlich dort gelandet war, wo sie hingehörte. Ihren Vater und die Familie auf Gansett Island zu finden hatte sie zu Dr. Quinn James geführt und zu ihrer zweiten Chance auf die große Liebe.

* * *

In Providence waren Mac und Maddie McCarthy bei ihren Töchtern Evelyn und Emma auf der Neugeborenen-Intensivstation. Mac konnte immer noch nicht glauben, dass sie während der Hochzeit seiner Schwester und ausgerechnet in einem Hubschrauber auf die Welt gekommen waren. Das war wieder mal typisch für Maddie, jede andere chaotische Geburt im Vergleich harmlos wirken zu lassen.

»Woran denkst du?«, fragte seine Frau, die in einem Rollstuhl saß, mit dem er sie von der Entbindungsstation hergeschoben hatte.

Sie war noch erschöpft, nachdem sie die Zwillinge zur Welt gebracht hatte, und die Krankenschwester hatte auf dem Rollstuhl bestanden. Die Lungen der Mädchen waren noch nicht bereit für das Leben außerhalb der Gebärmutter, aber die Ärzte rechneten damit, dass sie nur noch eine Woche in intensivmedizinischer Betreuung brauchen würden. Maximal zwei.

Man hatte ihm gesagt, dass es für Zwillinge, die fast einen Monat zu früh auf die Welt gekommen waren, völlig normal war, einige Zeit auf der Intensivstation zu verbringen.

»Ich versuche immer noch zu verstehen, was heute überhaupt passiert ist«, erklärte Maddie, während sie die Babys anschaute.

»Ich auch.«

»Es ist wirklich gut, dass wir uns ohnehin einig sind, dass nach ihnen Schluss mit Kindern ist. Andernfalls würdest du jetzt ein Veto gegen weitere einlegen.«

»Das würde ich tatsächlich. Im *Hubschrauber*, Madeline«, wiederholte er zum zehnten Mal. »Echt jetzt?«

Sie lachte und zuckte die Achseln. »Ich könnte ja so tun, als würde es mir leidtun, aber das ist eine unglaublich tolle Story, die wir den Mädchen später erzählen können.«

»Ich hätte nie gedacht, dass ich den Tag erlebe, an dem ich es tatsächlich gar nicht erwarten kann, endlich die Vasektomie zu bekommen.«

»Ich hätte auch nie gedacht, dass ich dich das mal sagen höre. Von wegen deine kostbaren Kronjuwelen und so.«

»Meine Kronjuwelen sind in der Tat überaus kostbar, doch weitere Schwangerschaften, Geburten oder Babys steh ich nicht durch.«

»*Du* stehst das nicht durch?«, fragte sie spöttisch. »Ich bin es so leid, schwanger zu sein, dass es nicht mal mehr lustig ist. Ich habe das Gefühl, als wäre ich das ununterbrochen gewesen, seit wir verheiratet sind.«

»Nicht ununterbrochen, aber fast.«

»Wie auch immer, es reicht, mein Freund. Schnipp, schnapp.«

»Musst du dich dabei so rabiat anhören?«

»Wenn ich rabiat wäre, hätte ich schon längst zur Küchenschere gegriffen.«

Er hielt sich eine Hand vor den Schritt. »Ich kann nicht glauben, dass du das laut ausgesprochen hast.«

»Verzweifelte Zeiten.«

»Ich hab nächsten Monat einen Termin, also solltet du und deine Küchenschere ruhig Blut bewahren.«

»Nur damit du weißt, was dich erwartet, falls du diesen Termin aus irgendwelchen Gründen nicht wahrnehmen kannst.« Sie machte eine Schneidbewegung mit ihren Fingern.

»Du bist echt fies drauf, nachdem du Zwillinge auf die Welt gebracht hast.«

»Du wärst auch gemein, wenn du zwei Babys aus dir hättest rauspressen müssen.«

»Selbst wenn du fies bist, bist du immer noch meine Heldin. Du lässt es so einfach aussehen.«

Sie schnaubte. »Einfach. Genau.«

»Ich weiß, dass es das nicht war, aber du bist absolut großartig darin, wunderschöne Babys auf die Welt zu bringen.«

»Sie sind wirklich wunderschön, oder?«

»Zusammen mit ihrer Schwester Hailey sind sie die wunderschönsten kleinen Mädchen, die mir je untergekommen sind.«

»Ich will nicht mal anfangen, mir vorzustellen, was für ein Trupp die drei einmal sein werden.«

»Sprechen wir bitte nicht davon. Ich werde ihre gesamte Teenagerzeit durch auf Valium sein müssen.«

»Glücklicherweise müssen wir darüber nicht heute Nacht nachdenken«, sagte Maddie und gähnte.

»Ich bring dich mal zurück in dein Zimmer und ins Bett.«

»Sosehr ich auch bei ihnen bleiben möchte, kann ich doch kaum noch die Augen offen halten.«

»Dein Fahrer steht bereit, wann immer du so weit bist.«

Sie beugte sich noch mal vor, um einen letzten Blick auf die nebeneinanderstehenden Brutkästen zu werfen. »Gute

Nacht, meine Süßen. Mommy und Daddy lieben euch sehr, und wir können es gar nicht erwarten, euch zu eurer Schwester und euren Brüdern und dem Rest der Familie nach Hause zu bringen.«

Mac versuchte, nicht darüber nachzudenken, was es an logistischem Aufwand bedeuten würde, zwei Babys zurück nach Gansett zu schaffen, aber das musste er ja nicht heute oder auch nur morgen tun. Da sie zu früh gekommen waren und auf eine entlegene Insel zurückkehren würden, gingen die Ärzte mit einer Vorsicht vor, die Mac zu schätzen wusste. Das Letzte, was er wollte, waren weitere Notfälle. Davon hatte er für den Rest seines Lebens genug.

Er brachte Maddie zurück in ihr Zimmer, half ihr im Bad und dann ins Bett. Sie war blass und erschöpft von der kräftezehrenden Geburt, ganz zu schweigen von der anstrengenden Schwangerschaft davor. Seine Frau war wirklich eine echte Heldin. »Möchtest du, bevor du einschläfst, noch mit Thomas, Hailey und Mac sprechen?«

»Das wäre schön.«

Er nahm sein Handy, um sie über das Telefon seiner Mutter per FaceTime zu kontaktieren. Als Linda ranging, konnte Mac sehen, dass sie immer noch das Kleid von der Hochzeit anhatte.

»Hallo«, meldete sie sich. »Wie ist die Lage bei euch?«

»Gut. Die Mädels schlafen, und Maddie legt sich auch gleich hin. Wie schaut es bei den Kindern aus?«

»Sie freuen sich schon so darauf, ihre kleinen Schwestern kennenzulernen. Sie sind total aufgedreht und wollen nicht ins Bett. Wir haben gerade Ned und Francine für die Nachtschicht abgelöst, und Kelsey kommt morgen früh wieder. Sie ist wirklich ein Geschenk des Himmels.« Mac hatte das Kindermädchen früher im Sommer eingestellt, als sie erfahren hatten, dass Maddie Bettruhe halten musste.

»Kelsey ist super«, bestätigte Mac. »Wir hatten wirklich Glück, dass wir sie gefunden haben. Und danke, dass ihr bei den Kindern bleibt.«

»Wir sind gerne bei ihnen und froh, wenn wir helfen können. Du siehst müde aus.«

»Mir geht's gut, solange es Maddie und den Kindern gut geht. Wie war der Rest der Hochzeit?«

»Wunderschön. Mallory und Quinn sind sehr glücklich, aber du wirst nicht glauben, was passiert ist.« Sie erzählte ihnen von der Frau, der Lizzie und Jared geholfen hatten und die das Baby zum Chesterfield gebracht hatte.

»Sie hat das Baby einfach bei ihnen gelassen und ist verschwunden?«, fragte Mac ungläubig.

»Ja, genau, und sie sind schockiert und verwirrt und wollen die Mutter ganz dringend finden. Dein Dad hat gehört, dass die beiden gerade selbst versuchen, ein Kind zu bekommen, doch bisher kein Glück hatten.«

»Oje, das ist schlimm. Tut mir echt leid für sie.«

»Es war ein ganz schön aufregender Tag im Chesterfield. Ich hab hier jetzt übrigens zwei kleine Rabauken, die mit Mommy und Daddy sprechen wollen. Mac ist der Einzige, der ganz brav ins Bett gegangen ist.«

Thomas' und Haileys Gesichter füllten das Display, und Mac erkannte sofort, dass sie hellwach waren.

»Dad, wo sind die Babys?«, wollte Thomas wissen.

»Sie liegen in besonderen Bettchen, damit sie es schön warm und gemütlich haben. Hast du die Fotos gesehen, die ich geschickt habe?«

»Ja, sie sind so klein.«

»Winzig. Wir müssen supervorsichtig mit ihnen sein.«

»Werden wir, Dad.«

»Da!«, rief Hailey. »Mama.«

Mac reichte Maddie das Telefon, die beim Anblick ihrer Kinder aufstrahlte.

»Hey, Leute. Seid ihr auch artig?«

»Superartig«, versicherte ihr Thomas.

»Ihr müsst jetzt schön ins Bett, damit ihr ausgeruht seid, wenn eure Schwestern nach Hause kommen.«

»Ich habe jedem Kind drei Geschichten in Aussicht gestellt, das verspricht, danach ohne Mätzchen ins Bett zu gehen«, erklärte Big Mac. »Und das ist zusätzlich zu den dreien, die Ned schon vorgelesen hat.«

»Ihr kleinen Schlawiner!«, rief Mac.

Thomas kicherte.

»Ich kann es gar nicht erwarten, wieder bei euch zu sein«, seufzte Maddie. »Und dann will ich hören, dass ihr brav wart und euch auch mit um Baby Mac gekümmert habt, okay?«

»Ja, Mama«, versicherte ihr Thomas, und Hailey nickte dazu.

»Wir haben euch lieb«, sagten Maddie und Mac gleichzeitig.

»Wir euch auch.«

»Wir sprechen uns morgen früh«, verabschiedete sich Linda.

»Noch mal danke, Mom.«

»Machen wir doch gerne.« Sie warf ihnen eine Kusshand zu, bevor sie auflegte.

»Ich vermisse sie so sehr«, meinte Maddie. »Und fünf Minuten nachdem wir wieder zu Hause sind, werde ich mich fragen, warum eigentlich.«

Mac lachte. »Der Widerspruch des Elternseins in einem Satz.«

»Ja.«

»Wir müssen diese kurze Ruhe vor dem Sturm genießen, vor fünf Kindern.«

»Versuch es gar nicht erst, Mister. Du hast sechs Wochen und einen Eingriff, bevor das passiert.«

»Hey, ich bin Experte. Ich weiß alles über die sechs Wochen.«

»Weißt du noch, wie du von der Arbeit nach Hause gerannt bist, nachdem ich nach der Geburt von Hailey grünes Licht bekommen hatte?«

»Na klar weiß ich das noch. Aber erinnere mich bitte nicht daran, wenn ich gerade an Tag eins der sechs Wochen bin.«

»Armes Baby«, sagte sie und zog eine Schnute. »Total vernachlässigt.«

»Schön, dass dir das klar ist.«

Sie lachte und streckte ihm eine Hand hin. »Komm und leg dich zu mir.«

»Du bist zu erschöpft, Babe.«

»Ich will dich hier bei mir haben.« Sie zog eine Grimasse, als sie auf die eine Seite des Krankenhausbettes rutschte, um ihm Platz zu machen, damit er sich neben ihr ausstrecken konnte. Sie hob den Kopf, und er schob vorsichtig seinen Arm unter sie, sodass sie sich an seine Brust kuscheln konnte. Sie seufzte tief. »Das ist genau das, was ich brauche.«

»Ich bin immer glücklich, wenn ich dir genau das geben kann, was du brauchst, Liebste.«

»Ich habe alles, was ich je brauchen werde – mehr, als ich mir je zu erträumen gewagt hätte, bevor du mich vom Fahrrad gestoßen hast«, bemerkte Maddie.

»Das war der beste Tag überhaupt, abgesehen von dem Blut und den Abschürfungen.«

»Ich erinnere mich gerne an den Tag zurück, genau wie an die Tage, die darauf gefolgt sind, als du bei mir eingezogen bist, um dich um mich und Thomas zu kümmern, und dann einfach geblieben bist. Alles, was seitdem passiert ist, ist wie ein wunderschöner Traum, selbst die schwierigen Zeiten.«

Er wusste, dass sie damit vor allem den Verlust ihres dritten Kindes Connor meinte, das eine Fehlgeburt gewesen war.

»Ich würde eine Sekunde mit dir gegen nichts auf der Welt eintauschen.«

»Geht mir genauso. Mit dir, meine ich.«

»Ich kann es gar nicht erwarten, die Babys nach Hause zu bringen und sie ihren Brüdern und ihrer Schwester vorzustellen.«

»Ich bin schon ganz aufgeregt, weil ich sie zum ersten Mal alle zusammen sehe«, sagte sie. »Wenn nur Connor auch dabei sein könnte.«

»Das wäre perfekt.«

»Niemand bekommt totale Perfektion, aber unsere Familie ist so perfekt, wie es überhaupt möglich ist.«

»Und das verdanken wir alles dir, meiner furchtlosen Heldin.«

»Keine weiteren Babys, Mac. Ich meine es ernst.«

»Ich auch, Liebste. Das kann ich kein weiteres Mal durchmachen.«

Sie verpasste ihm einen Stoß in die Rippen, woraufhin er zusammenzuckte und dann lachte.

»Aber echt, Madeline. Im Hubschrauber?«

Sie lachten, bis ihnen die Tränen kamen, und dann küsste er sie auf die Lippen und die Augenlider. »Und jetzt schlaf endlich, Süße. Unsere fünf Kinder brauchen eine gut ausgeruhte Mom, oder die Insassen werden das Irrenhaus übernehmen.«

»Das wirst du nicht zulassen.«

»Ich hab alles unter Kontrolle, Liebste.«

»Hey, Mac?«

»Mhm?«

»Nur falls ich das heute noch nicht erwähnt habe: Ich liebe dich.«

»Ich liebe dich auch, und natürlich unsere Babys. Danke für dieses wunderschöne Leben.«

»*Ich* danke *dir*. Du bist derjenige, der dafür gesorgt hat, dass es möglich ist, indem du mich umgerempelt hast.«

»*Du* hast *mich* umgerempelt.«

»Stimmt ja gar nicht.«

»Doch.«

»Nope.«

Sie hielt ihm den Mund zu und beendete so ihren üblichen Streit.

Und er schlief mit einem Lächeln auf den Lippen ein.

KAPITEL 8

Heute stand »Crabbing« auf dem Programm. Das hatte Gigi nun wirklich nicht ahnen können, als sie zugesagt hatte, in der Show die Rolle von Jordans Sidekick zu übernehmen. Aber sie hatte ja auch nicht geahnt, dass sie den Sommer auf Gansett Island verbringen würde, und trotzdem war sie hier. Was sie nicht alles für ihre beste Freundin auf sich nahm. Allerdings, was mit *Krabben*? Das ging dann vielleicht doch ein bisschen zu weit.

Und was genau sollte sie sich überhaupt unter »Crabbing« vorstellen? Matilda, die für die Show verantwortliche Produzentin, hatte behauptet, dass es etwas sei, was die Leute auf dieser Insel liebten, es würde superwitzig sein und prima in die Show passen.

Gigi bezweifelte das, aber sie hatte man nicht gefragt.

Während sie in einem der Wagen der Produktionsfirma zur McCarthy's Gansett Island Marina fuhren, wo der Dreh stattfinden würde, hatte Jordan, die ekelhaft gut gelaunt war, die ganze Zeit ein breites Lächeln auf den Lippen, vermutlich dank Masons Fähigkeiten im Bett. Sie hatten bereits eine Stunde in der Maske hinter sich gebracht, wo man sich Mühe gegeben hatte, ihnen einen Look zu verpassen, der »lässig und sexy« war. Alles in dieser Show zielte darauf ab, sie sexy aussehen zu lassen, die kurzen Kleider, die sie trugen, ebenso wie die knappen Bikinis darunter.

»Warum bist du eigentlich so schlecht drauf?«, fragte Jordan, während sie durch ihren Instagram-Feed scrollte.

»Ich bin überhaupt nicht schlecht drauf.«

»Doch, bist du.«

»Neben dir wirkt *jeder* schlecht gelaunt. Wie häufig hast du es gestern mit deinem Zwei-Meter-Kerl mit dem Riesenschniedel getrieben?«

Jordan lachte über Gigis Beschreibung von Mason, wie sie es immer tat.

»Nur ein Mal. Es war eine ruhige Nacht.«

»Argh. Du bist echt blöd.«

Jordan lachte wieder. »Wenn du ebenfalls jemanden fürs Bett hättest, würde das deine Laune ganz sicher heben.«

»Du schleppst mich für einen kompletten Sommer auf diese gottverlassene Insel, auf der du es wie ein sexsüchtiges Karnickel treibst, und erwartest ernsthaft, dass ich so glücklich und gut drauf bin wie du?«

»Ich bin kein sexsüchtiges Karnickel.«

»Du treibst es aber wie eins.«

»Ich bin *verliebt*. Das solltest du auch mal ausprobieren.«

»Igitt, nein danke.«

»Weise das bitte nicht einfach so von dir, ohne es vorher ausprobiert zu haben.«

»Das brauche ich gar nicht. Im Dunstkreis von dir und deiner Schwester zu sein reicht aus, um mir Karies zu verursachen, so zuckersüß ist euer Leben gerade.«

»Dir würde eine Dosis davon ganz bestimmt auch nicht schaden. Was ist mit dem Typen, mit dem du neulich Abend weg warst? Wenn du ihm eine Chance gäbest, würdest du deine Meinung vielleicht ändern.«

»An meiner Meinung wird sich nichts ändern, bis ich zurück in L. A. bin, wo ich hingehöre.«

»Also ist das ein Nein zu Cooper?«

»Ich mag Cooper.«

»Aber?«

»Kein Aber. Ich mag ihn. Ich bin gern mit ihm zusammen, und er ist total süß und zudem witzig.«

»Warum unternimmst du dann nicht eine Testfahrt mit ihm?«

Gigi zuckte die Schultern. »Wozu? Ich bin nicht mehr lange hier, während er gerade auf der Insel Wurzeln schlägt und ein neues Geschäft aufbauen will.«

»Na ja, du könntest immerhin guten Sex haben, was alles in einem rosigeren Licht erscheinen lässt, sogar Crabbing.«

»*Nichts* kann Crabbing rosiger aussehen lassen. Was soll das überhaupt sein?«

»Wir fangen Krabben.«

»Ich könnte so viel darauf erwidern, unter anderem, dass ich keine Krabben fangen *möchte*.«

Jordan kicherte über ihre Grimasse. »Ich habe gehört, es macht Spaß.«

»Wie um alles in der Welt soll *das* Spaß machen?«

»Ich schätze, wir werden es herausfinden.«

Als sie am Hafen eintrafen, begrüßte sie Big Mac McCarthy mit einem herzlichen Lächeln und einem festen Händedruck. »Willkommen in unserer bescheidenen Marina«, sagte er. »Wir fühlen uns geehrt, dass wir als Schauplatz für die Show ausgewählt wurden.«

»Danke, dass Sie sich Zeit für uns nehmen, Mr McCarthy«, antwortete Jordan. Ihre Schwester Nikki war mit Big Macs Neffen Riley verlobt.

»Nennen Sie mich Big Mac, Süße, das tun alle hier. Kommen Sie rein, und probieren Sie unsere berühmten gezuckerten Donuts.«

Gigi lief das Wasser im Mund zusammen, als sie »gezuckerte Donuts« hörte. Sie konnte sich nicht erinnern, wann sie das letzte Mal etwas gegessen hatte, dessen Name »Donut« oder »Zucker« enthielt. Die Marina war gepflegt und bis zum letzten Platz mit Booten gefüllt. Auf dem langen hölzernen Steg, der in den großen Salzsee ragte, genossen mehrere Leute auf Liegestühlen den Spätsommertag auf dem Wasser.

»Können Ihre Donuts die Laune meiner Freundin heben?«, wollte Jordan wissen. »Sie ist wenig begeistert von dem, was für heute auf dem Programm steht.«

Gigi warf ihr einen Blick aus schmalen Augen zu, was Jordan wiederum lediglich zum Grinsen veranlasste.

»Unsere Donuts machen *alles* besser«, behauptete Big Mac voller Überzeugung.

Er führte sie in ein großes Gebäude, das zur Marina hin offen war. Am Tresen bestellte er zwei Kaffee und ein halbes Dutzend Donuts.

»Ich hoffe, Sie essen ein paar mit«, sagte Jordan.

»Hier wird nichts verschwendet«, erklärte er. »Keine Sorge.«

Die junge Frau hinter dem Tresen gab sich sichtlich Mühe, sich bei ihren prominenten Gästen zusammenzureißen.

»Sind Sie ein Fan der Show?«, fragte Jordan freundlich.

Derzeit war sie immer und zu allen so *nett*, was vermutlich die Folge war, wenn man regelmäßig zwei- bis dreimal am Tag Sex hatte – und das galt nur für normale Tage.

»Ich *liebe* Ihre Show. Ich schaue sie mir mit meinen College-Freundinnen im Wohnheim an.«

»Wenn Sie möchten, können wir gern was für alle signieren.«

Dem Mädchen fielen fast die Augen aus dem Kopf. »Ich, äh, ich bin gleich wieder zurück.«

Sie verschwand im hinteren Bereich und kam eine Minute später mit Notizblock und Stift zurück, die sie ihnen hinstreckte.

Sie schrieben Autogramme für Monica, Samantha, Emily und Tori.

»Sie werden es einfach nicht fassen können«, behauptete Monica. »Vielen lieben Dank.«

»Wie wäre es noch mit einem Selfie von uns dreien?«, schlug Jordan vor.

Gigi hätte sie am liebsten erwürgt, stellte sich jedoch für das Foto dazu, das Big Mac von ihnen und Monica schoss.

»Vielen lieben Dank«, sagte Monica mit leuchtenden Augen. »Sie ahnen ja gar nicht, wie viel uns das bedeutet.«

»Gern geschehen. Danke fürs Anschauen der Show«, erwiderte Jordan und stupste Gigi an.

»Ja, danke dafür.«

»Wir können es gar nicht erwarten, die Staffel von Gansett zu sehen. Niemand will mir glauben, dass ich tatsächlich dort arbeite, wo die Show gefilmt wird.«

»Okay, geben wir den Ladys eine Minute, damit sie ihren Kaffee genießen können, bevor der Dreh beginnt.« Geschickt eiste Big Mac sie von Monica los und brachte sie zu einem Tisch am Wasser. »Obwohl ich mir sicher bin, dass Sie daran gewöhnt sind, auf Schritt und Tritt treuen Fans zu begegnen.«

»Wir haben Riesenglück, dass die Leute die Show so mögen«, erklärte Jordan.

»Meine Frau und ich lieben sie auch.«

»Ernsthaft?«, fragte Gigi. »Sie gehören nicht gerade zu unserer typischen Zielgruppe.«

Jordan bedachte sie mit einem finsteren Blick.

»Tut mir leid, ich wollte Sie nicht beleidigen.«

Big Mac lachte. »Das haben Sie nicht. Es ist wirklich keine Strafe, zwei hübschen, lustigen jungen Frauen zuzuschauen. Wir lachen uns bei jeder Episode schlapp.«

»Es freut uns, das zu hören.« Jordan zeigte auf Gigi. »Sie ist die Witzigere von uns beiden.«

»Sie sind beide witzig«, stellte Big Mac fest.

Als Gigi ein winziges Stück vom Donut abbiss, nur um höflich zu sein, explodierte der Geschmack in ihrem Mund. Heilige Muttergottes, der Donut war der Himmel auf Erden. »Das musst du probieren.« Sie brach etwas von ihrem ab und reichte es Jordan, die es sich in den Mund steckte.

»Verdammt, ist das lecker. Gib mir mehr.«

Bis Matilda erschien, hatten sie jeweils einen ganzen Donut gegessen.

»Wir wären dann bereit.«

»Die Pflicht ruft«, sagte Jordan.

»Ich soll Ihnen beibringen, wie man Krabben fischt«, erklärte Big Mac. »Wir werden viel Spaß haben.«

»Kann es kaum erwarten«, brummte Gigi, was ihr einen Ellbogenstoß von ihrer besten Freundin eintrug. »Au!«

Sie folgten Big Mac über eine Rampe nach unten zu einem Schwimmanleger.

»Benimm dich«, flüsterte Jordan. »Meine Schwester heiratet in diese Familie ein.«

»Klar doch. Danke, dass du es erwähnst. Ich hätte es bestimmt vergessen, wenn du mich nicht daran erinnert hättest.«

»Ich werde Cooper anheuern, damit er dich aufheitert.«

»Lass die Finger von Cooper. Der ist tabu für dich.«

»Hm«, meinte Jordan, während sie die Lippen zu einem geheimnisvollen Grinsen verzog, das nicht wirklich geheimnisvoll war.

Vielleicht sollte Gigi ihn lieber nicht zur Dinnerparty mitbringen, wenn Jordan so drauf war. Bevor sie Jordan das mitteilen konnte, musste sie sich ganz darauf konzentrieren, zu lernen, wie man rohe, schleimige Würstchen an rostigen Haken befestigte.

Widerlich. Während die Kamera filmte, musste Gigi so tun, als ob sie sich total dafür interessierte, obwohl sie eigentlich lieber ganz woanders gewesen wäre. Sie hatte keine Ahnung, warum sie heute so miesepetrig drauf war, aber schlechte Laune überfiel sie in der Regel ohne jede Warnung und niemals mit gutem Grund. Manchmal verging es schnell wieder, und manchmal dauerte es ziemlich lange.

»Krabben mögen tatsächlich Würstchen?«, fragte Jordan Big Mac.

Bildete Gigi sich das nur ein, oder war Jordan plötzlich etwas grün im Gesicht, während der Geruch von Dieselkraftstoff und verrottendem Seegras in der Luft hing? *Was da wohl dahintersteckt?*, dachte Gigi.

»Sie lieben sie. Wir haben alle möglichen anderen Köder ausprobiert, aber nichts funktioniert so gut wie Würstchen.« Er vergewisserte sich, dass das Würstchenstück auch fest an dem Haken steckte. »Also, das Geheimnis beim Krabbenfangen ist Geduld.«

Na toll. Davon hatte Gigi schon an einem guten Tag nur sehr wenig. Da sie diesen Teil jedoch auf keinen Fall noch mal drehen wollte, heuchelte sie Interesse und machte mit, brachte mit Jordan Würstchenstücke an Haken an, während sie zu verhindern versuchten, dass sie sich vom ekligen Gefühl des rohen Fleischs übergeben mussten.

»Okay, jetzt lassen Sie Ihre Leinen ins Wasser«, wies Big Mac sie an.

Gigi schaute runter und stellte überrascht fest, dass das Wasser so klar war, dass sie bis zum Boden sehen konnte – und zu den Krabben, die umherhuschten, als hätten sie irgendwas Wichtiges zu erledigen. Als eine von ihnen sich Gigis Köder näherte, hielt sie die Luft an, wartete, während er oder sie – wie auch immer man das bei Krabben überhaupt wissen konnte – überlegte, ob der Würstchen-Happen das Risiko wert war.

»Ich hab eine«, rief Jordan aufgeregt.

»Ziehen Sie die Krabbe langsam hoch«, sagte Big Mac. »Schön langsam. So ist es richtig.«

Jordans Angelleine kam mit einer gigantischen Krabbe aus dem Wasser.

Gigi wich instinktiv einen Schritt zurück, und nur Big Macs Hand auf ihrem Rücken verhinderte, dass sie auf der anderen Seite des wackligen Anlegers ins Wasser fiel. »Pass bloß auf, dass mir das Ding nicht zu nahe kommt!«

Big Mac fasste die Krabbe bei einer ihrer Scheren und hielt das Tier hoch, um es sich genauer anzusehen. »Das ist ein gutes Exemplar, Jordan. Er wird ein würdiger Wettbewerber sein.«

»Ein Wettbewerber für was?«, fragte Gigi.

»Für das Krabbenrennen, das wir am Ende veranstalten werden.«

»Wir lassen die Krabben rennen?« Gigi hatte noch nie etwas Verrückteres gehört.

»Genau.« Big Mac legte Jordans Krabbe in einen Eimer mit Wasser. »Das ist der beste Teil.«

Gigi musste ihm das dann wohl einfach glauben. Als sie prüfend zu ihrem Haken hinunterschaute, entdeckte sie eine Krabbe, die größer war als die, die Jordan gefangen hatte, und die Interesse an Gigis Köder gefunden hatte. Mit angehaltenem Atem wartete sie darauf, dass das Vieh noch ein bisschen näher kommen würde, und dann …

»Ziehen Sie sie hoch«, verlangte Big Mac. »Die ist super.«

Gigi spulte langsam ihre Leine um die Winde und wagte es kaum, zu atmen, hoffte, dass die Riesenkrabbe lange genug am Haken hängen bleiben würde, um aus dem Wasser zu kommen. Das war der Fall! Big Mac nahm das Tier und hielt es in die Höhe.

»Das ist der Großvater aller Krabben«, sagte er.

Gigi verspürte unverhältnismäßig großen Stolz darauf, den Großvater gefangen zu haben. »Ich möchte noch eine«, verkündete sie, während sie ihren Haken mit einem frischen Köder zurück ins Wasser warf.

»Ich hab wieder eine!«, rief Jordan.

»Diesmal müssen Sie sie selbst vom Haken nehmen«, erklärte Big Mac.

»Ich bin mir nicht sicher, ob ich das will«, antwortete Jordan zögernd.

»Sie schaffen das schon.«

Während sie beobachtete, wie Jordan sich auf ihre Aufgabe konzentrierte, hatte Gigi eine brillante Idee. Sie musste gegen den Drang ankämpfen, laut aufzulachen. Noch nicht, ermahnte sie sich. Aber bald. Entschlossen, eine weitere Krabbe an Land zu ziehen, verfolgte sie das Geschehen unter Wasser, bis sie ein schönes Exemplar nahen sah. »Werden die eigentlich nicht misstrauisch, wenn da unten plötzlich ein Stück Würstchen auftaucht?«

»Bis jetzt sind sie uns nicht auf die Schliche gekommen«, erwiderte Big Mac.

»Ich glaub, man kann mit einiger Sicherheit behaupten, dass Krabben nicht das schärfste Messer im Besteckkasten sind«, meinte Jordan.

Big Mac lachte. »Ihre Scheren sind ziemlich scharf, aber ihr Verstand? Eher nicht.«

Gigi überlegte, ob sie es wirklich tun sollte, entschied sich dann jedoch dafür, es durchzuziehen. Ihr Job war, gutes Fernsehen abzuliefern, und das hier würde gutes Fernsehen werden.

Während sie ihre Leine mit der zweiten Krabbe langsam hochzog, war sie erleichtert, als sie erkannte, dass es eine deutlich kleinere war als die erste. Wie Big Mac es ihr zeigte, nahm sie die Krabbe vom Haken, indem sie einen der Arme ergriff und auf die Scheren achtete, die sich öffneten und schlossen. Jordan würde sie dafür umbringen.

Sie ging in Richtung Eimer, als ob sie ihren Fang ablegen wollte, aber stattdessen platzierte sie das Meerestier direkt auf Jordans Kopf und tat dann so, als würde sie interessiert zuschauen, wie Jordan das Treiben der Krabben unten beobachtete.

Gigi brach in haltloses Gelächter aus, als Jordan einen markerschütternden Schrei ausstieß.

»Du Irre, nimm sofort das Ding von meinem Kopf!« Dabei kreischte sie und schlug sich an den Kopf, doch das Tier grub sich bloß tiefer in ihre Haare. »Es beißt mich!«

Jordan hüpfte wie verrückt herum, während sie versuchte, die Krabbe von ihrem Kopf zu kriegen.

Jap, das würde im Fernsehen super wirken.

Gigi musste weiter so heftig lachen, dass sie nichts tun konnte, um Jordan zu helfen, nicht dass sie das gewollt hätte. In gewisser Weise hatte Jordan das verdient, nachdem sie Gigi den ganzen Sommer lang ihr überaktives Sexleben unter die Nase gerieben hatte.

Big Mac hatte Mitleid mit Jordan und pflückte die Krabbe aus ihrem Haar.

Jordan warf Gigi einen bitterbösen Blick zu. »Ich kann nicht fassen, dass du das getan hast!«

»Wirklich? Wieso nicht?« In ihrer Show drehte sich alles um solchen Unsinn, und das Publikum liebte es.

Jordan stupste Gigi an. »Rache ist fies, liebste Freundin, und ich bin es auch.«

»Erzähl mir was, was ich noch nicht weiß.«

»Das war super, meine Damen«, verkündete Matilda. »Dein Gesicht, als du bemerkt hast, dass sie dir eine Krabbe auf den Kopf gesetzt hat, Jordan …« Matilda musste wieder lachen. »Unbezahlbar.«

»Das ist überhaupt nicht witzig.«

»Tut mir leid«, antwortete Matilda. »Ich bin dabei leider auf Gigis Seite.« Sie klatschte Gigi ab.

Die grinste zufrieden. Wenn schon sonst nichts, hatte sich in den letzten paar Minuten immerhin ihre Laune deutlich verbessert.

»Lasst uns noch mehr fangen und sie dann ein Wettrennen machen lassen«, sagte Matilda und signalisierte den Kameraleuten, dass es gleich weitergehen würde.

In der nächsten halben Stunde füllten sie den Eimer mit Krabben.

»Man sollte denken, dass es sich da unten langsam mal herumsprechen würde, oder?«, fragte Gigi.

»›Sie kidnappen unsere Freunde. Wenn es nach verarbeitetem Schweinefleisch riecht, lauft um euer Leben!‹«

Jordan kicherte. »Oder vielleicht ist es auch eine Auszeichnung, wie die Teilnahme an den Olympischen Spielen. ›Ich habe am Würstchenstück geknabbert und durfte heute beim Rennen mitmachen!‹, und alle versammeln sich um sie und feiern sie wie einen heimkehrenden Helden.«

»Glaubst du, sie verteilen Preise oder Medaillen?«

»Sie kriegen eine Extraportion Algen zum Abendessen dafür, dass sie etwas vollbracht haben, worauf sie stolz sein können«, meinte Gigi.

»Es ist wie ein Spaghetti-Dinner für die Krabbengesellschaft.«

Ein paar Minuten später vermeldete Matilda, dass sie genug Material vom Krabbenfang hatten und nun zum Rennen übergehen konnten.

»Können wir vorher etwas essen?«, fragte Gigi. »Ich bin halb verhungert.«

»Du bist immer halb verhungert«, erklärte Jordan. »Wie du so dünn bleibst, obwohl du wie ein Scheunendrescher isst, ist mir ein Rätsel.«

»Ich hab halt einen guten Stoffwechsel, Baby. Nur kein Neid.«

»Ich bin *total* neidisch. Ich fühle mich, als ob alles, was ich derzeit esse, auf meinem Hintern landet.«

Gigi folgte ihr die Rampe zum Parkplatz hoch. »Du bist aber nicht schwanger, oder?«

Jordan drehte sich mit entsetzter Miene zu ihr um. »Was? Nein.«

»Bist du dir sicher?«

»Was? Nein.«

Gigi lachte laut auf. »Du bist so was von schwanger.«

»Überhaupt nicht. Das geht gar nicht!«

»Äh, ich hasse es, dir das mitteilen zu müssen, aber wenn du dreimal am Tag Sex hast, ist es in der Tat absolut vorstellbar.«

»Hör auf. Es ist unmöglich. Wir waren vorsichtig.«

»Nein, wart ihr nicht. Willst du mir wirklich weismachen, es sei ausgeschlossen, dass bei eurem Dauerfeuerwerk ein Schuss ins Ziel gegangen ist?«

»Es ist kein Dauerfeuerwerk, und sei endlich still, okay?«

Gigi lachte wieder. »Du bist so schwanger, dass es nicht mal mehr lustig ist.«

Zu ihrem Schreck brach Jordan in Tränen aus. »Ich kann nicht schwanger sein. Wir sind noch nicht so weit.«

Als Gigi bemerkte, dass das mit aufgenommen worden war, legte sie ihren Arm um Jordan und führte sie auf die Damentoilette. An der Tür drehte sie sich zu den Kameramännern um. »Ihr bleibt draußen. Und ich hoffe für euch, dass ich nichts davon in der Show oder irgendwo sonst sehe. Das meine ich todernst.« Sie knallte die Tür zu und schloss ab.

»Die haben das *gefilmt*?«

»Ich werde mit Matilda reden. Mach dir keine Sorgen. Es wird nicht nach draußen gelangen.«

»Verdammt. Ich rede besser mit Mason, bevor sich jemand von der Crew verplappert.«

»Sie werden nichts sagen. Sie haben alle Verschwiegenheitserklärungen unterschrieben, dafür hab ich gesorgt.«

»Manchmal ist es schon praktisch, eine beste Freundin zu haben, die Anwältin ist.«

Gigi zog ein paar Papiertücher aus dem Spender, befeuchtete sie und wischte Jordan die Tränen und die verlaufene Mascara aus dem Gesicht. »Falls du schwanger bist, wird Mason vor Freude total aus dem Häuschen sein.«

»Und was, wenn nicht? Wir haben noch nie darüber geredet, Kinder zu kriegen.«

»Noch nie?«

»Nur ganz vage. Es ist nichts, worüber wir wirklich gesprochen hätten.«

»Das liegt daran, dass ihr zu sehr mit den Dingen beschäftigt seid, die das alles verursacht haben.«

Jordan lachte plötzlich. »Ich kann nicht fassen, was du manchmal so von dir gibst.«

»Du kennst mich jetzt schon wie lange?« Witzemachen war, solange sie zurückdenken konnte, Gigis Verteidigungsmechanismus.

»Was soll ich nur tun, Gigi?«

»Sobald wir für heute fertig sind, werden wir einen Schwangerschaftstest kaufen und herausfinden, ob es stimmt.«

»Ich kann auf dieser Insel unmöglich in die Apotheke marschieren und einen Schwangerschaftstest kaufen. Es wäre innerhalb von zehn Minuten auf Twitter.«

»Dann werden wir jemand anderen darum bitten.«

»Wen?«

»Nikki?«

»Sie kann es auch nicht tun, oder der gesamte McCarthy-Clan wird denken, dass sie und Riley ein Kind erwarten.«

»Ich hab's. Wir schicken deine Großmutter.«

»Hör auf! Die können wir unmöglich schicken.«

»Warum nicht? Sie würde es für dich tun.« Gigis Erfahrung nach gab es nichts, was Evelyn Hopper nicht für ihre Enkelinnen tun würde. »Frag sie einfach.« Gigi reichte Jordan ihr Handy. »Ruf sie an.« Jordan hatte ihr Telefon nie bei sich, wenn sie filmten, während Gigi sich strikt weigerte, von ihrem getrennt zu sein, da sie neben Jordan weitere Mandanten hatte, die sie von Zeit zu Zeit brauchten.

Jordan nahm ihr das Telefon ab und hielt es eine ganze Minute lang in der Hand, bevor sie Gigis Entsperrcode eingab und die Nummer ihrer Großmutter wählte. Sie stellte das Handy laut, damit Gigi mithören konnte.

»Hallo, Gigi«, sagte Evelyn. »Wie läuft der Dreh?«

»Ich bin es, Gram. Jordan.«

»Oh, hallo, Liebling. Geht's dir gut?«

»Ich, äh …«

»Es kann sein, dass sie schwanger ist, daher wäre es genial von dir, wenn du ihr in der Stadt einen Test besorgen könntest«, übernahm Gigi. »Wäre das ein Problem? Wenn sie das selbst erledigt, wäre es überall auf Twitter.«

»Keine Sorge«, antwortete Evelyn mit einem Lachen. »Ich werde mich sofort darum kümmern. Stellt euch nur das Gerede vor, wenn ich in die Apotheke marschiere und einen Schwangerschaftstest kaufe.«

Das entlockte Jordan zum ersten Mal ein Lächeln, seit Gigi das Wort »schwanger« verwendet hatte.

»Tut mir leid, dass ich das von dir verlange, Gram.«

»Muss es nicht. Ich freue mich, wenn ich dir helfen kann, auch wenn ich mir nicht so sicher bin, wie ich mich bei der Vorstellung fühle, Urgroßmutter zu werden. Dafür bin ich noch viel zu jung.«

Jordan schniefte leise und wischte sich ein paar Tränen weg.

»Ach, Süße, bist du traurig?«

»Ich weiß nicht, was ich bin. Es ist mir nie in den Sinn gekommen, dass ich vielleicht schwanger sein könnte, bis Gigi das erwähnt hat.«

»Auf einmal ist alles meine Schuld«, beschwerte sich Gigi. »Als ob sie und der riesige Feuerwehrmann nicht die ganze Zeit …«

Jordans Hand über ihrem Mund erstickte den Rest des Satzes.

Evelyn lachte. »Ich nehme an, meine Enkelin wollte nicht, dass du zu Ende sprichst.«

»Nein, das wollte sie nicht, dabei wäre es echt gut gewesen.«

»Ich kann mir nur zu gut vorstellen, worauf du damit hinauswolltest«, erklärte Evelyn.

»Das ist nicht witzig!«, rief Jordan. »Wenn ich schwanger bin, haben wir es nicht geplant. Was wird Mason sagen?«

»Er wird sich freuen, Liebling. Dieser Mann liebt dich mehr als das Leben selbst. Versuch, dir keine Sorgen zu machen. Ich werde den Test besorgen, und hinterher sind wir schlauer. Komm nach dem Dreh einfach her, okay?«

»In Ordnung«, erwiderte Gigi, womit sie sich einen weiteren finsteren Blick von ihrer besten Freundin zuzog.

»Danke, Gram«, sagte Jordan. »Ich hasse es, dich darum bitten zu müssen.«

»Ach, Quatsch. Das ist keine große Sache. Und ich werde mein Möglichstes tun, damit es keine großen Wellen schlägt.«

»Das wäre gut. Falls es wahr ist, brauchen Mason und ich ein bisschen Zeit für uns, bevor die gesamte Welt es herausfindet.«

»Alles wird gut, meine Süße. Wir kümmern uns darum.«

»Du bist ein Schatz, Gram. Wir sehen uns in einer Stunde oder höchstens zwei.«

»Genau, und ich bin ebenfalls bereit, bei den Vorbereitungen für später zu helfen.«

»Himmel, das habe ich komplett vergessen. Falls der Test positiv ist, wie soll ich da eine ganze Dinnerparty durchhalten, bevor ich mit Mason darüber reden kann?«

»Wir lotsen dich da durch, Liebling«, verkündete Evelyn. »Einen Schritt nach dem anderen. Dreht erst mal euren Kram ab, und dann komm zu mir.«

»Geht klar. Noch mal danke, Gram. Wie immer wüsste ich nicht, was ich ohne dich tun würde.«

»So schnell wirst du mich nicht los. Bis nachher.«

Jordan beendete den Anruf und gab Gigi ihr Handy zurück. »Evelyn eilt zur Rettung – mal wieder.«

»Sie ist die Beste der Besten.« Gigi hatte sich als junge Erwachsene verzweifelt gewünscht, dass Evelyn auch ihre Großmutter sein könnte, bis zu dem Tag, an dem Evelyn scherzhaft vorgeschlagen hatte, sie könnte Gigi als ihre dritte Enkelin adoptieren. Gigi war in Tränen ausgebrochen, was die ältere Frau ehrlich erschreckt hatte. Das war einer der absolut besten Tage in Gigis jungem Leben geworden, und ihre Beziehung zu Evelyn war ihr immens wichtig. Sie redete mit Evelyn fast so oft wie mit Jordan und Nikki. Keiner von ihnen hatte auch nur annäherungsweise eine Ahnung, wie viel sie ihr wirklich bedeuteten.

»Lass uns hier fertig werden, damit wir abhauen können«, erklärte Gigi, als Jordan wieder vorzeigbar war. Sie trugen für die Außenszenen ohnehin Sonnenbrillen, also war der Schaden an Jordans Make-up nicht entscheidend.

»Ich kann an nichts anderes mehr denken.«

»Verdräng es noch für eine Stunde, damit wir die Krabben zu ihrem Rennen schicken können. Danach klären wir, ob es überhaupt stimmt. Es könnte sein, dass du dich wegen was verrückt machst, das nur ein Hirngespinst ist.«

»Jetzt weiß ich nicht, ob ich möchte, dass es wahr ist, oder nicht.«

»Du bist echt komplett durch den Wind.«

»Ich weiß.«

Da Jordan seit dem Ende ihrer Ehe mit Zane nur sehr selten so schräg drauf war, war sich Gigi ziemlich sicher, dass sie mit ihrer Vermutung richtiglag. Nun, sie würden es bald genug wissen.

KAPITEL 9

»Danke, dass ihr uns wieder mit eurer Anwesenheit beehrt, Ladys«, meinte Matilda in säuerlichem Ton.

»Wir mussten uns um etwas kümmern«, antwortete Gigi. »Das ist jetzt erledigt. Wo sollen wir hin?«

Matilda warf ihr einen Blick zu, der keinen Zweifel daran ließ, dass sie zwar noch mehr zu sagen hätte, doch klugerweise den Mund hielt. Gigi war nicht in der Stimmung für eine längere Auseinandersetzung mit ihr, aber sie würde sich darauf einlassen, um Jordan zu schützen, die nicht nur ihre beste Freundin war, sondern auch ihre Mandantin. »Dort drüben.« Matilda deutete auf eine Stelle auf dem Hauptpier, wo die Kameracrew ihr Equipment neben einer Rampe, die ins Wasser führte, aufgebaut hatte.

Gigi und Jordan gingen zu ihnen.

»Das hier ist dein Eimer Krabben«, teilte einer der Männer Gigi mit. »Und der dort drüben ist Jordans. Auf das Zeichen hin kippt ihr sie auf die Rampe, und dann feuert jede von euch ihr Team an.«

Das klang wie das Albernste, was Gigi je gehört hatte, doch wenn sie dann endlich fertig wären, würde sie es tun.

»Wir brauchen ja nicht eigens zu erwähnen, dass wir das beim ersten Mal perfekt in den Kasten kriegen müssen, es sei denn, ihr habt Lust, euch einen neuen Eimer Krabben zu angeln.« Der Regisseur erklärte ihnen, wo genau sie stehen sollten, damit er die Action am besten einfangen konnte. »Alle bereit?«

»Bereit.« Gigi blickte Jordan an, die im Geiste ganz woanders und praktisch nur körperlich anwesend zu sein schien. »Konzentrier dich bitte. Sonst müssen wir alles noch mal von vorne machen.«

Jordan nickte. »Das krieg ich hin.«

Als der Regisseur »Action!« rief, schlüpften sie in ihre Rollen, kreischten, wie man es von ihnen erwartete, während sie die Krabbeneimer auf der Rampe ausleerten und die Tiere anfeuerten.

Gigi stellte überrascht fest, dass sie mit mehr Begeisterung bei der Sache war, als sie gedacht hätte, während die Krabben hastig die Rampe hinab- und ins Wasser krabbelten. »Gewonnen!«

»Ausgeschlossen. Meine war schneller.«

»Beweise!«

»Lass uns das auf dem Film anschauen.«

»Und Cut«, rief der Regisseur. »Das war perfekt. Wir können das Rennen in Zeitlupe zeigen, das wird lustig.«

»War's das?« Gigi spürte, dass Jordan nicht mehr lange durchhalten würde.

»Ja, alles prima«, antwortete Matilda. »Wir sehen uns heute Abend.«

»Bis dann.« Gigi fasste Jordan am Arm und dirigierte sie zum Auto, das sie vorhin hier geparkt hatten, damit sie sofort nach Drehende wegkonnten. »Steig ein.«

Gigi startete den Motor und wendete, um aus der Marina rauszufahren. Am Stoppschild bog sie nach rechts ab, in Richtung von Eastward Look, Evelyns ehemaligem Ferienhaus, wo inzwischen Nikki und Riley lebten. Sie hatten Evelyn überredet, den Sommer bei ihnen zu verbringen. Und das war auch gut so, denn ihre Anwesenheit machte für die drei jungen Frauen alles besser.

Gigi wusste, es war merkwürdig, dass sie sich an die Großmutter anderer Leute hängte, aber wenn man keine eigene Familie hatte, musste man sich eine aus den Leuten zusammenklauben, die man am meisten mochte. Evelyn, Jordan und Nikki waren die drei wichtigsten Menschen in Gigis Leben. Sie wusste ohne jeden Zweifel, dass alle drei für sie da sein würden, wenn sie sie jemals brauchte. Sie versuchte natürlich, weder sie noch sonst jemanden zu brauchen – ihre Unabhängigkeit war ihr unglaublich wichtig –, dennoch war es nie verkehrt, einen Plan B zu haben.

Nur für alle Fälle.

Wie was zum Beispiel? Sie hatte keine Ahnung. Doch in ihrem Leben war schon so viel schiefgelaufen, dass sie versuchte, sich für jede Möglichkeit zu wappnen. »Sag was.«

»Was soll ich denn sagen?«, fragte Jordan.

»Sag mir, was du denkst.«

»In meinem Kopf herrscht im Moment ein wildes Durcheinander.«

»Du machst dir aber keine Sorgen darüber, wie Mason das aufnehmen wird, oder?«

»Nein.«

»Was dann?«

»Es ist nur, dass wir erst ein paar Monate zusammen sind, und wenn es wirklich stimmt, dann ist es eine ganz schöne Belastung für eine neue Beziehung.«

»Das wäre es mit einer Zecke wie Brendan-Schrägstrich-Zane«, meinte Gigi und bezog sich dabei auf Jordans Ex-Mann. »Ich hab quasi täglich gebetet, dass du niemals von ihm schwanger wirst und dann dein Leben lang durch ein Kind an ihn gebunden bist.«

»Gott sei Dank ist das nie passiert.«

»Deine Beziehung mit Mason ist völlig anders.«

»Das weiß ich.«

»Also keine Sorge. Er wird überglücklich sein. Er liebt dich so sehr, Jordan.«

Jordan schniefte und betupfte sich die Augen. »Ich liebe ihn auch.«

»Alles wird ganz wunderbar. Wenn du schwanger bist, werdet ihr ein Baby haben, und dadurch wird das, was bereits großartig ist, noch besser werden.«

»Ich hoffe nur, du hast recht.«

»Wann hatte ich das schon jemals nicht?«

Jordan lachte, obwohl ihr Tränen über die Wangen liefen.

Gigi konnte es nicht ertragen, sie derart aufgewühlt zu sehen, selbst wenn der Grund etwas Schönes war. Nach allem, was sie mit ihrem Ex durchgemacht hatte, verdiente Jordan es, endlich glücklich zu sein. Gigi war entschlossen, dafür zu sorgen, dass nichts und niemand ihre Freundin je wieder verletzte. Die Zeit mit Brendan/Zane war die Hölle für alle gewesen, die Jordan liebten. Gigi hatte mit Nikki viele Gespräche darüber geführt, was sie unternehmen könnten, um Jordan aus seinen Klauen zu befreien. Als sie wieder zu ihm zurückgekehrt war, nachdem er ohne ihre Erlaubnis ein Sexvideo von ihnen veröffentlicht hatte, hatte Gigi aufgegeben und war gegangen.

Das bedauerte sie heute.

Jordans und Brendans Beziehung war dann in einer gewalttätigen Nacht in Charlotte endgültig zerbrochen, an deren Ende Jordan im Krankenhaus gelandet war und Brendan im Knast. Damit war die Geschichte noch nicht zu Ende gewesen, doch Gigi ertrug den Gedanken an den Tag nicht, an dem Brendan auf der Suche nach Jordan auf Gansett Island aufgetaucht war und Nikki und Evelyn als Geiseln genommen hatte.

Sie erschauerte bei der Erinnerung daran, wie Jordan in L. A. den Anruf erhalten hatte, der sie über den Vorfall informierte. An dem Tag hatte Gigis Aufgabe darin bestanden, Jordan auf dem langen Flug nach Gansett zu beruhigen. Aber nichts und niemand hatte sie beruhigen können, während sie sich ein Leben ohne Nikki oder Evelyn oder – Gott behüte – beide vorstellen musste.

Nach jenem Tag war Gigi innerlich auf Abstand zu den dreien gegangen. Die Angst, die einzigen Menschen zu verlieren, die sie liebte und die sie liebten, hatte ihren Tribut gefordert. Sie war danach wochenlang völlig fix und fertig gewesen und hatte erst begonnen, sich besser zu fühlen, als sie für die Aufzeichnung der Show zu den anderen auf die Insel gekommen war. Hier zu sein war wie eine Therapie für sie gewesen, trotzdem konnte sie es immer noch nicht ertragen, darüber nachzudenken, wie dicht sie davor gestanden hatte, Evelyn und Nikki zu verlieren.

Sie bog rechts in die lange Auffahrt ein, die nach Eastward Look führte. Jahrelang hatten Jordan und Nikki versucht, Gigi davon zu überzeugen, sie mal im Ferienhaus ihrer Großmutter auf der Insel zu besuchen. Doch Gigi hatte keine Lust verspürt, auf eine winzige, abgelegene Insel vor der Küste des kleinsten Bundesstaats zu kommen. Nachdem sie jetzt ein paar Monate auf Gansett verbracht hatte, hatte Eastward Look allerdings angefangen, sich fast wie zu Hause anzufühlen.

Und schon war sie wieder dabei, hängte ihr Herz an das Haus von anderen und zog voreilige Schlüsse, was sie diesen Leuten wohl bedeutete. Dabei hatte sie auf die harte Tour lernen müssen, genau das nicht zu tun. Ihren Glauben in Leute zu setzen, die unter keinerlei Verpflichtung standen, ihre Gefühle zu erwidern, hatte sich in der Vergangenheit nicht für sie bewährt. Ja, Evelyn, Jordan und Nikki waren anders als alle anderen auf der Welt. Gigi glaubte wirklich, dass es nichts gab, was die drei nicht für sie tun würden, aber sie wollte sich nicht hundertprozentig darauf verlassen.

Viel lieber war es ihr, wenn sie sich auf sie verließen. Das war es, was sie gut konnte. Sie kümmerte sich für Jordan und ihre anderen Mandanten um Dinge. Und wenn sie gelegentlich den Wunsch verspürte, selbst jemanden zu haben, der das auch für sie tun würde … Nun, so funktionierte ihr Leben nun mal nicht.

Evelyn kam heraus, um sie zu begrüßen, zog Jordan an sich, die in den Armen ihrer Großmutter zusammenbrach.

»Ich kann einfach nicht glauben, dass ich dich gebeten habe, einen Schwangerschaftstest für mich zu kaufen«, stieß sie hervor.

»Das ist ja nur der Beweis, dass es nichts gibt, was ich nicht für meine Mädchen tun würde.« Evelyn ließ Jordan los und umarmte Gigi. »Hallo, Süße.«

»Hey, Ev.« Gigi würde nie den Tag vergessen, an dem Evelyn sie gebeten hatte, sie Evelyn zu nennen und nicht mehr Mrs Hopper.

»Wie geht's unserer Kleinen?«, fragte Evelyn.

»Aufgeregt, aber sie reißt sich zusammen. Gerade so.«

»Na, dann schauen wir doch mal, was der Test sagt.« Evelyn führte sie nach drinnen in die Küche, wo eine Tüte von Ryans Apotheke auf dem Tresen stand.

Jordan betrachtete die Tüte zweifelnd. »Ich hab so was noch nie gemacht.«

»Ehrlich?«, erkundigte sich Gigi ungläubig. Sie würde nie das erste Mal vergessen, als sie befürchtet hatte, schwanger zu sein – oder die Verzweiflung, die die Vorstellung mit sich gebracht hatte, für ein Kind sorgen zu müssen, wo sie doch kaum für sich selbst sorgen konnte.

»Ich habe bisher nie Grund dazu gehabt.«

»Himmel. Das ist ja verrückt!«

»Ich weiß. Gibt es irgendwas Besonderes zu beachten?«

»Nein«, sagte Gigi. »Pass einfach nur auf, dass deine Finger nichts abkriegen.«

»Igitt.«

»Und jetzt los.« Gigi versetzte ihr einen sanften Stoß in Richtung Badezimmer. »Wenn du fertig bist, lass es auf der Ablage stehen.«

»Okay, dann wollen wir mal.«

»Unbedingt«, erwiderte Evelyn.

Jordan atmete lang gezogen aus und machte sich auf den Weg ins Bad.

»Ich hasse es, dass Brendan dafür gesorgt hat, dass sie in allem unsicher ist, sogar bei Dingen, von denen sie weiß, dass sie unumstößlich sind«, meinte Evelyn, als sie mit Gigi allein war.

»Ich weiß. Was Mason betrifft, gibt es nicht den geringsten Grund zur Sorge. Und das weiß sie, aber trotzdem … Die Unsicherheit verschwindet einfach nicht.«

»Sie kann froh sein, dass sie dich hat«, antwortete Evelyn. »Das können wir alle.«

»Danke.« Gigi versuchte, ihre emotionale Reaktion auf Evelyns freundliche Worte zu überspielen. »Ich bin auch echt froh, dass ich euch habe.«

»Ich finde es so schön, dass ihr euch noch genauso nahe steht wie vor zehn Jahren.«

»Ich auch.« Evelyn würde nie wissen, wie ernst es Gigi damit war. Sie erinnerte sich noch genau an die Zeit kurz vor ihrem Highschoolabschluss, als sie Angst gehabt hatte, dass sich ihre Wege bald trennen und sie einander nie wiedersehen würden. Dem Himmel sei Dank war das nicht passiert. Wenn überhaupt, waren sie sich im Laufe der Jahre nur nähergekommen, bis Zane aufgekreuzt war und Chaos gestiftet hatte.

Jetzt war er wieder weg, Jordan war zurück, und alles ging wieder aufwärts. Keiner von ihnen würde zulassen, dass Jordan einen Rückschlag erlitt, nachdem sie gerade begonnen hatte, wieder zu sich zu finden. Mason kennenzulernen war das Beste, was ihr hatte passieren können, selbst wenn der Auslöser dafür ein Kaminbrand in Eastward Look gewesen war, bei dem er sie aus dem verqualmten Haus gerettet hatte. Was ohne sein rechtzeitiges Auftauchen hätte passieren können, wollte sich Gigi lieber gar nicht vorstellen.

»Es ist auf jeden Fall gut für sie gewesen, mit dir und Nikki den Sommer über hier zu sein«, erklärte Evelyn. »Und dass sie Mason kennengelernt hat, natürlich. Sie wirkt mehr mit sich im Reinen als in den ganzen letzten Jahren.«

»Ja, es scheint ihr wirklich gut zu gehen.«

Während sie auf Jordan warteten, fiel Gigi auf, dass ein positiver Schwangerschaftstest nicht nur Jordans Leben ändern würde, sondern auch ihr eigenes. Wenn es ein Baby gab, würde Jordan auf keinen Fall nach L. A. zurückkehren. Sie würde auf Gansett Island bei dem Mann bleiben, den sie liebte, und ihre Zeit mit Gigi in L. A. wäre endgültig vorbei … und vermutlich würde das auch das Ende der Show bedeuten.

Bevor sie dem Gedanken weiter nachhängen konnte, meldete ihr Smartphone den Eingang einer Textnachricht von Cooper. Hoffe, du hast einen schönen Tag. Jared und Lizzie scheinen das mit dem Baby gut hinzukriegen. Falls die Einladung noch steht, würde ich liebend gern mit dir zu Jordans Party kommen. Wenn das klargeht, lass mich wissen, wann ich auftauchen soll, ob es einen Dresscode gibt und was ich mitbringen kann.

Gleich danach vibrierte das Handy wegen einer zweiten Nachricht. Oh, und letzte Nacht war toll. Ich möchte dich dringend wieder küssen. Magst du immer noch mit an den Strand kommen?

Darüber musste sie lächeln.

»Was ist denn da bei dir los?«, erkundigte sich Evelyn. »Ich hab dich schon ewig nicht mehr so strahlen sehen.«

»Ach, nur ein Freund.«

»Hm. Ein Freund oder ein *Freund*?«

»Ich bin mir noch nicht ganz sicher, aber er ist einfach anbetungswürdig, süß und bringt mich zum Lachen.« Gigi zuckte die Achseln. »Bislang ist es nicht mehr.«

»Das sind ja schon mal drei sehr wichtige Dinge.«

»Es ist nichts. Nur ein kleiner Spätsommer-Flirt, bevor ich meine Zelte hier abbreche und er zurück nach New York geht.« Das auszusprechen machte Gigi traurig, und das wurde sie auch, wenn sie daran dachte, Cooper oder sein atemberaubend attraktives Gesicht nie wiederzusehen, das selbst dann noch atemberaubend attraktiv war, wenn die eine Hälfte rot und verschorft war. »Wie lange dauert es eigentlich, bis man weiß, ob man schwanger ist?«

Gigis Gedanken wanderten zurück zu der Überlegung, auf welche Weise diese Neuigkeit alles ändern würde. Obwohl sie seit Monaten wusste, wie gering die Wahrscheinlichkeit war, dass Jordan mit ihr nach L. A. zurückkäme, nachdem sie sich in Mason verliebt hatte, hatte sie trotzdem noch nicht alle Hoffnung aufgegeben. Sie wollte, dass alles wieder normal wurde oder wenigstens das, was für sie als normal galt, seit die Show so ein Erfolg geworden war und sie beide berühmt waren. Diesen Ruhm musste man am eigenen Leib erfahren, um ihn begreifen zu können.

Als ihr aufging, dass sie tatsächlich allein nach L. A. zurückfliegen würde, breitete sich eine unangenehme Leere in ihr aus. Nikki und Jordan würden hierbleiben, bei den Männern, die sie liebten, und mit ihnen Familien gründen.

Gigi schluckte den Kloß herunter, der in ihrer Kehle festsaß. Mist. Sie würde auf keinen Fall weinen. Sie konnte sich kaum noch erinnern, wann sie das letzte Mal etwas derart aufgeregt oder berührt hatte, dass ihr die Augen feucht geworden waren. Sie war keine Frau, die dauernd in Tränen ausbrach, wie andere das taten, und sie weigerte sich, jetzt damit anzufangen.

Jordan kam aus dem Badezimmer, trug das Testkit vor sich her und hatte ein albernes Lächeln auf dem Gesicht.

»Und?«, fragte Gigi.

»Positiv.«

Evelyn stieß einen Freudenschrei aus und zog ihre Enkelin fest in die Arme. »Ich kann nicht glauben, dass du mir das antust! Ich bin noch viel zu jung, um Urgroßmutter zu werden!«

Gigi beobachtete die Szene mit einem unwirklichen, distanzierten Gefühl. Ja, sie freute sich für Jordan, Mason, Evelyn, Nikki und alle anderen, die entzückt sein würden über das Baby. Aber sie selbst war am Boden zerstört, obwohl sie sich gemein fühlte, wenn sie sich vorstellte, was das für sie und ihr Leben bedeutete, statt sich mit ihrer Freundin zu freuen.

»Herzlichen Glückwunsch«, sagte sie, als sie schließlich die Gelegenheit erhielt, Jordan zu umarmen.

»Danke. Glaube ich zumindest.«

»Du wirst eine wunderbare Mutter sein, Süße«, erklärte Evelyn.

»Du solltest Mason anrufen«, meinte Gigi.

»Ich wollte es ihm heute Abend nach der Party erzählen.«

»Wenn du das nicht sofort hinter dich bringst, bist du bei der Party zu nichts zu gebrauchen.« Manchmal hatte Gigi das Gefühl, Jordan besser zu kennen als sich selbst. »Ruf ihn an, und sag ihm, er soll herkommen.«

»Er wird sofort ahnen, dass irgendwas los ist, wenn ich ihn im Dienst anrufe. Ich schicke ihm eine Textnachricht und bitte ihn, vorbeizuschauen.« Das tat sie auch und blickte auf die Uhr an der Küchenwand. »Gott sei Dank habe ich auf deinen Rat gehört, das Essen für die Party liefern zu lassen, Gram. Wenn ich nach diesen Neuigkeiten kochen müsste, würde ich alles ruinieren.«

»Das würdest du auch tun, wenn du das mit der Schwangerschaft nicht rausgefunden hättest«, warf Gigi ein.

Evelyn deutete mit dem Daumen auf Gigi. »Wo sie recht hat, hat sie recht.«

»Ihr beide haltet euch wohl für total witzig.«

»Überhaupt nicht«, widersprach Gigi. »Wir wissen einfach nur, dass Kochen nicht zu deinen Stärken gehört.«

»Ich werde es wohl lernen müssen. Leute, ich krieg ein *Baby*.« Das Staunen auf Jordans hübschem Gesicht war einfach unwiderstehlich, und Gigis Herz weitete sich vor Liebe zu der Frau, die zusammen mit ihrer Zwillingsschwester die beste Freundin war, die Gigi je gehabt hatte. Sie hatten keine Ahnung, was sie ihr bedeuteten. Nicht im Geringsten.

Obwohl sie vorgehabt hatte, längst fort zu sein, wenn Mason eintraf, befand sich Gigi immer noch in Eastward Look, als der hünenhafte Chef der Feuerwehr ins Haus gestürmt kam, als wäre er ein Familienmitglied. Was er ja irgendwie auch war, nachdem er den Sommer über mit Jordan zusammengelebt hatte.

»Hey, Baby.« Sein Blick richtete sich sofort auf Jordan, mit einer Konzentration, die in Gigi Neidgefühle weckte. Nicht dass sie so was für sich selbst wollte. Nicht einmal ansatzweise. Aber sie konnte nicht anders, als davon berührt zu sein, wie Masons Gesicht bei Jordans Anblick vor Freude aufstrahlte und dass er es nicht einmal zu verbergen versuchte.

Das war bei Brendan oder einem der anderen Typen, mit denen Jordan und Nikki ausgegangen waren, jedenfalls nie passiert. Bis sie Mason Johns und Riley McCarthy begegnet waren und Gigi aus der Nähe zwei Beziehungen hatte anschauen können, die den Goldstandard setzten.

»Könnte ich dich kurz draußen sprechen?«, fragte ihn Jordan.

»Alles in Ordnung?«, erkundigte sich Mason und riss seinen Blick von Jordan los, um kurz besorgt zu Evelyn und Gigi zu sehen.

Doch die ließen sich nichts anmerken.

»Ja, alles in Ordnung.«

Er hielt Jordan seine Hand hin. »Geh voraus.« Ehe er ihr folgte, nickte er ihnen zu. »Ladys.«

Die Schiebetür glitt hinter ihnen zu.

Evelyn versetzte Gigi einen sanften Stoß Richtung Tür, damit sie alles beobachten konnten.

Jordan schaute Mason ins Gesicht, sagte etwas, und eine Sekunde später stieß er einen Freudenschrei aus und riss sie von den Füßen und in eine Bärenumarmung.

Man konnte wohl mit Fug und Recht behaupten, dass Mason glücklich war.

»Ich gehe dann jetzt«, meinte Gigi zu Evelyn. »Sehen wir uns heute Abend?«

»Ich werde da sein.«

Gigi drückte der älteren Frau den Arm.

»Hey, Gigi?«

Sie drehte sich noch mal zu ihr. »Ja?«

»Du kommst auch noch an die Reihe. Das weiß ich.«

»Ich will das alles ja gar nicht.« Sie deutete auf die Terrasse, wo ihre beste Freundin gerade ihrem Freund erklärt hatte, dass ihr Leben sich für immer ändern würde. »Das ist nichts für mich.«

»Sei dir da nicht so sicher.«

»Ich bin mir *sehr* sicher, aber danke für die freundlichen Worte.«

»Hab dich lieb, Kleines.«

Es kostete Gigi ihre ganze Selbstbeherrschung, nicht in Tränen auszubrechen, als Evelyn das zu ihr sagte. »Ich hab dich auch lieb.« *Mehr, als du je ahnen wirst.* Bevor sie am Ende noch vor Evelyn die Fassung verlor, eilte sie durch die Tür ins Freie und zu ihrem Auto, entsetzt, dass tatsächlich Tränen in ihren Augen schwammen. Was zur Hölle war nur ihr Problem? Ihre beste Freundin war überglücklich, nachdem sie eine schreckliche Ehe mit einem Mann überstanden hatte, der nicht eine Minute ihrer Zeit verdient hatte, geschweige denn Jahre ihres Lebens.

Warum also fühlte sich Gigi so komplett verloren?

KAPITEL 10

Jordan blickte mit trockenem Mund und wild klopfendem Herzen zu Mason hoch. So gut sie ihn auch kannte, sie war sich nicht völlig sicher, wie er die Nachricht von einer ungeplanten Schwangerschaft aufnehmen würde.

»Was ist denn Schlimmes passiert, Süße? Du machst mir Angst.«

»Nichts. Wenigstens glaube ich nicht, dass es schlimm ist.«

Er legte ihr die Hände auf die Schultern. »Was immer es ist, wir finden eine Lösung.«

»Ich, äh, es scheint so, als wäre ich schwanger.«

Mason starrte sie eine Sekunde lang völlig schockiert an, bevor er den lautesten Freudenschrei ausstieß, den Jordan je gehört hatte, und sie in seine Arme riss, für eine der Umarmungen, nach denen sie in den Monaten, die sie nun zusammen waren, süchtig geworden war. Seine Umarmungen waren die besten. »O mein Gott, Babe. Das ist ja wunderbar.«

»Ist es das?«

»Ja, klar. Wir kriegen ein Baby!«

»Ich war mir nicht ganz sicher, ob du dich tatsächlich freuen würdest. Alles ist noch so neu, und wir haben nie darüber geredet ...«

Er stellte sie zurück auf die Füße und küsste sie, wobei er sie mit seinem Ungestüm beinahe umwarf. Als er sich schließlich von ihr löste, rührte es sie, Tränen in seinen Augen zu sehen.

»Das sind die besten Neuigkeiten überhaupt.«

»Ich hab keine Ahnung, wie das passieren konnte.«

»Echt nicht? Wirklich?«

Sie lachte über das alberne Gesicht, das er machte. »Ich meine, ich nehme schließlich die Pille. Doch irgendwie müssen wir zu den fünf Prozent oder wie viel auch immer gehören, die trotzdem ein Kind zeugen.«

»Du bist froh darüber, oder?«

»Ich stehe unter Schock. Sobald der nachlässt, werde ich mich bestimmt freuen.«

»Woher wusstest du überhaupt, dass du das testen musst?«

»Gigi hat es gemerkt, bevor ich auch nur eine Ahnung hatte.«

»Natürlich. Sie kennt dich besser als irgendjemand sonst.«

»Nicht besser als du.«

»Möglicherweise ein bisschen, aber ich hole rasch auf.« Er strich ihr das Haar aus dem Gesicht. »Du bist das Beste, was mir je passiert ist, und ich kann nicht glauben, dass da noch mehr möglich ist. Ich werde Vater!«

»Ja, allerdings«, erwiderte Jordan, hocherfreut über seine Reaktion.

»Wir werden heiraten.«

»Moment. Was? Wir müssen doch nicht gleich heiraten, bloß weil ich schwanger bin.«

»Es ist ja nicht nur deswegen. Wie kannst du das überhaupt sagen? Ich liebe dich mehr, als ich je irgendjemanden in meinem gesamten Leben geliebt habe, und alles, was ich möchte, ist, für immer mit dir und unserem Baby und irgendwelchen anderen Babys, die wir vielleicht noch bekommen, zusammen zu sein. Heiratest du mich bitte und machst mich zum glücklichsten Mann auf der ganzen Welt?«

»Bist du sicher, dass es nicht nur wegen des Babys ist?«

»Ich schwöre das bei allem, was mir heilig ist. Ich hatte schon solche Angst, dass du nach dem Ende der Dreharbeiten wieder nach Hause fährst.«

»Mein Zuhause ist dort, wo auch immer du bist, Mason. Das müsstest du inzwischen eigentlich wissen.«

Er umarmte sie erneut. »Kannst du mir bitte meine Frage beantworten?«

»Ja.«

Er lehnte sich zurück und blickte auf sie herab. »Ja zu was?«

»Ja, ich heirate dich. Und übrigens, ich liebe dich mehr, als ich je irgendjemanden außer Nikki und meiner Gram geliebt habe. Oh, und natürlich Gigi.«

Masons attraktives Gesicht strahlte bei seinem Lächeln auf. Alles an ihm war groß, vor allem aber seine Liebe zu ihr. »Ich hab nichts dagegen, dich mit ihnen zu teilen.« Er küsste sie erneut. »Wie bald können wir denn heiraten?«

»Ich werde Nikki nicht die Show stehlen, also irgendwann nach November.«

»Ich vermute, ich kann ein paar Monate warten, solange es nicht länger wird.«

»Wir werden sehen, was sich da machen lässt.«

»Ich besorg dir so schnell wie möglich einen Ring.«

»Das ist mir nicht wichtig.«

»Mir aber.« Er starrte sie weiter an, als könne er nicht glauben, dass sie hier war und ihm diese lebensverändernde Nachricht mitgeteilt hatte. »Wir bekommen ein Baby, und wir werden heiraten.«

»Ja.«

»Die besten Neuigkeiten meines Lebens.«

»Ich bin echt froh, dass du das findest.«

»Ich hoffe, du hast dich nicht eine Sekunde lang deswegen gesorgt, wie ich darauf reagieren würde.«

»Vielleicht eine oder zwei.«

Er schüttelte den Kopf. »Du musst niemals Angst haben, mir irgendwas zu sagen, Jordan. Ich werde immer glücklich über das sein, was auch immer du mir mitzuteilen hast.«

»Selbst wenn ich mit dem Auto einen Unfall baue oder all unser Geld ausgebe?«

»Auch dann.«

»Du bist verrückt.«

»Nach dir.« Er zog das Funkgerät aus seinem Gürtel. »Dermot, bitte kommen.«

»Ja, Chief. Was ist los?«

»Sie haben für den Rest des Tages die Verantwortung. Ich muss mich um etwas Dringendes kümmern.«

»Okay. Hoffe, alles ist in Ordnung.«

»Alles bestens. Bitte stören Sie mich nicht, es sei denn, es brennt irgendwo.«

»Verstanden.«

Mason steckte das Funkgerät zurück.

»Worum musst du dich denn kümmern?«, wollte Jordan wissen, obwohl sie bereits eine gute Vorstellung davon hatte, was ihm vorschwebte.

»Um die Mutter meines Babys. Lass uns heimfahren.«

»Ich muss mich für heute Abend fertig machen.«

»Auch das kriegen wir hin.«

* * *

Als Jared das Telefonat mit seinem Privatdetektiv beendet hatte, kostete es ihn alle Selbstbeherrschung, das Mobilteil nicht einfach an die Wand zu pfeffern. Weit und breit kein Zeichen von ihr. Ihre Spur war kalt. Von einer jungen Frau namens Jessie

Morgan oder Jessica Morgan war in ganz Rhode Island nicht das Geringste zu finden. Der Privatdetektiv sagte, er wolle seine Suche ausweiten und Massachusetts und Connecticut miteinbeziehen. Er hatte auch erklärt, so etwas könne einige Zeit dauern, sie müssten geduldig sein und so weiter und so fort, nur hatte Jared in dieser Angelegenheit leider kein bisschen Geduld.

Mit jeder Sekunde, die das Baby in ihrer Obhut verbrachte, wuchs Lizzies Liebe zu einem Kind, das sie wieder würden hergeben müssen.

Jared hätte angesichts der Ungerechtigkeit dieser Situation am liebsten laut geschrien.

Cooper erschien in der Tür zu seinem Büro. »Ist es sicher, reinzukommen?«

»Ja.«

»Irgendwelche Neuigkeiten?«

»Nichts.«

»Mist.«

»Allerdings. Was zur Hölle sollen wir tun?«

Cooper trat ein und nahm auf dem Stuhl Platz, den sie ihren »Gesprächsstuhl« nannten. Dort saß auch Lizzie immer, wenn sie Jared hier aufsuchte, um ihn von einem neuen Projekt zu überzeugen, was gewöhnlich dazu führte, dass sie jemandem halfen, der Hilfe dringend nötig hatte. »Hast du darüber nachgedacht, sie Blaine zu übergeben und das Jugendamt seine Arbeit tun zu lassen?«

»Ja, zur Hölle, natürlich habe ich daran gedacht, aber Lizzie will davon nichts wissen.«

»Was, wenn Blaine sagt, dass ihr keine andere Wahl bleibt? Ihr seid nicht offiziell als Pflegeeltern gelistet, daher müssen sie ja irgendwann einschreiten, oder?«

»Blaine meint, in diesem Fall verhalte es sich ein bisschen anders, denn wir kennen Jessie ja. Außerdem hat sie uns gebeten, auf das Baby aufzupassen, daher ist es nicht so, als hätten wir es auf unserer Türschwelle gefunden und hätten nicht die geringste Ahnung, wer die Mutter ist.«

»Irgendwie macht es das schlimmer.«

»Ich weiß. Und mit jeder Minute, die vergeht, wird es für Lizzie schwieriger.«

»Und für dich nicht?«

»Ich versuche wirklich, Distanz zu wahren, doch das ist leichter gesagt als getan. Die Kleine ist einfach unfassbar niedlich.«

»Absolut.« Cooper wollte eine Frage stellen, vor der er beinahe etwas Angst hatte. »Also … äh, was, wenn ihr Jessie nicht findet?«

»Ich habe keine Ahnung. In einer Stunde habe ich einen Termin mit Dan Torrington. Ich hoffe, er weiß, was zu tun ist.«

»Gibt es noch irgendwas, womit ich euch helfen kann?«

»Nein, aber danke fürs Fragen. Es ist gut, dich hierzuhaben.«

»Bist du dir sicher? Es macht mir nämlich absolut nichts aus, von hier zu verschwinden, wenn du mit deiner Frau allein sein möchtest.«

»Zum ersten Mal überhaupt habe ich Angst davor, mit meiner Frau allein zu sein. Ich fühle mich wie mitten auf einem emotionalen Schlachtfeld, das voller Landminen ist, wo immer ich mich hinwende.« Er seufzte tief. »Lizzie wünscht sich so sehr ein Baby, und nichts, was wir ausprobiert haben, hat funktioniert. Dass jemand sein Baby ausgerechnet bei ihr ablädt …«

»Ich weiß. Es ist schrecklich.«

»Das kann man ihr nur nicht sagen. Sie ist so selig und überglücklich, sich um die Kleine zu kümmern. Ich hab sie noch nie zuvor so erlebt. Es ist, als wäre sie für diesen Moment geboren worden oder so.«

Coopers Herz schmerzte für Lizzie, den liebsten, großzügigsten Menschen, den er kannte. »Alles, was du möchtest, ist, sie vor dem Frontalzusammenstoß zu bewahren, auf den sie zusteuert.«

»Ja. Das wird nicht gut ausgehen, Coop. Das weiß ich einfach, und es gibt rein gar nichts, was ich tun könnte, um zu verhindern, dass uns das um die Ohren fliegt.«

»Du versuchst alles, was in deiner Macht steht, um das Schlimmste zu verhindern. Mehr kannst auch du nicht tun.«

»Es reicht nur nicht. Mit jeder Stunde wächst ihre Bindung an das Baby.«

»Wenn dir irgendetwas einfällt, das ich für sie oder dich tun kann, sag es. Es gibt nichts, was ich nicht tun würde, Jared. Wenn du möchtest, dass ich aufs Festland fahre und diese Frau suche, mache ich auch das.«

»Ich hab schon jemanden, der sie aufzuspüren versucht, und er ist verdammt gut. Wenn er sie nicht findet, dann schafft das niemand.«

»Und was ist mit der Krankenstation? Vielleicht haben die irgendwelche Informationen über sie.«

»Das haben wir schon überprüft. Ist leider auch eine Sackgasse. Außerdem verhindert der Datenschutz, dass sie uns irgendetwas verraten. Das Hotel, in dem sie gearbeitet hat, verlangt von allen Angestellten eine Anschrift auf dem Festland, und ihre ist in Dartmouth, in Massachusetts. Das war das Erste, was mein Ermittler sich vorgenommen hat. Die Leute dort haben keine Ahnung, wer sie ist. Sie hat also einfach eine falsche Adresse angegeben.«

»Denkst du, sie ist hergekommen, weil sie jemanden gesucht hat, dem sie ihr Baby geben konnte?«

»Wer weiß schon, was sie sich gedacht hat?«

Es klingelte an der Tür.

Cooper sprang auf. »Ich mach auf.« Er fragte sich, wer an der Eingangstür klingeln würde, denn eigentlich kamen und gingen alle über die Terrasse. Er entriegelte die Tür und zog sie auf. Davor stand ein Mann, den er nicht erkannte. »Kann ich Ihnen helfen?«

»Ich bin Oliver Watkins. Ich habe einen Termin mit Jared James.«

»Oh, okay.« Cooper war sich ziemlich sicher, dass Jared diesen Termin vergessen hatte. »Bitte warten Sie kurz, ich hol ihn. Ich bin übrigens Cooper, Jareds Bruder.«

Oliver schüttelte ihm die Hand. »Freut mich, Sie kennenzulernen.«

»Gleichfalls. Warten Sie bitte eine Sekunde.« Cooper kehrte ins Arbeitszimmer zurück, wo Jared noch genau dort saß, wo er ihn zurückgelassen hatte, ins Leere starrte und vermutlich hoffte, dass sich eine Lösung für ihr Problem aus dem Nichts materialisierte. »Oliver Watkins ist hier und sagt, er habe einen Termin mit dir.«

»Oh, Mist. Hatte ich komplett vergessen.«

»Worum geht's denn? Kann ich helfen?«

»Ich habe ihn bei dem Dinner kennengelernt, das die McCarthys gegeben haben, um ihn und seine Frau den Leuten hier vorzustellen. Sie sind die neuen Leuchtturmwärter. Er hat Interesse daran bekundet, sich auf den Finanzmärkten umzutun, und ich hab angeboten, ihm ein paar Tipps zu geben.«

»Soll ich ihn bitten, ein anderes Mal wiederzukommen?«

»Nein, ist schon in Ordnung. Wegen Jessie kann ich im Moment ohnehin nichts weiter unternehmen.« Jared stand auf, um den Mann hereinzubitten. »Bleib einfach da. Vielleicht lernst du auch noch was.«

Cooper lachte über die Bemerkung und war erleichtert, dass sein Bruder trotz der Umstände noch Witze machen konnte. Er setzte sich auf den Stuhl, auf dem er auch zuvor gesessen hatte.

Eine Minute später trat Jared mit Oliver ein. »Kann ich Ihnen irgendwas anbieten?«

»Nein, danke. Es ist so eine Ehre, die Gelegenheit zu haben, mit Ihnen zu sprechen.«

»Bitte nehmen Sie Platz.« Jared ging um den Schreibtisch herum zurück zu seinem Stuhl. »Meinen Bruder Cooper haben Sie ja bereits kennengelernt.«

»Genau.«

»Er hat vor ein paar Jahren mit dem Investieren angefangen und sehr erfreuliche Ergebnisse erzielt.«

»Oh, super. Meinen Glückwunsch.« Oliver zog einen Stift und ein kleines Notizheft aus seiner Tasche. »Ich habe Unmengen gelesen, aber es gibt noch so viel zu lernen.«

»Anfangs droht es einen zu erschlagen«, pflichtete ihm Jared bei. »Doch wie bei allem, je mehr man sich damit beschäftigt, desto besser wird man darin.«

»Haben Sie schon irgendwelche beruflichen Erfahrungen auf den Finanzmärkten?«, erkundigte sich Cooper.

»Nein, ich habe bisher in der Politik gearbeitet.«

»Und was hat Sie bewogen, die Branche zu wechseln?« Sobald Cooper diese Frage gestellt hatte, bereute er es, denn auf das Gesicht des anderen Mannes trat ein gequälter Ausdruck.

Oliver fing sich sofort, aber in seinen Augen lag unfassbare Trauer. »Mein dreijähriger Sohn ist bei einem Unfall gestorben. Das hat irgendwie alles auf den Kopf gestellt.«

»Das tut mir so leid.« Wie überstand man so einen Verlust? Coopers Herz schmerzte für den Mann.

»Meine Frau und ich nehmen uns dieses Jahr auf Gansett, um unser Leben neu aufzustellen, und ich habe beschlossen, dass ich mich beruflich am liebsten selbstständig machen würde. Mir ist klar, dass es natürlich weniger riskante Branchen gibt als die Finanzmärkte, doch die Börse hat mich schon immer fasziniert. Und als ich Sie, Jared, kennengelernt habe, habe ich gedacht, das könnte ein Wink des Himmels sein.«

»Ich berate Sie gerne«, erklärte Jared. »Es bereitet mir Freude, anderen beizubringen, was ich gelernt habe.«

Sie verbrachten die nächste knappe Dreiviertelstunde damit, über einige von Jareds Tricks zu sprechen, die ihn so erfolgreich machten. Und natürlich lernte auch Cooper ein paar Dinge, die er noch nicht wusste. »Jeder Mensch hat ein unterschiedliches Maß an Risikobereitschaft«, führte Jared aus. »Der wichtigste Rat, den ich für Sie habe, ist, nichts zu riskieren, was zu verlieren Sie sich nicht leisten können. Beginnen Sie langsam. Rom ist nicht an einem Tag erbaut worden, und das gilt auch für Ihr Portfolio.«

»Vielen Dank. Meine Großeltern haben mir etwas Geld hinterlassen, das ich eine Weile angelegt hatte. Das möchte ich als Startkapital für dieses neue Kapitel in meinem Berufsleben verwenden. Ich würde mich zwar nicht freuen, wenn ich es verliere, aber es wäre keine finanzielle Katastrophe für uns. Wir haben unser Haus verkauft und leben von dem Geld, bis wir entschieden haben, wie unser nächster Schritt aussieht. Meine Frau bewirbt sich um einen Sommerjob im Wayfarer, und der Umstand, dass wir mietfrei im Leuchtturm wohnen können, verschafft uns Zeit.«

»Lassen Sie uns wöchentliche Treffen vereinbaren, damit ich für Sie einen Blick auf ein paar Sachen werfen kann«, meinte Jared.

Oliver starrte ihn verblüfft an. »Das würden Sie tun?«

»Gerne sogar. Ich möchte, dass Sie Erfolg haben.« Jared reichte ihm eine Visitenkarte. »Da stehen meine E-Mail-Adresse und meine Handynummer drauf. Bitte melden Sie sich, wann immer Sie eine Frage haben. Wir werden diese Karriere für Sie auf die richtige Spur setzen.«

»Ich weiß gar nicht, was ich antworten soll. Das ist wirklich sehr großzügig von Ihnen.«

Cooper war immer stolz auf seinen großen Bruder – unverhältnismäßig, wenn man seine Freunde in der Stadt fragte, die sich oft über seine Heldenverehrung für Jared lustig machten. Aber zu sehen, wie er für Oliver da war, obwohl in seinem eigenen Leben gerade alles drunter und drüber ging, steigerte Coopers Bewunderung nur. Nachdem Jared Oliver zur Tür gebracht hatte und ins Büro zurückgekehrt war, sagte ihm Cooper das.

»Das ist doch keine große Sache. Ich helfe ihm gern.«

»Für ihn ist es eine Riesensache, Jared. Dass du ihn berätst, wird entscheidend für seinen Erfolg sein.«

»Ich möchte, dass er erfolgreich ist. Er kommt mir wie ein großartiger Mensch vor, und es tut mir so furchtbar leid, was er und seine Frau erlebt haben.«

»Es ist schrecklich. Ich hab mich gefragt, wie man so was überhaupt übersteht.«

»Ich hab keine Ahnung.«

»Ich hatte mir überlegt, heute an den Strand zu fahren. Möchtest du mit?«

»Liebend gern, aber ich glaube, ich bleibe lieber in der Nähe, falls Lizzie mich braucht.« Er warf Cooper seine Autoschlüssel zu. »Nimm ruhig den Wagen.«

Die Schlüssel fühlten sich in Coopers Hand wie eine heiße Kartoffel an. »Bist du sicher?«

»Nein, doch ich brauch ihn gerade nicht.«

»Haha, danke.«

»Wirst du mir irgendwann erzählen, wie du dir die Rippen angeknackst und das Gesicht aufgeschürft hast?«

»Ich glaub nicht.«

Jared lachte schnaubend. »Das muss eine unglaubliche Geschichte sein. Mal sehen, ob ich es irgendwie anders rausfinde.«

»Bitte nicht.«

Das Weinen eines Babys war zu hören, und Jared sprang von seinem Stuhl auf. »Ich schau mal nach ihnen.«

»Schick mir eine Textnachricht, wenn du mich für irgendwas brauchst.«

Jared nickte, während er bereits aus dem Zimmer lief.

Cooper blickte ihm nach und hegte die Befürchtung, dass Lizzie nicht die Einzige war, die in der Gefahr schwebte, sich emotional zu sehr an die Kleine zu binden. Die gesamte Situation bereitete ihm ungewohnt große Sorge um die beiden Menschen, die ihm so wichtig waren.

Cooper schlenderte auf die Terrasse und fand seine Lieblingsgöttin im Pool vor, wo sie konzentriert vom einen Ende zum anderen kraulte. Sie trug wieder den weißen Bikini, der von jetzt an immer eine prominente Rolle in seinen Fantasien spielen würde. Vorsichtig und unter Schmerzen ließ sich Cooper am flacheren Ende des Pools nieder und ließ die Füße im Wasser baumeln, hoffte, Gigi würde ihn irgendwann bemerken.

Während er wartete, beobachtete er sie genau und stellte fest, dass ihre Bewegungen heute anders wirkten, als ob sie aufgeregt oder verärgert wäre. Er war so fasziniert davon, wie sie die Strecke im Pool zurücklegte, dass er, als sie schließlich innehielt, den Kopf hob und ihn entdeckte, überrascht war.

»Stalker.«

»Göttin.«

Sie lächelte. »Dir sei verziehen.«

»Was ist los?«

»Hm? Warum fragst du das?«

»Das da war Abreaktionsschwimmen.«

»Das Wort gibt es nicht.«

»Doch, und du hast genau das gemacht. Warum?«

»Ich musste mit etwas fertigwerden.«

»Möchtest du darüber reden?«

»Nope.«

»Möchtest du mit mir zu Mittag essen und an den Strand?«

»Ja, aber nur, wenn ich fahren darf.«

Cooper grinste über ihre Schlagfertigkeit. »Jared hat mir die Schlüssel für den Porsche gegeben, doch dieses Mal lasse ich dich ans Steuer.«

»Gib mir zehn Minuten, damit ich mein Zeug holen kann.«

»Klingt gut.«

Sie stemmte sich aus dem Pool, und die Sonne ließ das Wasser auf ihren schlanken, gebräunten Armen wie Diamanten glitzern.

Jetzt wurde er auch noch poetisch. Er hatte auf dem College mal einen Literaturkurs belegt, ohne zu ahnen, dass er eines Tages selbst so denken würde, und dann auch noch im Zusammenhang mit einer Frau. Aber Gigi Gibson war keine normale Frau. Während er zuschaute, wie sie über die Terrasse zum Apartment über der Garage lief, durchströmte ihn Verlangen und setzte seinen gesamten Körper unter Strom.

KAPITEL 11

Cooper hatte noch nie eine Frau so gewollt wie Gigi – und das nicht nur, weil sie höllisch heiß war. Es lag auch daran, dass sie keine Kompromisse einging und nach ihren ganz eigenen Regeln lebte. Bevor er sie getroffen hatte, hatte er keine Ahnung gehabt, wie sexy er diese Charakterzüge finden würde. Die meisten Frauen aus seinem Bekanntenkreis waren viel zu sehr damit beschäftigt, anderen gefallen zu wollen, um ihren eigenen Weg zu gehen. Gigi war es völlig egal, was die Leute von ihr dachten, und das liebte er.

Als er ein Strandhandtuch und Sonnenmilch aus seinem Zimmer holte, war er froh, dass das Baby nicht mehr weinte, aber er konnte keine Spur von Jared oder Lizzie entdecken. Er schrieb Jared eine Nachricht. Bin mit Gigi am Strand. Lass es mich wissen, wenn du etwas brauchst.

Da sie ihren Wagen nehmen würden, ließ er die Schlüssel für den Porsche auf dem Küchentresen liegen. Er war wirklich erleichtert, dieses Auto nicht fahren zu müssen. Nach der letzten Nacht würde er seinen Bruder vermutlich nie wieder darum bitten. Seine Schultern, Arme und Hände schmerzten immer noch furchtbar, allerdings nicht so schlimm wie seine Rippen. Bevor er ging, nahm er zwei Schmerztabletten.

Draußen lehnte Gigi am Auto und las was auf ihrem Handy, während sie auf ihn wartete.

»Bereit?«, fragte er.

»Immer.«

»Ich wette, das stimmt«, sagte er und grinste, während er auf der Beifahrerseite stand und das niedrige Auto mit einer unguten Vorahnung betrachtete. Das würde wehtun. Er ließ sich vorsichtig auf den Beifahrersitz gleiten, hielt den Atem an, um sich für den rasenden Schmerz zu wappnen. Trotzdem keuchte er auf, und kalter Schweiß trat ihm auf die Stirn.

»Verdammt, Coop. Alles okay?«

»Ja. Solange ich mich nicht bewege oder versuche, in einen Sportwagen zu steigen.«

»Das ist so ein Mist!«

»Ist schon okay. Wie auch immer, zurück zum eigentlichen Thema. Ich wette, du warst von der Minute an, in der du geboren wurdest, ein Satansbraten.«

»Das ist durchaus möglich.«

»Du weißt es nicht?«

Sie setzte den weißen Mercedes aus der Einfahrt zurück. »Nein.«

»Oh.«

»Wenn ich dir meine dunkelsten Geheimnisse anvertraue, wird es aber nicht irgendwie komisch zwischen uns, oder?«

»Das liegt ganz bei dir. Von meiner Seite aus nicht.«

Es dauerte etwas, bis sie weitersprach. »Meine Mutter war bei meiner Geburt crackabhängig, was bedeutet, dass ich es auch war.«

Cooper atmete tief aus. Wow.

»Ich bin in eine Pflegefamilie gekommen und habe nicht viele Informationen über mein Leben, bevor ich mit vier adoptiert wurde.«

»Die Familie, die dich adoptiert hat ... Waren das nette Leute?«

»Sie waren nicht wirklich für die Elternrolle geeignet.«

»Wie meinst du das?«

»Sie sind superambitionierte Hollywoodtypen, für die es völlig normal war, ihr Kind von einer Abfolge von Nannys großziehen zu lassen. Er war Produzent und sie ein hohes Tier in einem Filmstudio. Ich war etwa dreizehn, als mir klar wurde, dass ich nur ein Punkt auf ihrer Liste war, den sie auf ihrem Weg zur Weltherrschaft abhaken mussten. Heiraten. Abgehakt. Ein Kind. Abgehakt. Weltherrschaft. Abgehakt. Sie haben gerne aufwendige Fotoshootings mit uns dreien arrangiert, als wenn wir irgendeine süße Kleinfamilie wären, obwohl ich sie in Wirklichkeit kaum gesehen habe, außer wenn sie meinten, sie bräuchten jetzt dringend mal Familienzeit.«

Cooper wusste nicht, was er sagen sollte.

»Im Alter von fünfzehn Jahren habe ich angefangen, mich für Jura zu interessieren, und habe beschlossen, mich vom Familiengericht für mündig erklären zu lassen. Ich hatte genug davon, dass sie nichts mit mir zu tun haben wollten, außer es passte ihnen gerade gut in den Kram.«

»Hast du das geschafft?«

»Zur Hölle, natürlich habe ich das – und dazu Unterhalt erstritten, sodass ich in mein eigenes Apartment ziehen und zusammen mit meinen Freundinnen die Highschool beenden konnte.«

»Als du fünfzehn warst.«

»Bis alles ausgefochten war, war ich sechzehn.«

»Also bist du, seit du sechzehn warst, auf dich allein gestellt.«

»Ja, und ich habe es nie bereut. Ich bin Anwältin geworden, damit ich mich finanziell und juristisch um mich selbst kümmern konnte. Ich wollte nie wieder in die Situation geraten, auf andere Leute angewiesen zu sein. Ich wollte das alles selbst erledigen können.«

»Ich bin sprachlos, Gigi. Du bist unglaublich.«

Sie zuckte die Achseln. »Man tut halt, was nötig ist.«

»Siehst du deine Eltern noch manchmal?«

»Ab und zu. Ich habe nicht den Wunsch, mich komplett von ihnen loszusagen. Ich wollte nur nicht, dass sie mir vorschreiben können, wie ich mein Leben zu führen habe, obwohl sie sich gar nicht für mich interessieren.«

Als sie am Feinkostgeschäft in der Stadt anhielten, um sich Mittagessen zu besorgen, litt Cooper mit dem jungen Mädchen, das viel zu früh hatte erwachsen werden müssen. Er war nie stolzer auf irgendjemanden gewesen als auf sie, außer vielleicht auf Jared. Aber so viel Jared auch erreicht hatte, er hatte das immer mit dem Sicherheitsnetz einer liebevollen Familie getan, die ihn aufgefangen hätte, wenn er gefallen wäre. Gigi hatte ihr Leben ganz allein zu einem Erfolg gemacht.

»Sag mir die Wahrheit.« Sie warf ihm einen Blick zu, als sie wieder im Auto waren. »Du bist geschockt von meiner beschissenen Lebensgeschichte, richtig?« Sie lachte. »Ich weiß nicht mal, warum ich dir das erzählt habe. Ich spreche nie darüber. Ein Glück, dass die Presse das noch nicht rausgefunden hat. Mein Anwalt war echt gründlich und hat dafür gesorgt, dass das alles echt gut unter Verschluss ist.«

»Ich bin nicht geschockt. Ich bin beeindruckt. Mein größtes Problem, als ich fünfzehn war, war, wie ich in der Schule meinen Dauerständer verstecken sollte.«

Sie lachte laut. »Das ist lustig.«

»Es war ein Albtraum. Außerdem ist es eine Ironie des Schicksals: Wenn man keine Erektionen gebrauchen kann, hat man ständig welche, und wenn man alt ist, muss man Pillen nehmen, um noch was hochzukriegen. Warum können wir uns die Erektionen nicht aufheben und später bei Bedarf darauf zurückgreifen?«

»Eine tiefgründige Frage.«

»Ich hätte darauf wirklich gerne eine Antwort. Wir benötigen ganz dringend Lagermöglichkeiten für Erektionen, wo man sie für später aufbewahren und sich holen kann, wenn man sie braucht.«

»Nun, das ist vermutlich die Geschäftsidee, die dich zum Milliardär machen wird.«

»Eine Erektionsbank. Ich muss mir dringend das Copyright sichern, bevor mir jemand die Idee klaut.«

Er liebte den Klang ihres Gelächters.

»Wird es dort einen Drive-in-Schalter geben?«

»Natürlich, mit so einem Plastikdings, das einem jedes Mal eine Erektion rausschießt, wenn man eine verwenden möchte.«

Sie musste so heftig lachen, dass sie fast von der Fahrbahn abkam. »Danke für den Lachanfall. Das habe ich gebraucht.«

»Ich mag es, wenn du lachst.«

»Und ich mag Leute, die mich zum Lachen bringen.«

»Was ist heute passiert?«

»Warum glaubst du, dass irgendwas passiert wäre?«

»Das Abreaktionsschwimmen war der erste Hinweis. Und dann hast du mir Dinge anvertraut, von denen du sagst, dass du sie sonst niemandem gegenüber erwähnst. Da frage ich mich, was wohl passiert ist, dass du gegen deine Gewohnheit handelst.«

Sie warf ihm einen verwunderten Blick zu, was er einzig daran merkte, dass sich ihre Augenbrauen über den Rand ihrer Sonnenbrille hoben.

»Was?«

»Du bist ziemlich aufmerksam für einen Jungen deines Alters.«

»Junge?«, fragte er und schnaubte. »Ich bin ein Mann, Süße. Und das beweise ich dir nur zu gerne, wann immer du es möchtest.«

»Nachdem du was bei der Erektionsbank abgehoben hast?«

»Nein, nein, daran herrscht bei mir kein Mangel. Zum Beispiel immer, wenn ich dich im weißen Bikini im Pool sehe. Da hast du mir einen Lebensvorrat an Masturbationsfantasien geliefert.«

»Oh, die Erektionsbank und die Masturbationsbank sollten unbedingt Synergieeffekte abschöpfen.«

Lachend sagte Cooper: »Das wäre vermutlich eine ziemlich vielversprechende Zusammenarbeit.« Dankbar, weil die Schmerztabletten zu wirken begannen, lehnte er den Kopf zurück an die Kopfstütze und betrachtete Gigi. »Ich habe meine ursprüngliche Frage nicht vergessen: Was ist heute geschehen?«

»Jordan hat herausgefunden, dass sie schwanger ist«, erwiderte Gigi und seufzte. »Ich freue mich sehr für sie.«

»Was noch?«

»Nichts. Das war es.«

»Nein, da ist mehr. Du freust dich für sie, also warum musstest du schwimmen, um dich abzureagieren?«

Zögernd sagte sie: »Es war weniger Ab*reagieren* als Ab*lenken*.«

»Von was?«

Sie stellte sich auf den Strandparkplatz der Stadt, ganz hinten am Ende, wo es normalerweise nicht so voll war. Nachdem sie den Motor ausgeschaltet hatte, ließ sie die Hände am Steuer, während sie auf das Wasser hinausstarrte. »Wenn man keine richtige Familie hat, sucht man sich selbst eine. Jordan und Nikki sind meine Familie. Ihre Großmutter auch.« Sie schluckte. »Und jetzt bauen sie sich hier beide ein neues Leben auf, was bedeutet, dass sie hierbleiben, wenn ich zurück nach L. A. gehe.«

155

Cooper begann zu verstehen. »Nichts zwingt dich, dort zu sein, wenn deine Familie hier ist.«

»Ich kann nicht auf Gansett Island leben, Cooper.«

»Warum nicht? Tausend andere Leute tun es das ganze Jahr über. Sie scheinen es sogar zu lieben. Schau dir meinen Bruder und Lizzie an.«

»Ich würde durchdrehen, wenn ich die ganze Zeit auf der Insel sein müsste.«

»Okay, dann verbring halt einen Teil des Jahrs in L. A. und die Sommer hier bei deinen Mädels.«

»Ich weiß nicht.«

»Willst du mir wirklich weismachen, dass dieses Problem für das Mädchen, das sich mit sechzehn für mündig hat erklären lassen, unlösbar ist? Ich weigere mich, das zu glauben.«

»Wenn du es so formulierst, klingt es sehr viel weniger bedrohlich.«

»Du wirst eine Lösung finden.«

»Danke fürs Zuhören. Heute war ein ereignisreicher Tag, und ich hatte noch daran zu knabbern, als ich geschwommen bin.«

»Ist Jordan aufgeregt?«, fragte er, bevor er aus dem Wagen stieg, sich einen Moment Zeit ließ, um wieder zu Atem zu kommen, und dann ihre Strandstühle zur Promenade trug.

Er zeigte auf einen Platz ein gutes Stück von der nächsten Gruppe entfernt. »Wie wäre es da?«

»Perfekt. Ich möchte mich nicht mit Leuten abgeben müssen.«

»Ich bin mir ziemlich sicher, dass du das in L. A. ständig tust.«

»Irgendwie kann ich nirgendwo mehr hingehen, ohne dass mir Paparazzi und Fans folgen, was, wie man mir versichert, tatsächlich ein erstrebenswertes Problem ist.«

»Bis es einem selbst passiert.«

»Genau, und plötzlich braucht man Security, wenn man nur das Haus verlassen will. Der Drive-in-Schalter bei Starbucks ist mein bester Freund geworden.«

»Wir servieren unseren weiblichen Kunden in der Erektionsbank kostenlos Kaffee.«

»Willst du damit sagen, dass Frauen sich keine Erektion ohne Mann dran kaufen können, denn wenn das so ist, schließt du eine ziemlich wichtige demografische Gruppe aus.«

»Das ist ein guter Fingerzeig.«

»Hahaha, Fingerzeig. Schönes Wortspiel.«

»Mal sehen, auf was ich als Nächstes kommen kann.«

»Es ist so schwierig, sich ein gutes Wortspiel einfallen zu lassen.«

»Bei der Erektionsbank wird es jede Menge Penis-Wortspiele geben. Ich wünschte, ich hätte diese Idee im College gehabt. Stell dir mal vor, wie lustig es gewesen wäre, dafür einen Businessplan zu entwickeln.«

»Männer aus der ganzen Welt würden bei deiner Bank Schlange stehen, um ungebrauchte Erektionen für später einzulagern.«

Sie lachten so sehr, dass Cooper Tränen in die Augen traten. »Du bist wirklich gut darin.«

»Jeder hat so seine Talente. Zu meinen Talenten gehören offensichtlich Penis-Witze. Ich habe übrigens auch genug Penisbilder, um deine Bank für Jahre einzudecken«, meinte Gigi.

»Igitt, echt?«

»Ja. Ich musste jemanden anheuern, der mein Social-Media-Profil managt – und Jordans auch –, um mit den Typen fertig-zuwerden, die denken, wir wollen unbedingt ihren Schwanz sehen. Unter anderem.«

»Ekelhaft.«

»Du machst dir keine Vorstellung. Penisbilder und unanständige Angebote. Wenn man das bekommt, weiß man wohl, dass man es in Hollywood geschafft hat. Das ist der Grund, warum ich jemanden dafür bezahle, sich um unsere Social-Media-Kanäle zu kümmern.«

»Kluge Entscheidung.« Er reichte ihr den Salat mit Hühnchen, den sie sich im Feinkostgeschäft ausgesucht hatte, und biss in sein Roastbeef-Sandwich mit Senf, Meerrettich, Zwiebeln und Peperoni. Leider fiel ihm erst, als er die erste Hälfte schon aufgegessen hatte, auf, dass die Zwiebeln vielleicht ein Fehler gewesen waren. Schließlich wollte er Gigi sehr gerne so schnell wie möglich wieder küssen. Also entfernte er sie vom Rest des Sandwiches. »Danke, dass du mir vorhin diese Dinge erzählt hast.«

»Danke, dass du keine große Sache daraus gemacht hast.«

»Tun die Leute das normalerweise?«

»Die meisten erfahren es ja gar nicht, aber die anderen haben immer Mitleid mit mir, und das will ich nicht. Ich bin in einer riesigen Villa in Beverly Hills aufgewachsen. Vielen Leuten ist es sehr viel schlechter als mir ergangen, vor allem denen, die ihre gesamte Kindheit in Pflegefamilien verbracht haben.«

»Ja, ich bin mir sicher, dass es viele schlechter erwischt haben, aber deine Situation war dennoch nicht toll.«

»Nein, allerdings hatte ich immer alles, was ich gebraucht habe.«

»Wirklich?«

Sie zuckte die Achseln. »Alles Wichtige. Ich denk nicht mehr viel drüber nach. Das ist Jahre her, und inzwischen habe ich ein ganz neues Leben.«

»Was sich ändern wird, wenn Jordan dauerhaft herzieht.«

»Ja, aber hey, das habe ich jetzt schon seit Monaten kommen sehen. Sie und dieser hünenhafte Feuerwehrmann sind wahnsinnig verliebt, und es ist ja nicht so, dass er plötzlich seinen Job hier kündigen und mit ihr nach L. A. ziehen wird.«

»Hast du vielleicht irgendwie möglicherweise eventuell gehofft, dass das passieren könnte?«

»Das war immer sehr unwahrscheinlich, und es ist in Ordnung. Ich will, dass sie glücklich ist. Sie verdient das nach dem Albtraum mit Zane, dem Idioten.«

»War es so schlimm, wie die Zeitungen es dargestellt haben?«

»Es war sehr viel schlimmer, vor allem als er aus heiterem Himmel hier aufgekreuzt ist und Nikki und ihre Großmutter als Geiseln genommen hat, während wir in L. A. waren. Der Flug hierher hat gefühlt ewig gedauert.«

»Ich wollte dich schon die ganze Zeit fragen, wie du es geschafft hast, dass das nicht rausgekommen ist.«

»Als Bedingung dafür, dass er geringerer Vergehen angeklagt wird, haben wir verlangt, dass er sich in den Entzug begibt. Das Letzte, was Jordan gebraucht hat, wäre ein weiterer Aufschrei der Empörung bei seinen durchgeknallten Fans gewesen. Der nach dem Vorfall in Charlotte hat ein für alle Mal gereicht.«

»Ich habe auf Twitter gelesen, dass er seine Fans gebeten hat, Jordan in Ruhe zu lassen, und außerdem alle Schuld an ihren Eheproblemen auf sich genommen hat.«

»Das war ebenfalls eine Bedingung für den Deal: ihr seine Fans vom Hals zu halten. Nachdem er sie in Charlotte krankenhausreif geprügelt hatte, waren sie ihr gegenüber gnadenlos.«

»Hört sich nach einem echten Märchenprinzen an.«

»Er ist ein totales Arschloch, und ich hoffe, dass wir ihn nie wiedersehen. Und wenn ich dir sage, dass ich glücklich bin, weil sie mit Mason zusammen ist, meine ich das auch so. Er behandelt sie wie eine Königin, was genau das ist, was sie verdient.«

»Du verdienst das auch.«

»Ich brauch das nicht. Ich kann mich um mich selbst kümmern. Ich brauche keinen Mann, um das Gefühl zu haben, ein ausgefülltes Leben zu haben.«

»Und sie schon?«

»Nein, aber das ist es, was sie mit Mason hat. Sie sind wirklich süß zusammen. Ich könnte mich nicht mehr für sie freuen.«

»Trotzdem bist du auch traurig.«

»›Traurig‹ ist ein sehr großes Wort. Es wird auf jeden Fall etwas dauern, mich daran zu gewöhnen, ohne sie und Nikki zu Hause in L. A. zu sein. Das ist alles.«

»Es ist okay, deswegen traurig zu sein. Das weißt du, oder?«

»Du musst nicht den Seelenklempner für mich spielen, Coop.«

»Mach ich ja gar nicht. Ich stelle nur fest, dass die Veränderungen im Leben deiner Freundinnen dich ebenfalls betreffen, und es ist okay, sich so zu fühlen, wie du es tust.«

»Mit mir ist alles in Ordnung. Ich bin wie eine Katze. Ich lande immer auf den Füßen.« Sie sprang auf. »Und jetzt lass uns schwimmen gehen.«

Cooper nahm sich einen Moment, um ihren Müll in die Tasche zu stopfen und sie zuzubinden, damit die Möwen nicht drankonnten. Aus dem Strandstuhl zu kommen war sogar noch schmerzhafter, als aus dem Auto zu steigen, und als er endlich am Wasser stand, war Gigi schon weit draußen hinter der Brandung. Er bewegte sich ganz vorsichtig, drehte seine unverletzte Seite in die sich brechenden Wellen, aber selbst das tat weh.

Es war wirklich der ungünstigste Zeitpunkt dafür, verletzt zu sein, erkannte er, mit einer Frau wie Gigi hier. Normalerweise würde er rausschwimmen und sich ihr anschließen, sie für einen Kuss an sich ziehen. Unter den gegebenen Umständen wagte er nicht mehr zu tun, als im bauchtiefen Wasser zu stehen und zu hoffen, dass sie zu ihm kommen würde.

Als ihr klar zu werden schien, dass er nicht weiter reingehen würde, ließ sie sich von einer Welle direkt zu ihm tragen.

Sie sah ihn an und lächelte. »Was ist los?«

»Nicht viel. Ich hab hier einfach rumgestanden und mich um meinen eigenen Kram gekümmert, als plötzlich diese verführerische Nixe im weißen Bikini aufgetaucht ist. Mein Tag ist gerade sehr viel besser geworden.«

»Tun dir die Rippen weh?«

»Wie die Hölle. Ich hatte Angst davor, mich weiter rauszuwagen.«

»Tut mir leid, dass du solche Schmerzen hast.«

»In ein, zwei Tagen wird es schon deutlich besser sein. Hoffe ich zumindest.« Er hielt ihr seine Hand hin.

Sie schaute ihn an, und er konnte nicht sagen, was sie dachte. Doch sie nahm seine Hand.

Cooper legte den Arm um sie, während sie aus dem Wasser wateten und zu ihren Strandstühlen zurückkehrten.

KAPITEL 12

Er war nicht so, wie sie es erwartet hatte. Zum Beispiel konnte sie mit ihm reden. Wirklich reden, über Dinge, über die sie sonst mit praktisch niemandem sprach. Sie wand sich verlegen, als sie sich daran erinnerte, wie sie ihm erzählt hatte, dass sie das Kind einer Crack-Süchtigen war. Wann hatte sie das davor zum letzten Mal getan? Es musste Jahre her sein. Also warum hatte sie das jetzt ausgerechnet ihm verraten?

Sie beschloss, das dem emotionalen Vormittag mit Jordan zuzuschreiben, der ihre Schutzwälle geschwächt hatte.

Er hatte sofort gemerkt, dass irgendwas nicht stimmte, und statt es tunlichst zu ignorieren, hatte er sie danach gefragt und ihr so die Möglichkeit geboten, darüber zu reden. Fast jeder andere Typ, den sie kannte, hätte lieber eine Wurzelbehandlung über sich ergehen lassen, als über irgendetwas zu *reden*.

Sie mochte ihn. Mehr, als sie erwartet hatte. Nicht dass das irgendwas bedeutete. Sie verbrachten einfach eine nette Zeit miteinander. Hatten Spaß. Es würde nie mehr als das sein, also gab es keinen Grund, Aufregung zu empfinden.

Wahre Liebe und Happy Ends waren für Mädchen wie Jordan und Nikki. Nicht für sie. Sie hatte kein Interesse daran. Allein der Gedanke, einen anderen so sehr zu lieben, dass ihr Glück von ihm abhing, machte sie ganz nervös. Sie brauchte niemand anderen, um sich vollständig zu fühlen. Sie war dreizehn Jahre lang super allein zurechtgekommen, und wenn sie erst zurück in L. A. war, würde es ihr auch wieder gut gehen.

Falls irgendjemand dazu in der Lage war, allein zurechtzukommen, dann sie.

»Ich muss zu Jordan und ihr helfen, sich für heute Abend fertig zu machen«, erklärte sie gegen drei, stand auf und schüttelte den Sand von ihrem Strandtuch. Sie streckte ihm eine Hand hin, um ihm hochzuhelfen, und runzelte die Stirn, als er sein attraktives Gesicht zu einer Grimasse verzog. »Alles klar bei dir?«

»Jap«, antwortete er, obwohl sie sehen konnte, dass ihm die Anstrengung, überhaupt aufzustehen, den Schweiß auf die Stirn getrieben hatte.

Sie fand es furchtbar, dass er solche Schmerzen hatte. »Möchtest du immer noch zu der Party heute Abend mitkommen?«

»Sehr gerne, wenn du immer noch ein Date willst.«

Es lag ihr schon auf der Zunge, ihm zu sagen, dass das kein Date war, aber letztendlich behielt sie das doch lieber für sich. »Sicher.«

Als sie vor Jareds Haus angehalten hatten, wartete sie, während er vorsichtig aus dem Auto stieg.

»Wenn ich mir eine Mitfahrgelegenheit zu Jordan organisiere, nimmst du mich dann mit zurück?«, fragte er.

»Klar.«

»Gibt es einen Dresscode?«

»Vor allem lässig und bequem. Komm irgendwann nach sieben. Ich schicke dir die Adresse.« Sie küsste ihn auf die Wange. »Danke für das Mittagessen und den Ausflug zum Strand. Ich hab das heute gebraucht.«

»Hat Spaß gemacht. Bis später dann.«

Während er zum Haus ging, sagte sie: »Hey, Coop?«

Er drehte sich zu ihr um. »Ja?«

»Danke, dass du mir zugehört hast. Vorhin. Ich weiß das wirklich zu schätzen.«

Als er lächelte, verspürte sie ein seltsames Ziehen in der Brust. Vermutlich Sodbrennen. »Jederzeit.«

Sie lief die Treppe hoch in ihr Apartment über der Garage, rieb sich die Stelle, die sich merkwürdig anfühlte, und versuchte, sich daran zu erinnern, ob sie irgendwo Magentabletten hatte.

Wenn nicht, musste sie demnächst dringend welche in der Stadt besorgen.

* * *

Im Wayfarer zählte die Hotelmanagerin Nikki Stokes die Tage bis zum Labor Day, dem traditionellen Ende der Hauptsaison. Dann würde alles hier ruhiger werden. Wenigstens hoffte sie das. Sie hatten eine geschäftige Nebensaison mit zahlreichen Hochzeiten und Veranstaltungen vor sich, weshalb sie dringend personelle Verstärkung beim Eventmanagement brauchte, jemanden, der sich um all die Details kümmerte, bei denen sie langsam den Überblick verlor.

Jaclyn, eine der College-Studentinnen, die den Sommer über im Wayfarer gearbeitet hatten, kam in Nikkis Büro. »Dara Watkins ist da.«

»Oh, schön. Bring sie bitte rein.«

»Natürlich, gerne.«

»Danke.« Jaclyn würde wie die anderen College-Studenten nächste Woche abreisen, sodass sie im Wayfarer in den letzten beiden Wochen der Sommersaison entschieden zu wenig Personal hatten. Das würde bestimmt super werden.

Jaclyn führte Dara ins Büro, eine große, hübsche Afroamerikanerin, die sich das Haar mit einem bunten

164

Kopftuch hochgebunden hatte. Unter einer weißen Jeansjacke trug sie ein luftiges Sommerkleid.

»Hallo.« Nikki ging um ihren übervollen Schreibtisch herum, um Dara per Handschlag zu begrüßen. »Freut mich, Sie kennenzulernen. Und vielen Dank, Jaclyn.«

»Bitte.«

Nikki schloss die Bürotür, um ungestört zu sein. »Kann ich Ihnen etwas zu trinken anbieten? Ich habe eisgekühltes Wasser.«

»Dazu sage ich nicht Nein. Ich bin vom Leuchtturm zu Fuß in die Stadt gelaufen, was weiter war, als ich gedacht hätte.«

Nikki holte eine der Flaschen aus der Kühltasche, die sie jeden Tag mit zur Arbeit nahm und reichte sie Dara.

»Danke«, erwiderte die.

»Wie ist es, im Leuchtturm zu wohnen?«

»Bisher gefällt es mir ausgesprochen gut.«

»Ich habe gehört, dass Sie hier eingetroffen sind, unmittelbar bevor der Strom ausgefallen ist.«

»Ja, das war etwa eine Stunde nach unserer Ankunft. Glücklicherweise haben Big Mac und Linda McCarthy uns gerettet und uns bei sich Unterschlupf gewährt, bis der Strom wieder funktionierte.«

»Die beiden sind wirklich die Besten.«

»Das stimmt auf jeden Fall.«

»Nur um das gleich zu erwähnen: Ich bin mit ihrem Neffen Riley verlobt.«

»Oh, okay. Das ist Kevins Sohn, richtig?«

»Einer von ihnen. Der andere heißt Finn.«

»Während wir bei Big Mac und Linda waren, habe ich Kevin, Chelsea und die kleine Summer kennengelernt.«

»Die ist total süß. Wir sind alle ganz vernarrt in sie.«

»Das kann ich gut verstehen.«

»Darf ich Sie etwas total Unprofessionelles fragen?«

Dara lachte. »Sicher.«

»Was ist das Geheimnis Ihrer unglaublichen Wangenknochen?«

»Das sind die Gene. Meine Mutter und Großmutter hatten sie auch.«

»Ich bin echt neidisch.«

»Jede Freundin, die ich je hatte, hat das gesagt.«

»Ich kann verstehen, warum.« Nikki griff nach Daras Bewerbung und ihrem Lebenslauf. »Ich habe aber noch eine andere Frage.«

»Was denn?«

»Sie haben einen Abschluss in Jura. Warum bewerben Sie sich um einen Job als Eventmanagerin im Wayfarer?«

»Mein Ehemann und ich werden ein Jahr hier leben, und ich hab gern was zu tun.«

»Haben Sie schon mit Dan Torrington gesprochen? Er hat eine Anwaltskanzlei auf der Insel. Er könnte vermutlich Hilfe gebrauchen, und ein Job bei ihm würde auch eher in Ihr Fachgebiet fallen.«

»Ich würde lieber Veranstaltungen im Wayfarer planen, wenn Sie über meinen Mangel an Erfahrung hinwegsehen können.«

»Ich glaube, dass Ihr Jurastudium uns durchaus zugutekommen wird. Es gibt jede Menge zu organisieren, und man muss auf die Details achten.«

»Das unterscheidet sich nicht so sehr von der Arbeit eines Juristen.«

»Warum wollen Sie diesen Job, Dara?«

»Mein Ehemann und ich haben vor einem Jahr unseren dreijährigen Sohn bei einem Unfall verloren.«

Nikki keuchte entsetzt auf. »O nein. Das tut mir schrecklich leid. Das habe ich nicht gewusst.«

»Danke. Ich bin eigentlich ganz froh, dass nicht die ganze Stadt über die trauernden Eltern im Leuchtturm spricht.«

»Niemand spricht darüber, oder zumindest habe ich nichts davon mitgekriegt.«

»Nun, das ist eine Erleichterung. Einer der Gründe, warum uns der Job im Leuchtturm so attraktiv erschienen ist, war, dass es uns einen Neuanfang mit Leuten ermöglicht, die nichts von der Tragödie wissen. Trotzdem fühlen wir uns verpflichtet, es den Menschen, die wir hier kennenlernen, zu erzählen. Es ist schwierig.«

»Das kann ich mir gut vorstellen. Ich bin froh, dass Sie es mir gesagt haben, und ich hätte Sie sehr gerne in unserem Team dabei.«

Sie sprachen über das Gehalt und die Vergünstigungen, die leider keine Krankenversicherung beinhalteten. »Ist das für Sie in Ordnung?«

»Ja, das ist okay. Da sind wir noch durch meine Kanzlei abgesichert, die uns gegenüber sehr großzügig war.«

»Das freut mich.«

»Allerdings bin ich mir nicht sicher, ob wir über das Jahr hinaus, zu dem wir uns verpflichtet haben, hierbleiben werden. Für die Zeit danach haben wir noch keine Pläne gemacht.«

»Ich nehme, was ich kriegen kann. Dieser Sommer war unglaublich anstrengend, sodass ich unmöglich noch ein weiteres Jahr ohne Hilfe durchstehe. Außerdem heirate ich im November. Die Feier wird im Chesterfield stattfinden, aber zu der Zeit brauche ich vermutlich noch mal extra Unterstützung.«

»Hört sich nach Spaß an.«

»Das kann es sein, doch es kann auch sehr chaotisch werden. Auf einer Insel zu sein bedeutet, dass wir weit im Voraus planen müssen, damit alles wirklich hier ist, wenn wir es brauchen. Es bedeutet, improvisieren zu müssen und mit jeder Menge unerwarteter Herausforderungen fertigzuwerden. Hört sich das immer noch nach Spaß an?«

»Auf jeden Fall.«

»Gut. Ich will Ihnen den Job auf keinen Fall ausreden.«

Dara lachte. »Keine Sorge. Ich habe es geliebt, meine Hochzeit zu planen, sodass ich mir nichts Spannenderes vorstellen kann, als anderen Brautpaaren bei den Vorbereitungen für ihre zu helfen.«

»Es freut mich, dass Sie das so sehen. Nach diesem verrückten Sommer habe ich gestern Abend zu Riley gesagt, dass einfach durchzubrennen für mich immer verlockender klingt.«

»Tun Sie das nicht. Die eigene Hochzeit vergisst man nie. Es war einer der schönsten Tage meines Lebens.«

»Wir freuen uns schon sehr darauf.«

»Wann soll ich anfangen?«

»Wäre morgen zu früh? Wir haben ein Dutzend Hochzeiten im September und Oktober, deren Vorbereitung noch lange nicht so weit gediehen ist, wie es nötig wäre. Ich könnte Ihre Hilfe daher sofort gebrauchen.«

»Morgen ist gut.«

»Sagen wir zehn Uhr, und dann können Sie auch all den Papierkram erledigen.«

»Sehr schön.« Dara stand auf, um sich zu verabschieden, und reichte Nikki die Hand. »Vielen Dank, dass Sie mir diese Chance geben. Ich werde Sie nicht enttäuschen.«

Nikki schüttelte ihr die Hand. »Ich freue mich, Sie in unserem Team begrüßen zu dürfen. Wir sehen uns dann morgen.«

»Ich werde da sein.«

Als Dara die Tür des Büros öffnete, stand Riley davor, hatte eine Hand schon gehoben, als wollte er gerade anklopfen. Wie immer verspürte Nikki bei seinem Anblick Glücksgefühle, die sie in dieser Intensität nie für möglich gehalten hätte.

»Dara, das ist mein Verlobter Riley McCarthy. Riley, das ist Dara Watson, unsere neue Eventmanagerin.«

»Oh, nett, Sie kennenzulernen«, erklärte Riley und ergriff Daras Hand. »Und super, dass Sie den Job übernehmen. Ich habe Nikki diesen Sommer kaum zu Gesicht bekommen.«

»Ich freue mich, helfen zu können«, erwiderte Dara. »Bis morgen, Nikki.«

Riley trat beiseite, damit sie an ihm vorbeigehen konnte.

Nikki winkte ihn in ihr Büro. »Mach die Tür zu.« Sobald er das getan hatte, schlang sie die Arme um ihn.

»Ich freue mich auch, dich zu sehen«, sagte er und drückte sie an sich.

Sie atmete seinen vertrauten Duft ein. »Ich bin so froh, dass du da bist.«

»Ist alles in Ordnung?«

»Dara hat mir erzählt, dass sie und ihr Ehemann bei einem Unfall ihren dreijährigen Sohn verloren haben.«

»Davon habe ich gehört. Mein Vater hat was davon erwähnt, dass der kleine Junge sich irgendwie aus dem Haus geschlichen hat und auf der Straße vor dem Haus von einem Auto überfahren wurde.«

»O mein Gott. Das ist ja schrecklich.«

»Es ist furchtbar traurig. Vielleicht ist dieser Job gut für sie.«

»Das hoffe ich. Sie wird auf jeden Fall sehr beschäftigt sein.« Sie blickte ihn an, jeden Tag dankbar, dass sie ihn in dieser großen Welt gefunden hatte und ihn für immer behalten durfte. »Wir können sofort aufbrechen. Jordan hat mich gebeten, etwas früher zu kommen, weil sie etwas mit mir besprechen will.«

»Ist alles in Ordnung?«

»Ich denke schon. Diesen Sommer ist sie mit Mason so glücklich wie nie zuvor. Ich kann mir nicht vorstellen, dass irgendwas zwischen ihnen schiefläuft.«

»Bei ihnen ist alles in Ordnung, Babe. Das kann jeder sehen. Du machst dir nur Sorgen wegen all der Sachen, die mit dem Vollidioten passiert sind. Aber jetzt ist sie glücklich.«

»Ich weiß. Dafür bin ich jeden Tag aufs Neue dankbar – und für Mason. Sie sind perfekt füreinander.«

»Jetzt müssen wir bloß noch jemand für Gigi finden, und dann seid ihr alle versorgt.«

»Gigi wird sich niemals dauerhaft binden. Das passt einfach nicht zu ihr.«

»Ich hab gehört, dass sie neulich mit Cooper James ausgegangen ist. Jareds jüngerem Bruder.«

»Ach, interessant. Das hat sie mir gar nicht erzählt.«

»Du kannst ihr das heute Abend alles aus der Nase ziehen. Wir haben in diesem Sommer beide viel zu viel gearbeitet, insofern kommt die Party heute gerade recht.«

Nikki nahm sich die Tasche mit Arbeitsunterlagen, die sie vorhin für zu Hause gepackt hatte, auch wenn die Chancen, dass sie Zeit haben würde, sich darum zu kümmern, ziemlich schlecht standen. »Aber echt. Ich freu mich schon so auf den Labor Day.«

Riley wartete, bis sie vor ihm das Büro verlassen hatte, dann schloss er die Tür. »Wie wäre es, wenn wir mit meinem Auto heimfahren und ich dich morgen herbringe?«

»Zu zehn Extraminuten mit meinem sexy Verlobten sage ich nicht Nein.«

»Haben wir Zeit für ein kleines Nickerchen vor der Party?«

Nikki warf einen Blick auf ihre Uhr. Wenn sie in einer Stunde bei Jordan wäre, wäre das immer noch früh genug. »Ich denke schon.«

»Ich möchte, dass du für die Party richtig gut ausgeruht bist«, erklärte er und legte ihr eine Hand auf den Po, während sie zu seinem Pick-up gingen.

Zeit allein mit Riley mochte Nikki lieber als alles andere auf der Welt, doch selbst mit seinem Arm um ihre Schultern und einem Abend mit Freunden und Familie, auf den sie sich freuen konnte, dachte sie immer wieder voll Trauer und Mitleid an Dara und die Tragödie, die sie erlebt hatte.

* * *

Zwei Minuten nachdem Oliver wieder am Leuchtturm eingetroffen war, kam Dara zu Fuß die Auffahrt entlang. Während sie sich ihm und Maisy näherte, dem blonden Labrador, den sie mit auf die Insel gebracht hatten, versuchte er einzuschätzen, wie ihre Stimmung war.

»Wie ist es gelaufen?«, erkundigte er sich und freute sich, dass sie lächelte. Das war im letzten Jahr so selten passiert, dass es jedes Mal eine Art Fest für ihn war.

»Einfach perfekt. Ich hab den Job!«

»Das ist ja fantastisch, Babe. Herzlichen Glückwunsch.« Er umarmte sie und küsste sie auf die Stirn. »Ich freu mich so für dich.«

»Ich freu mich auch. Ich denke, es wird mir gefallen, Bräuten bei der Planung ihrer Hochzeit zu helfen und Geburtstagspartys und andere Events zu organisieren.«

»Du wirst das toll machen.«

»Das hoffe ich«, sagte sie und beugte sich vor, um Maisy einen Kuss auf den Kopf zu drücken. »Es ist natürlich etwas ganz anderes als das juristische Hamsterrad, und die Bezahlung ist auch nicht gerade üppig.«

»Das ist okay. Wir brauchen nicht so viel wie früher. Ein Jahr mietfrei im Leuchtturm zu wohnen wird uns helfen, wieder auf die Beine zu kommen.«

Nach dem Tod ihres Sohnes hatten sie beide monatelang nicht arbeiten können. Statt zu warten, bis ihr früheres

Traumhaus per Zwangsversteigerung an die Bank fiel, hatten sie es verkauft, die Hypothek abbezahlt und lebten jetzt von dem, was übrig geblieben war. Sie hatten sich darauf geeinigt, das Geld, das seine Großeltern ihnen hinterlassen hatten, darauf zu verwenden, Olivers Einstieg in den Aktienhandel zu finanzieren. Zwar brauchten sie es nicht dringend, doch es wäre besser, wenn sie das Kapital nicht komplett verloren.

»Wie ist dein Treffen mit Jared gelaufen?«

»Super. Viel besser als erwartet. Er hat mir angeboten, sich wöchentlich mit mir zu treffen und mein Mentor zu werden.«

»Das ist ja großartig, Olly. Du könntest dir keinen besseren wünschen.«

»Ich weiß. Ich konnte es gar nicht glauben, als er das angeboten hat. Ich habe außerdem seinen jüngeren Bruder Cooper kennengelernt, der offenbar sehr nett ist.«

»Das freut mich für dich. Wir hatten beide einen wirklich guten Tag.«

»Das scheint, seit wir hier sind, häufiger zu passieren.« Jeder Tag war anders auf Gansett Island. Die Inselbewohner hatten sie herzlich aufgenommen, sie zu Essen, zu Treffen und Abendveranstaltungen mit Livemusik eingeladen, sodass ihr Kalender für die nächsten paar Wochen gut gefüllt war. Das Leben auf Gansett bot jede Menge Spaß und Entspannung, und mit jedem Tag, der verging, merkte er, wie er sich mehr auf neue Erfahrungen freute, statt Angst zu haben, wie er einen weiteren Tag durchstehen sollte.

Trotzdem hatte er jedes Mal Schuldgefühle, wenn er Spaß hatte oder Glück oder Freude empfand, weil er wusste, dass sein geliebter Sohn so etwas nie wieder erleben würde.

»Ich bin sehr gerne hier.« Dara folgte ihm nach drinnen und die Wendeltreppe hinauf, die in das Wohnzimmer mit der offenen Küche führte. »Ich hätte nicht erwartet, dass es mir so gut gefallen würde, und ich bin froh, dass wir hergekommen sind.«

»Geht mir genauso. Wir haben irgendetwas Neues gebraucht, und dieser Ort hat eine beruhigende Atmosphäre. Irgendwie kann man gar nicht anders, als sich zu entspannen und tief durchzuatmen.«

»Ja, genau. Es hilft natürlich, dass die Insel wunderschön ist und die Leute so freundlich zu uns sind.«

Oliver legte ihr einen Arm um die Taille. In den letzten paar Wochen hatten sie angefangen, wieder vorsichtig Zärtlichkeiten auszutauschen. Sie endlich wieder berühren zu können fühlte sich wunderbar an, auch wenn sie seit über einem Jahr nicht mehr miteinander geschlafen hatten. Oliver war jetzt optimistischer, dass sie irgendwann wieder zu so etwas wie einem normalen Leben zurückkehren könnten, wie auch immer das konkret aussehen mochte. »Willst du immer noch zu Jordans und Masons Party?«

»Ja. Es hat mich gefreut, Jordans Zwillingsschwester Nikki kennenzulernen, die im Wayfarer meine Chefin sein wird. Sie war überhaupt nicht so, wie ich es erwartet hatte, nachdem ich Jordans Show gesehen hatte. Ich hätte gedacht, dass sie so ein typischer abgehobener Hollywoodtyp ist, genau wie Jordan es zu sein scheint, aber so war sie überhaupt nicht. Sie war wirklich nett und sehr bodenständig.«

»Jordan ist genauso. Du wirst sie mögen.« Oliver hatte Mason kennengelernt, als der zu einer Inspektion zum Leuchtturm gekommen war, während Dara mit Linda McCarthy und einigen ihrer Freundinnen beim Mittagessen gewesen war. Jordan hatte Mason begleitet, und es war nett gewesen, sich mit den beiden zu unterhalten. An dem Tag hatten sie ihn auch zu ihrer Dinnerparty eingeladen.

»Ich denke, man kann nichts von dem glauben, was in diesen Realityshows gezeigt wird.«

»Wahrscheinlich nicht.« Er legte ihr die Hände auf die Schultern und blickte in ihre schönen braunen Augen. »Das Lächeln steht dir gut, Süße.«

»Fühlt sich auch gut an, selbst wenn, du weißt schon …«

»Ich weiß.« Selbst ihre besten Tage waren erfüllt von Trauer. »Aber es geht uns schon besser, oder?«

»Alles ist besser, als es vorher war.« Sie sah ihn an, fast schüchtern, was wieder etwas war, was sie vor der Katastrophe nie gewesen war. »Ich habe dich vermisst.«

Sie hatten ein ganzes Jahr nebeneinanderher gelebt, unfähig, die schreckliche Last der Trauer zu teilen. »Ich habe dich jede Minute vermisst. Die ganze Zeit habe ich versucht, eine Möglichkeit zu finden, zu dir durchzudringen, doch zum ersten Mal überhaupt hatte ich keine Ahnung, wie. Ich war komplett verloren ohne dich, Dara.«

»Mir ging es genauso. Es tut mir so leid. Ich konnte kaum atmen. Ich wusste nicht, wie ich dich da einbeziehen sollte.«

Er legte die Arme um sie und drückte sie an sich. »Du musst dich nicht entschuldigen. Wir haben es so gut gemacht, wie wir eben konnten.«

Sie erwiderte seine Umarmung. »Vielleicht, aber das hier ist besser.«

»Viel besser.« Oliver konnte die vorhersehbare körperliche Reaktion auf sie, die er von Anfang an gehabt hatte, nicht unterdrücken. Er wollte sich von ihr lösen. »Sorry.«

Sie zog ihn enger an sich. »Bleib bei mir, Olly.«

»Ich bin nirgendwo lieber als in deinen Armen.« Er presste seine Lippen auf ihren Hals und atmete den vertrauten Duft ein.

Ihre Hände glitten von seiner Taille nach unten und legten sich auf seinen Po.

Oliver unterdrückte ein Stöhnen. »Dara … Süße. Sag mir, was du willst.«

»Dich, Olly. Ich will dich.«

Er hatte so lange darauf gewartet, diese Worte zu hören, und sich die ganze Zeit gefragt, ob sie ihn überhaupt je wieder begehren würde. Vor Erleichterung wären ihm fast die Tränen gekommen.

»Olly? Alles in Ordnung bei dir?«

»Besser als seit einer sehr langen Zeit.«

»Denkst du, wir könnten vielleicht, du weißt schon, vor der Party miteinander ins Bett?«

Er war von seinem Treffen mit Jared voller Ideen und Pläne nach Hause gekommen und hatte ganz viel, was er recherchieren wollte, aber das Einzige, was jetzt zählte, war seine Ehefrau in seinen Armen, die ihm sagte, dass sie ihn wollte. »Es gibt nichts auf der Welt, was ich lieber täte.«

Er folgte ihr eine weitere gewundene Treppe hinauf in das Schlafzimmer mit angeschlossenem Bad, das das oberste Stockwerk des Leuchtturms beanspruchte. Er hatte noch nie an einem so ungewöhnlichen Ort gewohnt, und er dachte unwillkürlich über die Symbolkraft des Leuchtturms nach, der ihnen den Weg zurück zueinander wies.

»Ich brauch nur eine Minute«, sagte Dara und verschwand im Bad.

Oliver knöpfte sich das Hemd auf und setzte sich auf die Bettkante. Früher hätte er nackt auf sie gewartet, wenn sie wieder aus dem Bad gekommen wäre. Doch das hier fühlte sich an wie das erste Mal, auch wenn ihr erstes Mal schon über zehn Jahre her war. Nach allem, was ihnen passiert war, schien es ihm fast, als würde es Ewigkeiten zurückliegen.

Sie waren beide nicht mehr die, die sie gewesen waren, bevor sie Lewis verloren hatten. Herauszufinden, wer sie jetzt waren – als Individuen und als Paar –, war ihr Hauptziel für dieses Jahr auf Gansett.

Dara trat aus dem Badezimmer. Sie hatte sich einen Morgenmantel übergestreift und hatte das Haar offen. Als sie auf ihn zuging, fiel ihm wieder auf, wie schüchtern und zögernd sie wirkte.

Er streckte die Hände nach ihr aus.

Sie ergriff sie und stellte sich zwischen seine Beine.

Oliver legte die Arme um sie und presste sein Gesicht gegen ihren Bauch, schloss die Lider gegen die Tränen, die ihm überraschend in den Augen brannten. Dies war nicht die Zeit für Tränen. Davon hatten sie schon mehr als genug für ein ganzes Leben vergossen. Dies war die Zeit dafür, nach vorn zu schauen, wieder zusammenzukommen nach einem langen Winter voller Schmerz und Trauer. Sie war die Liebe seines Lebens und dies ihre Möglichkeit, zurück auf einen gemeinsamen Weg zu finden.

»Alles gut bei dir, Olly?«, fragte sie leise.

»Ja, wenn es das bei dir auch ist.«

»Ich fühle mich … Ich weiß nicht, wie ich es beschreiben soll. Ich denke, besser. Ein wenig besser.«

»Ich bin so froh, das zu hören.«

»Fühlst du dich auch besser?«

»Ja. Die Idee mit Gansett war wirklich gut. Das hat etwas von dem Druck rausgenommen.«

»Ja, genau. Und ich freue mich schon auf meinen neuen Job, auch wenn es etwas ganz anderes ist als das, wovon ich immer dachte, dass ich es tun würde.«

»Vielleicht findest du etwas, das dir besser gefällt als die Arbeit als Anwältin, die du, schon lange bevor wir Lewis verloren haben, nicht mehr so geliebt hast wie früher.« Die langen Arbeitsstunden, die endlosen Anforderungen und der enorme Stress, während sie versucht hatte, einen anstrengenden Job mit ihren Aufgaben als Mutter unter einen Hut zu bringen, hatten Spuren hinterlassen.

»Das stimmt.«

Er löste sich von ihr, sah sie an und zog vorsichtig an dem Knoten, der den Gürtel ihres Morgenmantels zusammenhielt. Die beiden Hälften fielen auseinander, gaben den Blick frei auf den Körper, der ihm so vertraut war wie sein eigener, wenn er auch nicht mehr so sanft gerundet war wie früher. Nach Lewis' Tod hatten sie beide monatelang Schwierigkeiten gehabt, überhaupt zu essen.

Oliver küsste die zarte Haut auf ihrem Bauch, während er die Hände um sie herumgleiten ließ und ihren Po umfasste. »Die sexyste Frau, die ich je gesehen habe«, sagte er, wie er es immer tat, und hoffte, dass die bekannten Worte sie auch diesmal zum Lachen bringen würden.

Das taten sie. »Du bist so ein Charmeur, Oliver Watkins.«

»Ich will ja nicht, dass meine Süße denkt, es gäbe irgendeine, die besser ist als sie.«

»Findest du das immer noch? Selbst nach allem, was passiert ist?«

Die Verletzlichkeit, die aus ihren Worten sprach, zerrte an seinem Herzen. Seine Dara von früher war nie unsicher gewesen. »Das werde ich für den Rest meines Lebens denken, bis wir alt und grau und faltig sind. Du wirst *immer* die sexyste Frau sein, die ich je gesehen habe.«

Bestürzt bemerkte er, dass in ihren Augen Tränen schimmerten. »Es tut mir so leid, Olly. Alles. Dass ich gearbeitet habe, als ich bei dir und Lewis hätte sein sollen, dass ich dich nachher von mir gestoßen habe, alles.«

»Denk nicht so was, Liebste. Nachdem wir unseren Jungen verloren hatten, waren wir beide nicht gerade gut drauf. Alles, was wir jetzt tun können, ist, in die Zukunft zu schauen und auf bessere Tage zu hoffen.«

»Glaubst du, dass es bessere Tage geben wird?«

»Da bin ich mir sicher.«

»Danke, dass du mich dazu gebracht hast, herzukommen, Dinge zu ändern, etwas Neues auszuprobieren. Es ist gut.«

»Ja, ist es, und es wird immer nur besser«, erklärte er mit einem kleinen Grinsen. »Komm zu mir, Liebste. Ich habe dich auch auf diese Art vermisst.«

Er zog sich das Hemd aus und legte sich zurück, wartete, dass sie sich zu ihm gesellte. Ihm blieb fast das Herz stehen, als sie den Morgenmantel zu Boden gleiten ließ und in seine ausgestreckten Arme kam. Als sich ihr nackter Körper gegen seinen presste, musste er sich daran erinnern, langsam zu machen, sanft zu sein. Jetzt war nicht die Zeit für wilde Leidenschaft. Jetzt war die Zeit für Zärtlichkeit.

Er küsste sie, hielt sie, liebte sie, als käme er nach einer langen, schwierigen Reise nach Hause. Das Verlangen, das sie von Anfang an füreinander empfunden hatten, war zurück, als wäre es nie weg gewesen.

»Puh«, sagte sie, als sie hinterher schwer atmend neben ihm lag. »Wir haben es noch.«

Oliver lachte. »Auf jeden Fall.« Er strich mit seiner Hand von ihrer Brust über die leicht geschwungene Hüfte und wieder zurück, was ihr eine Gänsehaut über den Körper jagte. »Genau wie immer, diese Gänsehaut.«

»Das passiert mir nur mit dir.«

»Erinnere mich nicht daran, dass es andere gegeben hat.«

»Niemand, der so wichtig war wie du.« Plötzlich keuchte sie auf. »Olly! Wir haben gar nicht daran gedacht, zu verhüten!«

Kapitel 13

»Oh, Mist«, sagte Oliver. »Daran habe ich überhaupt nicht gedacht. Es ist so lange her, dass wir das gebraucht haben.«

»Ich hab schon seit Ewigkeiten keine Hormonspritze mehr bekommen. Verdammt.«

»Wäre es denn schlimm, wenn du schwanger würdest?«

»Nein, aber ... Ich weiß nicht, ob ich das noch mal kann.« Sie lachte kurz. »Wir hätten zumindest vorher drüber sprechen müssen.«

»Das hätte nur irgendwie die Stimmung ruiniert.«

»Vermutlich.« Sie drehte den Kopf, sodass sie ihn anschauen konnte. »Und was tun wir jetzt?«

Er legte ihr seine Hand flach auf den Bauch. »Wir tun es immer weiter und warten ab, was passiert?«

»Das ist aber ganz schön riskant, oder?«

»Nein. Wir waren tolle Eltern, und das wären wir wieder.«

»Wir waren tolle Eltern, bis unser Sohn gestorben ist, während wir auf ihn hätten aufpassen sollen.«

»Das war ein tragischer Unfall.«

»Ich hab nur solche Angst, dass ich für den Rest meines Lebens nie wieder frei atmen kann, sollten wir wieder ein Baby kriegen.«

Oliver dachte eine Weile nach, bevor er antwortete. »Neulich bei dem Kaffeetrinken mit Big Mac und den andern in der Marina haben sie mir von Lukes Frau Sydney erzählt. Soweit ich mir das zusammenreimen konnte, hat sie ihren ersten Ehemann und ihre beiden Kinder bei einem Autounfall verloren, den ein betrunkener Fahrer verursacht hat.«

»Ach du meine Güte. Das ist ja schrecklich.«

»Sie und Luke haben eine kleine Tochter namens Lily. Vielleicht ist sie jemand, mit dem du darüber reden könntest.«

»Ich kann doch nicht irgendeine Frau, die ich gar nicht kenne, bitten, mir von ihrem schmerzlichsten Erlebnis zu erzählen.«

»Ich kenne Luke inzwischen ziemlich gut. Würde es helfen, wenn ich mich bei ihm erkundige, was er denkt, wie sie das fände?«

»Du bist dir sicher, es wäre nicht merkwürdig, so etwas zu fragen?«

»Alle hier sind so nett, und Luke ist ein lieber Mensch. Ich kann mir nicht vorstellen, dass er in irgendeiner Weise beleidigt wäre, wenn ich ihn das frage. Ich meine, schließlich hat er ziemlich offen vor mir darüber geredet.«

»Das stimmt wohl.« Dara überlegte einen Moment, bevor sie ihm in die Augen schaute. »Ich vermute, es kann nicht schaden, ihn darauf anzusprechen. Aber bitte sag ihm, sie soll sich nicht unter Druck gesetzt fühlen.«

»Okay.« Er hatte sie weiter gestreichelt, während sie redeten. »Heißt das, wir legen die Sache erst mal auf Eis, bis wir uns um Verhütung gekümmert haben?«

»Was hältst du von Kondomen? Du weißt schon, nur bis wir uns entschieden haben, ob wir es wirklich versuchen wollen.«

Er rümpfte die Nase, um ihr zu verstehen zu geben, wie er tatsächlich darüber dachte. »Ich hole welche.«

»Mein Held.«

»Haha. Wohl kaum.«

»Nein, Olly, das bist du. Ohne dich wäre ich nicht mehr hier. Selbst als es so aussah, als hätte ich dich von mir gestoßen, war das Wissen, dass du da warst, unglaublich wichtig für mich.«

»Das gilt umgekehrt genauso. Ich hab mir die ganze Zeit gesagt, wir würden es überstehen, solange wir zusammenhalten.«

»Haben wir es denn überstanden?«, fragte sie.

»Wir befinden uns im Prozess des Überstehens, und das wird vermutlich für den Rest unseres Lebens so bleiben.«

»Ja, das stimmt wahrscheinlich. Ich möchte nur, dass du weißt, wie dankbar ich dafür bin, es mit dir zu überstehen, selbst wenn es manchmal nicht so aussah.«

Er blickte ihr tief in die Augen. »Ich bin auch froh, dass du an meiner Seite bist. Schließlich gibt es niemanden auf dieser Welt, der ihn so geliebt hat wie wir.«

»Außer vielleicht seine Großeltern.«

»Ja, sie haben ihn auch geliebt.«

»Ich hab immer das Gefühl, als hätte ich sie enttäuscht.«

»Das hast du nicht«, erklärte er. »Uns ist etwas Schreckliches zugestoßen, aber daran trifft niemand die Schuld. Wir haben alles getan, damit er sicher ist. Ich hatte das Recht, kurz auf dem Sofa zu schlafen, solange ich dachte, dass mein Sohn wohlbehalten in seinem Zimmer war. Und du hattest das Recht, an deinem Schreibtisch zu sitzen und zu arbeiten. Wir waren beide zu Hause, und es ist trotzdem geschehen.«

»Das ist es ja, was mir am meisten Angst macht, wenn ich mir vorstelle, ein weiteres Kind zu kriegen. Wir haben alles getan, was wir konnten, und dennoch ist das Schlimmste passiert.«

»Du weißt doch, was einem immer in der Kirche gesagt wird. Gott hat einen Plan, und wir sind nur dabei.«

»Ja.«

»Wenn wir das glauben, dann müssen wir auch glauben, dass nichts, was wir hätten tun oder lassen können, etwas daran geändert hätte, dass es Lewis vorbestimmt war, nur für eine kurze Zeit bei uns zu sein.«

Dara holte tief Luft und atmete langsam wieder aus. »Ich hasse das, aber ich fürchte, uns bleibt nichts anderes übrig, als uns damit abzufinden.«

»Und damit, dass es nicht in unserer Hand liegt. Nichts davon. Wir sind einfach dabei.«

»Das macht es jedenfalls ein bisschen leichter, zu akzeptieren, dass nichts, was ich hätte tun können, etwas geändert hätte.«

»Genau. Wenn du geahnt hättest, dass er in Gefahr schwebte, hättest du Wände eingerissen, um zu ihm zu gelangen, wenn das nötig gewesen wäre. Du hättest für ihn getötet, Dara. Genau wie ich. Mehr als das, was in der eigenen Macht steht, kann niemand tun – selbst wenn das nicht reicht.«

»Das stimmt wohl.« Sie blickte ihn so an, wie sie ihn immer angesehen hatte, ließ ihn in ihre Seele schauen. »Möchtest du denn noch ein Kind?«

Sie hatten versucht, wieder schwanger zu werden, doch dann war Lewis gestorben. »Ich wäre nur zu gern wieder ein Dad. Das habe ich geliebt, genauso wie ich es liebe, dein Mann zu sein. Aber ich möchte das nur, wenn du dich stark genug fühlst, um das Risiko einzugehen, dem wir unsere heftig angeknacksten Herzen damit aussetzen.«

»Ich fühle mich schon viel stärker als vorher, weiß allerdings nicht, ob ich schon so weit bin.«

»Dann machen wir einen Schritt nach dem anderen, bis wir beide bereit sind«, entschied er.

»Und wenn das nie geschieht?«

»Dann lassen wir es eben.«

»Das wäre okay für dich?«, erkundigte sie sich.

»Ich bin mit allem einverstanden, was immer du möchtest. Wir waren schon viele Jahre lang ein gutes Team, bevor Lewis zu uns gekommen ist.«

»Mit ihm waren wir noch besser.«

»Er war wunderbar.«

Nach längerem Schweigen sagte Dara: »Bitte frag deinen Freund Luke, ob seine Frau bereit wäre, mit mir zu reden.«

»Ich kümmere mich gleich morgen drum.«

* * *

Cooper fühlte sich wie ein liebeskranker Narr, weil er es gar nicht erwarten konnte, Gigi wiederzusehen, nachdem sie bloß ein paar Stunden getrennt gewesen waren. Für jemanden wie ihn, der sich, was Frauen anging, als Profi betrachtete, war es höchst ungewöhnlich, die Stunden zu zählen, bis er eine Frau wiedertraf. Doch Gigi war auf jede nur denkbare Art und Weise anders. Sie hatte etwas an sich, das ihn restlos faszinierte.

Nicht dass er sich davon mitreißen ließ oder so. Was immer das zwischen ihnen war, es konnte lediglich eine Sommeraffäre sein, wenn überhaupt. Wenn er sich nicht verletzt hätte, wären sie jetzt vielleicht schon weiter. Oder vielleicht wäre ihre erste Verabredung auch ihre letzte gewesen. Wer konnte das schon sagen? Aber die Stunden so zu zählen war für ihn auf jeden Fall eine völlig neue Erfahrung.

»Sie sind also Jareds kleiner Bruder?«, unterbrach der Taxifahrer seine Gedanken.

»Stimmt.«

»Das is' 'n echt feiner Kerl, Ihr Bruder.«

»Danke. Ich mag ihn auch.«

»Sein Erfolg is' ihm nicht zu Kopf gestiegen.«

»Nein, allerdings nicht.«

»Wie läuft das mit dem kleinen Mädchen?«

»So lala, aber sie hoffen noch, bald von ihrer Mutter zu hören.«

»Ganz schön heikle Lage, in die die Mutter se da gebracht hat.«

»Auf jeden Fall. Wie, haben Sie gesagt, war Ihr Name?«

»Ned Saunders, stets zu Diensten.«

»Freut mich, Sie kennenzulernen, Ned. Sie scheinen gut darüber Bescheid zu wissen, was auf der Insel so vor sich geht.«

»Halt eben Augen und Ohren offen.« Er erwiderte Coopers Blick im Rückspiegel. »Hab auch gehört, Sie hätten an den Klippen neulich Abend ein paar Probleme gehabt.«

Cooper schnitt eine Grimasse. »Jap.«

Ned lachte gackernd. »Weiß Ihr Bruder davon?«

»Ich glaub nicht, dass er die ganze Geschichte kennt, und es wäre mir sehr lieb, wenn das so bliebe.«

»Von mir wird er nichts erfahren. Wie lange haben Sie vor zu bleiben?«

»Ich bin mir noch nicht sicher. Ich arbeite an einer Geschäftsidee, und die Firma würde hier ihren Sitz haben.«

»Was für eine Idee ist das?«

»Sie versprechen mir aber, sie nicht zu stehlen, okay?«

Ned schnaubte abfällig. »Verdammt, Junge, ich bin viel zu alt, um irgendwas Neues anzufangen. Außerdem hab ich schon alle Hände voll mit dem zu tun, was ich hab, nicht zu vergessen, dass da noch eine ganze Fuhre Enkelkinder ist, die um uns herumschwirren.«

»Taxifahren hält sie in Lohn und Brot, was?«

»Das und Immobilien. Ich erwerbe sie billig, bring sie in Schuss und verkaufe sie mit Gewinn. Und das schon seit ungefähr vierzig Jahren.«

»Wow. Das ist erstaunlich. Warum fahren Sie dann noch Taxi?«

»Weil's mir Spaß macht. Ich lern gerne neue Leute kennen. Und jetzt erzählen Sie mir mehr von Ihrer Idee.«

Cooper umriss kurz die Eckpunkte seines Plans mit den Partybooten für Junggesellenabschiede.

»Dafür brauchen Sie einen Berg Versicherungen.«

»Das hab ich auf dem Schirm.«

»Sie haben ein komplettes Exposé?«

»Ja.«

»Wäre nicht uninteressant, mehr darüber zu hören, wenn Sie mal Lust haben, auf einen Kaffee in die Marina zu kommen und uns die Idee vorzustellen.«

»Wer ist ›uns‹?«

»Ich und meine Kumpel. Wir sind so was wie der Beraterstab der Insel.«

»In welcher Marina treffen Sie sich denn?«

»In der von den McCarthys. Gibt es noch eine?«

»Ich wollte ohnehin mit Mr McCarthy darüber reden, ob ich meine Boote von seiner Marina aus starten lassen kann.«

»Da müssen Sie mit Big Mac, Mac junior und Luke Harris reden. Den dreien gehört der Laden.«

»Gut zu wissen.«

»Haben Sie irgendein Interesse an Immobilien? Ich hab da ein paar Sachen, die ein bisschen aufgehübscht werden müssen, nur hab ich im Moment viel zu viel mit den Enkeln um die Ohren, sodass ich nicht mehr dazu komme, mich richtig darum zu kümmern. Wäre nicht verkehrt, wenn ich da Hilfe hätte, falls das was für Sie is'.«

»Ernsthaft?«

»Ja. Ich werde alt. Es gibt andere Sachen, die ich tun möchte, statt Streichen und so 'n Zeug.«

»Wären Sie denn an einem Partner interessiert?«

Ned blickte in den Rückspiegel, vermutlich um Coopers Aufrichtigkeit zu überprüfen. »Möglicherweise.«

Wow, man wusste nie, wen man auf Gansett Island traf. »Können wir das vielleicht weiter diskutieren, wenn ich bei diesem Gansett-Beraterstab vorbeischaue?«

»Vielleicht.«

»Ich freue mich darauf, Ned.« Cooper reichte ihm einen Zwanziger, während er die Autos betrachtete, die entlang der Straße vor Masons Haus parkten, wo Jordan jetzt schon den Großteil des Sommers über wohnte. Gigi hatte ihm gesagt, dass die beiden nie offiziell beschlossen hatten, zusammenzuziehen. Es war einfach irgendwie passiert. »Danke für die Fahrt.«

Ned nahm den Schein und begann das Wechselgeld herauszugeben.

»Behalten Sie das. Der Kaffee in der Marina geht auf mich.«

»Klingt gut. Hamse nachher 'ne Mitfahrgelegenheit nach Hause?«

»Ja, danke.«

»Dann einen schönen Abend.«

»Ihnen auch. Hat mich ehrlich gefreut, Sie kennenzulernen.«

»Gleichfalls.«

Während Cooper am Ende von Masons Einfahrt ausstieg und auf die Lichter und das Stimmengewirr zulief, ging er in Gedanken noch einmal die Unterhaltung mit Ned durch. Das war echt ein Typ, oder? Er fuhr zum Spaß Taxi, während er mit Immobilien ein Vermögen verdiente. Wenn das stimmte, hatte Cooper vielleicht gerade eine Glückssträhne bei seiner sonst noch sehr bescheidenen Karriere als Geschäftsmann – und das ganz ohne Jareds Hilfe.

Nicht dass er was dagegen hätte, mit seinem Bruder Geschäfte zu machen. Jeder wollte mit Jared ins Geschäft kommen. Aber Cooper wollte nicht, dass sein Erfolg darauf beruhte, dass sein Bruder Milliardär war. Er wollte etwas Eigenes schaffen, unabhängig von Jared und dem Geld, das der ihm gegeben hatte.

Als er sich der Party im Garten näherte, fand sein Blick sofort Gigi, die bei Jordan und ihrer Zwillingsschwester stand. Alle drei Frauen sahen atemberaubend aus, doch für ihn gab es nur Gigi. Sie stach wie ein seltener Diamant hervor. Sie trug ein kurzes schulterfreies Kleid, das Unmengen sexy Haut frei ließ, und ihr blondes Haar fiel ihr in weichen Wellen bis zur Mitte des Rückens.

Sie bezauberte ihn, ließ sein Herz komisch klopfen und seine Hände schweißnass werden. Das passierte ihm sonst nie. Als sie aufschaute und ihn entdeckte, sorgte das Lächeln, das sich auf ihrem Gesicht ausbreitete, dafür, dass er sich wie ein Eroberer fühlte, der aus der Schlacht zu seiner wartenden Liebsten heimkehrte.

Seiner Liebsten.

Wow, Mann. Das war ganz schön weit vorausgegriffen.

Gigi sagte etwas zu Jordan und Nikki und kam dann zu ihm, um ihn mit einer Umarmung zu begrüßen. »Wie fühlst du dich?«

Sie roch so gut, wie sie aussah. »Jetzt viel besser.«

»Hast du was gegen die Schmerzen genommen?«

»Vor einer Weile schon, aber du bist es, die dafür sorgt, dass ich mich besser fühle.«

»Was hab ich denn getan?«, fragte sie und wirkte völlig verblüfft.

»Du hast mich angelächelt.«

»Mehr ist da nicht nötig?«

»Offensichtlich.« Er hielt sie weiter im Arm, obwohl er sich nicht sicher war, ob sie das überhaupt wollte, so vor ihren Freunden.

Jordan und Nikki kamen, um ihn zu begrüßen. Obwohl sie eineiige Zwillinge waren, konnte Cooper ein paar kleinere Unterschiede feststellen.

»Freut mich, dass du es einrichten konntest, Cooper. Ich bin Jordan, das ist meine Schwester Nikki. Wir haben uns auf der Hochzeit kennengelernt.«

Cooper ließ seinen linken Arm um Gigis Schultern liegen und reichte Jordan die Hand. »Genau. Toll, dass wir uns wiedersehen. Ich bin ein Riesenfan der Show.«

»Danke«, sagte Jordan. »Das freut mich.«

»Wir sind große Fans von Gigi, und du hast deinen Arm um sie gelegt«, stellte Nikki fest.

Wow. Die Frauen kamen gleich zur Sache. »Ich habe Gigi gern. Sehr sogar.«

»Sie mag dich auch«, verkündete Jordan. »Und dabei mag sie gewöhnlich fast niemanden.«

»Das stimmt ja gar nicht«, widersprach Gigi. »Ich mag euch beide. Wenigstens meistens.«

»Uns musst du mögen«, erklärte Jordan. »Wir sind Familie. Ihn müsstest du nicht mögen, aber du tust es trotzdem, und das ist eine Schlagzeile wert.«

»Tu mir einen Gefallen, und hör nicht auf sie«, bat ihn Gigi.

Cooper fand ihre leichte Verlegenheit bezaubernd und kannte sie gut genug, um zu begreifen, dass das nicht oft passierte.

»Du siehst sehr gut aus«, sagte Nikki und musterte ihn kritisch vom Scheitel bis zur Sohle. »Doch vermutlich weißt du das bereits.«

»Ich …«

»Darauf musst du nicht antworten«, mischte sich Gigi mit einem tadelnden Blick zu Nikki ein. »Lass uns was trinken gehen.« Sie fasste Cooper an der Hand und rettete ihn aus dem Wespennest. »Tut mir leid.«

»Muss es nicht. Sie lieben dich und wollten mich warnen. Ich verstehe das.«

»Das ist doch lächerlich. Sie wissen sehr gut, dass ich mich um mich selbst kümmern kann.«

»Aber ist es nicht nett, wenn da andere sind, denen man am Herzen liegt?«

Sie zuckte die Achseln, als sei es keine große Sache für sie, dass ihre beiden besten Freundinnen für sie töten würden. Was steckte dahinter?

»Was möchtest du trinken?«

Er warf einen Blick auf die voll bestückte Bar. »Ich nehme einen Wodka mit Soda und ein bisschen Limette.«

»Wie lange ist es her, dass du die Schmerztabletten genommen hast?«

»Das war gleich nach dem Ausflug zum Strand. Es dürfte nichts dagegensprechen, dass ich mir einen Drink gönne, zumal ich ja nicht Auto fahre.«

»Okay, in Ordnung.« Sie machte ihm den Drink und fügte mit großer Geste die Limette hinzu. »Da, bitte sehr.«

»Danke. Wie laufen die Dinge hier?«

»Gut. Jordan hatte keine Gelegenheit, Nikki die Neuigkeit beizubringen, bevor die Gäste aufgetaucht sind, daher hat sie uns gebeten, nachher noch einen Moment dazubleiben. Wir werden so tun, als ob sie es mir und ihr zur selben Zeit sagt.«

»Weil es Nikkis Gefühle verletzen würde, wenn sie nicht die Erste ist, die es erfährt?«

»In dem Punkt sind wir uns nicht ganz sicher, daher wollen wir lieber kein Risiko eingehen. Zwillinge sind in der Beziehung komisch.«

»Kannst du mich mit deinem wunderbar gut aussehenden Freund bekannt machen, Süße?«, fragte eine attraktive ältere Frau, die zu ihnen trat, einen Drink in der Hand. Sie hatte kurzes silberfarbenes Haar, strahlend blaue Augen und trug eine Bluse mit rotem Blumenmuster zu einer weißen Hose.

»Evelyn Hopper, die wunderbare Großmutter von Jordan und Nikki ...«

»Und von dir«, fügte die ältere Frau hinzu.

»Und von mir«, wiederholte Gigi mit einem herzlichen Lächeln, das ihr ganzes Auftreten veränderte. Interessant. »Darf ich vorstellen? Cooper James.«

Mrs Hopper ergriff seine Hand und drückte sie. »Es ist so reizend, Sie kennenzulernen, junger Mann. Ich hatte das große Vergnügen, kürzlich die Bekanntschaft Ihres Bruders und Ihrer Schwägerin zu machen. Sie sind großartige Menschen.«

»Ja, das sind sie allerdings. Freut mich, Mrs Hopper.«

»Nennen Sie mich Evelyn. ›Mrs Hopper‹ sorgt dafür, dass ich mich alt fühle.«

»Das möchte ich auf keinen Fall, Evelyn.«

»Sie und unsere liebe Gigi haben also einige Zeit miteinander verbracht. Welcher Art sind denn Ihre Absichten?«

Cooper hätte sich beinahe verschluckt. »Absichten?«

»Evelyn! Lass das!« An Cooper gewandt sagte Gigi: »Antworte gar nicht erst darauf.«

»Es ist eine völlig vernünftige Frage, Gabrielle.«

Gigi stöhnte, als Evelyn ihren richtigen Vornamen benutzte.

»Ach, Gabrielle?«, erkundigte sich Cooper und zog eine Braue hoch.

»Wenn du willst, dass ich reagiere, nenn mich besser nicht so.«

»Gut zu wissen.«

»Zurück zu meiner völlig vernünftigen Frage«, erklärte Evelyn. »Bezüglich Ihrer Absichten, junger Mann?«

»Ich ... äh ... mag Gigi sehr und genieße es, Zeit mit ihr zu verbringen.«

»Sie bedeutet uns viel. Wir würden es nicht gern sehen, wenn sie in irgendeiner Weise verletzt wird.«

»Verstehe.« Cooper schluckte schwer. »Ma'am.«

»Ausgezeichnet. Nun, dann wollen wir uns jetzt ins Vergnügen stürzen.« Evelyn entfernte sich, um ein älteres Paar zu begrüßen, das gerade eingetroffen war.

»Das war peinlich«, stellte Gigi fest. »Tut mir leid.«

»Muss es nicht. Sie lieben dich. Das verstehe ich.«

»Sie wissen sehr genau, dass ich mich gut um mich selbst kümmern kann und niemanden brauche, der um mich herumgluckt.«

»Jeder braucht mal jemanden, der ihm den Rücken freihält.«

»Ich nicht.«

Cooper fielen so viele Dinge ein, die er am liebsten darauf erwidert hätte, Fragen, die er stellen wollte, doch das hier war weder die rechte Zeit noch der rechte Ort. »Ist Jordan dazu gekommen, Mason die Neuigkeit mitzuteilen?«

»Ja.« Gigi blickte zu dem glücklichen Paar.

Der über eins neunzig große Feuerwehrmann hatte einen Arm um Jordans Schultern gelegt und wich ihr nicht von der Seite.

»Die beiden grinsen die ganze Zeit.«

»Also vermute ich, er hat die Neuigkeit gut aufgenommen?«

»Er ist restlos begeistert. Sind sie beide. Er hat sie sofort gefragt, ob sie ihn heiraten will, und sie hat Ja gesagt.«

»Das ist schön. Und was ist mit dir?«

Sie wirbelte herum und schaute ihm in die Augen. »Was mit mir ist?«

»Ja. Wie fühlst du dich damit?«

»Ich freue mich für meine Freundin.«

»Aber?«

»Kein Aber, also hör auf, mich zu psychoanalysieren. Mir geht's bestens. Wenn sie glücklich ist, bin ich das auch. Vertrau mir, niemand verdient es mehr als sie nach der Hölle der letzten Jahre mit Zane, dem Mistkerl.«

»*Alle* verdienen es, glücklich zu sein. Sogar du.«

»Ich bin ja glücklich. Entschuldige mich bitte für eine Minute.«

Sie entfernte sich und ließ Cooper stehen, der sich fragte, ob er etwas Falsches gesagt hatte, was im Übrigen noch etwas war, worüber er sich gewöhnlich nie den Kopf zerbrach, wenn es um Frauen ging. Während die meisten Männer sich beschwerten, dass sie offensichtlich eine andere Sprache sprachen als der weibliche Teil der Bevölkerung, hatte Cooper dieses Problem nie gehabt. Er verstand sie. Und sie verstanden ihn.

Doch Gigi war anders. Sie trug ihr Herz nicht auf der Zunge oder verriet jeden ihrer Gedanken, so wie es die meisten Frauen taten. Sie behielt ihre Gefühle für sich, tief in sich vergraben, und je mehr er sie kennenlernte, desto mehr wollte er wissen, wie er den Code zu ihrem so gut gehüteten Herzen knacken konnte.

KAPITEL 14

Er sieht zu viel.

Gigi ging ins Haus, um die Toilette zu benutzen, und sperrte die Tür hinter sich ab, um eine Minute für sich zu haben. Was zur Hölle sollte das? Ein junger Mann von vierundzwanzig, der so viel Einfühlungsvermögen hatte? Er machte sie nervös. Eine kluge Frau, die nicht durchschaut werden wollte, von niemandem, würde schön die Finger von jemandem wie ihm lassen.

Sich zu schützen beherrschte Gigi inzwischen aus dem Effeff, und Cooper war eine Bedrohung für das Leben, das sie sich aufgebaut hatte. Dieses Leben funktionierte gut für sie, und es genau so zu bewahren, wie es war, hatte höchste Priorität.

Doch es gefiel ihr, wie sie sich fühlte, wenn er in ihrer Nähe war, was ihr Sorgen bereitete.

Männer kamen ihr nicht nahe. Das ließ sie nicht zu.

Cooper hingegen war ihr sogar sehr nahe gekommen, und sie war sich nicht sicher, was sie davon halten sollte.

Es klopfte an der Tür.

»Lass uns rein«, verlangte Jordan.

Mit einem Stöhnen öffnete Gigi. »Was, wenn ich gerade auf dem Klo gewesen wäre?«

»Bist du aber nicht«, entgegnete Nikki. »Was ist los?«

Gigi verdrehte die Augen. »Verdammt noch mal. Nichts ist los. Alles ist bestens.«

Jordan betrachtete sie wissend. Wenn irgendjemand Gigi durchschauen konnte, dann Jordan. »Irgendwas beschäftigt dich. Das haben wir vorhin schon gemerkt, und als du gerade eben Cooper einfach hast stehen lassen, haben wir uns Sorgen gemacht, dass er etwas gesagt hat, was dich aufgebracht hat.«

»Hat er nicht. Er ist wunderbar.«

»Ist das das Problem?«, erkundigte sich Nikki. »Magst du ihn?«

»Ja, ich mag ihn, sonst würde ich keine Zeit mit ihm verbringen.«

»Aber *magst* du ihn?«, fragte Nikki.

»Wie bitte?«

»Sie will wissen, ob du Gefühle für ihn hast«, schaltete sich Jordan ein.

Gigi starrte sie an, als ob sie übergeschnappt wären. »Nein, ich habe überhaupt keine Gefühle für ihn. Auf so was lasse ich mich nicht ein, wie ihr beide auch ganz genau wisst.«

Die Schwestern wechselten grimmige Blicke.

Gigi schaute zwischen ihnen hin und her. »Was zur Hölle ist mit euch beiden los?«

»Wir haben uns nur gerade gefragt, ob du je einem Mann die Chance geben wirst, dich zu lieben«, erklärte Jordan behutsam. »Seit du mit Mistkerl Nummer zwei Schluss gemacht hast, hast du niemanden mehr an dich rangelassen, und wir fragen uns einfach, warum.«

»Passt mal auf, ihr beide. Ich bin wirklich froh, dass ihr mit Riley und Mason glücklich seid. Ganz ehrlich. Niemand freut sich mehr für euch als ich. Aber ihr wisst auch, dass wahre Liebe und all das einfach nicht mein Ding ist. Und das wird auch so bleiben.«

»Woher willst du das wissen?«, erwiderte Nikki. »Du bist ja erst neunundzwanzig.«

Gigi verspürte eine merkwürdige Verzweiflung, als müsse sie um ihr Leben kämpfen oder irgend so was Dramatisches. »Ich weiß genau, wie alt ich bin, und ich weiß außerdem, wie ich ticke. Ihr werdet nie erleben, dass ich mit einem Typen sesshaft werde und ein halbes Dutzend Babys kriege. Das mag das sein, was ihr wollt, ich hingegen hab mir das nie gewünscht.«

»Noch nicht«, warf Nikki ein. »Das heißt ja nicht, dass sich das nicht ändern kann.«

»Doch. Liebe und all der Quatsch, der dazugehört, sind nichts für mich.«

»Wie kannst du dir da so sicher sein, wo du doch noch nie verliebt warst?«, gab Nikki zu bedenken.

»Ich weiß es eben. Das ist einfach nicht meins.«

»Gigi«, schaltete sich Jordan mit betroffener Miene ein. »Sag so was nicht.«

»Ich verstehe, was ihr zu tun versucht, und ich habe euch dafür beide total lieb. Wirklich. Aber das mit Cooper und mir wird nie mehr sein als eine amüsante Urlaubsaffäre am Ende eines schönen Sommers auf Gansett Island, bevor ich zu meinem Leben in L. A. zurückkehre. Bitte interpretiert da nichts rein, was da einfach nicht ist. Und jetzt musst du zurück zu deinen Gästen, Jordan.«

Gigi schob sich an den Schwestern vorbei aus dem Bad und wäre fast mit Cooper zusammengestoßen, der direkt vor der Tür stand. Verdammt. Wie viel hatte er mitgehört?

»Müsst ihr wirklich zu dritt sein, um aufs Klo zu gehen?«, fragte er mit einem kleinen Lächeln.

Trotzdem war die Traurigkeit in seinen Augen nicht zu übersehen. Verdammt, verdammt, verdammt. »Du weißt doch, wie Mädels sind.«

»Ja, stimmt. Alles in Ordnung?«

»Sicher. Komm, suchen wir uns Plätze am Tisch. Das Dinner wird bald serviert.«

Während sie vor ihm aus dem Haus ging, hoffte Gigi, dass sie seine Gefühle nicht verletzt hatte, indem sie Jordan und Nikki gegenüber die Wahrheit über ihre Beziehung ausgesprochen hatte. Denn es bestand kein Zweifel daran, dass er sie gehört hatte.

»Schau mal«, begann sie zögernd, als sie an dem langen Teakholztisch saßen, den Jordan am Anfang des Sommers für den Garten gekauft hatte. »Ich weiß nicht, was genau du eben …«

Er legte seine Hand auf ihre. »Darüber reden wir später.«

So ein verdammter Drecksmist.

* * *

Cooper versuchte, Gigi nicht merken zu lassen, wie tief ihn ihre Worte getroffen hatten. Er hatte gar nicht vorgehabt, irgendwas mitzuhören. Er hatte nach ihr schauen wollen, und als er vor der einen Spaltbreit offenen Tür stehen geblieben war, hatte er mitbekommen, dass sich die Unterhaltung um ihn drehte.

Was sonst hätte er tun sollen, als zu lauschen?

Sein Herz schmerzte für sie. Warum um alles auf der Welt hatte eine wunderschöne, kluge, witzige Frau wie sie entschieden, dass Liebe nichts für sie war? Seine Gedanken überschlugen sich, und er ging im Geist die Dinge durch, die sie ihm über ihre Vergangenheit erzählt hatte, fragte sich, ob die Antworten wohl in ihrer chaotischen Kindheit zu finden waren.

Das Dinner, das serviert wurde, war köstlich und bestand aus vielen verschiedenen Sorten Kebab, Reis, Salat mit Kokosnuss und einem vegetarischen Gericht, das zu dem Besten gehörte, was er je gegessen hatte. Als er einen Bissen von den Teriyaki-Shrimps nahm, bekam er mit, was Mason mit Big

Mac und Linda McCarthy besprach – es drehte sich um einen Sicherheitszaun an den Klippen.

Schade, dass das nicht neulich Abend schon erledigt gewesen war.

»Sie haben sich doch kürzlich dort oben verletzt, oder, Cooper?«, erkundigte sich Big Mac.

»Ja. Das Auto meines Bruders begann auf den Abgrund zuzurollen, und als ich versucht habe, es aufzuhalten, habe ich mir zwei Rippen gebrochen und mir das Gesicht aufgeschrammt.«

»Du hast ein Detail vergessen, nämlich dass du das Auto um die Absperrung aus Baumstämmen gefahren hast, die genau da liegen, damit niemand zu dicht an die Klippen gerät«, warf Mason grinsend ein.

»Ich wusste ja, dass du die Lücken in meiner Geschichte ausfüllen würdest«, erwiderte Cooper, ebenfalls grinsend. »Ich habe meine Lektion gelernt. Aber erzählt bitte Jared nicht, was passiert ist, sonst leiht er mir seinen Porsche nie wieder.«

»Wie viel ist Ihnen das wert?«, wollte Big Mac lachend wissen.

Ein neues Paar schlenderte Händchen haltend in den Garten.

»Tut mir leid, dass wir so spät dran sind«, erklärte der Mann.

»Kommt rein«, sagte Jordan und sprang auf, um sie zu begrüßen. »Alle mal herhören, das hier sind Oliver und Dara Watkins, die neuen Leuchtturmwärter.«

Am Tisch wurde ihnen Platz gemacht, Teller mit Essen wurden gebracht und die Getränkebestellung aufgenommen.

»Das ist eine Party ganz nach meinem Geschmack«, verkündete Oliver. »Kaum ist man da, schon wird einem Essen und Trinken vorgesetzt.«

»Wir sind froh, dass ihr es einrichten konntet«, warf Mason ein und griff an Jordan vorbei, um Oliver die Hand zu schütteln.

»Danke für die Einladung. Alle hier sind so freundlich zu uns. Dara und ich haben gerade vorhin darüber gesprochen.«

»Wir freuen uns einfach, dass es euch auf Gansett gefällt«, meinte Linda McCarthy. »Unsere Insel ist ein ganz besonderer Ort, und wir finden es immer schön, wenn andere das ebenfalls feststellen.«

»Bislang lieben wir es, hier zu sein«, sagte Dara.

»Lasst uns auf Dara anstoßen«, erklärte Nikki, »die neue Eventmanagerin im Wayfarer.«

»Hört, hört«, rief Big Mac. »Willkommen im Team.«

»Danke für die Anstellung«, antwortete Dara. »Ich bin schon ganz aufgeregt und kann es kaum erwarten, mit der Arbeit zu beginnen.«

Während die Unterhaltung sich von da an in mehrere verschiedene Richtungen entwickelte, das bevorstehende Labor-Day-Wochenende ebenso streifte wie Pläne für die Nachsaison und die Wintermonate sowie die letzten Wochen, in denen die Show gedreht wurde, war Cooper in Gedanken damit beschäftigt, zu entscheiden, wie er mit Gigi weitermachen sollte.

Als jüngstes von fünf Geschwistern, die alle unterschiedliche Stärken hatten, hatte Cooper früh gelernt, wie man am besten durchkam. Er hatte Charme und Freundlichkeit eingesetzt, um das zu erhalten, was er von den verschiedenen Familienmitgliedern wollte, und hatte von seinen so erworbenen Fähigkeiten auch bei seiner Dating-Karriere profitiert. Wenn die Leute einen mochten, waren sie viel eher bereit, einem das zu geben, was man haben wollte, egal ob es eine zweite Portion Eiscreme nach dem Abendessen oder eine Nacht im Bett einer sexy Frau war.

Gigi mochte ihn, was günstig für ihn war. Allerdings kannte er sie schon gut genug, um zu wissen: Wenn er sie zu sehr bedrängte, würde sie sich dagegen wehren.

Ihre Erklärung, sie glaube nicht an die Liebe, weckte in ihm den Wunsch, ihr zu zeigen, wie großartig das sein konnte. Die Idee war ihm als fertig geformter Plan gekommen, bereit zur Ausführung. Da die Show bald zu Ende gefilmt sein würde, blieb ihm nicht viel Zeit dafür, Gigi zu erobern und ihr zu beweisen, dass man Liebe nicht fürchten musste.

Er war einmal bis über beide Ohren verliebt gewesen, noch in der Highschool. Er und Teagan waren sich so sicher gewesen, dass ihre Liebe für immer halten würde, bis sie an verschiedenen Colleges gelandet waren, mehr als dreitausend Kilometer voneinander entfernt, woraufhin sie erfahren hatten, wie schmerzhaft es ist, wenn die erste Liebe zerbricht.

Seither hatte er sich immer große Mühe gegeben, seine Beziehungen zu Frauen oberflächlich zu halten, und sein Herz gehütet.

Doch Gigis Beteuerungen und die Bestätigung ihrer Freundinnen, dass sie nie verliebt gewesen war … Das hatte Cooper dazu bewogen, sie eines Besseren belehren zu wollen.

Nur was würde passieren, wenn sie beide tiefere Gefühle entwickelten und danach getrennte Wege gingen? Dann würde er sich wieder an dem gleichen schmerzhaften Punkt wiederfinden wie nach der Trennung von Teagan, nur dass Gigi fast fünftausend Kilometer entfernt in Los Angeles sein würde.

Ihm fiel auf, dass er hier auf Gansett bisher nichts getan hatte, was nicht ungeschehen gemacht werden konnte. Bislang war seine Geschäftsidee mit den Partybooten nicht mehr als das – eine Idee. Die Unterhaltung mit Ned war interessant gewesen, bislang war aber auch an dieser Front nichts weiter geschehen. Wenn aus der Sache mit Gigi mehr wurde, gab es keinen Grund, weshalb er nicht mit ihr nach L. A. gehen und sich dort einen Job suchen konnte. Schließlich hatte er einen MBA-Abschluss und auch noch einen Nachnamen, der viele Türen öffnete.

»Warum bist du so still?«, wollte Gigi in einer kleinen Pause in ihrer Unterhaltung mit Mason, Jordan, Nikki, Riley, Rileys Bruder Finn und dessen Verlobter Chloe von ihm wissen. Die Leute von der Show-Crew saßen am anderen Ende des großen Tisches.

Die Clique hier schien ihm eng befreundet zu sein, und Cooper merkte, dass er sie alle gerne besser kennenlernen wollte. Finn und Riley waren großartig, und obwohl Mason ihn wegen des Unfalls aufzog, mochte Cooper auch ihn. »Ich höre nur zu«, antwortete er Gigi auf ihre Frage.

»Bist du böse?«, fragte sie ihn kleinlaut.

Das störte ihn gewaltig, denn seine Gigi war nie kleinlaut. Nichts in ihrem Wesen war klein. »Gar nicht.«

Die anderen waren so in ihre Gespräche vertieft, dass sie ungestört miteinander reden konnten, obwohl sie von anderen Menschen umgeben waren.

»Es tut mir leid, dass ich so über dich gesprochen habe. Das hätte ich nicht tun dürfen.«

Er legte einen Arm um sie und gab ihr einen Kuss auf die Schläfe. »Alles ist gut. Es sind deine Freundinnen. Natürlich besprichst du das mit ihnen.«

»Trotzdem … Ich möchte nicht, dass du denkst, dass ich über dich rede.«

»Ich möchte aber, dass du über mich redest. Das heißt nämlich, dass du an mir interessiert bist.«

»Ich … äh, weißt du, ich mag dich.«

»Das weiß ich. Und ich mag dich auch.«

»Es ist nur so, dass das alles ist, wozu ich imstande bin.«

»Ich möchte, dass du etwas für mich tust«, sagte Cooper und fühlte sich, als stünde er am Rande eines Abgrunds, kurz bevor er den Sprung ins Unbekannte wagte.

»Was?«

»Ich möchte, dass du nichts ausschließt.« Als sie zum Widerspruch ansetzte, legte er ihr behutsam einen Finger auf die Lippen. »Schließ nichts aus.«

»Cooper ...«

»Hey, Gigi, was flüstert ihr da?«, mischte sich Jordan ein.

»Ha, das wüsstest du wohl gerne«, konterte Gigi.

»Ja, allerdings. Darum habe ich ja gefragt.«

»Kümmere dich um deine eigenen Angelegenheiten, Liebes«, warf Evelyn ein, »und lass Gigi in Ruhe.«

»Sie lässt mich ja auch nie in Ruhe«, entgegnete Jordan und streckte Gigi die Zunge raus.

Was Gigi ihr sofort mit gleicher Münze heimzahlte.

»Das ist völlig normal«, bemerkte Evelyn. »Sie mischen sich ständig in die Angelegenheiten der anderen ein, schon seit sie kleine Mädchen waren.«

»Wie alt wart ihr, als ihr euch kennengelernt habt?«, erkundigte sich Cooper.

»Zweite oder dritte Klasse?«, riet Gigi.

»Dritte«, antwortete Nikki. »In dem Jahr, in dem wir alle Windpocken hatten. Erinnert ihr euch noch?«

»Wie könnten wir das vergessen?«, fragte Gigi.

»Sie haben es alle drei gleichzeitig bekommen«, erklärte Evelyn. »Daher habe ich sie einfach alle drei zu mir genommen, da klar war, dass es leichter für sie wäre, wenn sie das zusammen durchmachten.«

Cooper fand es interessant, dass Gigi bei Evelyn gewesen war, als sie krank geworden war, statt bei sich zu Hause. Wenn sein Plan auch nur ansatzweise funktionieren sollte, begriff er, musste er mit Evelyn sprechen, und zwar wenn niemand sonst in der Nähe war. Sie würde Dinge über Gigi wissen, die sich für Cooper als nützlich erweisen könnten.

Was soll das werden, Mann? Schmiedest du wirklich Pläne, um sie dazu zu bringen, sich in dich zu verlieben? Ernsthaft?

Als sie den Kopf in den Nacken legte, um über etwas zu lachen, was Jordan gesagt hatte, stellte Cooper erneut fest, wie unglaublich schön Gigi war.

Er wollte sie dringend besser kennenlernen. Er wollte begreifen, wie sie tickte. Und er begann zu glauben, dass er sie lieben könnte. Das hier war für ihn unbekanntes Terrain, und er sollte besser darüber nachdenken, wie er sich loseisen konnte, bevor es zu kompliziert wurde. Das war es, was er unter normalen Umständen tun würde.

Nur war hieran eben nichts normal.

* * *

Viel später, nachdem die meisten Gäste gegangen waren, setzten sich Gigi und Cooper zu Evelyn, Jordan, Mason, Nikki, Riley, Finn und Chloe an die Feuerstelle.

»Also, ich habe jetzt den ganzen Abend darauf gewartet, dass du das große Geheimnis lüftest«, sagte Nikki zu ihrer Schwester. »Daher rück jetzt endlich raus damit.«

Jordan, die auf Masons Schoß saß, lächelte ihn an, während er sie noch enger an sich zog. »Wir sind schwanger.«

Nikki stieß einen lauten Schrei aus, über den alle lachen mussten. »Ich hab's dir gesagt«, wandte sie sich an Riley. »Zahltag.«

»Ihr habt Wetten darüber abgeschlossen, was die Neuigkeit ist?«, erkundigte sich Cooper.

»Na klar.«

»Wie viel hat sie gewonnen?«, wollte Jordan wissen.

»Fünfzig Mäuse«, antwortete Riley mit gespieltem Stirnrunzeln, während er einen Fünfziger in Nikkis ausgestreckte Hand legte.

»Was hast du gedacht, was es ist?«

»Dass ihr durchgebrannt seid und heimlich geheiratet habt.«

»Ich habe ihm gesagt, dass du das weder mir noch Gram oder Gigi antun würdest«, erklärte Nikki. »Wir verdienen es, bei deinem Happy End dabei zu sein.«

»Da hast du recht«, pflichtete ihr Jordan bei. »Ihr verdient das absolut.«

»Wir werden einen Zeitpunkt im Winter nach eurer Hochzeit finden, um die Sache offiziell zu machen«, verkündete Mason. »Vielleicht irgendwo, wo's warm ist.«

»Ich komme auf jeden Fall«, verkündete Evelyn. »Und ich zahle sogar dafür.«

»Das musst du nicht, Gram.«

»Ich bin alt, ich kann tun, was ich will.«

»Ich liebe es, wenn sie diesen Trumpf ausspielt, um euch zum Schweigen zu bringen«, meinte Gigi lachend.

»In letzter Zeit spielt sie diesen Trumpf dauernd«, bemerkte Nikki.

»Ich werde ja auch älter«, verteidigte sich Evelyn. »Und ich habe fest vor, noch viel schlimmer zu werden, bevor ich abtrete.«

»Du trittst nicht ab«, stellte Jordan fest. »Niemals.«

Gigi konnte gar nicht beginnen, sich ein Leben ohne Evelyn Hopper vorzustellen, die ihnen allen sagte, was sie zu tun und zu lassen hatten und wie sie ihr Leben führen sollten. Der bloße Gedanke daran, dass sie von ihnen gehen könnte, reichte, dass ihr flau im Magen wurde.

Cooper streckte die Hand aus und umschloss ihre, eine unauffällige, fast beiläufige Geste.

Früher hätte sie sich Sorgen gemacht, dass ihr momentaner Mann später über etwas mit ihr würde reden wollen, was er sie über ihn sagen gehört hatte. Aber Cooper hatte sie bereits beruhigt und ihr versichert, dass er nicht sauer war. Es freute sie, dass er die Sache nicht hatte schwären lassen, bis am Ende ein ansonsten wunderschöner Abend ruiniert gewesen wäre.

Nikki war total aufgeregt wegen Jordans Neuigkeiten und redete pausenlos mit ihr über Hochzeiten und Babypartys und Babys. Gigi fühlte sich zum ersten Mal in all den Jahren, in denen sie zu dritt ein verschworenes Team gewesen waren, außen vor. Ihre Leben entwickelten sich nun in fast gegensätzliche Richtungen auseinander, und schon sehr bald würden Jordan und Nikki nicht länger zu ihrem Alltag gehören.

Vermutlich würde die Show mit der Staffel von Gansett Island enden, und Jordan würde glücklich und zufrieden mit Mason hier leben und Nikki mit Riley. Finn und Chloe, die während des Sommers ihre Freunde geworden waren, waren verlobt und planten eine Hochzeit im Frühling. Alle um sie herum bekamen ihr Leben auf die Reihe.

Sie würde heimkehren und sich ihrer Anwaltskarriere widmen, die sie in den Jahren, in denen sie in Jordans Show aufgetreten war, vernachlässigt hatte. Vielleicht würde sie auch einen näheren Blick auf einige der lukrativeren Angebote oder Geschäftsmodelle werfen, die man ihr unterbreitet hatte, als die Show so beliebt geworden war. Als alleinstehende Frau ohne Familie wusste Gigi genau, wie wichtig es war, so viel Geld wie möglich zu verdienen, das Eisen zu schmieden, solange es heiß war, um zu gewährleisten, dass sie für ihr späteres Leben genug hatte, wenn ihre Berühmtheit nachließ, was unausweichlich geschehen würde.

Aber egal, was passierte, sie würde einen Weg finden, wie sie es immer getan hatte, schon seit sie ein Teenager gewesen war – auch wenn das Leben ohne Jordan und Nikki darin nicht mehr halb so viel Spaß machen würde.

»Sollen wir aufbrechen?«, erkundigte sich Cooper.

»Gern. Ich bin bereit, wenn du es bist.«

»Das bin ich.«

Sie verabschiedeten sich und gingen zu ihrem Auto.

»Möchtest du, dass ich fahre?«, fragte er. »Ich hab schon vor Stunden aufgehört zu trinken.«

Sie reichte ihm die Schlüssel. »Fahr mein Baby aber ja nicht über irgendwelche Klippen.«

»Kaum ist man an einer Klippe nur knapp davongekommen, hat man plötzlich seinen Ruf weg.«

»Stimmt, und wir werden nicht zulassen, dass du das je vergisst.«

»Gut zu wissen.« Er hielt ihr die Tür ihres weißen Mercedes-Coupés auf und wartete, bis sie auf dem Beifahrersitz Platz genommen hatte.

»Gute Manieren, Mr James.«

»Oh, vielen Dank, Ms Gibson.«

Als er im Auto saß, drehte sie sich zu ihm um. »Wie geht es dir?«

»Viel besser als vorhin. Ich hab mich schon immer schnell von Verletzungen und Krankheiten erholt.«

»Da hast du echt Glück. Wir hatten einen Kameramann in der ersten Staffel der Show, der sich bei einem Motorradunfall die Rippen gebrochen hat, und er ist monatelang ausgefallen.«

»Ich hab mir als Zwölfjähriger den Arm gebrochen und musste nur drei Wochen einen Gips tragen. Die Ärzte konnten kaum glauben, dass der Knochen so schnell geheilt ist.«

»Wow. Das ist wirklich schnell.«

»Und ich war echt dankbar, weil es am letzten Schultag passiert ist. Das Letzte, was ich wollte, war, den ganzen Sommer lang mit dem Arm in Gips rumlaufen zu müssen.«

»Was hat denn mehr wehgetan? Die Rippen oder der Arm?«

»Die Rippen. Anfangs war es wirklich heftig, aber mittlerweile ist es zu einem unangenehmen Ziehen abgeflaut.«

»Das freut mich. Ich möchte nicht, dass du leidest.«

»Ach, du magst mich.«

»Wann habe ich das gesagt?«

»Gerade eben.«

»Wann habe ich die Worte ›Ich mag dich‹ gesagt?«

Cooper lachte. »Da, schon wieder.«

»Du bildest dir was ein, mein Freund.«

»Das ist okay. Ich bin ein total netter Typ, den *alle* mögen. Frag, wen du willst.«

»Ich verlasse mich da auf dein Wort.«

»Was empfindest du in Bezug auf Jordan und das Baby und die Hochzeiten?«

»Alles gut.«

Das sagte sie für seinen Geschmack etwas zu schnell.

»Warum auch nicht? Meine besten Freundinnen sind überglücklich. Es ist schön, das zu sehen.«

»Sie kommen mir alle total nett vor. Ich mag auch Finn und Riley sehr gerne.«

»Zusammen sind sie echt witzig. Und du solltest sie mal mit ihren älteren Cousins erleben. Das ist wie eine Live-Comedyshow.« Gigi schwieg eine kurze Weile. »Ich vermute, ich werde dann bald zur nächsten Hochzeit zurückkehren.«

»Bleibt Jordan denn auf Gansett Island?«

»Ich hab schon länger vermutet, dass es so laufen wird, nachdem sie Mason getroffen hatte, der hier eine gute Stelle hat.«

»Und was ist mit der Show?«

»Das ist noch nicht entschieden. Jordan ist sich nicht sicher, ob sie weitermachen möchte, und es hängt komplett an ihr. Ich bin einfach nur der Sidekick.«

»Du bist so viel mehr als das, Gigi. Die Leute gucken die Show genauso deinetwegen wie ihretwegen.«

»Vielleicht.« Nach einer weiteren Pause sagte sie: »Achte nicht weiter auf mich. Ich bin gerade irgendwie schräg drauf.

Ich werde mich besser fühlen, wenn ich zurück in meinem alten Leben bin.«

Je länger er ihr dabei zuhörte, wie sie versuchte, mit den schmerzlichen Veränderungen in ihrem Leben klarzukommen, desto mehr wollte Cooper sie in die Arme ziehen und sie vor allem beschützen, was ihr wehtun könnte. Unter ihrer toughen Schale, so vermutete er, war sie viel verletzlicher, als man ahnte.

Als sie bei Jareds Haus eintrafen, parkte Cooper Gigis Auto neben dem Porsche und schaltete den Motor aus.

»Möchtest du noch schwimmen gehen?«, fragte sie.

Wenn das hieß, dass er mehr Zeit mit ihr verbringen konnte, war er dabei. »Sicher.«

»Dann treffen wir uns draußen am Pool?«

»Klingt gut.«

KAPITEL 15

Gigi lief die Stufen zu ihrem Apartment über der Garage hoch, während Cooper im Haus verschwand, um sich umzuziehen. Als er durch die Schiebetür in die Küche trat, war das Erste, was er hörte, Babygeschrei. Er bemerkte gleich, dass es anders klang, beinahe verzweifelt.

Als er in die Richtung des Geräuschs ging, kam Jared gerade aus dem Schlafzimmer und sah so gestresst aus, wie Cooper ihn nie zuvor erlebt hatte.

»Was ist denn los?«, fragte er.

»Wir sind uns nicht sicher. So weint sie schon seit Stunden, daher bringen wir sie jetzt in die Krankenstation.«

»Gibt es irgendwas, was ich tun kann?«

»Nein, danke. Ich bin mir nicht sicher, wann wir zurück sein werden.«

»Schreib mir, wenn du mehr weißt, okay?«

»Ja, mach ich. Die arme Lizzie ist völlig durch den Wind.«

Jared war das auch, allerdings beschloss Cooper, diese Beobachtung für sich zu behalten. »Ich bin hier, falls ich irgendwas tun kann.«

»Danke, Coop.«

Es tat Cooper in der Seele weh, als Lizzie aus dem Zimmer kam, das weinende Baby auf dem Arm. Lizzies Gesicht war tränenüberströmt.

»Tut mir leid wegen des Lärms«, sagte sie zu Cooper.

»Bitte entschuldige dich nicht. Ich wünschte, es gäbe etwas, was ich tun könnte.«

»Ich auch. Wir sehen uns morgen. Hoffentlich.« Sie schnallten das schreiende Baby in den Autositz, der auf dem Küchentisch stand, Jared trug die Babyschale zu Lizzies SUV, und eine Minute später fuhren sie los.

Cooper schlüpfte in seine Badehose, schnappte sich ein Handtuch und machte sich auf den Weg nach draußen, zum Pool.

Gigi war bereits im Wasser. »Das war heftig.«

»Aber echt. Jared sagt, so weint sie schon seit Stunden.«

»Die beiden haben mein aufrichtiges Mitgefühl. Sie sind in diese Situation geraten, ohne zu wissen, was sie tun sollen oder ob die Mutter zurückkommen wird.«

»Ich weiß nicht, ob ich mir das wünschen soll oder lieber nicht.«

»Geht mir genauso.«

Cooper stieg die Stufen hinab in den beheizten Pool. Wären seine Rippen nicht angeknackst, wäre er vermutlich kopfüber am tiefen Ende reingesprungen. Doch da er gerade anfing, sich besser zu fühlen, wollte er nichts riskieren und war lieber vorsichtig. »Wo hast du eigentlich wie eine Olympiateilnehmerin schwimmen gelernt?«

Gigi schnaubte. »Das ist wohl leicht übertrieben.«

»Vielleicht, aber du kannst super schwimmen.«

»Ich war auf der Highschool im Schwimmteam. Schwimmen war mein Hobby.«

»Ich wette, du hast jede Menge Pokale gewonnen.«

»Ich war ganz gut.«

»Hast du je darüber nachgedacht, das weiterzuverfolgen?«

»Nicht wirklich. Nach dem Abschluss hatte ich größere Sorgen, wie beispielsweise Essen auf den Tisch zu kriegen oder Geld fürs College.«

Cooper war sich bei Frauen ganz selten unsicher, doch Gigi verstieß gegen alle Normen. Er schwamm näher zu ihr, hoffte, dass ihr das recht wäre. Unter Wasser legte er seine Arme um sie und zog sie auf seinen Schoß. »Ich finde, du bist unglaublich«, flüsterte er, unmittelbar bevor er sie küsste.

»Warum?«

»Aus so vielen Gründen, dass es eine ganze Weile dauern würde, wenn ich sie alle aufzählen wollte.«

»Ich hab Zeit.«

»Lass uns damit anfangen, dass du schon als Teenager entschieden hast, für dich selbst zu sorgen, statt das deiner reichen Familie zu überlassen.«

»Sie waren ja nie meine Familie. Ich hab bei ihnen gelebt, und das war es. Jordan, Nikki und Evelyn sind meine Familie.«

»Ich weiß, und sie lieben dich sehr.«

Sie zuckte die Achseln. »Vermutlich schon.«

»Nein, ganz sicher, Gigi. Alle können das sehen. Du bist tapfer, stark, widerstandsfähig, höllisch sexy und eine tolle Freundin für all die Leute, die dir am Herzen liegen.«

»Die Liste dieser Menschen ist ziemlich kurz.«

»Das weiß ich, was wiederum ein Grund dafür ist, dass ich einen Weg in diesen kleinen Kreis finden möchte.«

Bei diesen Worten wich sie ein Stück zurück. »Das wird nicht passieren, Cooper. Ich mag dich, wirklich, aber es kann nie mehr werden, als es im Moment ist.«

»Warum nicht?«

»Das hab ich doch vorhin schon erklärt. Ich lass mich auf so was nicht ein. Du bist sehr aufmerksam, was eine bewundernswerte Eigenschaft bei jedem Mann ist und insbesondere bei jemandem, der so jung ist wie du. Aber bitte, bitte verlieb dich nicht in mich. Ruinier nicht das, was ein Riesenspaß ist, indem du versuchst, etwas draus zu machen, was es nie sein wird.«

Er überlegte, ob sie selbst hören konnte, dass in jedem ihrer Worte Schmerz mitschwang. Hatte sie sich wirklich eingeredet, dass sie es nicht wert war, geliebt zu werden? War das das Problem? Weil er nichts lieber tun würde, als ihr das Gegenteil zu beweisen. Während er sie erneut küsste, war er sich darüber im Klaren, dass er sich ganz bewusst der Gefahr von etwas aussetzte, das zu vermeiden er sich seit der Trennung von Teagan größte Mühe gegeben hatte: Liebeskummer.

Der Kuss geriet rasch außer Kontrolle, während sie die Arme fester um ihn schlang und ihre Zunge über seine rieb. Sie küsste ihn nicht wie eine Frau, die ihn nicht wollte. Sie küsste ihn, als ob sie sich mehr wünschte, und er war nur zu gern bereit, es ihr zu geben. Seine Finger gruben sich in ihren Po, während er sie dichter an seine Erektion zog.

Gigi löste sich langsam aus dem Kuss. »Bevor wir weitermachen, muss ich wissen, dass du begreifst, was das hier ist – und was nicht.«

»Ist mir klar.«

»Ich möchte dich auf keinen Fall verletzen.«

»Das ist lieb. Gilt umgekehrt genauso.«

»Also …«

»Also …?«

»Möchtest du mit nach oben kommen?«, erkundigte sie sich.

»Ja.«

»Hast du Kondome?«

»Im Haus.«

»Dann hol sie doch bitte.«

Cooper konnte nicht glauben, dass das hier tatsächlich passierte. Er würde mit Gigi Gibson Sex haben. In der Zeit, die sie zusammen verbracht hatten, hatte er entdeckt, dass sie so viel mehr war als die unfassbar witzige, sexy Frau, die sie in der Show darstellte. Sie trug irgendeine große emotionale Last mit sich herum, und alles, was er sich im Leben zu wünschen schien, seit er sie getroffen hatte, war, sie glücklich zu machen und ihren inneren Schmerz zu lindern.

Er löste sich von ihr, verließ den Pool und griff nach seinem Handtuch, um sich abzutrocknen, bevor er in sein Zimmer ging, um die Kondome aus seinem Kulturbeutel zu holen. Würde es übertrieben optimistisch aussehen, wenn er gleich drei mitnahm? Cooper lachte über den Gedanken und nahm sich ein paar Sekunden, um sich zu sammeln, ehe er zu Gigi zurückkehrte.

Diese Sache mit ihr, die als leichtherziger Flirt begonnen hatte, wurde für ihn rasch so viel mehr als das. Er hatte gehört, was sie darüber gesagt hatte, dass er sich nicht in sie verlieben sollte, und er nahm sich das auch zu Herzen, aber trotzdem verliebte er sich gerade in sie, und der Sex würde das nur schlimmer machen. Nur leider hatte sich »schlimmer« nie besser angefühlt.

Ja, er war jung, und ja, Frauen waren für ihn den Großteil seines Lebens über einfach nur Spaß gewesen, doch vor Gigi hatte er auch nie eine getroffen, mit der er sich eine dauerhafte Beziehung hätte vorstellen können. Gigi war Aufregung, Geheimnisse, Verwirrung, Lachen und Verlangen. Wenn irgendjemand ihn, bevor er ihr begegnet war, gefragt hätte, wie seine perfekte Frau aussähe, hätte er das nicht sagen können. Jetzt hingegen wusste er, dass Gigi mit all ihren unterschiedlichen Facetten genau seinem Ideal entsprach.

Sie davon zu überzeugen, ihm eine Chance zu geben, würde alles andere als leicht werden, aber trotzdem war er wild entschlossen, es zu versuchen.

* * *

212

Gigi hoffte, dass sie keinen Riesenfehler machte, indem sie Cooper in ihr Bett einlud. Er war ein großartiger Typ, doch seine Intensität beunruhigte sie. Er sah sie an, als könnte er sie komplett durchschauen, bis auf den Grund ihrer Seele und bis hin zu dem ganzen Mist, den sie tief in sich vergraben hatte und der niemanden etwas anging. Sie wollte nicht, dass er oder sonst irgendjemand das je zu Gesicht bekam, was hieß, dass sie besonders auf der Hut sein musste.

Sie hörte seine Schritte auf den Stufen. Er trat ein, nur mit seiner Badehose bekleidet. Dunkle Blutergüsse zogen sich über seine muskulöse Brust, die von hellblondem Haar bedeckt war, das weiter unten auf seinem Bauch dunkler wurde.

Der Mann war sexy, süß und aufrichtig, drei Eigenschaften, die schwer zu finden waren. So schwer, dass sie sie bei ihm durchaus zu schätzen wusste, doch sie weigerte sich, sich an einen Mann zu binden, der sehr bald schon fünftausend Kilometer von ihr entfernt leben würde.

Sie meinte, was sie ihm zuvor gesagt hatte: Das hier konnte nie mehr als eine Urlaubsaffäre sein. Jetzt musste sie nur noch sich selbst davon überzeugen, bevor es zu spät war.

Er kam zu ihr, legte die Arme um sie und machte da weiter, wo sie im Pool aufgehört hatten, mit heißen, sexy Küssen, von denen ihr ganz schwindlig wurde.

»Ich wünschte, ich könnte irgendwas Cooles tun und dich auf die Arme heben und zum Bett tragen, aber ich fürchte, wenn ich das täte, wäre ich für den Rest des Abends außer Gefecht.«

»Spar dir deine Kraft, Tarzan. Du wirst sie brauchen.«

»O Gott.«

Lächelnd nahm sie ihn an der Hand und zog ihn rückwärts hinter sich her in ihr Schlafzimmer. Als sie an ihrem Bett standen, fuhr sie mit den Fingerspitzen ganz leicht über die dunklen Flecken an seiner Seite. »Wenn es zu sehr schmerzt, sagst du Bescheid, okay?«

»Ja, doch es ist alles in Ordnung. Ist nie besser gewesen, genau genommen.«

»Ach wirklich?«

»Mhm.«

Etwas daran, wie er sie anschaute, ließ in Gigi den Verdacht aufkeimen, dass die Entscheidung, mit ihm zu schlafen, ein großer Fehler gewesen war. Ein seltsames Prickeln lief ihr über den Rücken, als er sie beinahe ehrfürchtig berührte. Sie wollte ihn aufhalten, ihn daran erinnern, was das hier war und was nicht, aber sie kriegte die Worte einfach nicht an dem Kloß in ihrer Kehle vorbei.

Bei Sex ging es nicht um Gefühle. Das war für andere Leute. Sex brachte körperliche Befriedigung, sonst nichts. Sie musste die Kontrolle übernehmen, bevor sie ihr restlos entglitt.

»Lass mich«, sagte sie und legte ihm die Hände auf die Brust.

»Nein.« Er senkte den Kopf und küsste sie auf den Hals, zog eine Spur von Küssen zu ihren Brüsten, die er aus dem Bikinioberteil befreite und dann zärtlich zu liebkosen begann.

Es war pure sinnliche Folter, so gründlich widmete er sich erst der einen, dann der anderen, bis Gigi sich wand. Cooper war vielleicht jünger als sie, aber er kannte sich mit dem weiblichen Körper eindeutig aus. Er war sanft, süß und fordernd – alles zur gleichen Zeit. Sie hatte kaum das eine verarbeitet, da hatte er schon mit dem Nächsten begonnen.

Als er sie aufs Bett drückte und auf sie herabblickte, konnte Gigi nicht länger an sich halten, und es erschien ihr ohnehin närrisch, wenn sie bedachte, wie meisterhaft er sich ihrem Körper widmete. Sie hatte keine Ahnung gehabt, dass ihr Bauchnabel zu solchen Empfindungen imstande war oder dass Hüftknochen erogene Zonen waren.

Er hob ihre Beine auf seine Schultern und hauchte heiße Küsse auf die Innenseite ihres Oberschenkels.

»Cooper.«

»Hmm?«

»Ich, äh …« Ihr Kopf war wie leer gefegt, als er sie mit der Zunge berührte. Heilige Scheiße. Gigi konnte sich nicht erinnern, wann sie das einen Mann das letzte Mal hatte tun lassen. Es war viel zu intim. Sie wollte Cooper sagen, er solle aufhören, zur Sache kommen, es hinter sich bringen, damit sie ihre Schutzwälle wieder errichten und verhindern konnte, dass er ihr zu nahe kam.

Doch wenn ein Mann sein Gesicht zwischen ihren Schenkeln vergrub, war das kaum der richtige Zeitpunkt dafür, ihn daran zu erinnern, dass das hier eigentlich nur Sex sein sollte und nicht das, was auch immer er da mit ihr anstellte.

Gigi behielt immer, *immer* die Kontrolle. Sie trank nicht zu viel und nahm auch keine Drogen, die sie wehrlos machen würden. Die Gewohnheit, sich selbst zu schützen, war so tief in ihr verwurzelt, dass sie nur selten zum Orgasmus kam und lieber einen vorspielte, als sich von einem anderen dorthin bringen zu lassen. Außerdem musste sie dem Mann erst noch begegnen, der ihr einen besseren Orgasmus bereiten konnte als sie sich selbst.

Cooper schien entschlossen, die Ausnahme zu sein.

Er hatte es nicht besonders eilig, während er jedes Werkzeug in seinem Arsenal benutzte, um ihre Verteidigungswälle einzureißen. Finger, Zunge, Lippen, alles schien zusammenzuarbeiten, in einer Kombination, die dafür sorgte, dass sie Laute ausstieß, die sie nie zuvor von sich gehört hatte, bevor er sie dicht an den Rand des Höhepunktes brachte, dann jedoch aufhörte und von vorn anfing. Das machte er so mühelos, dass sie sich zu fragen begann, wie viel Übung er tatsächlich darin hatte, eine Frau um den Verstand zu bringen. Sobald sie diesen Gedanken geformt hatte, hasste sie jede Frau, mit der er das hier zuvor getan hatte, mit wilder, unvernünftiger Inbrunst.

Gigi Gibson war nicht eifersüchtig, das war ein weiteres ihr bislang unbekanntes Gefühl, das zusätzlich zu allen anderen heute Nacht wie eine Welle über ihr zusammenschlug. Sie wollte gerade darauf bestehen, dass er aufhörte, als der Orgasmus, zu dem er sie systematisch getrieben hatte, sie plötzlich mit Macht erfasste und ihr den Atem raubte.

Als sie nach dem unglaublichen Höhepunkt wieder zu sich kam und die Augen aufschlug, beugte er sich über sie, war viel sexyer, als gut für ihn war – und für sie. Sein kleines selbstgefälliges Lächeln ließ sein ohnehin schon sündhaft attraktives Gesicht noch unwiderstehlicher werden, und als er in sie eindrang, riss Gigi die Augen auf.

Er war wirklich gut bestückt, und es sollte sie nicht überraschen, dass er genau wusste, wie er das, was er da mitbekommen hatte, einsetzen musste. Himmel, er würde noch ihr Tod sein. Dann begann er zu reden.

»Du bist so wunderschön, Gigi«, flüsterte er, während er mit den Lippen ihre empfindlichen Brustspitzen streifte. »Die schönste Frau, die mir je begegnet ist.«

»Nein.«

»Doch. Und so unfassbar sexy, dass sich mir der Kopf dreht.«

Das Gleiche richtete er bei ihr an, auch wenn sie das jetzt nicht aussprechen konnte. Worte zu finden, die die Gefühle angemessen beschrieben, die er in ihr weckte, erschien ihr gefährlich.

»Du hast eine so zarte Haut, die süßesten Lippen überhaupt, und du schmeckst wie Honig und Erdbeeren.«

Das sind Duschgel und Bodylotion, wollte sie antworten, aber ihn in sich aufzunehmen erforderte jedes bisschen Konzentration, das sie erübrigen konnte, während er tiefer in sie kam, als irgendjemand jemals gewesen war. Er schien ihr Herz zu berühren, trieb sie an ihre Grenzen.

»Das ist es«, sagte er und bewegte sich vorsichtig, um ihr nicht wehzutun. »Ging doch prima.«

»Das Ding sollte mit einem Warnhinweis versehen werden«, erklärte sie mit zusammengebissenen Zähnen.

Er lachte, während er ihr das Haar aus der Stirn strich. »Beschwerst du dich?«

»Vielleicht.«

»Das können wir unter keinen Umständen zulassen.« Er zog sich so plötzlich aus ihr zurück, dass sie nach Luft schnappte. Vorsichtig drehte er sich um, sodass er auf dem Rücken lag, und griff nach ihr. »Komm her.«

Gigi setzte sich auf und sah zum ersten Mal, wie groß er tatsächlich war. Gütiger Himmel. Damit hatte sie nicht gerechnet.

»Äh, hallo? Gigi?«

Sie war wirklich nicht unerfahren, hatte schon jede Menge Sex gehabt, zumeist bedeutungslose Abenteuer mit Typen, die so schnell in ihr Leben traten, wie sie es wieder verließen. Sogar die beiden Männer – und sie benutzte das Wort im weitesten Sinne –, mit denen sie verlobt gewesen war, hatten nicht dafür gesorgt, dass sie sich so fühlte wie bei ihm.

Sex wie dieser, wie sie ihn mit Cooper erlebte, machte ihr Angst. Das konnte sie ihm aber keinesfalls zeigen, sonst würde er es ändern wollen. So war er nun mal, doch sie wollte nicht, dass er sie änderte. Sie war prima, so wie sie war.

Reiß dich zusammen, Gabrielle, verlangte ihre innere Stimme. *Lass das hier auf keinen Fall zu mehr werden, als es ist. Er ist schließlich nur ein Mann, und bald genug wirst du ihn nie wiedersehen.*

Warum dieser Gedanke sie traurig stimmte, war etwas, worüber sie auch noch nachdenken konnte, wenn sie ihn und seine beeindruckende Erektion nicht mehr vor sich hatte.

Sie nahm die Hand, die er ihr hinhielt, und setzte sich rittlings auf ihn.

Während er mit gespreizten Fingern über ihre Schenkel zu ihren Hüften strich und dann zu ihren Brüsten, beobachtete Cooper sie wieder auf diese Art und Weise, die ihr viel zu sehr das Gefühl vermittelte, durchschaut zu werden. »Was ist los?«, fragte er.

»Was? Nichts.«

»Du machst da diese Sachen mit deinen Augenbrauen, wenn du schwindelst.« Er ahmte es nach. »Wusstest du das?«

»Was? Ich schwindle doch gar nicht.« Von dem verzweifelten Wunsch getrieben, die Dinge wieder in die richtigen Bahnen zu lenken, hob sie sich über ihn und ließ sich auf ihn gleiten, versuchte so viel von ihm in sich aufzunehmen, wie sie konnte. Aber selbst in dieser Position war es nicht leicht.

»Ganz langsam, Gigi. Wir haben es überhaupt nicht eilig. Lass dir Zeit.«

Sie hatte es im Gegenteil plötzlich sehr eilig damit, das hier hinter sich zu bringen und ihn aus ihrer Wohnung zu werfen, bevor es zu spät war. Als sie weiter auf ihn glitt und er sie bis zum Letzten ausfüllte, begriff sie, dass »zu spät« vermutlich schon vor einer Stunde gewesen war.

KAPITEL 16

Irgendwas stimmt hier nicht, dachte Cooper. Irgendetwas hatte Gigi aus der Bahn geworfen, und zwar nachdem sie ins Schlafzimmer gegangen waren. »Sollen wir lieber aufhören?«

Sie warf ihm einen überraschten Blick zu. »Was? Nein, ich möchte nicht aufhören.«

»Würdest du es mir sagen, wenn es so wäre?«

»Ja, natürlich.«

»Es wäre okay, weißt du? Falls du es dir anders überlegt hast.« Er wollte sich ermahnen, endlich still zu sein. Welcher Mann, der noch bei Verstand war, sagte so etwas, wenn er eine Göttin auf sich sitzen hatte, die sich gerade auf ihn schob?

»Ich habe es mir nicht anders überlegt, trotz der Tatsache, dass dieses Ding von dir von Rechts wegen mit einer Warnung versehen sein sollte.« Cooper lachte über die Grimasse, die sie schnitt, aber ihre inneren Muskeln zogen sich um ihn herum zusammen, und er brauchte jedes bisschen Selbstbeherrschung, um nicht sofort die Kontrolle zu verlieren. Denn das durfte nicht passieren. Nicht bei ihr. Er hatte das Gefühl, als hätte er seit seinem ersten Mal mit Mindy Farthing vor zehn Jahren genau für diesen Moment geübt. Alles hatte ihn hierhergeführt. Zu Gigi.

Als sie ihn endlich komplett in sich aufgenommen hatte, schwitzte er von der Anstrengung, sich zurückzuhalten und ihr die Führung zu überlassen.

»Alles okay bei dir?«, erkundigte er sich.

»Frag mich morgen noch mal, wenn ich weder laufen noch sitzen kann.«

»Ich werde dich auf Händen tragen.«

Sie verdrehte die Augen. »Du kannst dich kaum bewegen, geschweige denn mich herumschleppen.«

»Ich würde dich herumschleppen, wenn ich das müsste.« Er umklammerte ihre Pobacken und hob ganz leicht sein Becken an, sodass sie ihn noch tiefer in sich aufnahm.

Ihr Kopf sank zurück, und ihr Mund öffnete sich zu einem stummen Schrei.

Sie war das Sexyste, was er je gesehen hatte, und Cooper wusste, dass er dieses Bild für den Rest seines Lebens nicht vergessen würde.

»Reite mich, Gigi«, flüsterte er.

»Ich hab Angst, mich zu bewegen.«

»Du hast vor überhaupt gar nichts Angst.«

Sie öffnete die Augen, und als sich ihre Blicke trafen, wurde ihm klar, dass das nicht stimmte. Aus irgendeinem Grund hatte sie Angst vor ihm, und das durfte nicht sein. »Wenn wir hier fertig sind, wirst du mir verraten, warum du so aufgewühlt bist.«

»Bin ich ja gar nicht.«

»Doch, bist du.«

»Nein.«

»Doch.«

Sie war unglaublich. Ihre Augen blitzten vor Wut, und ihre Wangen waren gerötet vor Verlangen. Sie war so vieles – lustig, kratzbürstig, geheimnisvoll, sexy, ohne sich dafür anstrengen zu müssen, klug, loyal gegenüber den wenigen Leuten, die ihr wichtig waren. Sie schützte sich genauso wie ihr zärtliches

Herz, das so wenige Menschen liebte. Es war sein sehnlichster Wunsch, einer von ihnen zu sein.

Während er sie beobachtete, begann sie sich zu bewegen, vermutlich um ihn abzulenken. Vielleicht glaubte sie, wenn sie ihn in den Wahnsinn trieb, würde er die Unterhaltung vergessen, die er danach mit ihr zu führen gedachte.

Das würde nicht geschehen, aber verdammt, sie war gut.

Er verfolgte, wie ihre Brüste hüpften und ihre Haut sich rötete, während sie seine Welt auf den Kopf stellte, ehe sie schließlich den Kopf in den Nacken warf und kam.

Cooper krallte seine Finger in ihren Hintern, während er selbst seinen Höhepunkt erreichte. Nichts in seinem Leben war je besser gewesen als Sex mit Gigi.

Als sie sich direkt von ihm lösen wollte, hielt er sie zurück, indem er die Arme um sie schlang und sie auf seine Brust bettete. Sie keuchten beide vor Anstrengung, und sein Herz schlug so schnell, dass er das Blut in den Ohren rauschen hörte. Ihre inneren Muskeln zogen sich weiter um ihn zusammen, und er war noch deutlich härter, als er nach diesem großen Finale hätte sein sollen.

»Wow«, sagte er, als er wieder sprechen konnte. »Das war unglaublich.«

»Das darf nie wieder passieren.«

Verblüfft fragte er: »Warum nicht?«

»Darum. Es geht einfach nicht.«

»Gigi.«

Sie machte sich aus seinen Armen frei und kletterte hastig von ihm runter. Bevor er es richtig fassen konnte, schlug die Badezimmertür mit einem lauten Knall hinter ihr zu.

Was zur Hölle?

Cooper strich sich mit einer Hand durch das Haar und setzte sich langsam und unter Schmerzen auf, um seine Badehose zu suchen. Als Gigi zehn Minuten später in einem Morgenmantel, den sie zugebunden hatte, wieder aus dem Badezimmer kam, hatte er sie angezogen und saß auf der Bettkante. »Was ist los?«

»Nichts.«

»Spar dir diesen Mist für jemanden, der dich nicht sofort durchschaut.«

Ihre Augen funkelten empört. »Tu nicht so, als würdest du mich kennen, denn das tust du nicht. Wir haben Sex gehabt. Na und? Dadurch hast du nicht plötzlich irgendwelche Rechte.«

Cooper fühlte sich von ihren harschen Worten überraschend verletzt. »Ich will keine ›Rechte‹. Ich hab mich nur gefragt, was in der letzten halben Stunde passiert ist, außer dass wir Sex hatten.«

»Nichts ist passiert. Und es wird auch nichts passieren. Das habe ich dir von Anfang an gesagt, also tu jetzt nicht so, als würde ich die Regeln ändern oder so. Absolut nichts hat sich geändert. Du solltest dann jetzt auch gehen.«

Cooper saß wie versteinert da, starrte sie eine ganze Minute lang an, bevor er sich erhob. »Ich weiß nicht, vor was du solche Angst hast, Gigi, aber vor mir musst du keine haben. Ich würde dir niemals wehtun.«

»Das weiß ich.«

»Warum also …«

»So bin ich eben einfach, Cooper.«

Ihre Miene blieb völlig unbewegt, als sie diese Worte sagte, aber ihre Stimme schwankte leicht. Genug, um ihm zu verraten, dass sie nicht so ungerührt war, wie sie schien, während sie ihn rauswarf.

Er würde sich ihr nicht aufdrängen und bleiben, wo er unerwünscht war, trotzdem konnte er sie nicht so verlassen. Er ging zu ihr, legte ihr die Hände auf die Schultern und drückte sie leicht. »Ich mag dich, Gigi. Ich mag dich sogar mehr, als ich vermutlich sollte. Ich verstehe, dass das nicht das ist, was du willst, aber ich kann nicht ändern, wie ich empfinde. Du hast in deinem Leben schon viel durchgemacht, bist von Leuten enttäuscht worden, also verstehe ich, warum du darauf achtest, niemanden zu nah an dich heranzulassen. Doch du sollst wissen, dass ich nicht so leicht aufgebe, und ich möchte dir etwas anderes zeigen, etwas, was du vorher vielleicht noch nicht erlebt hast.«

»Cooper ...«

Er küsste sie zärtlich. »Schlaf gut, Gigi. Wir sehen uns morgen.«

»Nein, tun wir nicht.«

Er überließ ihr das letzte Wort, aber er war noch nicht mal durch die Tür, bevor er begann, einen Plan zu schmieden.

* * *

Jared tigerte auf dem Flur der Krankenstation vor dem Behandlungsraum auf und ab, in dem Lizzie mit dem Baby war, das seit Stunden, wie es schien, nicht aufhören wollte zu weinen. Sie hatten alles probiert, um die Kleine zu beruhigen – ihr Fläschchen gegeben, sie gewickelt, sie auf dem Arm gewiegt. Nichts hatte geholfen. Seine Nerven lagen blank, und Lizzies wahrscheinlich auch, selbst wenn sie unermüdlich weiter versucht hatte, das Baby zu trösten.

Da kam Dr. David Lawrence über den Flur. Er hatte dunkles Haar, trug einen weißen Kittel und sah erschöpft aus. Der Sommer auf Gansett war für eine Reihe von Inselbewohnern schwierig, und dazu zählte auch der einzige Arzt der Krankenstation. »Es tut mir so leid, dass ihr warten musstet, Jared. Wir hatten einen Mopedunfall in der Stadt, mit mehreren Schwerverletzten, die wir stabilisieren mussten, bevor sie zum Festland geflogen werden konnten.«

»Diese verdammten Mopeds.« Die Inselbewohner hassten sie. Die Touristen liebten sie.

»Ganz genau. Ich persönlich würde sie verbieten, wenn ich das könnte. Wir haben im Sommer im Schnitt mindestens einen schlimmen Mopedunfall pro Woche.«

»Werden die Verletzten durchkommen?«

»Ja, aber es wird eine Weile dauern, bis sie sich ganz erholt haben.«

»Das tut mir leid.«

»Was ist los mit der Kleinen?«

»Ich wünschte, ich wüsste es. Sie ist seit Stunden untröstlich. Wir waren uns nicht sicher, ob das normal ist oder ob es ein Grund zur Sorge ist. Wir haben keine Ahnung.«

»Ich bin überzeugt, dass ihr das großartig macht. Ich werde sie mir mal ansehen, und dann schauen wir, wie wir ihr helfen können.«

Jared folgte David in den Raum, wo Lizzie stand und das schreiende Baby wiegte.

»Leg sie bitte auf den Tisch«, sagte David.

Lizzie tat es, doch das Baby fand das ganz offensichtlich nicht in Ordnung. Sein kleines Gesicht lief rot an, seine Hände ballten sich zu winzigen Fäustchen, und es brüllte mit neuer Kraft.

Jared ging zu Lizzie und legte ihr den Arm um die angespannten Schultern. Er hasste es, dass sie so verzweifelt war, und er war wütend auf Jessie, weil sie sie in diese Lage gebracht hatte, obwohl ihm klar war, dass das nichts ändern würde.

David untersuchte das Baby gründlich, das schließlich mit dem Schreien aufhörte. Typisch. »Ich vermute, sie hat Blähungen. Ihr Bauch ist ganz hart.«

»Und was machen wir da?«

»Ich gebe ihr Tropfen, die dafür sorgen, dass es ihr besser geht. Ich bin sofort zurück.« Bevor er sich umdrehte, um den Raum zu verlassen, wartete er, bis Lizzie wieder beim Baby war, damit es nicht vom Tisch fallen konnte.

»Blähungen«, sagte Lizzie. »All diese Aufregung wegen Blähungen. Wer konnte schon ahnen, dass Babys das haben können?«

»Glücklicherweise wusste David es.«

»Vielleicht ist das ein Zeichen, dass wir für die Elternrolle ungeeignet sind.«

»Das ist kein Zeichen, Lizzie. Du machst das so toll. Man kann nicht erwarten, dass du alles weißt, was es zu wissen gibt, wenn dir plötzlich ein Baby in den Schoß fällt. Die meisten Menschen haben Monate dafür, sich darauf vorzubereiten. Du hattest Minuten.«

Das Baby begann an seiner eigenen Faust zu nuckeln, während es immer wieder unter Schluchzern erbebte.

»Sie braucht einen Namen. Damit wir sie anders nennen können als ›das Baby‹.«

»Das geht nicht.« Mit jeder Sekunde, die die Kleine länger in ihrer Obhut verbrachte, wollte Jared Lizzie verzweifelter von ihr loseisen. Dem Baby einen Namen zu geben würde sie bloß tiefer in die Sache hineinziehen.

»Nicht ihr offizieller Name. Nur etwas, damit wir sie irgendwie nennen können, während sie bei uns ist.«

»Hoffentlich wird sie das nicht sehr viel länger sein.« Es fühlte sich grausam an, das zu sagen, aber er musste Lizzie auf den Boden der Realität zurückholen. Das Baby gehörte ihnen nicht, und daran würde er sie auch immer wieder erinnern, falls das nötig war. In ein oder zwei Tagen würde Jessie begreifen, was sie da eigentlich getan hatte, und sie würde auf der Matte stehen, um ihr Kind an sich zu nehmen. Jared war entschlossen, dafür zu sorgen, dass weder er noch Lizzie am Boden zerstört wären, wenn das passierte.

David kehrte zurück und verabreichte der Kleinen ein paar Tropfen, die sie mit einer solchen Begeisterung schluckte, als wären es Süßigkeiten. »Das sollte helfen.« Er reichte das Baby

Lizzie und hielt Jared die Tropfflasche hin. »Ihr könnt ihr das geben, wann immer sie Bauchschmerzen zu haben scheint. Wenn das nicht funktioniert, ruft mich an.« Er reichte Jared eine Visitenkarte. »Zu jeder Tages- oder Nachtzeit.«

»Vielen Dank, Doc.«

»Kein Problem. Immer noch kein Lebenszeichen von der Mutter?«

»Nichts«, antwortete Jared. »Ich weiß, dass es Vorschriften zum Datenschutz und so zu beachten gibt, aber wenn du Informationen dazu hast, wie wir sie erreichen können, wäre das überaus hilfreich.«

»Ich werfe mal einen Blick in die Akte und schau, was sie uns gesagt hat.«

»Falls irgendetwas Hilfreiches dabei ist, wäre es super, wenn ihr Blaine kontaktiert. Wir versuchen durchzuhalten, bis sie zurückkommt, doch irgendwann wird Blaine sich der Sache offiziell annehmen müssen.«

»Ich tu, was immer ich kann.«

»Lass uns nach Hause fahren und versuchen, uns etwas auszuruhen«, sagte Jared und führte Lizzie aus dem Zimmer. »Vielen Dank, dass du uns so spät noch geholfen hast, David.«

»War mir ein Vergnügen.«

Während Lizzie zum Haupteingang ging, blieb Jared ein wenig zurück, um noch einmal mit David zu sprechen. »Bitte hilf uns, die Mutter zu finden. Wir schaffen das hier nicht viel länger.«

Da ihre Fruchtbarkeitsbehandlung hier in der Klinik mit ihm und Victoria begonnen hatte, die sie an Spezialisten auf dem Festland vermittelt hatten, wusste David, was Jared damit meinte.

»Das verstehe ich, und ihr habt mein vollstes Mitgefühl.«

»Lizzie will sie nicht Blaine oder dem Jugendamt übergeben, aber ich habe das Gefühl, dass wir das tun *müssen*, wenn wir nicht den Verstand verlieren wollen.«

»Niemand würde euch da einen Vorwurf machen, Jared.«

»Meine Frau würde mir das niemals verzeihen.« Da er die Autoschlüssel hatte, musste er schnell zu Lizzie. »Auf jeden Fall wäre ich dankbar für alles, was du tun kannst.«

»Ruf mich an, falls ihr mich braucht.«

»Mach ich. Vielen Dank.« Jared setzte sich in Richtung Haupteingang in Bewegung und lief zu Lizzie nach draußen. »Wie geht es ihr?«

»Sie schläft. Die arme Kleine ist völlig erschöpft.«

Jared schloss die Autotür auf, trat beiseite und sah voller Bewunderung zu, wie Lizzie das schlafende Baby in den Autositz schnallte, als hätte sie das schon ihr ganzes Leben lang getan.

Sie fuhren in einer Stille zurück, die er nie wieder als selbstverständlich betrachten würde. Und während Stille von dem Baby mehr als willkommen war, war die Stille zwischen ihm und Lizzie ungewöhnlich und stresste ihn nur weiter. »Und was ist mit dir? Geht es dir gut?«

»War nie besser.«

Jared wusste nicht, was er darauf antworten sollte. Er wollte ihr sagen, dass es ihm leidtat, aber was genau tat ihm denn leid? Dass Lizzies Bemühungen, jemandem zu helfen, sie in eine unmögliche Situation gebracht hatten?

»Das beweist mal wieder, dass keine gute Tat ungestraft bleibt«, fügte Lizzie in einem bitteren Tonfall hinzu, der überhaupt nicht zu ihr passte.

»Du kannst nicht aufhören, Menschen zu helfen, bloß weil das hier passiert ist.«

»Doch, kann ich. Das ist jetzt einfach zu viel. Für uns beide. Morgen spreche ich mit Blaine über unsere Möglichkeiten.«

»Bitte tu das nicht, nur weil du denkst, dass es das ist, was ich möchte.«

»Ist es das denn nicht?«

»Ich möchte, dass Jessie kommt und ihr Baby abholt.«

»Das wird nicht geschehen.«

»Das wissen wir doch überhaupt noch nicht.«

»Doch, tun wir. Sie möchte nicht gefunden werden, oder dein Ermittler hätte sie schon längst aufgespürt.«

»Es sind ja erst ein paar Tage.«

»Sie ist untergetaucht.«

»Leute können nicht einfach wie vom Erdboden verschluckt bleiben, Lizzie. Wir werden sie ausfindig machen.«

»Und was ist, wenn wir das tun? Wir können sie nicht zwingen, zu dem Kind zurückzukommen.«

»Nein, aber wir können sie fragen, ob sie sich vorstellen könnte, dieses Arrangement dauerhaft zu machen.«

Lizzie keuchte auf, wandte sich ihm zu und starrte ihn an. »Meinst du das ernst?«

»Es ist ja nicht so, als würden wir kein Baby wollen. Wir wollen nur nicht unser Herz an eins verlieren, das wir letztendlich nicht behalten können.«

»Jared, sag das bitte nicht, wenn du es nicht wirklich ernst meinst.«

»Ich meine es total ernst. Wenn wir Jessie finden und sie bereit ist, die ganze Sache legal zu machen – vollkommen wasserdicht –, dann könnten wir sie vielleicht behalten.«

Zu seiner großen Bestürzung brach Lizzie spontan in Tränen aus.

»Lizzie! Was ist los? Was hab ich gesagt?«

»Ich kann mir nicht erlauben, über diese Möglichkeit auch nur nachzudenken«, brachte sie zwischen herzzerreißenden Schluchzern heraus. »Ich liebe sie schon jetzt so sehr.«

»Das weiß ich, was ja der Grund ist, warum ich darüber nachdenke, wie wir diese Situation bestmöglich für uns alle regeln können.«

»Wir müssen sie finden, Jared.«

»Ich weiß, Süße. Und das werden wir auch.«

»Wir müssen sie finden, bevor Blaine keine andere Wahl mehr hat und tätig werden muss. Er weiß, dass ein fremdes Baby bei uns lebt. Irgendwann wird er einschreiten müssen.«

»Das ist mir bewusst.« Jared schloss die Hände fester um das Lenkrad, während er sich einen Zauberstab wünschte, mit dem er diese schwierige und unerträgliche Situation einfach verschwinden lassen könnte. Er würde sich eine Million Mal lieber allen nur denkbaren geschäftlichen Herausforderungen stellen als einem mutterlosen Baby, das sich viel zu schnell in ihre Herzen schlich. »Versuch, dir nicht zu viele Sorgen zu machen, Süße. Blaine ist unser Freund. Er wird mit uns zusammenarbeiten, soweit das nur irgend möglich ist. Er weiß, dass sie zurzeit in einem guten und liebevollen Zuhause ist, während wir alles tun, um ihre Mutter zu finden.«

»Es fühlt sich an, als hätte ich einen Klumpen Stress in meinem Bauch, der nicht verschwindet, egal was ich tue.«

»Mir geht es genauso.«

»Entschuldige, dass ich uns das angetan habe. Du hast mich gebeten, mich da nicht einzumischen, und ich hätte auf dich hören sollen.«

»Du musst dich nicht entschuldigen«, erwiderte er mit einem Seufzen. »Wie du dich um Menschen in Not kümmerst, ist eine der Sachen, die ich am meisten an dir liebe.«

»Es ist lieb, dass du das sagst, vor allem im Licht der aktuellen Entwicklung, aber es tut mir ehrlich leid, dass ich nicht auf dich gehört habe.«

»Du musst dich nicht bei mir entschuldigen.«

»Hältst du es wirklich für möglich, dass Jessie sie bei uns lässt?«

»Ich weiß es nicht, Lizzie, und gerade wünschte ich mir, ich hätte das gar nicht erwähnt. Ich möchte nicht, dass du dir Hoffnungen machst, wenn es vielleicht gar nicht dazu kommt. Jessie könnte jederzeit wieder auftauchen und die Kleine zurückfordern, und dann bliebe uns nichts anderes übrig, als sie ihr wieder zu übergeben.«

»Das würde ich auf keinen Fall so ohne Weiteres tun, jedenfalls nicht ohne Blaine hinzuzuziehen.«

»Was meinst du damit?«

»Sie hat ihr Kind einfach so bei vollkommen Fremden gelassen, Jared. Wenn sie sie zurückwill, dann muss sie sich richtig Mühe geben, damit wir uns auch sicher sein können, dass sie sich gut um das Baby kümmern wird.«

»So hatte ich das noch gar nicht betrachtet.«

»Ich werde sie ihr nicht einfach so zurückgeben.«

Diese Situation wurde immer komplizierter, und Jared konnte nur hoffen, dass sie eine einvernehmliche Lösung fanden.

Zu Hause angekommen, brachte Lizzie das schlafende Baby zu dem Säuglingsbettchen, das sie gekauft hatten, als sie das letzte Mal in New York gewesen waren und gehofft hatten, schon bald Eltern zu sein. Nichts war nach Plan verlaufen, und jetzt lag ein Baby, das ihnen nicht gehörte, in dem Bett, das sie für ihr eigenes Kind angeschafft hatten.

Was für ein heilloses Chaos.

Lizzie rollte das Babybettchen in ihr Schlafzimmer und auf ihre Seite des Bettes, während Jared rasch heiß duschte und hoffte, dass das dabei helfen würde, etwas von dem Stress loszuwerden. Diese Hoffnung erfüllte sich leider nicht.

Er ging in die Küche, um sich einen Drink zu holen, und traf auf Cooper, der mit nacktem Oberkörper an der Spüle stand und ein Stück kalte Pizza aß. »Ach du meine Güte«, sagte Jared, während er schockiert die riesigen blauen Flecken auf Coopers Brustkorb betrachtete. »Das sieht ja schlimm aus.«

»Tut längst nicht mehr so weh wie am Anfang«, meinte Cooper mit vollem Mund und trank einen Schluck von seinem Bier.

Ach ja, die Jugend. Jared hätte die ganze Nacht Sodbrennen, wenn er um diese Uhrzeit kalte Pizza äße. Er goss sich etwas Whiskey in ein Glas.

»Was macht das Baby?«

»Sie hat Blähungen.«

»Wow. Wer hätte gedacht, dass das so schlimm sein kann?«, fragte Cooper.

»Lizzie und ich zumindest nicht. Wir hatten keine Ahnung.«

»Irgendwas Neues von dem Ermittler?«

»Nope.«

»Verdammt, Jared. Was zur Hölle?«

»Ich weiß es ja auch nicht, aber ich werde jetzt etwas schlafen, solange ich das noch kann.« Er ging zur Tür. »Ich hab ganz vergessen, zu fragen, wie dein Abend war.«

»Toll. Die Party war lustig.«

»Schön. Wir sehen uns morgen.«

»Ich hoffe, du kriegst etwas Schlaf.«

»Ich auch.«

Jared betrat das Schlafzimmer und schloss die Tür. Lizzie lag ihm zugewandt auf der Seite im Bett. Ihr Gesicht war gerötet, und ihre Augen waren vom Weinen geschwollen. Er leerte sein Glas mit einem Schluck, zog sich aus und ließ seine Kleidung auf den Boden fallen, in einem Haufen, über den Lizzie sicher geschimpft hätte, wenn sie sich nicht um ein Baby hätten kümmern müssen.

Ihr früheres Leben schien ewig her zu sein, und dabei hatte Jared erst vor wenigen Tagen hier auf der Bettkante gesessen und Lizzie angefleht, jemand anderen zu schicken, der der jungen Mutter half.

»Komm her, Süße«, sagte er, als er sich neben ihr ins Bett legte, und streckte die Arme nach ihr aus.

Lizzie rutschte zu ihm und bettete ihren Kopf auf seine Brust.

»Versuch, dir keine Sorgen zu machen«, flüsterte er und strich ihr mit der Hand über den Rücken. »Wir werden eine Lösung finden, und egal was passiert, wir haben immer noch uns, okay?«

Sie nickte, doch er spürte ihre Tränen auf seiner Brust, und jede einzelne davon schnitt ihm ins Herz.

»Bitte wein nicht, Lizzie. Bitte nicht.«

»Ich geb mir Mühe.«

Er zog sie enger an sich, wünschte, Liebe würde reichen, um alle Probleme zu lösen, denn dann hätten sie kein einziges Problem auf der Welt.

KAPITEL 17

Cindy Lawry fühlte sich in Bars grundsätzlich nicht sonderlich wohl, aber da sie an diesem Abend nichts anderes zu tun hatte, saß sie trotzdem im Beachcomber am Tresen und hörte Niall Fitzgerald zu, der sang und sich dazu auf der Gitarre beglei-tete. Livemusik spielte auf Gansett Island eine große Rolle, und Cindy war von den verschiedenen Bands und Künstlern begeistert gewesen, die diesen Sommer auf der Insel aufgetreten waren.

Bislang hatte sie ihren Aufenthalt hier rundum genossen, besonders weil sie dadurch in der Nähe ihrer Mutter, ihrer Brüder Owen, John und Jeff und ihrer Schwestern Katie und Julia war. Es war Jahre her, dass sie so nah bei so vielen ihrer Familienmitglieder gelebt hatte, und zum ersten Mal hing dabei nicht der drohende Schatten ihres gewaltbereiten, unberechen-baren Vaters über ihnen.

Mark Lawry war zu einer langen Haftstrafe verurteilt wor-den, genau wie er es verdiente, und seine Familie war endlich frei, das Leben zu genießen, ohne dass er es ruinieren konnte.

John hatte seinen Job als Polizist in Tennessee offenbar an den Nagel gehängt, obwohl er über den Grund dafür nicht redete. Bis er sich darüber im Klaren war, wie es weitergehen sollte, wohnte er ebenso wie Jeff, der gerade sein Studium abgeschlossen hatte, in dem geräumigen Haus, in das ihre Mutter mit ihrem neuen Ehemann Charlie Grandchamp gezogen war.

Cindy war für Chloe Dennis als Friseurin im Salon Curl Up & Dye eingesprungen, während die den Ausbau des Wellness-Bereichs im McCarthy's Gansett Island Hotel in North Harbor beaufsichtigte. Cindy war sich nicht sicher, wie die Nachsaison auf Gansett ausfallen würde, aber sie freute sich darauf, es herauszufinden. Die Arbeit im Salon war unterhaltsam und gefiel ihr gut, und es war ihr gelungen, im Sommer etwas Geld zur Seite zu legen, um im Winter auch dann noch die Miete zahlen zu können, wenn der Kundenandrang im Salon nachließ.

Da ihre Schwester Julia jetzt praktisch mit ihrem Verlobten Deacon Taylor zusammenlebte, würde Cindy eine neue Mitbewohnerin benötigen, wenn sie weiter in dem kleinen Haus bleiben wollte. Sie hoffte, dass sie jemanden finden würde, befürchtete allerdings, dass es schwierig werden würde, da das Ende des Sommers bevorstand und im Winter weniger Arbeitskräfte gebraucht wurden.

»Möchtest du noch etwas trinken?«, fragte Jace, der neue Barkeeper. Seine Arme waren muskulös und komplett mit Tattoos bedeckt, und insgesamt wirkte der Mann rau und hart. Er war attraktiv, auf eine Bad-Boy-Art-und-Weise, für die Cindy in der Vergangenheit durchaus empfänglich gewesen war. Mittlerweile hatte sie jedoch für den Rest ihres Lebens mehr als genug von Bad Boys. Alles, was sie sich wünschte, war ein netter, langweiliger Typ, der ihr nie das Herz brechen würde, mit dem sie sesshaft werden und ein paar Babys bekommen konnte.

War das zu viel verlangt?

Anscheinend schon, denn bislang hatte sich kein geeigneter Kandidat dafür gefunden.

Cindy fiel auf, dass sie Jace' Frage noch gar nicht beantwortet hatte. »Ja, sicher, ich hätte gern noch etwas Eiswasser. Vielen Dank.« Sie hatte vorhin einen Salat und eine Schüssel Muschelsuppe zum Abendbrot gegessen, und netterweise störte es Jace nicht, sie weiter mit Eiswasser zu versorgen, während sie einen Sitzplatz an seiner Bar belegte und Nialls Musik lauschte.

»Er ist echt toll«, bemerkte Jace und nickte in Nialls Richtung.

»Absolut. Ich könnte ihm die ganze Nacht zuhören.«

»Du möchtest nichts Stärkeres trinken?«

»Ich wünschte, ich könnte. Aber leider vertragen sich Alkohol und Anfälligkeit für Migräne nicht sonderlich gut.«

»Ah, verstehe. Das tut mir leid.«

»Ja, mir auch.«

»Leidest du oft darunter?«

»Zwei- oder dreimal im Monat, und das ist deutlich seltener als früher, als alles schlimm war und es ein oder zwei Attacken pro Woche waren. Die neuen Medikamente helfen.«

»Trotzdem, zwei- oder dreimal im Monat braucht das niemand.«

»Stimmt.« Sie nahm einen Schluck von ihrem Eiswasser und bemerkte die Zitrone, die er hinzugefügt hatte, damit es etwas Geschmack bekam. »Ich habe dich hier noch nie zuvor gesehen. Bist du neu?«

»Ich hab gestern angefangen.«

Unter seinem Namen auf dem Namensschild war Providence, Rhode Island, als seine Heimatstadt angegeben. »Es ist ganz schön spät in der Saison, um hier in der Gegend einen neuen Job anzutreten.«

»Das habe ich auch schon gehört, aber das Beachcomber hat das ganze Jahr über auf, und sie haben einen Barkeeper gesucht, der auch für die Nebensaison bleiben will. Ich schätze, so jemand ist nicht leicht zu finden.«

»Was führt dich nach Gansett?«

»Meine beiden Söhne leben hier.«

»Oh, wow. Wie alt sind sie?«

»Jackson ist sieben und Kyle sechs.«

»Ein schönes Alter. Leben sie bei deiner Ex?«

»Das haben sie getan, bis zu deren Tod letztes Jahr. Ihre Nachbarn waren so nett und haben die Jungs bei sich aufgenommen.«

»Das war toll von ihnen.«

Er nickte, doch sie konnte sehen, dass er kurz die Zähne zusammenbiss. »Die Wahrheit ist, dass ich viele Jahre lang von der Bildfläche verschwunden war, also hat meine Ex das getan, was sie für das Beste hielt, verstehst du?«

»Ja«, sagte Cindy, neugierig auf den Rest der Geschichte, aber nicht bereit, nach Dingen zu fragen, die sie nichts angingen.

»Was ist mit dir?«, wollte er wissen, offensichtlich daran interessiert, das Thema zu wechseln. »Was führt dich nach Gansett?«

»Meine gesamte Familie scheint in den letzten Jahren hier gelandet zu sein. Ich bin zur Hochzeit meiner Schwester hergekommen und habe mich dann entschieden, den ganzen Sommer zu bleiben.«

»Du hast eine große Familie?« Während sie sich unterhielten, wischte er den Tresen ab und polierte Gläser.

»Ich bin eins von sieben Geschwistern.«

»Oha, das sind ja ganz schön viele. Hat es Spaß gemacht, so aufzuwachsen?«

»Manchmal.« Wenn ihr Vater da gewesen war, war es ein verdammter Albtraum gewesen, nicht dass dieser faszinierende Fremde das wissen musste. »Hast du Geschwister?«

»Nur eine Schwester. Sie ist älter als ich, hat drei Kinder und einen netten Ehemann. Sie hat alles richtig gemacht.«

Sollte das heißen, dass er alles falsch gemacht hatte?

Jace musste sich um andere Gäste kümmern, während Cindy darüber nachdachte, was er ihr erzählt hatte. Er hatte Kinder, zu denen er eine ganze Weile keinen Kontakt gehabt hatte und die jetzt bei Freunden seiner verstorbenen Ex lebten, und eine Schwester, die »alles richtig gemacht« hatte. Es schien ihn tief getroffen zu haben, dass er nach dem Tod ihrer Mutter nicht für seine Kinder da gewesen war und sie bei anderen Menschen untergekommen waren.

Es ging sie ja eigentlich nichts an, trotzdem wollte sie es wissen. Cindy hatte sich schon immer für Menschen und ihre Geschichten interessiert. Manchmal spielte sie sogar mit dem Gedanken, aufzuschreiben, was sie sich so ausdachte, doch die Arbeit oder das Leben schienen ihr immer in die Quere zu kommen und zu verhindern, dass sie diesen großen Traum verwirklichte.

In der nächsten Stunde brachte Jace ihr weiter Eiswasser, während sie Nialls Musik lauschte und Jace die anderen Gäste bediente.

Cindy hatte nicht vorgehabt, den ganzen Abend an der Bar zu bleiben, aber sie war immer noch da, als der letzte Aufruf für Bestellungen kam. »Ich sollte besser zahlen«, meinte sie.

Jace gab ihr die Rechnung und belastete ihre Kreditkarte, als sie sie ihm reichte.

Sie fügte ein Trinkgeld von zehn Dollar hinzu und unterschrieb den Zettel. »Danke, dass du mich mit Flüssigkeit versorgt hast.«

»War mir eine Freude. Ich hoffe, du kommst bald mal wieder.«

»Ganz bestimmt.« Sie stand von ihrem Stuhl auf und wandte sich zum Gehen.

»Hey, du hast mir noch gar nicht deinen Namen verraten.«

Sie drehte sich lächelnd um. »Cindy. Cindy Lawry.«

»Nett, dich kennengelernt zu haben, Cindy Lawry.«

»Danke. Hat mich auch gefreut.« Auf dem kurzen Heimweg lächelte sie die ganze Zeit und hatte den Eindruck, dass sie einen neuen Freund gefunden hatte.

* * *

»Was soll das heißen, er lebt jetzt hier?« Seamus O'Grady hatte das Gefühl, als würde sein Kopf jede Sekunde explodieren.

»Janey hat von Libby im Beachcomber gehört, dass sie für die Nachsaison einen neuen Barkeeper eingestellt haben und dass sein Name Jace Carson ist. Sie hat sich daran erinnert, dass so auch der Vater der Jungs heißt, und dachte, wir würden gerne wissen, dass er auf der Insel ist.« Carolina wartete einen Moment, bevor sie den Blick zu ihrem Ehemann hob. »Was, meinst du, bedeutet es, dass er hier ist?«

»Ich habe keine Ahnung. Doch du kannst deinen Hintern darauf verwetten, dass ich es herausfinden werde.«

Seamus hatte die ganze Nacht über kein Auge zugetan und in Gedanken ein Schreckensszenario nach dem andern durchgespielt. Jace hatte sich einverstanden erklärt, seine Söhne bei Seamus und Carolina zu lassen, wo es ihnen, nachdem sie ihre Mutter unter tragischen Umständen viel zu früh durch Krebs verloren hatten, wirklich erstaunlich gut ging.

Sie waren in den Monaten seither zu einer kleinen Familie zusammengewachsen, und die Möglichkeit, dass irgendetwas Unruhe in das Leben der Kinder brachte – und ganz besonders, dass ihr leiblicher Vater beschloss, auf die Insel zu ziehen –, wollte Seamus sich gar nicht ausmalen.

Warum genau war Jace bitte nach Gansett gezogen? Diese Frage quälte Seamus die ganze Nacht und sorgte dafür, dass er am nächsten Morgen früh um sieben an der Rezeption im Beachcomber stand und den neuen Barkeeper zu sehen verlangte.

»Er hat ein Zimmer im Angestelltenwohnheim«, teilte ihm die Geschäftsführerin des Hotels mit. »Er ist doch nicht in irgendwelche Schwierigkeiten verwickelt, oder?«

»Nein, überhaupt nicht.« Während alle auf der Insel wussten, dass er und Carolina die Jungs bei sich aufgenommen hatten, waren bloß ihre Familie und die engsten Freunde eingeweiht, dass kürzlich ihr Vater aufgetaucht war. »Ich möchte nur dringend etwas mit ihm besprechen.«

»Er ist in Raum sieben, ganz hinten. Du weißt ja, wo das ist.«

»Ja, danke, Libby.«

»Sicher, kein Problem.«

Seamus ging durch das Hotel und zur Hintertür hinaus, überquerte die mit gemahlenen Muschelschalen bestreute Auffahrt zum Angestelltenwohnheim. Zimmer sieben befand sich im ersten Stock. Seamus nahm die Stufen immer zwei auf einmal und hämmerte an die Tür. Er wartete eine ganze Minute, bevor er erneut gegen das Holz schlug.

Endlich flog die Tür auf, und dahinter stand Jace mit entblößtem Oberkörper und finsterer Miene.

»Was tun Sie hier?«, fragte Seamus.

»Schlafen. Bis Sie angefangen haben, so einen Höllenlärm zu veranstalten.«

»Was wollen Sie auf Gansett Island?«

»Arbeiten.«

»Und Sie haben einfach so aus heiterem Himmel beschlossen, sich ausgerechnet hier einen neuen Job zu suchen?«

»Es war nicht aus heiterem Himmel. Nachdem ich die Jungs getroffen hatte, wollte ich näher bei ihnen sein, damit ich sie häufiger sehen kann.«

»Und diese Entscheidung haben Sie einfach so gefällt, ohne sich mit uns abzustimmen? Ich dachte, wir hätten eine Abmachung.«

»Hatten wir. Haben wir auch noch. Ich bin nicht hier, um das Leben der Jungs oder Ihres zu stören. Ich würde die beiden nur gerne ab und zu besuchen.«

»Das könnten Sie auch, ohne dass Sie herziehen.«

»Aber es ist leichter, wenn ich hier lebe.«

»Sagen Sie mir die Wahrheit … Haben Sie vor, uns das Sorgerecht streitig zu machen?«

»Nein.«

»Schwören Sie das bei allem, was Ihnen heilig ist?«

»Ich schwöre bei Gott und dem Leben meiner Söhne, dass das nicht meine Absicht ist.«

Seamus atmete zum ersten Mal seit Stunden auf. »Es ist einfach merkwürdig, dass Sie sich hier einen Job suchen, ohne uns vorzuwarnen, nachdem wir Ihnen regelmäßige Besuche zugestanden haben.«

»Ich habe das ziemlich spontan entschieden, als ich die Stellenanzeige vom Beachcomber gesehen habe.«

»Eine schlichte Textnachricht hätte viel dazu beigetragen, dass ich nicht in helle Aufregung gerate, weil ich über den Inselfunk höre, dass der Vater der Jungs jetzt auf Gansett lebt.«

»Tut mir leid, dass ich nichts gesagt habe. Das hätte ich tun müssen.« Jace stützte einen Arm an den Türrahmen. »Seit ich sie getroffen habe …«

»Was?«

»Mir ist klar geworden, wie sehr ich alles in den Sand gesetzt hab, wissen Sie? Meine Ehe, meine Kinder, meinen Job. Alles. Seit ich clean bin, habe ich versucht, mein Leben in Ordnung zu bringen. Das kann ich bei Lisa nicht mehr, und ich werde immer zutiefst bedauern, dass sie gestorben ist, bevor ich die Gelegenheit hatte, mich bei ihr zu entschuldigen. Doch die Jungs … Da hab ich noch eine Chance.«

Seamus schluckte trocken. »Ich weiß nicht, was Sie erwarten.«

»Nichts Besonderes. Einfach nur, die Jungs zu sehen, wann immer es sich anbietet.«

»Dafür hätten Sie nicht herziehen müssen. Ich hab Ihnen ja schon gesagt, dass Sie uns besuchen können.«

»Ich will einen Neuanfang. Als ich über die Stellenanzeige vom Beachcomber gestolpert bin, hat sich das wie ein Wink des Himmels angefühlt.«

»Sollten Sie denn überhaupt mit Alkohol zu tun haben?«

»Alkohol war nie mein Problem.« Jace verschränkte die Arme vor der Brust. »Hören Sie, ich verstehe, warum Sie sich Sorgen machen. Sie und Ihre Frau haben sich um die Kinder gekümmert, und Sie möchten natürlich nicht, dass irgendjemand Unruhe stiftet.«

»Es geht ihnen wirklich gut.« Seamus hatte plötzlich einen Kloß in der Kehle. »Und viel, viel besser als direkt nach Lisas Tod.«

»Das Allerletzte auf der Welt, was ich möchte, ist, ihnen noch mehr Schmerz zuzufügen, als ich das bereits getan habe.«

»Das zu wissen ist schon mal gut.« Seamus blickte dem anderen Mann in die Augen. »Also, wie machen wir weiter?«

»Die Entscheidung liegt ganz bei Ihnen. Ich bin hier, und ich möchte so sehr Teil des Lebens der Jungs sein, wie es Ihnen und Ihrer Frau angemessen erscheint. Ich will Sie nicht als Vaterfigur ersetzen. Ich möchte den beiden einfach ein Freund sein. Und Ihnen. Wenn Sie das zulassen.«

Seamus spürte, wie er sich langsam weiter entspannte. »Okay, verstanden. Ich gebe mir gerade echt Mühe, mich nicht bedroht zu fühlen.«

»Ich verspreche Ihnen, dass Sie das nicht müssen. Ich spiele nicht irgendwelche Spielchen. Sie haben mein Wort darauf. Ich hab bloß …« Er rieb sich über sein unrasiertes Kinn. »Ich wollte einfach näher bei ihnen sein, aber Sie haben natürlich völlig recht, ich hätte das mit Ihnen besprechen müssen.«

»Freut mich, dass wir uns da einig sind.« Seamus holte tief Luft und ließ sie wieder entweichen. »Carolina und ich machen am Labor Day nachmittags ein Muschelessen am Strand, falls Sie vorbeikommen möchten.«

»Vielen Dank, sehr gerne.«

»Dann werden wir uns ja wohl sehen.«

»Vielen Dank, Seamus.«

Seamus nickte. »Und keine Überraschungen mehr, okay?«

»Klar. Keine Überraschungen.«

Zufrieden, dass sie einander verstanden, ging Seamus die Treppe runter, fühlte sich deutlich besser als bei seiner Ankunft hier. Er holte sein Handy raus und rief Carolina an.

»Hast du mit ihm gesprochen?«

Seamus gab ihr eine Zusammenfassung der Unterhaltung. »Ich hab ihn zum Labor Day eingeladen, und jetzt wird mir gerade bewusst, dass ich das vermutlich erst mit dir hätte abstimmen müssen.«

»Alles in Ordnung. Solange er nicht hier ist, weil er hofft, uns das Sorgerecht wegzunehmen, kann ich damit leben, wenn ich ihn gelegentlich sehe.«

»Aye«, pflichtete er ihr bei und seufzte. »Ich auch. Ich hab das Gefühl, als könnte ich jetzt endlich zum ersten Mal wieder durchatmen, seit du mir gestern erzählt hast, was Janey gehört hat.«

»Geht mir genauso.«

»Ich hätte nie gedacht, dass Eltern zu sein so …«

»Stressig ist?«, fragte sie lachend.

»Ja, ›stressig‹ passt gut.«

»Das ist es sicher, aber auch so viele andere Dinge.«

»Überaus wahr. Diese Jungs und du, unsere kleine Familie … Du bist meine ganze Welt, Caro. Alles, was das bedroht, bringt mich schier um den Verstand.«

»Verstehe ich. Glaub mir. Ich hab selbst ein bisschen den Verstand verloren, als ich es erfahren hab. Es ist schon komisch, denn wenn du mir vor ein paar Jahren gesagt hättest, dass ich in meinem Alter noch mal Kinder großziehen würde, hätte ich dich ausgelacht. Doch die beiden Jungs bedeuten mir so viel.«

»Die Jungs haben Riesenglück, dich zu haben, Caro. Das gilt für uns alle.«

»Und umgekehrt genauso, Liebster. Geht es dir dann jetzt wieder gut?«

»Ich glaube schon«, antwortete er mit einem Lachen. »Er war insgesamt ganz nett. Hat sich entschuldigt, dass er uns nicht vorgewarnt hat. Ich möchte ihn eigentlich nicht mögen, aber andererseits stelle ich fest, dass das schwierig ist.«

»Wahrscheinlich ist es für alle besser, wenn wir ein herzliches Verhältnis zu ihm haben.«

»Da hast du recht, wie immer. Nun, ich schau mal lieber, dass ich ins Büro komme. Ich muss auf die Zehn-Uhr-Fähre, und ich hab noch jede Menge Papierkram, um den ich mich vorher kümmern muss.«

»Danke, dass du so gut für unsere Familie sorgst, Seamus. Wir lieben dich.«

»Ich liebe dich auch, meine süße Caro. Mit allem, was ich habe.«

KAPITEL 18

Cooper war früh wach, und seine wild rasenden Gedanken drehten sich allesamt um Gigi. Wenn er raten müsste, würde er sagen, dass er sie nach der letzten Nacht nicht wiedersehen würde. Er musste kein Raketenwissenschaftler sein, um zu begreifen, dass es kein gutes Omen für ihre weitere Beziehung war, nur Sekunden nachdem er ihr ihren zweiten Orgasmus beschert hatte, die Tür gezeigt zu bekommen.

Er musste irgendwas tun, weil es sein Ernst gewesen war, als er ihr gestanden hatte, dass er sie sehr, sehr gernhatte. Anfangs war er von ihr geblendet gewesen, wie das jeder wäre. Aber je näher er sie kennengelernt hatte, desto mehr hatte er den Menschen gemocht, der sie unter dem hochglanzpolierten Hollywoodlack war. Während er jede Minute, die sie gemeinsam verbracht hatten, erneut durchging, kehrte er immer wieder zu dem einen offensichtlichen Gedanken zurück: Evelyn. Sie kannte Gigi seit ihrer Kindheit und war so was wie eine Ersatzgroßmutter für sie. Wenn ihm irgendjemand helfen konnte, zu begreifen, wie Gigi tickte, dann Evelyn.

Allerdings erschien es ihm irgendwie hinterhältig, jemanden, der ihr nahestand, nach Informationen über sie auszuhorchen. Der einzige Grund, weshalb er das tun würde, war seine Überzeugung, dass sich das zwischen ihnen zu etwas ganz Besonderem entwickeln würde, wenn er nur den richtigen Zugang zu ihr finden könnte. Vielleicht würde Evelyn sich weigern, mit ihm über Gigi zu reden, aber er entschied, dass er nichts zu verlieren hatte und es daher versuchen musste.

Nach dem Duschen zog er sich ein NYU-T-Shirt und Shorts an und schlich sich auf Zehenspitzen über den Flur. Im Haus herrschte Stille, was bedeutete, dass Jared, Lizzie und das Baby endlich etwas wohlverdienten Schlaf fanden. Er hinterließ für Jared einen Zettel auf dem Küchentisch, um ihn darüber zu informieren, dass er sich kurz sein Auto geborgt hatte und bald zurück sein würde.

Da Jordan und Gigi diese und nächste Woche die letzten Folgen der Staffel ihrer Show aufzeichneten, war Cooper nicht überrascht, dass ihr Auto bereits nicht mehr in der Einfahrt stand. Als er den Porsche startete, sandte er ein Stoßgebet zum Himmel, dass dieser Ausflug in Jareds Auto besser enden würde als der letzte.

Er fuhr in die Stadt und besorgte in der Bäckerei Muffins und Kaffee, bevor er den Wagen in Richtung Eastward Look steuerte, in der Hoffnung, dass sich Evelyn mit den dargebotenen Opfergaben milde stimmen ließ. Bei Jordans Party hatte er mit Evelyn über ihren Garten geredet, der ihr ganzer Stolz war. Sie hatte ihn eingeladen, mal vorbeizukommen und ihn sich anzuschauen, daher würde er nicht völlig überraschend auftauchen.

Als er in die lange Einfahrt vor dem Haus einbog, hoffte er, dass er keinen Riesenfehler machte. Er würde erst mal vorsichtig bei Evelyn vorfühlen, bevor er irgendwas über Gigi sagte.

Evelyn öffnete die Tür, als er das Auto vor dem Haus parkte. Ihr Gesicht strahlte auf, und sie lächelte erfreut, als sie ihn erkannte. »Was für eine nette Überraschung.«

»Ich hatte gehofft, ich könnte eine Tour durch den berühmten Garten ergattern, und habe dafür Geschenke mitgebracht.«

»Ich liebe Geschenke – und meinen Garten. Kommen Sie rein. Ich hab gerade eine Kanne Kaffee gekocht. Darf ich Ihnen eine Tasse anbieten?«

»Ich habe selbst welchen besorgt und außerdem frische Muffins.«

»Wie schön.«

Cooper setzte sich auf einen der Barhocker an der Kücheninsel und holte die Muffins aus der Papiertüte. »Diese Küche ist einfach großartig.«

»Oh, die sehen aber lecker aus«, bemerkte Evelyn und teilte einen Muffin mit Zimtstreuseln in zwei Hälften, während sich Cooper für einen mit Schokoladenstückchen entschied. »Meine Enkelin Nikki und ihr Verlobter Riley haben alles zusammen mit seinem Bruder Finn renoviert.«

»Es ist super geworden.«

»Allerdings. Sie bringen dieses alte Haus nach und nach wieder auf Vordermann, und niemand könnte darüber glücklicher sein als ich.«

»Haben Sie hier lange gelebt?«

»Ich verbringe seit mehr als dreißig Jahren die Sommer in Eastward Look.«

»Für die Sommerferien ist die Insel perfekt.«

»Ganz genau. Und die Mädchen haben es geliebt, als sie jünger waren, und es freut mich sehr, dass es ihnen hier auch als Erwachsenen so gut gefällt. Dafür ist jedoch vermutlich eher die Anwesenheit von Riley und Mason verantwortlich als die Insel an und für sich.«

»Auch die Insel hat viele positive Seiten.«

»Stimmt. Lebt Ihr Bruder gerne das ganze Jahr über hier?«

»Er ist restlos begeistert.«

»Ich hab das mit dem Baby gehört. Wie geht es den beiden?«

»Mal so, mal so.« Er blickte sie an. »Können Sie ein Geheimnis bewahren?«

»Ich bin bei meinen Enkelinnen auch als ›der Tresor‹ bekannt. Worüber die beiden sich maßlos ärgern, wenn ich ihnen Sachen nicht verraten will, von denen sie glauben, sie hätten ein Recht darauf, sie zu erfahren.«

Cooper konnte nicht anders, er musste lächeln. Evelyn war große Klasse. »Jared und Lizzie versuchen schon eine ganze Weile, ein Kind zu bekommen. Der jüngste Versuch mit künstlicher Befruchtung hat sich, kurz bevor das mit dem Baby passiert ist, als weiterer Fehlschlag herausgestellt.«

»Oje. Das muss ja furchtbar für sie sein, dass sie sich ausgerechnet jetzt um ein fremdes Baby kümmern müssen.«

»Oder vielleicht ist es auch genau richtig, das hängt vermutlich von der Perspektive ab. Allerdings machen wir uns Sorgen, dass Lizzie sich emotional zu sehr auf die Kleine einlässt. Genau wie Jared auch. Es ist irgendwie eine total verfahrene Situation.«

»So hört es sich an. Was kann man da nur tun?«

»Jared hat einen Privatdetektiv damit beauftragt, die Mutter auf dem Festland aufzuspüren, und die Polizei ist ebenfalls bereits eingeschaltet.«

»Ich weiß nicht, ob ich hoffen soll, dass sie sie finden, oder lieber nicht.«

»Geht mir genauso. Es wäre natürlich toll, wenn sie das Baby behalten könnten, aber ich wette, das wäre auch kompliziert.«

»Erst mal müssen sie die Mutter finden, damit das möglich wird. Den Vater wahrscheinlich auch. Jedenfalls werde ich Ihren Bruder und seine Frau in meine Gebete einschließen.«

»Das würde sie ganz sicher freuen. Sie brauchen alle Hilfe, die sie kriegen können.«

»Es ist doch interessant, oder, dass Leute jemanden wie Ihren Bruder sehen und davon ausgehen, dass er keine Probleme auf der Welt hat?«

»Alle haben Probleme, sogar Milliardäre.«

»Das stimmt allerdings.« Evelyn warf ihm einen Blick von der Seite zu. »Also, sind Sie tatsächlich hergekommen, um sich meinen Garten anzuschauen?«

Cooper lachte. »Unter anderem. Ich möchte außerdem mit Ihnen über Gigi reden, aber nur, wenn das für Sie in Ordnung ist. Ich möchte Sie nicht in eine unangenehme Position bringen.«

»Gigi liegt mir sehr am Herzen. In gewisser Weise ist sie meine dritte Enkelin, und ich liebe sie sehr.«

»Geht mir genauso.«

»Ach ja?« Evelyn wirkte fasziniert. »Das freut mich wirklich. Gigi kann jemanden gebrauchen, der auf ihrer Seite ist.«

»Sie würde Ihnen sagen, dass sie niemanden auf ihrer Seite braucht oder sonst irgendwo in ihrer Nähe, was das betrifft.«

»Ja, genau das würde sie tun. Aber das liegt daran, dass sie schon so lange ganz auf sich allein gestellt ist. Das wissen Sie, oder?«

»Sie hat mir von ihrer Kindheit erzählt.«

Evelyn legte ihre Hand auf Coopers Arm. »Dass sie Ihnen das erzählt hat, ist eine Riesensache, Cooper. Das zu hören erleichtert es mir, diese Unterhaltung mit Ihnen zu führen, denn das hätte sie nicht getan, wenn sie Ihnen nicht vertrauen würde.«

Cooper wartete ab, ob sie noch etwas hinzufügen würde.

»Kommen Sie mit. Lassen Sie uns im Garten spazieren gehen.«

Er folgte ihr durch die Hintertür nach draußen.

Auf dem Weg aus der Küche hatte sie sich einen großen Sonnenhut geschnappt, den sie sich nun aufsetzte. »Man muss immer auf seine Haut achten und sie vor der Sonne schützen.«

»Ja, Ma'am.«

»Ihr jungen Leute nehmt uns nicht ernst, wenn wir euch davor warnen, wie teuer ihr später mal für die Unvernunft eurer Jugend werdet zahlen müssen.«

»Ich glaube Ihnen. Meine Mutter sagt das auch immer. Als ich klein war, hat sie mich förmlich in Sonnenmilch gebadet.«

»Das war richtig. Bei meinen Mädchen habe ich das genauso gehandhabt, und deswegen haben sie heute so großartige Haut.« Sie hakte sich bei ihm unter. »Doch wir sind nicht hier, um über die Sonne zu reden. Sie möchten etwas über Gigi erfahren, damit Sie sie besser verstehen.«

»Ja, aber ich wüsste gern, ob ich Sie erst noch etwas fragen kann.«

»Sicher. Ich hab da so ein Gefühl, als könnten wir gute Freunde werden.«

»Das würde mir sehr gefallen.«

»Wie lautet Ihre Frage?«

»Denken Sie, es ist möglich, dass sie glaubt, dass sie keine Liebe verdient hat?«

Evelyns tiefes Seufzen war Antwort genug. »Ich denke, das ist sogar mehr als möglich. Genau genommen bin ich mir ziemlich sicher, dass genau das der Fall ist.«

Seine Befürchtungen derart bestätigt zu hören schmerzte Cooper, weil Gigi sich damit so viel versagte.

Evelyn blickte ihn an. »Ich muss zugeben, es überrascht mich, dass ein junger Mann wie Sie so viel Einfühlungsvermögen besitzt.«

»Meine Mutter könnte Ihnen erklären, dass mein besonderes Talent darin besteht, direkt zum Kern eines Problems vorzustoßen. Ich denke, das liegt daran, dass ich mit Abstand das Nesthäkchen bin, der jüngste Bruder mit vier älteren Geschwistern, der immer rennen musste, um mit ihnen Schritt zu halten. Daher habe ich sehr früh gelernt, rauszufinden, was ihre wunden Punkte sind.«

»Ich möchte wetten, Sie waren einer ihrer schmerzhaftesten wunden Punkte.«

Cooper lachte. »Ganz sicher sogar. Man lernt jedoch, gut zu beobachten, wenn man mit lauter ehrgeizigen Strebern aufwächst.«

Während sie über das Grundstück schlenderten, zeigte ihm Evelyn ihre preisgekrönten Rosen, Hortensien und Lilien, die alle in voller Blüte standen und die Luft mit ihrem süßen Duft füllten.

»Ihr Garten ist wunderschön.«

»Danke. Hier bin ich immer glücklich gewesen, auch nachdem ich schon in jungen Jahren meinen Ehemann verloren hatte und ohne die Liebe meines Lebens meine Kinder erziehen und außerdem noch ein Geschäft führen musste.«

»Tut mir leid, dass Sie ihn so früh verloren haben.«

»Danke. Mir auch. Er fehlt mir jeden Tag.« Sie zückte eine Rosenschere, um einige Blüten abzuschneiden, hielt dann Cooper eine große pinkfarbene Rose hin. »So sehe ich unsere Gigi. Eine wunderschöne Rose, aber mit Stacheln, die sie einsetzt, um sich zu schützen.«

»Das ist eine sehr passende Beschreibung.«

»Sie würde buchstäblich alles für mich und meine Enkelinnen tun. Wenn wir sie bitten würden, ihr ganzes Hab und Gut zu veräußern, um uns aus einer Klemme zu helfen, würde sie es tun, ohne eine Sekunde zu zögern. Und sie würde nie, niemals etwas im Gegenzug von uns verlangen.«

»Es ist schwierig für sie, dass Nikki und Jordan hier sesshaft werden.«

»Das habe ich mir auch schon überlegt, vor allem nach Jordans Neuigkeiten von gestern.«

»Sie freut sich sehr für Jordan.«

»Natürlich tut sie das, doch sie ist auch todunglücklich um ihrer selbst willen, selbst wenn sie das nie zugeben würde.«

»Ja.«

»Was möchten Sie, Cooper?«

»Gigi.«

»Nur für kurze Zeit oder für immer?«

»Ich, äh … Na ja.«

Evelyns Lachen erinnerte Cooper an den Klang von Windspielen. »Das ist ja gerade das Vermaledeite daran, mein junger Freund. Unsere Gigi ist viel zu klug, um ihr Herz für jemanden zu riskieren, der selbst nicht weiß, was er will.«

»Wir kennen einander ja noch gar nicht so lange.«

»Nein, das stimmt. Und trotzdem sind Sie hier und suchen Erkenntnisse bei einer ihrer engsten Vertrauten. Was heißt das?«

»Da bin ich mir nicht wirklich sicher.«

»Ich denke, Sie müssen das rausfinden, bevor Sie sie um irgendetwas bitten können.«

»Ist es für jemanden in meinem Alter überhaupt möglich, zu wissen – also wirklich zu wissen –, dass jemand Bestimmtes der oder die Richtige für einen ist?«

»Ich war zweiundzwanzig, als ich meinen Mann geheiratet habe. Ich hatte nicht den geringsten Zweifel daran, dass wir für den Rest unseres Lebens miteinander glücklich sein würden – und das waren wir auch. Wir hatten fünfzehn wunderbare Jahre miteinander.«

»Dass es nicht mehr geworden sind, tut mir sehr leid.«

»Danke. Unsere Hochzeit ist diesen Herbst fünfzig Jahre her, und wenn er noch am Leben wäre, da bin ich mir zu hundert Prozent sicher, wären wir immer noch zusammen. Daher ja, es ist möglich, auch als junger Mensch zu wissen, dass man seine große Liebe getroffen hat. Aber es ist auch möglich, alles komplett zu ruinieren.«

»Das möchte ich auf keinen Fall, vor allem nicht mit Gigi.«

»Das dürfen Sie auch nicht, Cooper, unter keinen Umständen. Sie möchte, dass wir alle glauben, dass sie tough ist, doch unter ihrer harten äußeren Schale verbirgt sich ein Herz aus feinem, zerbrechlichem Glas.«

Ihre Worte trafen Cooper wie ein Schlag gegen die Brust und raubten ihm kurz den Atem.

»Es ist nichts falsch an einer kleinen Urlaubsaffäre am Ende des Sommers«, erklärte Evelyn. »Solange sich da alle Beteiligten einig sind. Wenn Sie mehr als das mit ihr möchten, werden Sie ihr mehr bieten müssen. Das verstehen Sie, oder?«

»Ich glaube schon.«

Sie reichte ihm den Rosenstrauß, den sie bei ihrem Spaziergang geschnitten hatte. »Nehmen Sie ihr die hier mit nach Hause, aber geben Sie sie ihr nur, wenn Sie wirklich zu diesem Schritt bereit sind. Sonst muss ich Sie leider bitten, zurückzutreten und ihr Raum zu geben.«

»Abstand zu ihr ist das Allerletzte, was ich will.«

»Dann ist das ja vielleicht Ihre Antwort.«

Ein wildes Gefühl, anders als alles, was er je empfunden hatte, erfasste ihn, als er in Evelyns Garten stand, den Strauß aus verschiedenfarbigen Rosen in der Hand. Sein Herz flatterte, und seine Knie fühlten sich ein bisschen weich an.

»Alles in Ordnung?«, erkundigte sich Evelyn und musterte ihn besorgt.

»Ich denke schon.« Er lächelte, als er sich vorbeugte, um sie auf die Wange zu küssen. »Ich weiß Ihre Weisheit und Ihre Ratschläge mehr zu schätzen, als Sie vermutlich ahnen.«

»Ich bin sehr froh, dass Sie zu mir gekommen sind, Cooper, und ich hoffe, Sie nicht das letzte Mal hier gesehen zu haben.«

»Ganz bestimmt nicht.«

»Folgen Sie Ihrem Herzen, junger Mann. Sie werden es nicht bereuen.«

»Ich wünschte, Sie wären *meine* Großmutter.«

Evelyn lachte. »Ich bin gerne Großmutter für alle, die mich brauchen.«

»Dann betrachten Sie mich doch als adoptiert.«

Sie streckte die Arme aus, und er zog sie an sich. »Ich hoffe, Sie und Gigi schaffen es. Ich hab da so ein Gefühl, als könnten Sie genau das sein, was sie braucht.«

»Das würde mich sehr freuen.«

Evelyns Lächeln ließ ihr gesamtes Gesicht aufstrahlen. »Ich bin vielleicht eine alberne alte Frau, aber ich freue mich so für meine süße Gigi.«

»Sie sind ganz bestimmt nicht albern, und noch viel weniger alt.«

»Ich mag Sie wirklich sehr, Cooper.«

»Gleichfalls, Evelyn. Und vielen, vielen Dank.«

»Gern geschehen.«

* * *

Oliver wartete, bis die Mitglieder des Beraterstabs ihre morgendliche Sitzung in der McCarthy's Gansett Island Marina beendet hatten, ehe er sich auf die Suche nach Luke machte, der den Hauptpier entlanggegangen war, um einem Skipper beim Anlegen zu helfen. Als er die letzten Taue festgezogen hatte, sprach Oliver ihn an. »Bei dir sieht das ganz leicht aus.«

Luke drehte sich zu ihm um und grinste. »Es ist leicht, wenn du es schon zehntausend Mal getan hast.«

»Das stimmt wohl.«

»Manchmal ist es auch gar nicht leicht. Wir stehen hier ziemlich genau an der Stelle, an der ein betrunkener Skipper vor ein paar Jahren bei seiner Motorjacht den Gashebel umgelegt und Big Mac vom Anleger ins Wasser gerissen hat.«

»O nein. Hat er sich verletzt?«

Luke schnitt eine Grimasse und nickte. »Ziemlich schlimm sogar. Er hatte eine Kopfwunde und einen gebrochenen Arm. Es hat eine ganze Weile gedauert, bis er wieder der Alte war.«

»Puh.«

»Es war ein furchtbarer Tag, aber Gott sei Dank ist er jetzt wieder ganz er selbst.«

»Er ist ein super Kerl.«

»Er ist der beste Mann, den ich kenne. Ich bin hier als vaterloser Vierzehnjähriger aufgekreuzt und hab ihn nach einem Job gefragt. Den hat er mir gegeben und noch so viel mehr.«

»Er und seine Frau waren einfach wunderbar zu uns.«

»So sind sie nun einmal.«

»Alle hier auf Gansett sind so nett zu uns gewesen. Das hat uns sehr geholfen, und deshalb sind wir euch ehrlich dankbar.«

»Wie geht es euch dort draußen im Leuchtturm?«

»Schon viel besser als bei unserer Ankunft.«

»Irgendetwas ist hier«, erklärte Luke und stützte seine Ellbogen auf das Geländer, blickte hinaus auf den großen Salzsee.

Der Geruch von Seegras, Salzwasser, Treibstoff und frittiertem Essen war Oliver mittlerweile vertraut, seit er hier jeden Tag ein oder zwei Stunden verbrachte.

»Das heilt eine Menge Leid«, fuhr Luke fort. »Manche Leute finden es hier zu langsam, zu verschlafen, zu langweilig, und natürlich kann es all das sein. Aber wenn man sich die Zeit nimmt, dahinterzuschauen, wird man mögen, was man sieht.«

»Das tue ich schon, und Dara ebenfalls. Nach und nach erholt sie sich und wird wieder sie selbst. Wenn das Sinn ergibt.«

»Ja, absolut. Ich habe das bei meiner eigenen Frau beobachtet.«

»Darüber wollte ich eigentlich mit dir reden«, begann Oliver stockend. »Ich hoffe, es ist okay, wenn ich sage, ich hab gehört, was mit ihrem ersten Ehemann und den Kindern passiert ist.«

»Völlig okay.«

»Ich wüsste gern, ob es möglich wäre, ein Treffen zwischen Dara und deiner Frau zu arrangieren. Dara und ich ... Nun, wir spielen mit dem Gedanken, dass wir vielleicht noch einmal ein Baby wollen, nur hat Dara damit noch ein paar Schwierigkeiten.«

»Sydney würde liebend gern mit ihr reden.«

»Wirklich?«

Luke nickte. »Sie möchte immer Leuten helfen, die solche schlimmen Dinge erlebt haben wie ihr und sie.« Er blickte hinaus über das Wasser. »Als Jenny Wilks auf die Insel gekommen ist, um den Job im Leuchtturm zu übernehmen, hatte sie sich noch nicht davon erholt, dass ihr Verlobter zu den Opfern der Attentate vom 11. September gehört hat. Das war zu dem Zeitpunkt zwar schon Jahre her, aber Jenny hat immer gesagt, dass sie noch ganz am Anfang der Bewältigung festhing. Seither ist sie eine von Syds engsten Freundinnen geworden. Erin, die Zwillingsschwester von Jennys verstorbenem Verlobten, die nach Jenny im Leuchtturm gewohnt hat, zählt auch zu Syds besten Freundinnen.«

Während Oliver ihm zuhörte, wurde ihm klar, dass hier eine ganze Reihe von Leuten mit schweren Schicksalsschlägen lebte. »Alle haben irgendwas Traumatisches hinter sich«, stellte er fest.

»Manche allerdings Schlimmeres als andere.«

»Ja, natürlich.«

»Warum kommt ihr beide nicht morgen Abend zum Essen zu uns?«

»Ich möchte uns nicht bei euch einladen.«

»Tust du ja nicht. *Ich* lade euch ein.«

»Liebend gern, Luke. Vielen Dank.«

»Natürlich. Dafür sind Freunde schließlich da.«

Bevor Oliver seinen Sohn verloren hatte, hätte er gesagt, dass er all die Freunde hatte, die er brauchte. Seit seiner Ankunft auf Gansett hatte er gelernt, dass man nie genug Freunde haben konnte.

KAPITEL 19

»Was ist heute eigentlich mit dir los?«, fragte Jordan Gigi am Ende eines anstrengenden Vormittags, an dem sie mehrere Stunden Surfunterricht bei einem Profi von der Insel genommen hatten und die Kameras jede ihrer Bewegungen festgehalten hatten.

»Was? Mit mir ist überhaupt nichts los.«

»Weißt du eigentlich, wie schwer es ist, witzige Dialoge zu führen, wenn dein Gegenstück überhaupt nichts zu sagen hat?«

»Ich hab doch was gesagt.«

»Nicht genug, Gigi, und das weißt du. Also, was ist los?«

»Ich bin einfach müde, und außerdem kann ich nicht surfen.«

»Ich auch nicht. Darum tun wir das hier ja gerade. Wir werden den ganzen Vormittag wiederholen müssen, weil du einfach nicht richtig bei der Sache warst. Und dabei will Mason eigentlich nicht, dass ich jetzt noch surfe, wo wir wissen, dass ich schwanger bin. Ich habe ihm versprochen, total vorsichtig zu sein, daher möchte ich das lieber nicht ein weiteres Mal machen müssen.«

»Wir können meine Teile noch mal drehen und dann alles schneiden. Keine Sorge.« Gigi wollte schreien, weil der Nachdreh sie nur länger auf der Insel festhalten würde. Nach letzter Nacht wollte sie so schnell wie möglich von hier weg. Heute wäre eigentlich der perfekte Tag dafür, abzureisen.

Matilda näherte sich den beiden, wirkte ziemlich geladen. »Das war furchtbar. Damit können wir nichts anfangen.«

»Meine Schuld«, sagte Gigi. »Ich mach es wieder gut.«

»Da hast du verdammt noch mal recht. Für deine lustlose Vorstellung heute müsste ich dir von Rechts wegen die Gage streichen.«

»Kann ich nicht mal einen Tag im Sommer ausfallen? Verdammter Mist!« Wutschnaubend marschierte Gigi davon und ignorierte Matildas Anweisung, sofort zurückzukommen. Sie lief zu ihrem Auto und setzte aus der Parklücke zurück, bevor die Produzentin sie einholen konnte. Zur Hölle mit allem. Und vor allem zur Hölle mit Cooper James und seiner Zärtlichkeit und seinem attraktiven Gesicht. Er hatte kein Recht, ihr das hier anzutun, sie so aus der Bahn zu werfen, dass sie vergessen hatte, witzig zu sein.

Es war ihr Job, witzig zu sein, doch das konnte sie nicht, wenn sie in Gedanken ganz woanders war.

Sie war ein für alle Mal fertig mit ihm und dieser dämlichen Insel und allen, die hier lebten. Es war Zeit für sie, nach Hause zu fliegen, dorthin zurückzukehren, wo alles Sinn ergab.

Nur war »zu Hause« eben noch eine ganze Weile länger auf der Insel, gleich neben dem Mann, der für das ganze Chaos verantwortlich war. Während sie vom heutigen Drehort davonraste, wusste sie, dass sie sich danebenbenahm, aber es war ausgeschlossen, dass sie heute noch mal zu ihrer alten Form fand. Insofern tat sie allen einen Gefallen, indem sie von hier verschwand. Sie würde sich nachher mit einer Textnachricht bei Matilda entschuldigen und dann morgen wieder zurückkommen, nachdem sie sich beruhigt hatte.

Die Show hatte Gigi etwas verschafft, was sie nie zuvor gehabt hatte – finanzielle Sicherheit. Mit dem, was sie mit ihrer

Kanzlei verdiente, konnte sie ihren Lebensunterhalt bestreiten, sich ein tolles Auto leisten, doch die Wahrheit lautete: Bis Jordan sie gefragt hatte, ob sie bei der Show mitmachen und ihre Partnerin sein wollte, hatte Gigi so was wie ein finanzielles Sicherheitsnetz nicht gekannt.

Dieses Sicherheitsnetz war ein weiterer Grund, Jordan dankbar zu sein. Sie hatte gewusst, was es für Gigi bedeuten würde, ein Polster zu haben, und hatte sie in die Show miteinbezogen. Anfangs hatte niemand ahnen können, wie unglaublich erfolgreich das laufen würde oder dass sie beide Promis mit einer Unmenge Follower werden würden, mit all dem Unsinn, der mit solcher Berühmtheit einherging.

Dazu zählten auch die lukrativen Werbeverträge, die sie beide in L. A. erwarteten. Sie wurden für Kosmetikprodukte, Shapewear, Badeanzüge, Alkohol und Autos angefragt, um nur eine kleine Auswahl zu nennen. Kurz gesagt, sie konnten sich aussuchen, was sie tun wollten, und hatten alle weiteren Entscheidungen aufgeschoben, bis die Staffel auf Gansett abgedreht war.

Da das nun unmittelbar bevorstand, würden sie sich bald damit befassen müssen. Und da Jordan mit dem Kind des Feuerwehrchefs von Gansett schwanger war, war die Wahrscheinlichkeit hoch, dass sie überhaupt nicht mit zurück nach L. A. kommen würde.

Jetzt, nachdem sie vom Set gestürmt war, wusste Gigi nicht, wohin sie sich wenden sollte. Wenn sie zu Jareds Haus fuhr, bestand die Chance, dass sie Cooper über den Weg lief, und ihn wollte sie auf keinen Fall sehen. Nicht jetzt, wo sie sich wegen dem, was letzte Nacht passiert war, so verletzlich fühlte. Und nur fürs Protokoll: Es passte so überhaupt nicht zu ihr, wegen Sex die Nerven zu verlieren. Für sie war Sex etwas, wovon beide Seiten etwas hatten, alle fühlten sich nachher gut und konnten glücklich nach Hause – meistens jedenfalls. Eine ganze Reihe der Typen, mit denen sie zusammen gewesen war, hatte leider nicht die geringste Ahnung gehabt, wie sie einer Frau Lust bereiten sollten.

Cooper hatte damit keine Schwierigkeiten – oder mit irgendetwas anderem, was das betraf. Der Mann war ein Gott im Bett und außerhalb. Das war das Problem. Sie brauchte keinen Mr Right. Das war für andere Frauen, nicht für sie. Sie hatte weder die Zeit noch die Geduld für all den Mist, der mit Männern und Beziehungen einherging. Gigi wollte keine Beziehung. Allein von dem Wort bekam sie Pickel, verdammt noch mal.

Beziehung.

Es war überheblich und voller geladener Waffen, die alle auf verletzliche Herzen zielten. Wenn man sich nicht auf Beziehungen einließ, geriet man auch nicht in Gefahr, dass einem das Herz gebrochen wurde. Das schien ihr ein ziemlich simples Konzept zu sein, aber da ihre beiden besten Freundinnen jetzt in Beziehungen lebten, die den Stempel »Für immer und ewig« trugen, hatte Gigi sich Mühe gegeben, ihre Meinung zu dem Thema für sich zu behalten.

Bloß weil ihre Freundinnen die Liebe ihres Lebens gefunden hatten, hieß das schließlich nicht, dass Gigi plötzlich ebenfalls daran interessiert war.

Und warum zur Hölle dachte sie überhaupt über diesen Mist nach?

Das war alles Cooper James' Schuld. Wenn er einfach getan hätte, was er hätte tun sollen, die Sache schnell und routiniert hinter sich gebracht hätte, wäre all das hier nicht passiert. Sie hätte keine Schwierigkeiten mit Matilda an der Backe – oder mit Jordan –, und sie würde sich nicht nach einem Versteck umsehen müssen, wo sie davor sicher war, ihm zu begegnen.

Warum musste er auch so lieb und zärtlich sein? Warum konnte er nicht wie jeder andere Typ sein, der vor allem daran interessiert war, sein Pulver zu verschießen, und zur Hölle mit dem, was die Frau wollte?

Sie war so wütend auf ihn! Ja, sie war sich sehr wohl bewusst, dass ihre Verärgerung albern war. Der Mann hatte sie mehrfach zum Höhepunkt gebracht und hob sich allein dadurch wohltuend von der Masse ab. Allerdings wollte sie gar nicht, dass er das tat. Sie wollte, dass das mit ihnen nicht mehr war als eine leichtherzige spätsommerliche Affäre ohne irgendwelche Verpflichtungen. War das nicht überhaupt die Definition des Wortes »Affäre«?

Nachdem sie die Insel auf der Straße, die an der Küste entlangführte, zweimal umrundet hatte, fuhr sie in die Parkbucht an den Klippen – der Tatort des ersten Dates, wenn man so wollte –, öffnete die Fenster und stellte den Motor aus. Während die warme Sommerbrise durch das Auto wehte, holte sie tief Luft und ließ sie wieder entweichen. Ihre Reaktion war total albern, was ihr auch durchaus bewusst war. Aber wenn sie an ihrem Ärger festhielt, würde sie sich nicht zu Dummheiten hinreißen lassen, wie beispielsweise zu ihm zu gehen und eine weitere Runde unvergleichlichen Sex zu haben.

»Das lässt du schön bleiben, Gabrielle, hörst du? Du wirst nicht noch einmal Sex mit Cooper James haben. Und damit basta«, ermahnte sie sich.

Genug von dem Wahnsinn, entschied sie, griff nach dem Handy, das sie während der Aufnahmen im Wagen liegen gelassen hatte, und wollte Matilda eine Textnachricht schreiben. Doch dann entdeckte sie eine von Cooper, und damit flogen alle guten Vorsätze, die sie in Bezug auf ihn gefasst hatte, zum Fenster hinaus, und sie verschlang seine Worte mit den Augen.

Liebe Gigi, letzte Nacht war einfach wunderbar. Absolut und total atemberaubend. Für mich wenigstens. Ich habe irgendwie das Gefühl, dass es dir da anders geht, und ich glaube auch zu wissen, was der Grund sein könnte. Du hast mir wortreich dargelegt, was das zwischen uns ist und was nicht. Das respektiere ich. Ich respektiere *dich*. Wir haben beide ein Leben, das sich nicht auf dieser Insel abspielt – und unsere Wohnorte liegen weit voneinander entfernt. Es wäre leicht, das zwischen uns als nicht mehr als die nächtliche Begegnung von zwei Schiffen auf dem Meer zu betrachten, die beide zu unterschiedlichen Häfen unterwegs sind. Aber es ist nun mal so: Ich habe nie jemanden wie dich getroffen. Und ich meine nicht die Prominente Gigi Gibson. Ich meine dich, Gabrielle, die Frau hinter dem Hochglanz. Ich denke, du bist großartig, und alles, was ich möchte, ist, mit dir zusammen zu sein, solange ich nur kann. Du bringst mich zum Lachen, du regst mich zum Nachdenken an. Du weckst in mir ein Verlangen, wie ich es nie zuvor gekannt habe. Du machst mich verrückt. Du machst mich glücklich. Du bringst mich dazu, meinen Lebensplan zu hinterfragen und auf den Prüfstand zu stellen und nachzusehen, ob ich dich irgendwie darin unterbringen kann. Ich bin nicht sicher, ob diese Textnachricht dich ärgert, weil es ja auf keinen Fall um so etwas gehen sollte. Vertrau mir, ich wollte das hier auch nicht. Doch jetzt sind wir an diesem Punkt angelangt. Ich möchte heute Abend gerne zu dir kommen, damit wir reden können. Ich besorge was zu essen. Wäre das okay? Ich hoffe es sehr, weil ich noch so viel auf dem Herzen habe, was ich dir sagen möchte. Alles Liebe, Cooper

Gigi wischte sich die Tränen vom Gesicht, dann las sie die Textnachricht noch zweimal.

Alles Liebe, Cooper. Zum Dahinschmelzen!

Gigi Gibson schmolz wegen irgendeines Mannes nicht dahin. Aber der hier … Lieber Gott, er würde ihr noch zum Verhängnis werden.

Ihr Handy vibrierte, als eine weitere Nachricht von ihm kam. PS: Ich kann sehen, dass du meine Textnachricht gelesen hast, insofern leide ich ab jetzt. Und du willst ja nicht, dass ich leide, oder? Oder?

Jetzt lachte sie und weinte gleichzeitig. Zur Hölle mit ihm. Sie begann zu tippen. Zur Hölle mit dir.

Nachdem sie die Nachricht abgeschickt hatte, antwortete er mit lachenden Emojis. Mein Herz hält so viel Romantik nicht aus.

Das hat nichts mit Romantik zu tun.

Fühlt sich aber so an, als könnte es das.

Ich will nichts mit Romantik zu tun haben.

Ich weiß, aber verdammt, Gigi, vielleicht sollten wir es auf einen Versuch ankommen lassen, nur dieses eine Mal, um zu sehen, wie das ist.

Nein.

Doch.

Nein.

Doch.

Cooper …

Gigi ... Ich mag dich. Ich mag dich wirklich gern, und ich möchte mit dir zusammen sein.

Du bist bloß ein kleiner Junge. Du weißt gar nicht, was du willst. So, das musste ihn eigentlich genug ärgern, dass er sie in Ruhe lassen würde.

Ich denke, ich hab dir letzte Nacht bewiesen, dass da überhaupt nichts klein an mir ist.

Verdammt. Zur Hölle mit dir.

Wieder jede Menge lachende Emojis.
Du nimmst mich nicht ernst, schrieb Gigi.

Ich nehme dich viel ernster, als ich je irgendjemanden ernst genommen habe.

Das solltest du doch nicht.

Ich weiß, aber ...

Ich will das nicht.

Ich weiß.

Und?

Können wir uns sehen?

Gigi schüttelte den Kopf, während sie antwortete. Nein! Du bist jetzt radioaktiv verseucht.

LOL, hör auf, so albern zu sein. Dass ich dich mag, ist keine Bedrohung. Soweit ich es verstanden habe, kann es das Schönste sein, was einem überhaupt passieren kann. Frag meinen Bruder und Lizzie, Jordan und Mason, Nikki und Riley, Finn und Chloe. Muss ich noch mehr aufzählen? Sie scheinen mir alle verdammt glücklich zu sein.

Gigi spürte, dass sie kurz davor war, nachzugeben. Er war so verdammt verführerisch, und das war das Problem. Sie brauchte niemanden, der sie mochte oder dem etwas an ihr lag oder was auch immer. Sie hatte »ihre« Menschen. Jemand wie Cooper hatte das Potenzial, sie am Boden zerstört zurückzulassen, und sie hatte sich nach so was bereits einmal zurück ins Leben gekämpft. Das schaffte sie nicht noch mal.

Ich kann nicht. Das tippte sie und schickte die drei Worte ab, bevor sie es sich doch noch ausredete, ihn abzuwimmeln.

Natürlich kannst du das.

Nein, wirklich nicht.

Warum? Hast du Angst? Ich zumindest hab das. Ich meine, ich hab noch nie vorher so was wie das, was ich dir geschrieben habe, zu jemandem gesagt. Es fühlt sich wie ein gewaltiges Risiko an, mich so weit aus dem Fenster zu lehnen, zumal ich weiß, dass du mit deinen Stiletto-Absätzen auf meinem zerbrechlichen Herzen herumtrampeln und dann dein Leben weiterführen kannst, als hätte es mich nie gegeben. So was wie das hier ... Das ist für uns beide riskant, und wenn ich ehrlich sein soll, ich habe mir so etwas nie für mich gewünscht, bis ich meinen Bruder mit Lizzie gesehen habe. Was zwischen ihnen ist ... Das ist etwas wirklich Wunderbares, und es hat mich zum Grübeln gebracht, darüber, wie es wohl wäre, so was mit jemandem zu erleben. Allerdings sollte das in ferner Zukunft passieren, nicht jetzt. Nicht ausgerechnet dann, wenn ich so viele andere Dinge habe, die ich tun möchte, wie beispielsweise mein Geschäft an den Start bringen und rausfinden, wo ich leben will, und solche Sachen. Daher vertrau mir, ich verstehe gut, warum du denkst, dass du das nicht kannst. Es ergibt einfach keinen Sinn. Du wohnst in L. A., ich hingegen in New York, oder wenigstens tue ich das, bis Jared mich aus seinem Apartment schmeißt. Ich hab keine Ahnung, was morgen geschehen wird, ganz zu schweigen von mehreren Monaten. Aber die Sache ist doch die: Ich möchte, dass du mir hilfst, rauszukriegen, wie mein Leben aussehen soll, und mehr als irgendetwas anderes wünsche ich mir, dass du ein Teil davon bist. Möchtest du ein Teil davon sein, Gigi?

Wieder hatte er sie zu Tränen gerührt. Wie schaffte er das nur immer? Und was war los mit ihr, dass sie diesem süßholzraspelnden Fremden gestattete, sie derart aus dem Konzept zu bringen? »So bist du nicht, Gabrielle. Du lässt Männer nicht nah genug an dich heran, dass sie dir so was antun können.« Ihr Schluchzen überraschte sie, eine Sekunde bevor die Schleusen sich öffneten. »Und ganz bestimmt tust du das hier nicht wegen eines Manns. So ein Mädchen bin ich nicht. So bin ich nie gewesen.«

Cooper James verwandelte sie aber offenbar in so ein Mädchen, und sie hatte keine Ahnung, wie sie damit umgehen sollte.

Als ihr Handy klingelte, hätte sie den Anruf beinahe abgelehnt, ohne aufs Display zu gucken. Da sie sich jedoch gerade unentschuldigt vom Drehort entfernt hatte, beschloss sie, einen Blick zu riskieren.

Jordan.

Sie holte tief Luft und nahm den Anruf an, versuchte, ihren Zusammenbruch vor ihrer besten Freundin zu verbergen. »Hey.«

»Weinst du?«

Am liebsten hätte Gigi gelacht, weil ihre Freundin sie so gut kannte. »Ach, es ist nichts. Ich werde schon damit fertig.«

»Rede mit mir, Gigi. Erzähl mir, was bei dir los ist.«

»Es ist wirklich nichts. Das schwöre ich.«

»Unsinn. Du verschwindest nicht einfach sang- und klanglos vom Set, daher solltest du besser damit rausrücken, was los ist, bevor ich anfange, mich ernsthaft aufzuregen, was in meinem Zustand …«

»Ach verdammt, Jordan. Wirst du den Trumpf mit deinem Zustand in den nächsten Monaten regelmäßig ausspielen?«

»Je nach Bedarf. Also, noch einmal, was ist los, Gigi?«

»Wie es scheint, habe ich leider ein Männerproblem.«

»O mein Gott!« Das kreischte Jordan so laut, dass Gigi das Handy von ihrem Ohr weghalten musste. »Was ist passiert?«

Sie fügte sich in ihr Schicksal und antwortete: »Er möchte mehr von mir, als ich bereit bin zu geben.«

»Komm zu mir nach Hause. Jetzt sofort.« Jordan beendete das Telefonat, bevor Gigi erwidern konnte, dass sie das nicht wollte.

Ihr Handy vibrierte, als eine Textnachricht eintraf. Du solltest besser bereits auf dem Weg hierher sein. Du bist meine Anwältin, und ich brauche dich unverzüglich.

»Verdammt noch mal«, stieß Gigi aus, während sie die Sonnenblende runterklappte, um den Schaden zu begutachten, den die Tränen an ihrem Make-up angerichtet hatten. »Oje, eine Vogelscheuche ist nichts dagegen.«

Sie wollte niemanden sehen und auch mit niemandem reden, aber Jordan würde sie aufspüren, wenn sie nicht zu ihr fuhr.

Ich hab deinen Standort überprüft, und dein Auto bewegt sich nicht vom Fleck. Muss ich etwa zu dir kommen?

Ganz ruhig. Ich bin schon unterwegs.

Beeil dich.

Dann erhielt sie eine weitere Textnachricht, dieses Mal von Cooper. Du lässt mich leiden.

Gigi hätte am liebsten das Handy aus dem Fenster geworfen, damit niemand sie finden oder Dinge zu ihr sagen konnte, die sie nie wieder aus ihrem Gedächtnis würde tilgen können, so gern sie das auch tun würde. Als sie den Wagen startete und zu Jordan fuhr, überlegte sie, was sie ihr über Cooper erzählen sollte, ohne zu viel zu verraten.

Seine Worte hatten eine Tür geöffnet, die sie immer fest verschlossen gehalten hatte, und jetzt sehnte sie sich nach Dingen, die nichts für sie waren. Gigi hatte gelernt, auf ihrem einmal eingeschlagenen Weg zu bleiben, ihren Freundeskreis klein zu halten und sich nicht mehr zu wünschen, als sie verdiente. Das Leben, das sie jetzt führte, war von dem Punkt aus betrachtet, an dem sie als mündiger Teenager gestartet war und darum gekämpft hatte, zu überleben, ein wahr gewordener Traum.

Sie war nicht stolz auf manche der Dinge, die sie getan hatte, um über die Runden zu kommen, aber sie hatte genug zusammengekratzt, hatte das College besucht und dann Jura studiert, und jetzt hatte sie ein wunderschönes Haus, ein Auto und ein Leben, in dem sie niemandem Rechenschaft ablegen musste außer sich selbst. Sie hatte all diese Dinge geschafft, bevor die Show ins Leben gerufen worden war, die sie auch finanziell in andere Sphären katapultiert hatte, und sie würde immer sehr stolz auf das sein, was sie davor allein erreicht hatte.

Das Letzte auf der Welt, was sie brauchte, war ein Mann, der all das, wofür sie so hart gearbeitet hatte, bedrohte. Egal, wie erfolgreich sie wurde, sie hörte nie auf, sich zu fühlen, als stünde sie auf einem dünnen Drahtseil ohne Netz und doppelten Boden. Auszurutschen und zu fallen war keine Option.

Weil Gansett Island so verdammt winzig war, war sie binnen Minuten bei Jordan und bog in die Einfahrt ein, parkte am Ende, sodass sie schnell wieder wegkonnte, falls es nötig wurde. Gigi hatte immer einen Plan B und ließ einfach nicht zu, dass sie in die Ecke gedrängt wurde. Diese Strategie musste sie auch bei Cooper und seiner Kampagne, aus ihrer Affäre mehr zu machen, anwenden.

Dankenswerterweise stand Masons Feuerwehr-SUV nirgends, daher würde sie nicht auch noch das Happy End ihrer besten Freundin live und in Farbe ertragen müssen. Das würde sie im Moment nicht verkraften.

Jordan erwartete sie schon an der Tür. »Du siehst beschissen aus.«

»Danke. Ich weiß.«

Jordan öffnete die Fliegengittertür und bedeutete Gigi, reinzukommen. »Möchtest du einen Drink?«

»Ja, gerne.« Eigentlich trank sie tagsüber keinen Alkohol. Das war eine weitere ihrer Regeln, die sie nie gebrochen hatte, bis dieser radioaktive Cooper alles auf den Kopf gestellt hatte.

Ihre beste Freundin warf Gigi einen neugierigen Blick zu, während sie ihr einen Wodka Soda mit einem Limettentwist machte. Jordan hatte für Gigi immer einen Vorrat an Grey Goose, Soda und Limetten da. Sie reichte Gigi das Glas, die sofort einen tiefen Schluck nahm, als ihr wieder einfiel, dass sie genau diesen Drink gestern Abend für Cooper zubereitet hatte. Mist, da war er schon wieder.

»Was ist passiert?«, wollte Jordan wissen.

»Es ist nichts.«

»Versuch das mit jemandem, der dich nicht so gut kennt. Was ist passiert? Und sag nicht wieder ›nichts‹.«

Gigi nahm den Drink mit zum Sofa, wo sie sich hinsetzte. »Ich war mit Cooper im Bett.«

Jordan ließ sich neben ihr nieder, den Thermobecher mit Eiswasser in der Hand, den sie überall mit hinschleppte. »Okay …«

Gigi nahm sich fest vor, unter Jordans prüfendem Blick nicht unruhig zu werden. »Es war einfach, du weißt schon …«

Jordan schnappte nach Luft. »Es war gut. Wirklich gut.«

Gigi zuckte die Schultern. »Irgendwie schon.«

»Und was sonst?«

»Was meinst du mit ›was sonst‹? Reicht das nicht?«

»Das reicht mitnichten, um das hier zu erklären.« Jordan wedelte mit einer Hand vor Gigis Gesicht herum. »Deine Augen wären nicht verquollen und rot und deine Haut ganz fleckig vom Weinen, wenn das alles wäre.«

Verflucht. Das war der Grund, weswegen Gigi nie Freundschaften hätte schließen sollen. Freunde sahen zu viel. »Er hat Sachen gesagt und so. Aber das wird nicht passieren.«

»Was hat er denn gesagt?«

»Zeug.«

»Was für Zeug?«

»Er hat mir eine Textnachricht …«

Jordan warf sich nach vorn und riss Gigi das Handy aus der Hand, bevor die ahnte, was sie vorhatte. Normalerweise hätte Gigi mit ihr darum gekämpft, doch Jordan war schwanger, daher unterließ sie es. Aber sie wollte es tun. Verdammt, warum hatte sie Jordan den Entsperrcode für ihr Handy verraten? Weil

270

Jordan den Code für Gigis Leben hatte und umgekehrt sie den für Jordans.

Während ihre Freundin Coopers Textnachrichten las, gönnte sich Gigi einen weiteren großen Schluck aus ihrem Glas und wünschte sich, sie könnte direkt aus der Wodkaflasche trinken.

»Heilige Scheiße, Gigi.«

»Lass das. Es ist keine große Sache.«

»Doch. Das ist sogar eine Riesensache, sonst hättest du auch nicht geweint – oder würdest tagsüber trinken.«

»Es ist überhaupt keine große Sache. Er hat mich in einem dummen Moment erwischt, als ich bloß drei Stunden Schlaf hatte.«

Jordan begann auf Gigis Handy zu tippen, und weil sie so übermüdet war, brauchte die eine Sekunde, um zu begreifen, dass sie das nicht zulassen durfte. »Was tust du da?«

»Ich antworte dem armen Kerl.«

Schwangerschaft hin oder her, jetzt versuchte Gigi, ihrer Freundin das Handy zu entwinden, aber es gelang ihr bei der Aktion nur, den Inhalt ihres Cocktailglases auf Jordan zu verschütten, die nicht einmal mit der Wimper zuckte, während sie das Handy außer Reichweite hielt, um ihre Eingabe zu beenden. »Was zur Hölle schreibst du ihm da?«

»Ich sag ihm, dass du dich dringend mit ihm treffen möchtest, um das auszudiskutieren.«

»O mein Gott! Ich muss dich umbringen.«

»Nein, überhaupt nicht. Du wirst dich zusammenreißen und mit ihm reden, wie Erwachsene das tun.«

»Nein. Ich kann ihn nicht noch mal sehen.«

»Ich muss jetzt leider aufs Klo. Bleib hier.«

Gigi sank aufs Sofa zurück, merkte dann jedoch, dass Jordan das Handy mitgenommen hatte. »Ich komm rein und hol mir mein Handy!«

»O nein, das geht nicht. Ich muss groß.«

Gigi hätte gelacht, wenn die ganze Sache nicht so absurd gewesen wäre. Zu schade, dass sie das nicht für die Show aufnahmen. Matilda würde es lieben. »Wenn du mir da drinnen mein Leben ruinierst, werde ich dich als Freundin und als Mandantin abservieren.«

»Ich hör dich leider nicht!« Ein paar Minuten später kam Jordan wieder zurück. »Puh, ich hätte nie gedacht, dass eine Schwangerschaft sich auch so dramatisch auf die Geruchsentwicklung bei der Verdauung auswirkt. Mason wird mich noch rauswerfen, wenn das so weitergeht.«

»Du hast echt nur Scheiße drauf.«

»Buchstäblich.«

»Gib mir mein Handy.«

»Oh, sorry, ich hab's versehentlich am Waschbecken liegen lassen. Du kannst es dir natürlich selbst von da holen, aber Mason würde dir davon abraten.«

Gigi verdrehte die Augen. »Der Mann liebt dich bis in den Wahnsinn. Ich bin mir sicher, er findet, dass es im Bad nach Rosen duftet.«

Darüber musste Jordan lachen, während sie zu ihrem Platz auf dem Sofa zurückkehrte. »Ich glaub nicht, dass er so weit gehen würde.«

»Doch, unbedingt. Aber ich muss los. Und du holst mir jetzt mein Handy.«

»Nein, du musst noch ein bisschen bei mir bleiben, weil ich mich komisch fühle und Mason Dienst hat.«

»Inwiefern komisch?«

»Einfach nur merkwürdig.«

»Also eher gut-schwanger-merkwürdig oder schlecht-schwanger-merkwürdig?«

»Ich bin mir noch nicht sicher.«

»Sollte man dich besser zur Krankenstation bringen?«

»Nein, so was ist es nicht. *Noch* nicht jedenfalls. Ich möchte nur nicht allein sein.«

»Wir sollten auf keinen Fall hier sitzen und abwarten, ob was passiert. Du musst in die Krankenstation. Victoria wird wissen, ob Grund zur Sorge besteht.«

»Ich befürchte fast, dass es lediglich Sodbrennen ist, und es wäre mir total peinlich, deswegen zur Krankenstation zu fahren.«

»Gibt es was, was du nehmen kannst?«

»Hab ich schon. Wir warten jetzt ab, ob es hilft.« Sie stieß kurz auf. »Ah, das war gut.«

»Was genau findet Mason eigentlich an dir?«

»Keine Ahnung, aber was auch immer es ist, ich hoffe, er findet es weiter. Es ist wirklich schön, weißt du, jemanden zu haben, der einem für immer gehört.«

»Woher willst du wissen, dass es für immer ist?«

»Manchmal weiß man so was einfach.«

»Jetzt mal ehrlich, du dachtest doch auch, das mit Brendan würde für immer sein.«

»Ich hab nie so an ihn geglaubt oder an unsere Beziehung wie bei Mason. Das ist eine völlig andere Sache als das, was ich mit ihm hatte.«

»Inwiefern anders?«

Jordan schien ernsthaft darüber nachzudenken. »Es ist tiefer. Wir reden über alles. Er hat sich Zeit dafür genommen, mich wirklich kennenzulernen und zu verstehen. Er kennt mich nach ein paar Monaten besser als Brendan nach Jahren, weil er mich wirklich kennen *will*. Ich rede mit ihm über Dinge, über die ich nie mit irgendjemand rede. Wie der Mist mit dem Sorgerechtsstreit unserer Eltern, und ich stelle fest, dass mit ihm darüber zu sprechen der ganzen Sache weniger Macht über mich gibt, als sie in der Vergangenheit hatte. Wenn ich meinen Schmerz mit ihm teile, ist es fast so, als ob er mir was davon abnimmt. Falls das irgendwie Sinn ergibt. Und seit der Nachricht vom Tod unseres Vaters ist er noch wunderbarer. Es hat mich tiefer getroffen, als ich erwartet hätte, aber Mason an meiner Seite zu haben, der mir hilft, damit klarzukommen, hat es irgendwie leichter gemacht.«

Während sie Jordan zuhörte, bildete sich ein Kloß in Gigis Kehle. Sie hatte damit gerechnet, dass Jordan so was antwortete wie »Er ist ein Gott im Bett« oder »Er sorgt dafür, dass ich wie ein Feuerwerk abgehe«. Beides stimmte wahrscheinlich auch, zusätzlich zu den anderen schönen Dingen, die Mason Jordan gebracht hatte. Gigi war lang genug dabei, um zu wissen, dass es viel bedeutete, wenn Jordan jemandem von dem hässlichen Sorgerechtsstreit erzählte, den ihre Eltern um sie und ihre Schwester ausgefochten hatten und an dem ihr kürzlich verstorbener Vater die Hauptschuld trug.

Es war eine genauso große Sache, dass du Cooper von deiner cracksüchtigen Mutter erzählt hast, der Jugendfürsorge und den gleichgültigen Adoptiveltern, von denen du dich als Teenager losgesagt hast.

Gigi wollte ihrer inneren Stimme über den Mund fahren, aber sie konnte die Wahrheit nicht leugnen. Es war eine Riesensache für sie gewesen, Cooper das anzuvertrauen. Und warum genau hatte sie das überhaupt getan? Weil man so gut mit ihm reden konnte, und das hatte dazu geführt, dass sie ihm Sachen über sich selbst mitteilen wollte, über die sie mit niemand sonst sprach, selbst mit den beiden Männern nicht, mit denen sie vorübergehend verlobt gewesen war. Wenn sie allein gewesen wäre, hätte sie bei dem Gedanken vermutlich aufgestöhnt. Das war umso mehr Grund, Abstand zu halten.

Er war gefährlich.

Und dann stand er plötzlich vor Jordans Tür, spähte ins Haus und fand Gigi mit dem eindringlichen Blick, der bis in ihre Seele zu sehen schien. Und hatte er da Rosen in der Hand?

»Du Miststück«, flüsterte sie Jordan zu.

»Eines Tages wirst du mir danken.«

»Aber nicht heute.«

KAPITEL 20

»Komm rein, Cooper«, erklärte Jordan. »Ich wollte gerade los, um, äh … mehrere Erledigungen zu machen. Es wird *Stunden* dauern. Mason arbeitet heute lange. Ihr seid also ganz allein.« Als sie an Cooper vorbeiging, drückte sie kurz seinen Arm, damit er wusste, sie war auf seiner Seite.

Die schlimmste beste Freundin aller Zeiten.

Die Tür fiel mit einem Rums hinter Jordan ins Schloss. Einige Sekunden später hörte man, wie sie ihren Wagen anließ, und dann das Knirschen der Reifen auf den Muschelscherben, als sie aus der Auffahrt zurücksetzte. Vermutlich fuhr sie nach Eastward Look, wo sie sich ein Nachmittagsschläfchen gönnen würde. Und in der Zwischenzeit war Gigi mit genau dem Mann allein, mit dem sie nie wieder hatte allein sein wollen.

Jordan hatte sie durchschaut und die Sache in die Hand genommen.

»Sie hat mir die Nachricht geschickt, dass ich herkommen soll, nicht du«, stellte Cooper fest.

»Bingo. Der Kandidat hat den Hauptpreis gewonnen.«

»Ich gehe«, bot er an.

»Ist schon in Ordnung. Du kannst bleiben.« Trotz ihrer Entschlossenheit, sich vor dem zu schützen, was auch immer hieraus werden würde, ertrug sie es nicht, ihm wehzutun.

Außerdem hatte er durch sein Angebot, sofort wieder zu verschwinden, wenn sie das wollte, jede Menge Punkte gesammelt.

Er trat weiter ins Zimmer, legte den Strauß Rosen, den er mitgebracht hatte, auf den Küchentresen und stützte sich mit den Händen auf eine Stuhllehne. »Hättest du dich bei mir gemeldet, wenn Jordan mir nicht geschrieben hätte?«

»Nein.«

»Autsch.«

»Tut mir leid. Es liegt nicht an dir. Das Problem bin ich.«

»Gab es nicht mal einen Film mit diesem Titel?«

»Vielleicht, aber in diesem Fall stimmt es. Du willst Dinge, die ich dir nicht geben kann.«

»Was denn zum Beispiel?«

»Verbindlichkeit. Eine Beziehung.« Sie rümpfte die Nase, als sie das schreckliche Wort aussprach. »Dinge, zu denen ich nicht fähig bin.«

Er kam um den Stuhl herum und setzte sich, legte seine Ellbogen auf die Knie und lehnte sich zu ihr vor. »Willst du wissen, was mich so verdammt traurig macht?«

Nicht wirklich, denn zu wissen, dass ihn etwas traurig machte, machte wiederum sie traurig. »Was?«

»Dass du dich selbst so unter Wert verkaufst.«

»Tu ich ja gar nicht.«

»Doch. Du denkst, dass du mir – oder überhaupt irgendjemandem – nichts zu bieten hättest, also tust du so, als gäbe es all das für dich nicht, und machst einfach dicht.«

Dass er das so durchschaute, brachte sie auf. Wie konnte er es wagen, sie derart gut zu verstehen? Niemand hatte das bisher getan, also warum war dieser Mann, der zu allem Überfluss auch noch fünf Jahre jünger war als sie, so verdammt scharfsichtig? War das gerecht? Sie musste jetzt sehr, sehr vorsichtig sein. Auf die freundlichste Art, zu der sie imstande war, sagte sie: »Es ist nicht so, dass ich glaube, für mich gäbe es das nicht, sondern eher, dass ich es gar nicht *will*. Verstehst du den Unterschied?«

»Ja, natürlich. Aber wie kannst du das wissen, wenn du es noch nie ausprobiert hast?«

»Ich bin fast dreißig Jahre alt, Coop, und habe in meinem Leben schon vieles erlebt. Ich weiß, was ich will und was ich nicht will, und es wäre einem netten Typen wie dir gegenüber nicht fair, wenn ich zulassen würde, dass du mit jemandem wie mir eine Beziehung eingehst.«

»Mit jemandem wie dir. Was soll das überhaupt heißen?«

»Ich habe einen emotionalen Knacks, Cooper! Ich bin nicht zu Gefühlen fähig wie andere Leute. Du verdienst jemanden, der deine Gefühle erwidert, und das bin nicht ich.« Ihr Kinn bebte, und ihre Augen füllten sich mit Tränen, was sie wütend machte. Sie hatte sich und ihre Gefühle immer unter Kontrolle, außer dann offensichtlich, wenn Cooper James in der Nähe war.

Er setzte sich neben sie aufs Sofa, legte den Arm um sie und zog sie an sich. Während er sie auf den Scheitel küsste, sagte er: »Du hast keinen Knacks. Dir sind nur Dinge passiert, die sehr schmerzvoll waren und die immer ein Teil von dir sein werden, aber du bist wunderschön und süß und lustig, und du verdienst es, geliebt zu werden.«

Gigi würde durchdrehen, wenn er so weitermachte. Sie versuchte sich aus seinem Arm zu lösen, was er allerdings verhinderte.

»Es gibt keinen Grund, Angst vor mir zu haben.«

»Es gibt jede Menge Gründe.«

»Nein.«

»Doch.«

Er hob ihr Kinn an, um ihr den zärtlichsten Kuss ihres Lebens zu geben, der nichts forderte, aber irgendwie alles sagte, ohne dass ein Wort ausgesprochen werden musste.

»Wir sollten das nicht tun«, flüsterte sie.

»O doch, unbedingt. Und ganz dringend.«

Er küsste sie erneut, und plötzlich lag sie unter ihm, schlang Arme und Beine um ihn und genoss es, die Hitze seiner Erektion zu spüren. »Ich möchte, dass du mir zuhörst, okay?« Seine Lippen waren so weich auf ihrer Haut, als er sich über ihren Hals zu ihrem Ohr hochküsste. »Ich werde nie irgendetwas tun, um dich zu verletzen. Das verspreche ich. Ich möchte dich glücklich machen, dich zum Lächeln bringen, zum Lachen.« Er presste sich gegen sie und fuhr fort: »Dich zum Höhepunkt bringen. Du bist bei mir sicher, Gigi. Ich schwöre beim Leben aller, die mir wichtig sind, dass du dich auf mich verlassen kannst, dass ich für dich da sein werde, egal, was passiert – wenn du es nur zulässt.«

Die Worte »Ich kann das nicht« lagen ihr auf der Zunge, aber leider war ihre Zunge anderweitig beschäftigt, also erhielt sie nicht die Gelegenheit, sie auszusprechen, obwohl sie ihr klar und deutlich durch den Kopf hallten. Die Finger ihrer einen Hand waren in seinem Haar vergraben und ihre andere Hand hinten in seiner Hose, sodass sie nicht unbedingt die eigentlich geplante Botschaft »Das wird nichts mit uns beiden« aussandte. Sondern viel eher ein »Worauf wartest du?«.

»Cooper«, stieß sie keuchend hervor, als sie wieder aus dem Kuss auftauchten. »Moment. Ich bin mir nicht sicher, ob ich das tun sollte ...«

»Solltest du aber, Gigi. Du solltest es wirklich, denn jeder verdient jemanden, der ihn mehr liebt als alle anderen.«

»Und das ist es, was du willst? Mich mehr lieben als alle anderen?«

»Ja, ich denke, das ist genau das, was ich will.«

»Für immer?«

»Ich hoffe auf jeden Fall, dass es für immer ist.«

»Wie kannst du wissen, was du willst, wo du noch nicht mal fünfundzwanzig bist?«

»Im September werde ich fünfundzwanzig. Qualifiziert mich das dann dafür, dich für immer zu lieben?«

»Das ist doch alles total lächerlich!«

»Was denn? Die Tatsache, dass ich dir etwas anbiete, was echt ist und vielleicht lebensverändernd für uns beide, oder dass du solche Angst davor hast, verletzt zu werden, dass du dich nicht einmal traust, etwas Wunderbarem eine Chance zu geben?«

Sie stemmte die Hände gegen seine Brust. »Geh von mir runter.«

Er zog sich zurück, damit sie sich aufsetzen konnte.

Sie presste sich mit dem Rücken in die Ecke von Jordans Sofa – oder gehörte es Mason? – und schlang die Arme um ihre Knie.

»Tut mir leid«, entschuldigte er sich. »Das hätte ich nicht sagen sollen.«

»Warum nicht? Es stimmt. Ich meine, welchen anderen Grund auf der Welt könnte es für irgendeine Frau geben, nicht zu wollen, was du anbietest? Vermutlich musstest du die Frauen dein Leben lang mit einem Stock abwehren.«

»Einen Stock habe ich eigentlich nie benutzt.«

»Hör auf. Du machst mich nur wütend.«

Sein Lächeln erfüllte sie mit einem Gefühl atemlosen Glücks, das ihr völlig neu war. Natürlich war ihr erster Impuls, es zu unterdrücken, es auf keinen Fall zuzulassen. Doch das Gefühl war zu groß, um es zu ignorieren.

»Du bist wunderschön, selbst wenn du wütend bist.«

»Was denkst du denn, wie das funktionieren soll? Nicht dass ich zu irgendwas von diesem Wahnsinn Ja sage. Ich meine das rein hypothetisch.«

»Ich bin so froh, dass du fragst, denn ich habe viel darüber nachgedacht. Ich möchte diese Sache mit den Partybooten hier auf Gansett weiterverfolgen, aber das ist nur was für den

Sommer. Wie wäre es, wenn wir im Sommer hier leben würden und den Rest des Jahres über in L. A.? Dann hättest du jeden Sommer automatisch auch immer Zeit mit Jordan, Nikki und Evelyn.«

Ihr Herz schlug schmerzhaft. Bei ihm hörte es sich so einfach an, so machbar. »Und was würdest du den Rest des Jahres über tun?«

»Ich würde mein Portfolio managen – und deins, wenn du das möchtest.«

»Wow, du hast das alles wirklich gut durchdacht, oder?«

»Nicht alles, doch es ist ein Anfang.«

Gigi sah ihn für einen langen Moment an, sammelte ihre Gedanken und brachte ihre Verteidigung in Stellung. »Das geht mir alles viel zu schnell.«

»Okay.«

»Was soll das heißen? ›Okay.‹«

»Es heißt genau das, was du denkst. Wenn dir das alles hier zu schnell geht, dann nehmen wir Tempo raus und lassen uns Zeit. Uns bleiben noch ein paar Tage, bevor du zurück nach L. A. fliegst. Wir können dann schauen, wie es aussieht, wenn deine Abreise unmittelbar bevorsteht.«

»Und was ist mit dem, was ich vorhin gesagt habe? Dass ich das nicht für mich möchte?«

»Das habe ich durchaus gehört, aber ich möchte dazu Folgendes zu bedenken geben: Du hattest das ja überhaupt noch nie in deinem Leben. Wie willst du also wissen, dass du es nicht möchtest?«

»Bist du dir sicher, dass du zur Businessschule gegangen bist und nicht Jura studiert hast?«

»Sehr sicher«, erwiderte er und lachte.

»Du hast echt auf alles eine Antwort. Das ist sehr ärgerlich.«

»Es ist mein erklärtes Ziel, dich mit meinen Antworten für eine sehr lange Zeit ärgerlich zu machen, aber nur, wenn es das ist, was du auch willst. Ich habe keinerlei Verlangen, mich dir aufzudrängen, Gigi, und damit ist es mir total ernst. Wenn du mir sagst, ich soll verschwinden, werde ich das tun. Ich werde es hassen, doch ich tue es.« Er legte den Kopf zur Seite. »Willst du, dass ich gehe?«

Ja, bitte, geh weg, damit ich mich nicht weiter mit dem hier auseinandersetzen muss. Die Worte brannten ihr auf der Zunge, doch sie konnte sich nicht dazu durchringen, sie auszusprechen. »Nein, ich möchte nicht, dass du gehst.«

»Darüber musstest du erst mal nachdenken, was?«

»Ich an deiner Stelle wäre nicht so frech.«

Sein sexy Lächeln war tödlich. »Also, nachdem du jetzt beschlossen hast, dass ich ein bisschen bleiben darf, was möchtest du da tun?«

»Wie du sehr genau weißt, habe ich letzte Nacht fast nicht geschlafen. Ich bin müde.«

»Du willst nach Hause und schlafen?«

»Ich möchte tatsächlich, wirklich, richtig schlafen.«

»Was denn sonst?«, fragte er und tat verwirrt.

Gigi verdrehte die Augen. »Das bedeutet, nicht nackt, keiner von uns.«

»Also gut, das kriege ich vermutlich hin. Obwohl es natürlich fürchterlich schwierig wird.«

»Dann mal los.«

»Vergiss deine Rosen nicht. Die habe ich extra für dich gepflückt.«

»Danke.«

»Gern geschehen.«

Sie holte ihr Handy aus dem Bad und den wunderschönen Strauß Rosen aus der Küche, folgte ihm aus Jordans Haus und schloss die Tür ab. Jordan hatte ihr erzählt, dass die meisten Leute hier ihre Türen gar nicht zusperrten, doch Mason tat es, jetzt, da Jordan bei ihm lebte, immer. Man wusste nie, wann irgendein Irrer sich auf die Suche nach ihr begeben würde, und er wollte, dass Jordan in Sicherheit war.

Das erste Mal, als Jordan ihr das erzählt hatte, hatte Gigi gedacht, wie nett es sein müsste, jemanden zu haben, der einen so sehr liebte, dass er anfing, sein Haus für einen abzuschließen. Allerdings wäre es ihr nie in den Sinn gekommen, sich das auch für sich selbst zu wünschen. Dann war Cooper James in ihr Leben getreten und hatte ihre Welt auf den Kopf gestellt.

Trotz seiner schönen Worte und Versicherungen war Gigi immer noch skeptisch, ob aus diesem Sommerflirt irgendetwas Dauerhaftes werden könnte. Doch sie war bereit, ihm die Chance zu geben, ihr zu zeigen, was sein könnte, und das war ein Riesenschritt für sie.

Während sie den süßen Duft der Rosen einatmete, hoffte sie nur, dass sie es nicht bereuen würde.

* * *

Auf dem Weg nach Hause ermahnte sich Cooper, dass es zu früh für eine Siegesfeier war. Aber sie hatte ihn nicht weggeschickt, was auf jeden Fall ein Sieg war. Als er, vermeintlich von Gigi, die Textnachricht erhalten hatte, dass er so schnell wie möglich zu Jordan kommen sollte, hatte er sich zuerst Sorgen gemacht, dass irgendetwas passiert sein könnte. Doch als er Gigis Schock bei seinem Anblick gesehen hatte, war ihm sofort klar gewesen, dass die Nachricht nicht von ihr gewesen war. Jordan hatte eingegriffen, und dafür würde er ihr immer dankbar sein. Wer wusste schon, ob er Gigi sonst jemals wiedergetroffen hätte?

Er schuldete Jordan ein Dutzend Rosen und ein riesiges Dankeschön.

Ihm fiel außerdem auf, dass Jordan, indem sie sich eingemischt hatte, Gigi signalisiert hatte, dass sie das mit ihm gut fand, was Gigi wichtig sein würde. Trotz ihres Auftretens und ihrer Ist-mir-egal-Haltung liebte Gigi die Familie, die sie sich mit Jordan, Nikki und Evelyn geschaffen hatte, und ihre Meinung war ihr wichtig.

Er würde viel Geduld brauchen und ihr Stunde für Stunde, Tag für Tag zeigen müssen, dass sie ihm vertrauen konnte.

Sein Handy klingelte, und er nahm den Anruf von Jared entgegen. »Was ist los?«

»Hast du dein Telefon etwa mit meinem Auto verbunden?«

Cooper musste sich bei Jareds entrüstetem Tonfall ein Lachen verkneifen. »Vielleicht. Vielleicht auch nicht. Was gibt's?«

»Lizzie möchte wissen, ob du zum Abendessen zu Hause bist. Sie macht Kebab.«

»Hört sich gut an. Kann ich noch jemanden mitbringen?«

»Sicher. Wen denn?«

»Gigi.«

»Kein Problem. Also seid ihr jetzt irgendwie zusammen?«

Cooper warf einen Blick in den Rückspiegel, um sich zu vergewissern, dass Gigi weiter hinter ihm war. »Ja, und ich hoffe, dass daraus mehr als nur ein Sommerflirt wird.«

»Ach, tatsächlich?«

»Ja.«

»Das ist eine ziemlich große Ansage für einen kleinen Jungen wie dich.«

»Hör mit diesem ›Kleiner Junge‹-Mist auf. Ich bin erwachsen, falls du das noch nicht bemerkt hast.«

Jared lachte. »Für mich wirst du immer ein kleiner Junge sein.«

Im Hintergrund konnte Cooper das Baby schreien hören. »Irgendwas Neues vom Privatdetektiv?«

»Er hat vielleicht eine heiße Spur gefunden. Wir hoffen das Beste.«

Cooper konnte die Erschöpfung und die Anspannung in Jareds Stimme hören. »Von Rechts wegen sollte ich Abendessen für euch machen, nicht umgekehrt.«

»Das ist schon in Ordnung. Lizzie sagt, wir müssen zu irgendeiner Form von Normalität zurückkehren, und sie kocht so gern. Das wird ihr helfen, etwas von dem Stress loszuwerden.«

»Ich wünschte, es gäbe etwas, was ich für euch tun könnte, außer zu hoffen, dass ihr Jessie findet.«

»Wir freuen uns, dass du hier bist. Es ist schön, Gesellschaft zu haben.«

»Ich verbringe den Nachmittag mit Gigi, aber falls ihr irgendwas braucht, ruf mich an.«

»Okay. Mein Auto?«

»Fährt genau in diesem Moment in deine Einfahrt. Ich bring dir die Schlüssel.«

»Oh, wow, danke. Das ist wirklich zu nett von dir.«

»Mach ich doch gerne.«

Jared lachte. »Bitte weiter mit den humoristischen Einlagen. Die brauchen wir gerade dringend.«

»Wie geht's Lizzie?«

»Sie ist großartig. Sie kriegt kaum Schlaf, aber sie ist so unglaublich ruhig, als hätte sie sich ihr ganzes Leben lang auf das hier vorbereitet.«

»Mein Gott, Jared. Was soll nur werden, wenn ihr Jessie das Baby zurückgeben müsst?«

»Ich habe keine Ahnung. Darüber will ich nicht mal nachdenken.«

Beim Gedanken an den Schmerz, der Lizzie und Jared in dem Fall bevorstand, zog sich Cooper der Magen zusammen.

»Ich weiß nicht, was schlimmer ist: die Furcht davor, was dann passieren wird, oder dieser furchtbare Schwebezustand, in dem wir gar nichts wissen.«

»Ist beides beschissen.«

»Absolut«, bestätigte Jared mit einem Seufzen.

Als Cooper vor der Garage hielt, trat Jared nach draußen.

Cooper überreichte ihm die Autoschlüssel und umarmte seinen Bruder spontan. »Ich wünschte, ich könnte mehr tun.«

Jared tätschelte ihm den Rücken. »Das hilft schon. Danke.«

»Irgendwas Neues von Quinn?«

»Nichts, außer dass sie gut in Irland gelandet sind.«

»Was für ein Glückspilz.«

»Er hat lange genug gebraucht, um sich zu trauen. Ich hoffe, dass sie jede Minute ihrer Flitterwochen genießen.«

»Davon bin ich überzeugt.«

In dem Moment fuhr Gigi in die Einfahrt und parkte neben dem Porsche. »Wie geht's, Jared?«, fragte sie, als sie ausstieg.

»So wie vorher. Wir sind immer noch auf der Suche nach Jessie und kümmern uns in der Zwischenzeit um das Baby.«

»Ich bewundere wirklich, wie ihr das hinkriegt.«

»Wir tun nur das, was jeder tun würde.«

»Das stimmt nicht«, widersprach Gigi heftig. »Die meisten Leute hätten das Baby längst den zuständigen Behörden übergeben. Ihr seid nicht wie die meisten Leute.«

»Danke«, sagte Jared mit einem erschöpften Seufzen. »Viel Spaß euch heute Nachmittag. Wir sehen uns nachher zum Essen.«

Gigi warf einen Blick zu Cooper.

»Sie haben uns eingeladen.«

»Sollten nicht vielleicht *wir* für *sie* kochen?«

»Das habe ich auch gefragt, aber Jared hat mir versichert, dass Lizzie das gerne tun möchte.«

»Was können wir mitbringen?«

»Gar nichts. Ich bin heute Morgen einkaufen gewesen und habe auch Wein besorgt. Wir haben alles.«

»Danke noch mal für die Einladung«, erklärte Cooper.

»Wir freuen uns schon auf euch.«

»Danke, gleichfalls«, erwiderte Cooper.

»Ich schau besser mal nach Lizzie. Wir sehen uns nachher.«

Während Jared sich entfernte, bemerkte Cooper die ungewöhnlich hängenden Schultern seines Bruders, als würde das Gewicht der Welt auf ihnen lasten.

»Ich finde es so furchtbar, dass sie in diese Situation geraten sind«, meinte Gigi, während sie ihm in ihre Wohnung vorausging.

»Ich auch. Es ist fürchterlich und wunderschön zur selben Zeit.«

»Ich muss duschen. Mach's dir inzwischen gemütlich.«

Cooper folgte ihr ins Schlafzimmer, zog sich das T-Shirt über den Kopf und ließ seine Shorts fallen.

»Moment mal. Ich hab gesagt, nicht nackt.«

»Wenn ich meine Unterhose anbehalte, bin ich nicht nackt.«

»Das hier«, sie wedelte mit einer Hand in seine Richtung, »ist schon viel zu nackt für mich.«

»Keine Sorge. Ich werde nicht zulassen, dass du die Situation ausnutzt. Wir werden schlafen. Jetzt erst mal ab unter die Dusche mit dir. Ich warte hier auf dich.«

Sie schnaubte entnervt und schlug die Badezimmertür hinter sich zu.

Gott, er liebte sie, und ja, er wusste, das war verrückt, aber wie könnte er sie nicht lieben? Sie war unglaublich und lustig und süß und so verletzt, dass sie nicht mal wusste, wie sie sich von jemandem lieben lassen sollte. Er war entschlossen, es so gut für sie zu machen, dass sie ihn nie wieder gehen lassen würde.

Sie könnten zusammen glücklich sein. Das wusste er. Woher er das wusste, konnte er nicht sagen. Es gehörte offenbar zu den Dingen, die einfach so waren. Es entzog sich allen

Erklärungsversuchen, und es ließ sich auch nicht mit Worten beschreiben. Doch er war sich absolut sicher, dass er bei ihr sein musste. Wenn er das möglich machen konnte, würde der Rest sich schon irgendwie fügen. Das hoffte er zumindest.

Zehn Minuten später stieg sie in einem langen T-Shirt, das ihr bis zur Mitte der Oberschenkel reichte, auf der anderen Seite ins Bett.

»Dürfen wir bei diesem Nickerchen kuscheln?«, erkundigte sich Cooper.

»Auf gar keinen Fall.«

»Ach, komm schon. Das ist unfair. Ich habe deiner ›Nicht nackt‹-Klausel zugestimmt, aber über Kuscheln hast du nichts gesagt.«

»Das ist nur was für Paare. Wir sind immer noch bei einem Flirt.«

»Nein, sind wir nicht. Du hast mich vorhin zum festen Freund befördert.«

Sie sah ihn an, ihre Augen blitzten empört, und er hatte sie nie mehr begehrt. »Wann genau soll ich das getan haben?«

»Als du mich nicht weggeschickt hast.«

»Wie wirst du dadurch mein fester Freund?«

Er drehte sich auf die Seite und rückte näher zu ihr. »Wenn du mich nicht hättest haben wollen, hättest du mich rausgeschmissen.«

»Ich wollte nur deine Gefühle nicht verletzen. Das ist der einzige Grund, warum ich dir erlaubt habe, zu bleiben.«

»Bist du dir da sicher?«, fragte er und legte ihr eine Hand auf den Bauch.

Sie versuchte, sie wegzuschieben, aber er ließ sich nicht abschütteln.

»Nicht. Nicht anfassen.«

»O doch, anfassen.« Er strich mit seiner Hand von ihrem Bauch über ihr Bein und ließ sie unter den Rand ihres T-Shirts gleiten.

»Cooper …«

»Schh, entspann dich, und ruh dich aus.«

»Wie soll ich mich denn bitte entspannen, wenn du so was tust?«

Sie bekam eine Gänsehaut, wie er befriedigt feststellte.

»Was mache ich denn?« Er strich mit den Fingerspitzen über die Innenseite ihres Oberschenkels, hielt sich ganz bewusst von allem fern, was sie zur Tabuzone erklären könnte.

Sie wand sich, versuchte seiner Hand näher zu kommen, aber das ließ er nicht zu. »Cooper.«

»Ja, Gigi?«

»Hör auf.«

»Du hast mir immer noch nicht gesagt, womit ich aufhören soll.«

»Mich zu berühren, ohne mich da zu berühren, wo ich es will.«

»Du hast behauptet, das dürfe ich nicht!«

»Seit wann hörst du denn bitte auf mich? Ich hab dich gebeten, mich in Ruhe zu lassen, und prompt liegst du fast nackt neben mir in meinem Bett!«

»Du sendest wirklich sehr widersprüchliche Signale. Willst du jetzt, dass ich dich berühre, oder nicht? Und wenn du das willst, dann musst du das ganz explizit aussprechen, denn ich berühre dich nicht ohne Erlaubnis.«

»Ich will, dass du mich berührst.«

»Wo?«

»Überall.«

»Ich dachte, du wolltest schlafen.«

»Das tue ich, nachdem du mich berührt hast, und bitte sei vorsichtig, denn ich hab mich von deinem Riesending noch nicht wieder erholt.«

Cooper bebte vor unterdrücktem Gelächter. »Du bist wirklich was ganz Besonderes, Gigi Gibson.«

»Ob du es glaubst oder nicht, das habe ich schon ein paarmal gehört.«

»Das glaube ich sofort.«

KAPITEL 21

Cooper strich weiter so federleicht über die Innenseite ihres Oberschenkels, dass es sie fast in den Wahnsinn trieb – und er wusste das, weil sie ihn anknurrte. »Geduld«, ermahnte er sie.

»Hab ich nicht.«

»Dann solltest du dir aber dringend welche zulegen.«

»Du machst mich schon wieder wütend.«

»Ich hab das Gefühl, dass du mir vergeben wirst.«

»Werd ich nicht.«

Er küsste sie auf den Hals. »Doch, wirst du.«

»Hey, Cooper?«

»Ja, Gigi?«

»Du tischst mir hier nicht ... du weißt schon, irgendwelchen Mist auf, oder?«, fragte sie, und ihre Stimme und ihr Ausdruck waren so verletzlich, dass es ihm das Herz brach.

Er benutzte seine freie Hand, um ihr das Haar aus dem Gesicht zu schieben. »Nein, Süße. Ich schwöre bei allem, was mir heilig ist, dass du von mir nichts als die Wahrheit hören wirst.« Er küsste sie so zärtlich, wie es nur ging, und sagte: »Die Wahrheit lautet, ich bin verrückt nach dir. Das war ich schon, bevor ich dich überhaupt kennengelernt habe, und dann habe ich herausgefunden, dass du sogar noch viel wunderbarer bist, als ich es mir je hätte träumen lassen.«

Sie blinzelte Tränen zurück, was ihm das Herz abdrückte, weil er wusste, dass Tränen absolut nicht ihr Ding waren.

Er küsste sie auf beide Wangen und die Nasenspitze, bevor er zu ihren Lippen zurückkehrte, während seine Finger ihr Bein hinauffuhren und er entdeckte, dass sie unter dem T-Shirt nackt war. Er wurde sofort hart, aber hier ging es nicht um ihn. Sondern darum, ihr zu zeigen, dass er es ernst gemeint hatte, als er gesagt hatte, dass er sie nicht nur wegen der ganzen oberflächlichen Dinge wollte.

Ihr Vertrauen und ihre Liebe zu gewinnen würde die größte Herausforderung seines Lebens sein, und sie glücklich zu machen der größte Gewinn. »Ich habe das Gefühl, wir beide könnten die Welt in Flammen setzen.«

Sie wölbte sich ihm entgegen, versuchte, näher an die Finger zwischen ihren Beinen zu kommen.

»Ganz ruhig, Baby«, flüsterte er. »Ganz locker und easy.«

Sie gab einen Laut von sich, der vielleicht ein Schluchzen hätte sein können.

Cooper küsste sie zärtlich. »Entspann dich einfach, und lass dich von mir lieben.«

»Ich kann mich nicht von dir lieben lassen.«

»Doch, kannst du.«

Sie schüttelte den Kopf.

Er nickte bekräftigend und küsste sie erneut, während er seine Finger in sie gleiten ließ.

Sie klammerte sich derart verzweifelt an ihn, dass seine Rippen schmerzten, aber das war ihm egal. Er wollte, dass sie sich so fest und so lange an ihn klammerte, wie es überhaupt nur möglich war.

Cooper liebte sie zärtlich und sanft, neckte sie so lange, bis sie ihn anflehte, endlich zu Ende zu bringen, was er begonnen hatte, doch er hatte keine Eile.

»Cooper ... Bitte.«

»Sag mir, was du willst.«

»Du weißt, was ich will!«

»Du wirst alles bekommen, was du dir wünschst, aber du musst etwas Vertrauen in mich setzen.«

»Das tue ich, sonst wäre ich nicht hier. Zum wiederholten Male.«

Ihm war klar, dass diese Worte einen großen Sieg bei seiner Kampagne bedeuteten, sie davon zu überzeugen, dass sie es nicht nur wert war, geliebt zu werden, sondern dass sie dieses Gefühl auch erwidern konnte.

»Du bist der Teufel«, keuchte sie, als er sie fast bis zum Höhepunkt brachte und ihn ihr dann doch noch verwehrte.

Mit einem Lachen glitt er vorsichtig an ihr herunter, wobei er darauf achtete, seine Rippen zu schonen, denen es endlich ein bisschen besser ging, und ersetzte seine Finger durch seine Zunge.

»O Gott im Himmel«, stöhnte sie, als er zwei Finger in sie schob und sie krümmte, um genau den entscheidenden Punkt zu erreichen.

Sie stand direkt vor der Explosion, als er aufhörte.

»Cooper!«

»Wirst du mir eine Chance geben, Gigi?«

»Ist es nicht genau das, was ich gerade tue?«

»Eine echte Chance. Eine, bei der man ein Risiko eingeht und unsere Leben sich auf eine Art miteinander verflechten, die für uns beide funktioniert?«

»Muss ich das beantworten, bevor du mich kommen lässt?«, fragte sie und presste sich gegen seine Finger, die weiter tief in ihr waren.

»Ja, genau.«

»Das ist sexuelle Erpressung!«

»Nenn es, wie du willst. Beantworte jetzt die Frage. Tun wir es wirklich?« Er zog seine Finger fast komplett zurück und schob sie dann wieder in sie, achtete dabei darauf, ihr nicht wehzutun, nachdem sie ihm verraten hatte, dass sie von gestern noch wund war.

»Ich wünschte, du würdest es jetzt endlich zu Ende bringen, verdammt noch mal.«

Cooper lachte. »Werde ich. Sobald du mir gibst, was ich will, gebe ich dir, was du willst.«

»Wenn du dich als mein Freund so aufführst, habe ich ein Spielzeug, das nicht so widerborstig ist.«

»Aber kann dein Spielzeug das hier?« Er leckte über ihre heiße Mitte. »Kann es das?« Er zog seine Finger aus ihr heraus und schob ihr einen hinten rein, bevor sie auch nur ahnte, was er vorhatte. »Und wie steht es hiermit?«

Er drang mit der Zunge in sie ein, bis sie so heftig kam, dass sie ihm fast den Finger brach, der weiter in ihr war. »Also, zurück zu meiner Frage …« Er ließ seinen Finger, wo er war, während er darauf wartete, dass sie sich wieder erholte. »Wirst du mir eine Chance geben?«

»Du hast einen Finger in meinem Hintern. Ich vermute, das bedeutet wohl, dass ich dir eine Chance gebe.«

Cooper lachte, bis ihm die Tränen über die Wangen liefen. »Gigi, ich glaube wirklich, ich könnte dich lieben.«

»Ich hab dir gesagt, dass das keine gute Idee ist, aber mit Argumenten ist dir ja nicht beizukommen.«

»Ich glaube, dass es möglicherweise die beste Idee meines gesamten Lebens ist.«

»Behaupte hinterher nicht, ich hätte dich nicht gewarnt.« Sie wand sich und versuchte sich von ihm zu lösen. »Und jetzt nimm diesen Finger aus mir raus. Sofort.«

Er senkte den Kopf, strich mit der Zunge über ihre Klitoris und schob den Finger tiefer in sie. »Erst, wenn du mir einen Zweiten schenkst.«

»Irgendwie fühlt es sich merkwürdig an«, sagte Dara zu Oliver, als sie zu Luke und Syd fuhren. »Sie kennen uns ja nicht mal und haben uns trotzdem zum Essen eingeladen.«

»Er kennt mich. Wir sehen uns jeden Tag.«

»Fühlt sich trotzdem merkwürdig an.«

»Muss es nicht. Du weißt, wie die Leute hier sind. Alle haben uns so herzlich aufgenommen und sind so freundlich zu uns gewesen. Luke ist einer der nettesten Menschen überhaupt, und ich bin mir sicher, für seine Frau gilt das Gleiche.«

Dara hatte sich daran gewöhnt, dass sich fast alles merkwürdig anfühlte, seit sie ihren Sohn verloren hatte, insofern sollte es keine Überraschung sein, dass ihr die Vorstellung unangenehm war, neue Leute zu treffen. Seit ihrer Ankunft auf Gansett hatte sie versucht, sich dem Inselleben hinzugeben, wie Oliver es nannte, und hatte jede Menge Leute kennengelernt, die sie nicht schon aus der Zeit kannten, bevor sie Lewis verloren hatten.

Es war eine Erleichterung.

So sah sie wenigstens nicht jeder an, als wäre sie die personifizierte Tragödie, wie es zu Hause der Fall gewesen war.

»Erzähl mir mehr über deinen ersten Tag im Wayfarer. Was hast du gemacht?«

»Nikki hat mir die Planung von drei Hochzeiten übertragen, alle im nächsten Frühling und Sommer. Ich habe jeweils Zoom-Meetings mit den Bräuten vereinbart, damit wir uns kennenlernen und die Details klären können.«

»Es macht bestimmt Spaß, mit Paaren den schönsten Tag ihres Lebens zu organisieren.«

»Ich freu mich auf jeden Fall schon darauf, richtig loszulegen. Die große Herausforderung ist, dass alles sehr weit im Voraus bestellt werden muss, damit es rechtzeitig hier ist. Nikki hat sehr beeindruckende Tabellen mit den Verkäufern und allen Vorlaufzeiten zusammengestellt.«

»Bis wir hierhergekommen sind, habe ich mir nie groß Gedanken über die Besonderheiten des Insellebens gemacht. Big Macs Schwiegersohn Joe gehört die Fährgesellschaft, und Big Mac hat immer Geschichten über Dinge auf Lager, die gebracht oder weggefahren werden. Während der Saison verkehrt zweimal die Woche eine besondere Fähre, die Kraftstoff transportiert. Darauf dürfen keinerlei Passagiere mitfahren.«

»Das ist tatsächlich alles sehr interessant. Nikki hat mir erzählt, dass die Familie in den letzten Jahren für alle Bewohner eine Thanksgiving-Feier in der Marina veranstaltet hat, bloß ist das unterdessen so groß geworden, dass sie es ins Wayfarer auslagern wollen. Da Nikki genau an dem Wochenende heiratet, hat sie mir das ebenfalls übertragen, genau wie das Weihnachtsessen, das dieses Jahr auch stattfinden soll, und eine Silvesterparty für die Leute, die das ganze Jahr über hier leben.«

»Also wirst du auch außerhalb der Saison genug zu tun haben.«

»Scheint so.«

»Ich freue mich, dass du den Job bekommen hast, Dara. Ich denke, das wird gut für dich sein.«

»Das glaube ich auch. Wie du gesagt hast: Es ist eine Herausforderung, aber überhaupt nicht wie die Arbeit, die ich gewohnt bin. Ich bin noch nicht so weit, in das alte Leben zurückzukehren, also fühlt sich das hier gerade perfekt an.«

»Was, wenn es uns hier so gut gefällt, dass wir nie wieder wegwollen? Wenn dir der Job im Wayfarer so viel Spaß macht und mein Aktienhandel genug einbringt, dass wir damit unseren Lebensunterhalt bestreiten können?«

»Ich denke, damit befassen wir uns, wenn es so weit ist.«

»Könntest du dir denn vorstellen, dauerhaft hierherzuziehen?«

Sie zuckte die Achseln. »Im Moment nehme ich das Leben einen Tag nach dem anderen. Mehr geht nicht.«

»Es freut mich auf jeden Fall, dass du bereit wärst, darüber nachzudenken. Ich fühle mich hier nach den wenigen Tagen schon mehr zu Hause als irgendwo sonst, wo ich bisher gelebt habe. Ich liebe die morgendlichen Treffen in der Marina und die freundlichen Leute und die wunderschöne Landschaft und das Abenteuer, auf einer abgelegenen Insel zu wohnen. Ich liebe das alles.« Er warf ihr einen Blick zu. »Aber nur, wenn du das auch tust.«

»Es gefällt mir sehr gut. Ich habe das Gefühl, hier kann ich endlich wieder atmen. Will ich für immer hierbleiben? Da bin ich mir nicht sicher, doch ich will es nicht ausschließen.«

»Wir sollten vermutlich erst mal einen Winter abwarten, bevor wir uns in den Ort verlieben, oder?«

Dara lachte, etwas, was in letzter Zeit wieder häufiger passierte und ihm sehr gefiel. »Stimmt.« Sie ließ das Seitenfenster herunter und hielt ihr Gesicht in die letzten warmen Sonnenstrahlen des Tages. Im zurückliegenden Jahr hatte sie keinen Frieden finden können, aber seit sie auf Gansett waren, geschah es ab und zu. Selbst wenn ihr Aufenthalt sonst nichts anderes brachte, kamen sie und Oliver einander wieder näher, und dafür würde sie immer dankbar sein.

Viele dunkle Monate lang hatte sie sich gefragt, ob ihre einst so wundervolle Ehe das nächste Opfer der Tragödie werden würde. Jetzt hatte es den Anschein, als hätten sie das Schlimmste hinter sich und könnten sich langsam, aber sicher der Zukunft zuwenden. Das war zu Hause einfach nicht möglich gewesen. Warum? Sie wusste es nicht, und es war ja auch egal. Sie war dankbar für jede Form von Ruhe, die sie finden konnte.

Lukes und Syds Haus stand direkt am Strand.

»Wow, was für eine Lage«, meinte Oliver, als sie aus dem SUV stiegen, gerade als die Sonne spektakulär hinter dem Horizont zu versinken begann.

»Das habe ich von meiner Mutter geerbt«, sagte ein attraktiver, dunkelhaariger Mann, der in dem Moment herauskam, um sie zu begrüßen. »Sie ist jung gestorben, und ich habe hier allein gewohnt, bis ich das Glück hatte, Syd überreden zu können, den Rest ihres Lebens mit mir zu verbringen.«

»Die Lage ist herrlich.« Oliver schüttelte seinem Freund die Hand. »Du triffst vermutlich ständig auf Leute, die es dir abkaufen wollen.«

»Ich erhalte mindestens sechs Angebote im Jahr, aber ich lehne alle ab.« Er zeigte auf eine Scheune, die etwas von der Einfahrt entfernt lag. »Dort restauriere ich die Boote.«

»Ach übrigens, Luke, das ist Dara. Dara, Luke.«

»Ich freue mich, dich endlich mal zu treffen«, sagte Luke. »Oliver redet so oft von dir, dass ich das Gefühl habe, wir würden uns schon kennen.«

»Danke, gleichfalls. Und danke, dass ihr ihn bei eurem morgendlichen Treffen aufgenommen habt. Es gefällt ihm sehr.«

»Uns auch.«

»Ich hab ganz vergessen, dir zu erzählen, Dara, dass Luke unglaublich hochwertige Bootsrestaurationen durchführt. Er hat auch Big Macs Boote hergerichtet.«

»Die sind wirklich toll geworden«, sagte Dara.

»Danke. Es macht Spaß, und es verschafft mir große Befriedigung, zu sehen, dass etwas Altes und Zerbrochenes wieder instand gesetzt wird.«

Sie fand, dass das eine passende Metapher für ihren aktuellen Zustand war. »Danke, dass wir bei euch sein dürfen, und ich hoffe, Oliver hat uns nicht einfach selbst eingeladen.«

Luke lachte. »Überhaupt nicht. Wir freuen uns, endlich mal wieder unter Erwachsenen zu sein. Unsere Tochter Lily kann jetzt krabbeln, und sie hält uns ganz schön auf Trab.«

»Ich erinnere mich an diese Phase«, meinte Dara wehmütig.

»So bleibt man in Bewegung. Kommt rein.« Luke führte sie über einen beleuchteten Weg zur Tür. »Hunde sind kein Problem, richtig?«

»Ja, wir haben auch einen«, bestätigte Oliver. »Einen blonden Labrador namens Maisy.«

»Oliver und Dara, das hier sind unser Hund Buddy und unsere Tochter Lily. Wir sollten ihn und Maisy vielleicht mal zu einem Spieldate zusammenbringen.«

»Das würde Maisy ganz bestimmt gut gefallen«, erwiderte Dara.

Als Luke sich vorbeugte, um das Baby vom Boden hochzunehmen, stieß Lily einen empörten Schrei aus. »Jetzt, wo sie sich allein fortbewegen kann, will sie nicht, dass ihr jemand hilft.« Luke setzte die Kleine zurück auf den Boden, und sie krabbelte in einem Affenzahn davon.

»Meine Güte, sie ist echt schnell«, stellte Oliver fest.

»Wir vermuten, dass sie mal Sprinterin wird und bei Olympia startet«, sagte eine wunderschöne rothaarige Frau, die sich zu ihnen stellte. »Hallo, ich bin Syd. Ich freu mich so, euch beide kennenzulernen.« Sie schüttelte ihnen die Hand und führte sie in eine gemütliche Küche, die sich zum Wohnzimmer hin öffnete, wo Lily mit ihren Spielsachen hantierte. »Schnell, sie ist gerade beschäftigt, die Zeit müssen wir nutzen. Also, was wollt ihr trinken?«

»Wir haben Wein mitgebracht.« Oliver hielt ihr die Tüte hin, in der sich Rot- und Weißwein befanden.

»Wunderbar, danke. Ich habe eine Flasche Chardonnay offen.«

»Da sage ich nicht Nein«, antwortete Dara. »Oliver möchte vermutlich lieber Rotwein.«

»Kommt sofort. Lasst uns auf die Terrasse gehen. Es ist ein so wunderschöner Abend.«

»Ich bereite noch schnell alles dafür vor, die Prinzessin ins Bett zu stecken. Ich bin gleich wieder zurück«, erklärte Luke.

»Bring sie noch runter, damit sie Mommy Gute Nacht sagen kann.«

»Na klar.«

Dara und Oliver folgten Sydney auf die Terrasse, über die Lichterketten gespannt waren. In einer Ecke stand eine Feuerschale.

»Wie wunderschön!«, sagte Dara, während Sydney sich um das Essen auf dem Grill kümmerte. »Das sieht aus wie aus einem Hochglanzmagazin.«

Sydney deutete zu der Käseplatte auf dem Tisch, um sie aufzufordern, sich selbst zu bedienen. »Oh, vielen Dank. Ich bin Dekorateurin, und Luke behauptet gern, er wisse nie, was ihn im Haus erwartet, wenn er heimkommt. Ich ändere hier ständig was.«

»Das kann ich gut verstehen«, erwiderte Dara. Sydneys Herzlichkeit hatte geholfen, dass sie sich sofort wohlfühlte. »Das ist der schönste Fleck, den ich bisher auf der Insel gefunden habe, und das will was heißen.«

»Luke ist hier mit seiner Mutter aufgewachsen, und nach ihrem Tod musste er sich ziemlich krummlegen, um alles behalten zu können. Die Steuern allein waren schon tödlich. Darum hat er damit angefangen, Boote zu restaurieren. Damit hatte er ein Einkommen, auch wenn die Marina außerhalb der Saison geschlossen war.«

»Ich bin froh, dass er es behalten konnte«, sagte Oliver. »Es ist wirklich etwas ganz Besonderes.«

»Du hättest es sehen sollen, als ich hergekommen bin, nachdem wir gerade wieder ein Paar geworden waren«, erwiderte Syd und verdrehte die Augen. »Die Fenster dort?« Sie zeigte auf eine Ecke des Hauses. »Das war eine Wand! Das ist doch praktisch ein Verbrechen, oder?«

»Ja, aber wirklich«, stimmte Dara ihr zu und lachte.

»Erzählt sie euch von meiner Junggesellenbude?«, erkundigte sich Luke, der gerade mit Lily auf dem Arm auf die Terrasse trat. Seine Augen funkelten amüsiert, und er betrachtete seine Frau voller Zärtlichkeit. »Ich habe auf sie gewartet, damit sie mir sagt, was alles wie geändert werden muss.«

»Er hatte hier draußen Strandstühle und einen Grill stehen«, berichtete Sydney. »Das kann man sich gar nicht vorstellen.«

»Und trotzdem liebt sie mich«, verkündete Luke und beugte sich vor, um Lily ihrer Mutter zu geben.

Sydney schloss Lily in die Arme und küsste sie. »Schlaf gut, meine Süße, und sei lieb zu Daddy. Sagst du unseren Freunden Oliver und Dara noch Gute Nacht?«

»Nnn«, machte Lily.

»Das ist ja schon mal ein Anfang«, lobte Syd und lachte. »Gute Nacht, Baby. Mommy hat dich lieb.«

»Nacht, Lily«, antworteten Dara und Oliver zusammen.

»Ich bin gleich zurück«, versprach Luke und brachte die Kleine nach drinnen.

»Er ist ein großartiger Vater«, stellte Syd fest. »Er bringt sie jeden Abend ins Bett.«

»Das hab ich auch immer getan«, meinte Oliver. »Das war meine Lieblingszeit mit Lewis.«

»Es tut mir so schrecklich leid, was euch zugestoßen ist«, erklärte Sydney. »Ich wünschte, es gäbe etwas, was ich sagen oder tun könnte, aber wie ich selbst nur zu gut weiß, gibt es nichts, was den Schmerz irgendwie erträglicher macht.«

»Nein, gibt es nicht«, bestätigte Dara. »Und die Leute verstehen das einfach nicht. Sie denken, es sollte uns jetzt schon viel besser gehen.«

»Ich hasse es, das zu sagen, doch an ›besser‹ werden wir wohl unser ganzes Leben lang arbeiten müssen.«

»Das wird mir auch langsam klar.« Dara dachte, dass es wirklich eine Erleichterung war, mit jemandem zu reden, der das begriff. »Es hat mir sehr leidgetan, zu hören, was dir passiert ist.«

»Vielen Dank. Es ist jetzt mehrere Jahre her, und der Schmerz ist nicht mehr so scharf wie am Anfang, aber er ist immer da, ein dauerhafter Teil von mir. Ich denke die ganze Zeit darüber nach, wie Max und Malena wohl wären und was mein Ehemann tun würde. Die drei hatten immer irgendwas vor, und so denke ich auch weiter an sie, stelle mir vor, dass sie zusammen im Jenseits sind.«

»Das ist schön«, meinte Dara und tupfte sich die Tränen ab, die ihr in die Augen getreten waren. »Ich habe meine und Olivers verstorbene Großeltern gebeten, sich um Lewis zu kümmern, bis wir kommen. Ich male mir aus, dass sie zusammen zu Picknicks gehen oder ihn zum Schlafen bei sich haben.«

»Ich bin mir sicher, dass sie sich sehr gut um ihn kümmern.« Syd nahm Daras Hand und drückte sie. »Ich bin so froh, dass Luke euch eingeladen hat. Ich hatte schon vor, auf einen Besuch bei euch im Leuchtturm vorbeizuschauen.«

»Ich bin ebenfalls froh, dass er uns eingeladen hat, auch wenn ich mir Sorgen darüber gemacht hab, ob es richtig wäre, unsere Tragödie in euer Haus zu bringen, vor allem nach dem, was du hinter dir hast.«

»Nachdem ich meine Familie verloren hatte, habe ich Unterstützung von so vielen Leuten erfahren. Von einigen, die ich seit Jahren kannte, und andere sind zu mir gekommen, weil sie einen ähnlichen Schicksalsschlag wie ich erlitten hatten und wussten, wie sie mir auf eine Art helfen konnten, wie es meine langjährigen Freunde und meine Familie nicht konnten. Wenn ich an die Zeit zurückdenke, sind es die, die damals Fremde für mich waren, die mir am meisten geholfen haben. Seither habe ich versucht, das an Leute weiterzugeben, die Ähnliches erlebt haben, denn ich weiß, wie viel es mir bedeutet hat, diese Unterstützung zu erhalten. Meine Tür steht dir immer offen, Dara – genau wie dir, Oliver. Wenn ihr einen schlechten Tag habt, kommt vorbei. Ich verstehe das und werde immer zuhören und gerne mit euch reden oder euch umarmen oder was auch immer gerade gebraucht wird.«

Dara konnte nicht anders und musste ihre neue Freundin kurz drücken. »Das bedeutet mir sehr viel. Du ahnst nicht, *wie* viel. Nachdem wir Lewis verloren hatten, haben viele Leute helfen wollen, aber ich war noch nicht so weit, dass ich Trost annehmen konnte. Ich glaube, jetzt ist das anders.«

»Ich bin immer hier. Wir tauschen unsere Telefonnummern aus, und ich werde dich auch meinen Freundinnen Jenny und Erin vorstellen. Sie haben beim Anschlag auf das World Trade Center Toby verloren. Er war Jennys Verlobter und Erins Zwillingsbruder. Sie verstehen es ebenfalls, und wir helfen uns gegenseitig.«

»Die Leute hier sind fast zu gut, um wahr zu sein«, sagte Dara.

»Nein, nein, so ist es gar nicht. Doch die meisten von uns sind an einem Punkt in unserem Leben, an dem wir gelebt haben, geliebt, verloren und letztendlich *über*lebt. Das verbindet. Und Gansett Island hat eine heilende Wirkung, weshalb die Stadt auch Briefe von den Bewerbern um den Job als Leuchtturmwärter verlangt. Sie suchen Leute, die brauchen, was die Insel zu bieten hat.«

»Für uns funktioniert es«, meinte Oliver. »Seit wir hier sind, fühlen wir uns beide, als würden wir wieder zum Leben erwachen und uns auch gegenseitig neu entdecken.«

»Es freut mich so, das zu hören.«

»Eine Sache, die ich dich fragen wollte ...«, begann Dara zögerlich. »Wie hast du den Mut gefunden, ein weiteres Kind zu kriegen? Aber falls das zu persönlich ist, kann ich das natürlich verstehen.«

»Ich bin ein offenes Buch, Dara. Du kannst mich wirklich alles fragen, und ich werde dir immer die Wahrheit sagen, so wie ich sie sehe. Und das ist eine gute Frage. Es war für mich lange Zeit sehr schwierig, mir vorzustellen, je wieder den Mut dazu aufzubringen, es zu versuchen, und außerdem hatte ich mich nach Malenas Geburt sterilisieren lassen, also musste das erst mal rückgängig gemacht werden. Wir wussten nicht, ob es überhaupt funktionieren würde, und wir haben beschlossen, einfach das Schicksal entscheiden zu lassen. Außerdem hat Luke mir geholfen, zu verstehen, dass ich meine große Tragödie vermutlich hinter mir habe und nichts weiter passieren wird.« Sydney runzelte die Stirn, und ihr Ausdruck veränderte sich komplett. »Doch natürlich habe ich herausgefunden, dass es so nicht funktioniert.«

»Wie meinst du das?«

»Früh in diesem Sommer habe ich einen schrecklichen Fehler gemacht, während ich mit Lily im Auto saß, und bin aus Versehen mit dem Fuß statt auf die Bremse aufs Gaspedal geraten, sodass wir vom Pier in die Marina und ins Wasser gefahren sind.«

»O mein Gott!«, rief Dara. »Aber es geht euch beiden gut?«

»Glücklicherweise konnten Luke, Big Mac, Mason und Blaine uns rechtzeitig rausholen, doch es waren die längsten zehn Minuten meines Lebens.«

»Gott sei Dank ist euch weiter nichts zugestoßen.«

»Ja, das stimmt, allerdings lagen meine Nerven wochenlang total blank. Jetzt ist es schon wieder viel besser, trotzdem war es eine bittere Erinnerung daran, was alles geschehen kann.«

»Das ist genau das, was mich so lähmt. Olly und ich ... Wir haben bei Lewis alles richtig gemacht. Wir haben ihn nie aus den Augen gelassen. Er hat schon als Kleinkind Schwimmunterricht bekommen. Und trotzdem ist das Schlimmstmögliche eingetreten.«

»So war es mit meinen Kindern auch. Ich war stets super-vorsichtig, habe immer alle daran erinnert, aufzupassen und auf alles zu achten, was irgendwie gefährlich sein könnte. Dennoch war da am Ende nichts, was ich hätte tun können, um die Tragödie zu verhindern. Ich habe viele Jahre und sehr viel Therapie gebraucht, um sagen zu können, dass es nichts gab, was ich hätte tun können, genauso wie es nichts gab, was ihr hättet tun können, um zu verhindern, was Lewis passiert ist.«

»Ich wünschte, ich hätte an dem Sonntag nicht gearbeitet«, sagte Dara.

»Und ich wünschte, ich wäre nicht vor dem Fernseher ein-geschlafen«, fügte Oliver hinzu.

»Ihr hättet nichts tun können, um den Unfall zu verhin-dern. Denn das war es. Ein Unfall. Und per definitionem sind Unfälle etwas, was unabsichtlich geschieht. Ich weiß nicht, ob ihr an das Schicksal oder höhere Mächte oder irgendwie so was glaubt, aber ich tue das. Ich glaube, dass ein großer Plan für uns alle existiert, und wir sind einfach nur dabei. Das zu glauben, hilft mir, zu verstehen, dass es nichts gab, was ich hätte tun können, um meine Familie zu retten.«

»Ich glaube das auch, oder wenigstens habe ich das getan, bis Lewis umgekommen ist«, sagte Dara. »Jetzt bin ich mir nicht mehr so sicher, doch ich bemühe mich, meinen Glauben wiederzufinden, zusammen mit allem anderen, was mir früher wichtig war.«

»Der beste Rat, der mir nach meinem Verlust gegeben wurde, war, zu akzeptieren, dass ich aus einem Grund verschont wurde. Ich denke, dieser Grund war, dass ich hierher zurückkommen, Luke wiederfinden und Lily haben sollte. Ich bin davon überzeugt, dass dieses Leben, das ich jetzt führe, das ist, was sein soll, aber das nimmt dem Leben, das ich mit Seth und den Kindern hatte, nichts. Es ist schwierig, das Leuten zu erklären, die so etwas nicht selbst durchgemacht haben.«

Dara hatte das Gefühl, als würde Sydney direkt zu ihrer wunden Seele sprechen. »Du ahnst nicht, was es mir bedeutet, mit jemandem zu reden, der das versteht.«

»Doch, das tue ich wirklich. Es wird mir immer leidtun, dass du deinen süßen Jungen verlieren musstest, damit wir uns begegnen.«

»Danke, Syd. Vielen, vielen Dank.«

Einige Minuten später erschien Luke wieder, und nachdem er den Grill gecheckt hatte, verkündete er, das Essen sei fertig.

»Und Mommy hat heute frei, also wo ist der Wein?«, rief Syd und warf die Hände in die Luft.

Dara lachte und folgte ihr nach drinnen, um ihr zu helfen, das restliche Essen vorzubereiten, während sie über Syds Rat nachdachte. Vermutlich war auch sie aus einem bestimmten Grund noch hier, und auch wenn sie erst herausfinden musste, was dieser Grund war, hatte sie immerhin wieder einen Job, funktionierte und knüpfte eine neue Verbindung zu Oliver, nicht zu vergessen, dass sie freier atmete als seit jenem schrecklichen Tag.

Sie würde jeden kleinen Fortschritt annehmen und freute sich sehr über Syds großzügiges Freundschaftsangebot.

KAPITEL 22

Als Gigi in der achten Klasse gewesen war, hatte ein Schulausflug zum Grand Canyon stattfinden sollen. Sie und ihre Mitschüler hatten sich monatelang darauf vorbereitet, aber als es schließlich so weit war und die Abfahrt kurz bevorstand, hatte Gigi feststellen müssen, dass ihre Eltern weder die Einverständniserklärung unterschrieben und abgegeben noch das Geld dafür überwiesen hatten, sodass Gigi nicht mitdurfte. Sie war am Boden zerstört gewesen.

Das war das erste Mal gewesen, dass Evelyn Hopper sich für sie eingesetzt hatte: Sie war ins Büro von Gigis Mutter marschiert und hatte verlangt, dass sie die Einverständniserklärung unterschrieb. Evelyn hatte auch die Kosten für Gigis Teilnahme übernommen und in der Schule so lange Ärger gemacht, bis Gigi schließlich nur Minuten vor der Abfahrt in den Bus hatte steigen dürfen.

Evelyn hatte die Sache für sie geregelt, und Gigi hatte nie vergessen, was Jordans und Nikkis Großmutter für sie getan hatte oder wie großartig der Grand Canyon war.

Warum musste sie ausgerechnet jetzt daran denken, während die spätnachmittägliche Sonne in ihr Schlafzimmer fiel? Cooper lag schlafend neben ihr, hatte den Arm um ihre Mitte gelegt, als wolle er sie so an seiner Seite halten. Während sie ihm beim Schlafen zuschaute, begriff sie, warum ihr diese Klassenfahrt in den Sinn gekommen war. Sie hatte davon geträumt, in eine der Schluchten zu stürzen. Der Traum war ihr vertraut, denn sie hatte ihn seit der denkwürdigen Fahrt gelegentlich, vermutlich weil er sie daran erinnern sollte, sich nicht zu dicht an den Abgrund zu wagen.

Mit Cooper war sie bereits abgestürzt, daher war es ein bisschen spät für diese Warnung. Sie hatte ihm Freiheiten erlaubt, die sie vorher niemandem eingeräumt hatte, obwohl »erlaubt« ziemlich großzügig formuliert war. Er hatte es getan, ohne lange zu fragen, und sie hatte es geliebt. Allein die Erinnerung daran, wie virtuos er auf ihrem Körper gespielt hatte, weckte prickelndes Verlangen in ihr.

Das war nicht gut. Es war überhaupt nicht gut. Die Art von Vertrautheit, die er wollte, war das Allerletzte, was sie brauchte. Warum also war er immer noch hier?

Das war eine sehr gute Frage, auf die sie allerdings keine Antwort wusste.

Sie mochte ihn. Mehr, als sie erwartet hätte, wenn sie ehrlich sein sollte. Ja, er war deutlich jünger als sie, doch dabei über sein Alter hinaus reif. Seine Gefühle für sie schienen aufrichtig zu sein, aber wie sollte man das sicher sagen können? Sollte sie ihr eigenes Glück und ihre Zukunft auf die Beteuerungen eines Mannes setzen, den sie erst so kurze Zeit kannte?

Die Situation, in der sie sich befanden, war von Dringlichkeit geprägt. Die Dreharbeiten würden bald abgeschlossen sein, und dann musste sie nach Hause, nach L. A., und er war nur für einen kurzen Besuch auf der Insel, bevor er zu seinem Leben in New York zurückkehrte. Das war der Grund, warum sich alles so unmittelbar und intensiv anfühlte.

»Warum schaust du mich so an?«

Das tiefe Brummen seiner Stimme riss sie aus ihren Gedanken. »Wie kannst du das wissen, obwohl deine Augen geschlossen sind?«

»Ich kann es spüren.«

»Du kannst nicht spüren, ob dich jemand ansieht.«

»In diesem Fall schon. Es ist so, als bohrten sich heiße Eisen in meine Haut.«

Gigi wollte eigentlich nicht lachen, aber sie konnte nicht anders. »Du übertreibst maßlos.«

»Nicht wirklich.«

Er zog sie an sich, sodass ihr Busen sich an seine Brust drückte. Was war eigentlich mit ihrem T-Shirt passiert? Seine Hand schloss sich um eine Brust, und sein Daumen rieb über die Spitze. »Woran hast du gedacht, während du mich so angestarrt hast?«

»An den Grand Canyon.«

»Oh. Also darauf wäre ich nie gekommen.«

»Was hättest du denn gesagt?«

»Dass du überlegst, wie du mich am besten aus deinem Bett und deinem Leben beförderst, ohne meine Gefühle zu sehr zu verletzen.«

»Das hab ich überhaupt nicht gedacht!«

»Lügnerin«, erwiderte er mit einem leisen Lachen. »Und es ist echt okay. Du kannst mir die Wahrheit sagen.«

»Ab und zu träume ich von unserer Klassenfahrt zum Grand Canyon, meistens wenn ich kurz davor stehe, ein Risiko einzugehen.«

»Was hat denn der Grand Canyon mit Risiko zu tun?«

»Ich träume davon, in die Schlucht zu stürzen. Ich wache immer auf, bevor ich unten aufschlage.«

»Und was, glaubst du, bedeutet das?«

»Dass ich den Absturz unbedingt verhindern muss, damit ich unten gar nicht erst aufschlagen kann.«

Er küsste sie und drückte sie noch enger an sich. »Ich würde vor dich springen, sodass du auf mir landest.«

»Und was, wenn du der Grund dafür bist, dass ich falle?«

»Das werde ich nicht sein.«

»Woher willst du das wissen?«

»Weil ich mir ganz sicher bin, dass ich mich zwischen dich und alles stellen würde, was dich verletzen kann.«

Sie seufzte tief. »Cooper, du kannst nicht immer solche Sachen sagen.«

»Warum nicht?«

»Das hab ich dir bereits erklärt. Es ist absurd.«

»Was absurd ist, ist, dass du die ganze Zeit denkst, niemand könnte wirklich aufrichtige Gefühle für dich haben.«

»Das denke ich doch gar nicht.«

»Klar tust du das.«

Sie stieß ihm einen Finger in die Rippen, ehe ihr wieder einfiel, dass die ja noch gar nicht komplett verheilt waren. »Sorry, das hätte ich mit Rücksicht auf deine Verletzung nicht tun dürfen, auch wenn du es verdient hast.«

»Meinen Rippen geht es prima, Schmerzen habe ich jetzt an anderen Stellen.«

»Ich hab dir ja vorhin gesagt, dass ich den Gefallen erwidern werde.«

»Die Stelle meine ich nicht, auch wenn er immer an dir interessiert ist.«

»Was tut denn sonst weh?«

»Mein Herz ist ein bisschen wund, weil da diese wunderschöne Frau ist, die ich sehr gernhabe. Allerdings ist es echt schwierig, sie davon zu überzeugen, dass sie mir die Chance geben sollte, sie glücklich zu machen.«

»Vielleicht solltest du dann lieber mit ihr statt mit mir kuscheln. Wird sie nicht sauer sein, weil du mit einer anderen Frau nackt im Bett liegst und Unsägliches mit ihr anstellst?«

Er bebte vor stummem Gelächter, was ihr ein Lächeln entlockte. Eins der Dinge, die absolut für ihn sprachen, war, dass es mit ihm immer lustig war. »Ich hab Unsägliches mit dir angestellt?«

»Das weißt du doch ganz genau.«

»War das etwa unerforschtes Land?«

»Das werde ich dir ganz bestimmt nicht verraten.«

Cooper zwickte sie in die Brustspitze, fest genug, um ihre Aufmerksamkeit zu erregen. »Sag es mir.«

»Ich will nicht.«

Er kniff ein bisschen fester zu.

»Cooper! Hör auf!«

»Sag es mir.«

»Na gut. Ja, war es. Bevor du dir Freiheiten herausgenommen hast, die dir niemand zugestanden hat.«

»Du hast es geliebt.«

»Woher willst du das wissen?«

»Du hast mir fast den Finger gebrochen, als du gekommen bist.«

»O mein Gott! Ich kann nicht glauben, dass du das gesagt hast.«

»Warum nicht? Es stimmt schließlich.« Er streckte seine Hand aus, sodass sie sie beide sehen konnten. »Vermutlich gibt es einen Bluterguss. Kannst du schon was erkennen?«

»Ich bring dich um.«

»Nein, das wirst du schön bleiben lassen. Dazu magst du mich viel zu sehr.«

»Nein, überhaupt nicht.«

»Doch, tust du.« Ihr leises Knurren entlockte ihm ein weiteres Lachen. »Du bist echt witzig, Gigi.«

»Und du kannst mich mal, Cooper.«

»Immer gerne.«

Sie brach in Gelächter aus. Sie lachte so lange und so heftig, dass sie keine Luft mehr bekam, bis ihr einfiel, dass sie ihn ja nicht ermutigen wollte.

Und dann lag er auf ihr, blickte sie mit diesen Augen an, mit denen er bis auf den Grund ihrer Seele schauen zu können schien. Wie schaffte er das? »Siehst du, wie gut das ist, Gigi? Wie wunderbar wir zusammen sind?«

Leider ja, und es jagte ihr eine Heidenangst ein.

»Ich möchte, dass du etwas für mich tust.«

»Ich hab dich ja schon nackt in mein Bett gelassen, unter anderem.«

»Und das freut mich sehr, aber ich möchte mehr als das. Ich möchte, dass du mir eine echte Chance einräumst, dir zu beweisen, dass ich dich glücklich machen kann, wenn du mich nur lässt. Würdest du das tun?«

Das Herz klopfte ihr bis zum Hals, denn lieber Gott, sie wollte es. Sie wollte es so dringend wagen. Sie fuhr sich mit der Zunge über die Lippen, die ganz trocken waren, blickte zu ihm auf und stellte fest, dass alle Anzeichen von Belustigung aus seiner Miene verschwunden waren und es ihm bitterernst war. »Ich fürchte, wir lassen uns mitreißen, machen mehr daraus, als es eigentlich ist.«

»Ich tu das jedenfalls nicht. Das schwöre ich dir. Ich hatte schon ziemlich viele flüchtige Affären und Freundinnen. *Unmengen* Freundinnen, wenn ich ehrlich sein soll. Das hier ist anders.«

»Inwiefern?«

»Ich hab nie in meinem Leben eine Frau um die Chance gebeten, sie glücklich machen zu dürfen. Ich hab nie, kein einziges Mal versucht, mir vorzustellen, wie man es schaffen könnte, zwei Leben zu einem gemeinsamen zu vereinigen. Ich habe nie jemanden so begehrt, wie ich dich begehre.« Er presste sich gegen sie. »Und nicht nur im Bett. Ich möchte all deine lustigen

Bemerkungen hören und dich im Arm halten, wenn du traurig darüber bist, dass deine beste Freundin den nächsten Schritt in ihrem Leben tut, von dem du dann möglicherweise kein Teil mehr bist. Ich möchte hören, was du über deine Mandanten zu erzählen hast, und ich möchte dein Begleiter bei allem sein. Das ist anders, Gigi.«

Sie schloss die Augen und holte tief Luft. »Ich will das nicht.«

»Ich weiß, das hast du immer wieder gesagt.«

»Aber ...«

»Was denn?«

»Du ... Du bist ...«

Cooper hielt den Kopf schief, schien den Atem anzuhalten, wartete darauf, zu hören, was sie erwidern wollte.

Wenn sie ausgesprochen hatte, was sie ihm mitteilen wollte, konnte sie die Worte nicht mehr zurücknehmen. Sie befeuchtete sich die Lippen erneut. »Für mich ist es auch anders ... mit dir.«

Er küsste sie mit einer Verzweiflung, die sie von ihm nicht kannte, als ob sein Leben – und vielleicht auch ihres – von diesem Kuss abhinge und von diesen zögernden Schritten zu etwas Bedeutsamem.

»Du wirst es nicht bereuen«, flüsterte er an ihren Lippen. »Ich schwöre bei allem, was mir heilig ist, du wirst es nie bereuen, dass du mir diese Chance gegeben hast.«

Sie konnte nur hoffen, dass das stimmte.

* * *

Lizzie ging durch die Küche und bereitete das Dinner vor, wobei sie das Baby in einem Tragetuch, das Abby McCarthy ihr geliehen hatte, vor die Brust gebunden hatte. Sie summte eine kleine Melodie, während sie Gemüse für Kebabspieße klein schnitt.

Jared kümmerte sich unterdessen am Grill um das marinierte Hähnchen- und Rindfleisch.

»So soll es sein«, flüsterte sie dem Baby zu. »Wir drei, für immer zusammen, treffen die Vorbereitungen für ein Abendessen mit Freunden.«

Im Geist hatte sie dem Baby inzwischen einen Namen gegeben: Violet. Oder abgekürzt Vi. Das hatte sie deswegen getan, weil ein Kind, das knapp eine Woche alt war, einen Namen haben sollte. Ihre Bindung an das Baby reichte bereits tief und vertiefte sich mit jeder Minute, die es bei ihnen war. Lizzie konnte sich einfach nicht dazu aufraffen, sich darüber Sorgen zu machen, dass sie auf übelsten Herzschmerz zusteuerte.

Rein vernunftmäßig wusste sie, dass Jessie wiederkommen würde, um das Baby zu holen oder andere Vorkehrungen zu treffen, und dass Lizzie sie würde aufgeben müssen. In der unvernünftigen Ecke ihres Verstandes plante sie jedoch bereits die Party zum ersten Geburtstag und träumte von Mutter-Tochter-Sachen, die sie zusammen unternehmen würden, wie beispielsweise Tee im Plaza in New York und Besuche in einem der großen Spielzeuggeschäfte und dem American Girl Store.

Sie konnte es gar nicht erwarten.

Und kaum hatte Lizzie so einen Gedanken gehabt, folgte auf dem Fuße eine dunkle Wolke, die sich auf sie herabsenkte, um sie daran zu erinnern, dass das Baby, das sie in dem Tragetuch vor ihrer Brust hatte, gar nicht ihr gehörte und ihr jederzeit weggenommen werden konnte. Jedes Mal, wenn Jareds Handy klingelte, hielt Lizzie den Atem an, wartete darauf, zu erfahren, ob es der Anruf von Jessie war, die von ihnen verlangen würde, die kleine Vi zurückzugeben.

Nein, hätte Lizzie am liebsten geschrien. *Ich bin ihre Mutter. Ich bin es, die ihr das Fläschchen gegeben hat, die Windeln gewechselt, sie gebadet und in den Schlaf gewiegt hat, die sie stundenlang herumgetragen hat, wenn sie unruhig war.*

Jared kam von der Terrasse rein, den Teller mit dem gegrillten Fleisch in der Hand. Er hatte die Anweisung erhalten, es zu grillen, bis es gerade medium war. Dann würde Lizzie das Gemüse hinzufügen und alles auf die Spieße stecken. »Soll ich sie nehmen, bis du damit fertig bist?«

Lizzies erster Impuls war, Nein zu sagen und die Arme um das Baby zu legen, sodass weder er noch irgendjemand sonst es ihr wegnehmen konnte. Aber das ging natürlich nicht. Jared machte sich ohnehin schon Riesensorgen, dass sie ihr Herz an das Baby verloren hatte, das ihr Leben binnen weniger Tage komplett auf den Kopf gestellt hatte. »Klar«, antwortete sie daher.

Sie knotete das Tragetuch auf und reichte Jared das Baby, und sie schmolz dahin, als sie ihren Mann die Kleine in seine starken Arme nehmen sah.

Sein Handy klingelte, und wie gewohnt blieb Lizzie fast das Herz stehen. Er drehte sich um, sodass er ihr den Rücken zuwandte, und bat sie: »Kannst du das für mich aus der Hosentasche ziehen?«

Das tat Lizzie und reichte es ihm, nachdem sie auf dem Display den Namen des Privatdetektivs gelesen hatte.

»Hey, Mike, was gibt es?« Jared lauschte eine ganze Minute, während Lizzie innerlich tausend Tode starb, wie jedes Mal, wenn er mit dem Mann sprach, der Jessie aufzuspüren versuchte. »Hat sie irgendwas gesagt?«

O Gott. Hatte er sie gefunden?

»In Ordnung. Halten Sie mich auf dem Laufenden. Danke für die großartige Arbeit.« Jared beendete das Gespräch und legte das Handy auf den Tresen. »Er hat sie.«

»Wo?«

»In New Bedford. Ich glaube, das ist der Ort, aus dem sie ursprünglich stammt, und er ist ihr bis zum Haus ihrer Großmutter gefolgt. Sie hat sich einverstanden erklärt, morgen früh mit ihm zu reden, aber weil er ihr nicht traut, kampiert er vor dem Haus.«

Lizzie hatte das Gefühl, als würde ihr gleich schlecht werden, daher setzte sie sich an den Küchentisch und versuchte sich darauf zu konzentrieren, genug Sauerstoff in ihre Lungen zu bekommen, obwohl die sich völlig verkrampft anfühlten.

»Es ist gut, dass er sie gefunden hat.«

Sie wollte ihm beipflichten, allerdings klappte das nicht.

»Süße, schau mich an.«

Lizzie zwang sich, seinen Blick zu erwidern.

»Wir wussten, es würde nicht für immer sein.«

Lizzie schüttelte den Kopf, während sich alles in ihr gegen diese Aussage auflehnte.

»Bitte tu das nicht.«

Ihre Hände zitterten so heftig, dass sie sie unter ihre Beine klemmen musste, damit er es nicht merkte. »Ich möchte, dass du Mike bittest, Jessie zu fragen, ob wir sie behalten können. Dauerhaft.«

»Lizzie … Das Baby gehört Jessie, und wir können sie nicht bitten, uns ihre Tochter zu überlassen.«

»Warum nicht? Sie hat sie uns doch bereits gegeben! Was ist falsch daran, sie zu fragen, ob wir das vorübergehende Arrangement juristisch absichern können? Es wäre wie eine Leihmutterschaft, nur nachträglich. Und sag bitte nicht, dass wir nichts in der Art mit ihr vereinbaren können.«

»Und was tun wir dann in einem Monat oder in drei oder sechs Monaten, wenn sie ihre Meinung ändert und sie zurückwill?«

»Wir machen alles so wasserdicht, dass das nicht möglich ist. Wenn sie uns das Sorgerecht überträgt, dann unwiderruflich und dauerhaft. Natürlich darf Jessie sie besuchen und sie sehen, und ich werde ihr auch Bilder schicken, aber die Sorgerechtsvereinbarung wäre nicht kündbar. Und tu nicht so, als wäre das von vornherein ausgeschlossen. Schließlich hast du es selbst vorgeschlagen.«

Jared holte tief Luft und ließ sie langsam entweichen. »Lass mich Dan anrufen und hören, was er sagt.«

Lizzies Herz hob sich binnen einer Sekunde aus den Tiefen der Verzweiflung zu höchster Freude, sodass es ihr fast den Atem verschlug.

»Aber bitte, Lizzie, bitte schraub deine Hoffnungen nicht zu hoch, bis wir wissen, was unsere Möglichkeiten sind.«

Lizzie verriet ihm nicht, dass ihre Hoffnungen bereits so hoch wie der Himmel waren und auf dem Weg ins All. Sie griff nach dem Baby und drückte es an sich, betete voller Inbrunst, dass sie eine Lösung finden konnten, weil die Kleine herzugeben inzwischen keine Option mehr war.

»Stell den Lautsprecher an, damit ich mithören kann«, bat Lizzie.

Jared wählte Dan Torringtons Nummer.

»Hey, Jared«, meldete der sich. »Wie geht es euch?«

»Ziemlich gut. Danke, dass du so spät am Abend noch rangegangen bist, Dan.«

Während Jared Dan auf den neuesten Stand brachte, stand Lizzie auf, band sich das Baby um und zwang sich, das Essen zu Ende zuzubereiten. Dabei musste sie sich Mühe geben, das Zittern ihrer Hände zu unterbinden. Als Jared zu Lizzies Idee kam, Jessie eine Sorgerechtsvereinbarung vorzuschlagen, drehte sie sich zu Jared um. »Ist so was gesetzeskonform möglich, Dan?«

»Alles ist möglich, wenn die beteiligten Parteien zustimmen.«

»In dem Fall«, sagte Jared, »habe ich eine Riesenbitte. Könntest du über Nacht irgendwas für uns aufsetzen, das unser Ermittler Jessie morgen unterbreiten kann?«

»Ich hab von einem anderen Fall eine Sorgerechtsvereinbarung, die ich für euch anpassen könnte. Das umzuschreiben wäre keine Aktion. Ich frage mich nur, ob die Mutter in der richtigen psychischen Verfassung dafür ist, etwas so Wichtiges rechtsgültig zu unterzeichnen, außerdem brauchen wir Informationen über den Vater, denn er muss ebenfalls unterschreiben.«

Lizzies Hoffnung fiel erneut in sich zusammen.

»Ich hab keine Informationen über ihre Verfassung oder darüber, wer der Vater ist, aber ich kann Mike bitten, mit ihr zu reden und rauszufinden, was sie von unserem Wunsch hält. Unsere einzige Bedingung wäre, dass, wenn sie und der Vater die Vereinbarung unterschreiben, sie das in dem Wissen tun, dass es dauerhaft ist. Sie können nicht in einem Jahr oder zwei oder wann auch immer aufkreuzen und sie zurückfordern.«

»Die Vereinbarung, die sie unterzeichnen würden, wäre in diesen beiden Punkten ganz eindeutig«, bestätigte Dan. »Das Wichtigste ist im Moment jedoch, ihr den Vorschlag überhaupt zu unterbreiten und sie nach dem Vater zu fragen. Ich entwerfe was, das der Privatdetektiv ihr geben kann, damit sie darüber nachdenkt.«

»Wenn Jessie damit einverstanden ist, möchten wir das gern so schnell wie möglich in trockenen Tüchern haben. Mit jedem Tag, den das Baby bei uns ist, steht mehr auf dem Spiel. Für uns alle.« Als Jared das sagte, weitete sich Lizzies Herz vor Liebe zu ihrem Ehemann, denn da wusste sie, dass sie nicht die Einzige war, die ihr Herz an den Säugling verloren hatte.

»Verstehe. Ich kümmere mich sofort darum.«

»Vielen Dank, Dan. Deine Unterstützung bedeutet uns viel.«

»Jederzeit gerne. Ich melde mich später noch mal.«

Jared beendete das Telefonat und wählte ein weiteres Mal Mikes Nummer, schaute dabei die ganze Zeit Lizzie an.

Ihr Ehemann war ihr nie sexyer vorgekommen als jetzt, da sie erkannt hatte, dass er sich das hier genauso sehnlich wünschte wie sie. »Lizzie und ich haben mit unserem Anwalt gesprochen, und wir möchten Jessie eine Sorgerechtsvereinbarung vorschlagen, sodass das Baby bei uns bleiben kann, wenn es das ist, was sie will, und wenn der Vater des Kindes ebenfalls einverstanden ist. Wir werden bis morgen was Schriftliches haben, das Sie ihr vorlegen können.« Nachdem er einen Moment zugehört hatte, nickte Jared. »Klingt gut. Noch mal danke, Mike.«

Jared unterbrach die Verbindung und legte das Handy auf den Tresen. »Er meint, jemand aus seinem Büro kann die Papiere ausdrucken, die Dan aufsetzt, und ihm den Ausdruck morgen früh bringen, sodass er ihn Jessie präsentieren kann.«

»Wie fühlst du dich dabei?«, erkundigte sich Lizzie, während sie sich vor und zurück wiegte, was dabei half, dass das Baby weiterschlief.

»Ich hoffe bloß, wir steuern da nicht geradewegs auf eine Katastrophe zu.«

»Vielleicht tun wir das, aber ich möchte es auf jeden Fall versuchen, statt mich nachher ständig zu fragen, was gewesen wäre, wenn wir es nur gewagt hätten.«

»Ich habe es schon zuvor gesagt, und ich werde es wieder sagen: Du bist der stärkste und tapferste Mensch, den ich je getroffen hab.«

»Nein, bin ich nicht. Ich fühle mich innerlich wie eine Schüssel Wackelpudding. Mein Herz rast, und ich kann kaum atmen bei dem Gedanken, dass wir sie möglicherweise behalten können.«

»Wir müssen einen Weg finden, uns bis morgen in Geduld zu fassen, wenn wir mehr wissen.«

»Wie genau sollen wir das tun?«

Cooper wählte exakt diesen Moment, um mit Gigi in die Küche zu kommen. Er blieb beim Anblick von Jared und Lizzie stehen, die einander in angespannter Haltung anschauten. »Was ist los?«

»Nichts«, antwortete Jared. »Bis jetzt. Wir haben Jessie gefunden.«

»Oh, das ist gut, oder?«

»Ja und nein.« Jared brachte Cooper auf den neuesten Stand.

»Wow.« Cooper sah von Jared zu Lizzie und wieder zu Jared. »Also könnt ihr die Kleine vielleicht wirklich behalten?«

»So weit wollen wir noch gar nicht denken, bevor Mike morgen früh mit Jessie gesprochen hat. Aber wir bieten es an.«

»Verdammt«, sagte Cooper. »Das ist so aufregend wie erschreckend.«

»Alles zur gleichen Zeit«, meinte Lizzie und hielt die Arme um das Baby, als könnte sie so irgendwie alles Schlimme abwehren. Sie würde es nicht überstehen, es wieder herzugeben. Das wusste sie mit Sicherheit.

»Was können wir für euch tun?«, erkundigte sich Gigi.

»Uns ablenken«, erwiderte Lizzie. »Uns dabei helfen, ein paar Stunden lang nicht immer nur an das eine zu denken.«

»Das können wir auf jeden Fall«, erklärte Cooper.

Sie schlugen vor, ihnen bei den weiteren Vorbereitungen unter die Arme zu greifen, und hatten an dem Tisch auf der Terrasse ein wunderbares Dinner. Vi schlief friedlich, bis sie mit dem Essen fertig waren.

Lizzie reichte sie Jared, während sie in die Küche ging, um ein Fläschchen aufzuwärmen. Vor einer Woche hatte Lizzie noch gar nicht gewusst, dass es sie gab, doch jetzt war das kleine Baby der Mittelpunkt ihres Lebens. Zusammen mit Jared natürlich. Während die Flasche erhitzt wurde, holte Lizzie tief Luft und ließ sie langsam wieder entweichen. Zu dieser Zeit morgen würden sie wissen, ob Jessie mit dem Vorschlag einverstanden war.

Als Nächstes musste dann der Vater des Kindes aufgespürt werden.

Sie waren weit davon entfernt, alles geklärt zu haben, aber sie waren ihrem Ziel näher, als sie es gestern gewesen waren.

Jared kam in die Küche, mit Vi auf dem Arm, die wütend brüllte. »Ich hab ihr erklärt, dass das Fläschchen unterwegs ist, doch es ging ihr nicht schnell genug.«

Lizzie prüfte die Temperatur der Milch auf der Innenseite ihres Handgelenks und reichte die Flasche dann Jared. »Hier, meine Süße.«

Das Baby begann gierig zu saugen, während Jared und Lizzie zuschauten und wieder einmal verblüfft waren, dass irgendetwas so wunderschön sein konnte wie sie.

»Wir werden sie behalten können«, flüsterte Lizzie. »Das weiß ich einfach.« Sie hob den Kopf und erwiderte Jareds eindringlichen Blick, sagte ihm, was sie bislang für sich behalten hatte. »Du wirst denken, dass ich völlig durchgeknallt bin, wenn ich dir verrate, dass ich in der Minute, in der ich sie in der Klinik gesehen habe, wusste, dass sie für uns bestimmt ist.«

»Du … Du hast was?«

»Ich wusste es, Jared. Ich wusste es hier drinnen.« Sie legte sich eine Hand übers Herz. »Ich hätte niemals ahnen können, dass Jessie sie bei uns lassen und weglaufen würde, aber ich wusste, sie ist unser Kind. Ich habe keine Ahnung, woher. Nur dass ich es wusste.«

»Lizzie …«

»Mir ist klar, es ist Wahnsinn, doch ich kann dir bloß sagen, was ich fühle.« Sie schenkte ihm ein schüchternes Lächeln. »Ich hatte Angst, dir das vorher zu erzählen, weil du dich wegen der ganzen Sache so aufgeregt hast.«

»Ich hab mich nur aufgeregt, weil ich mich gesorgt habe, dass du verletzt werden könntest. Das war alles.«

»Und was ist mit dir?« Sie hob eine Hand, um sein Gesicht zu streicheln. »Versuch mir nicht weiszumachen, dass du dein Herz nicht auch an sie verloren hast.«

»Das habe ich. Ganz bestimmt. Ich meine, schau sie dir an. Sie ist so perfekt. Aber ich möchte nicht, dass dir wehgetan wird, und das ist der Grund, weswegen ich dich immer wieder zur Vorsicht ermahnt habe.«

»Ich weiß, und ich liebe dich dafür, dass du mich immer zu beschützen versuchst – manchmal auch vor mir selbst.«

»Ich werde dich immer vor allem beschützen, was dich verletzen kann.« Er küsste den weichen Flaum auf dem Kopf des Säuglings. »Sogar vor süßen kleinen Mädchen wie dem hier.«

»Sie wird mich nicht verletzen. Sie wird mein Leben – und deins – bereichern und komplett machen.«

»Himmel, das hoffe ich, Lizzie.«

»Es wird alles gut werden. Vertrau mir.«

Jared blickte aus dem Fenster zu dem Tisch, an dem Cooper so dicht bei Gigi saß, wie es möglich war, ohne sie auf dem Schoß zu haben. »Wir sollten vermutlich zu unseren Gästen zurückgehen.«

»Sie schaffen es eigentlich ganz gut, sich selbst zu unterhalten.«

»Ich denke, er mag sie wirklich gern. Also ganz ernsthaft.«

»Das tut er, da bin ich mir sicher.«

»Ich hoffe nur, sie bricht ihm nicht das Herz.«

»Bei den beiden habe ich auch ein gutes Gefühl. Sie könnten genau das füreinander sein, was sie brauchen.«

KAPITEL 23

»Wie lange noch, bis wir zurück ins Bett können?«, fragte Cooper, während er kleine Küsse auf Gigis Hals platzierte. Seit sie sich einverstanden erklärt hatte, ihm eine echte Chance einzuräumen, schwebte er auf Wolke sieben. Sie war alles, was er wollte, und das mit einer Intensität, die er noch nie zuvor erlebt hatte.

Auf seinem Handy, das auf dem Tisch lag, leuchtete das Display auf. Eine Textnachricht, die er ignorierte. Was interessierten ihn Textnachrichten, wo er doch gerade den berauschendsten Duft auf der ganzen Welt einatmete?

»Wer ist Lacey?«, wollte Gigi wissen.

Mist. »Eine Freundin aus New York.« Er küsste sie weiter, auch als sie sich von ihm weglehnte.

»Sie fühlt sich einsam und möchte, dass du zu ihr kommst und dich ihrer annimmst.«

Verdammt. Das war das Letzte, was er gebrauchen konnte, gerade mal zwei Stunden nachdem er Gigi endlich davon überzeugt hatte, ihm eine Chance zu geben. »Sie ist eine Ex von mir. Wir sind vor Jahren miteinander ausgegangen, und ich habe sie ewig nicht mehr gesehen. Und jetzt komm wieder zurück zu mir.«

323

»Wie viele Laceys sind dort draußen und warten sehnsüchtig auf deine Rückkehr nach New York?«

»Auf mich wartet niemand.«

»Das ist es, was du denkst. Vermutlich haben sie vor deiner Wohnung ihr Lager aufgeschlagen und halten Schilder hoch, auf denen steht ›Findet Cooper‹ und ›Er gehört mir allein‹.«

Cooper knuffte sie. »Du bist albern.«

»Bin ich das? Ich wette, es gibt Hunderte von Laceys, die dich Tag und Nacht mit Textnachrichten beglücken.«

»Die einzige Lacey, von der ich hören möchte, ist mein California Girl, und das weiß sie auch ganz genau.« Er küsste sie zärtlich, war sich des Umstands bewusst, dass Jared und Lizzie jederzeit zurückkehren konnten.

»Wenn wir, du weißt schon, versuchen, hieraus irgendwas zu machen, kann es keine andere geben, Cooper. Das ist für mich nicht verhandelbar.«

»Ich kann nicht fassen, dass du glaubst, du müsstest das eigens erwähnen. Ich will niemanden außer dir. Von der Sekunde an, in der ich dich in diesem Killer-Bikini im Pool meines Bruders schwimmen gesehen habe, bevor ich überhaupt wusste, wer du bist, habe ich dich schon begehrt. Ich wollte dich kennenlernen, und jetzt, da ich dich kenne, möchte ich mehr über dich wissen. Ich möchte alles über dich wissen, was man nur wissen kann.«

»Warum ich und nicht eine von den Tausenden Laceys?«

Darüber, wie rasch die Zahlen größer wurden, musste er grinsen. »Alles, was ich dir sagen kann, ist, dass mir bei dir etwas passiert ist, das ich vorher so nicht kannte.«

»Wie fühlt es sich an?«

Er fragte sich, ob sie wirklich so verletzbar war, wie sie wirkte, als sie ihm diese Frage stellte. »Erinnerst du dich noch an das erste Mal, als du high warst?«

»Ich war nie high.«

Cooper lehnte sich zurück, betrachtete sie verblüfft. »Ernsthaft?«

»Total. Kein Sicherheitsnetz, Cooper. Ich hatte nicht den Luxus, Dummheiten machen zu können. Ich musste für mich selbst sorgen, während ich das College besucht habe, und später während des Studiums. Ich hatte keine Zeit für Gras oder irgendwelchen anderen Mist.«

»Hab ich in letzter Zeit erwähnt, wie großartig du bist?«

Sie verdrehte die Augen. »Egal. Das erste Mal, als du high warst ...«

»Lass mich kurz vorausschicken, dass ich mit dem Grasrauchen inzwischen abgeschlossen habe, aber beim ersten Mal fühlt man sich, als würde man in einem Heißluftballon hochgezogen, und alles ist einfach nur ruhig und friedlich und perfekt. So fühle ich mich mit dir, und dann ist da noch diese besondere Empfindung genau hier.« Er legte sich die Hand aufs Herz. »Da ist dieses atemlose Leichter-als-Luft-Glücksgefühl, das mich die Minuten zählen lässt, bis ich dich wiedersehen kann, und bei dem ich an nichts anderes denken kann als an dich, wenn ich mit dir zusammen bin. Das ist völlig anders als alles, was ich zuvor gefühlt habe. Ich weiß nicht, ob das irgendeinen Sinn ergibt, doch ...«

Sie überraschte ihn, als sie sich vorbeugte, um ihn zu küssen. »Das ist das Schönste, was je jemand zu mir gesagt hat.«

»Und ich meine es ernst, Gigi. Ich schwöre bei allem, was mir heilig ist, ich meine es wirklich so.«

»Ich weiß, und ich gebe mir Mühe, damit klarzukommen.«

»Lass dir Zeit, Süße. Ich gehe ohne dich nirgendwohin.«

»Seid gewarnt, liebes Liebespaar«, rief Jared, kurz bevor er und Lizzie die Terrasse betraten. Jared trug ein Tablett, während Lizzie das Empfangsteil des Babyfons, das sie per Expresslieferung bestellt hatte, in der einen Hand hielt und in der anderen ein Glas Wein. »Jetzt gibt es Nachtisch. Lizzie hat einen Biskuitboden gebacken und mit frischen Erdbeeren belegt. Dazu haben wir frische Schlagsahne.«

»Du bist also nicht nur der netteste, freundlichste Mensch des Universums, sondern du bist zusätzlich Wonder Woman«, erklärte Gigi. »Du kümmerst dich um ein Baby und backst auch noch Kuchen, komplett mit Schlagsahne. Ich verneige mich in Ehrfurcht.«

Lizzie kicherte. »Ach, hör auf. Es hat Spaß gemacht, etwas so Normales zu tun. Und ich koche so gern.«

»Und ich esse so gerne«, verkündete Jared. »Was einer der vielen Gründe ist, weswegen wir wie füreinander geschaffen sind.«

»Ihr beide seid echt süß«, antwortete Gigi und nahm einen Schluck von ihrem Wodkacocktail.

»Schon komisch, wir haben genau das Gleiche über euch beide gesagt, als wir euch von der Küche aus beobachtet haben«, meinte Lizzie.

»Wir haben großartige Neuigkeiten«, verkündete Cooper und grinste Gigi an, die wieder nur die Augen verdrehte.

»Was für Neuigkeiten?«, erkundigte sich Jared.

»Die atemberaubend schöne, unglaublich lustige, umwerfend sexy Gabrielle Gibson hat sich einverstanden erklärt, mir die Chance einzuräumen, ihr zu beweisen, dass ich einen ausgezeichneten Freund abgebe, wenn ich mich anstrenge.«

»Wow«, erwiderte Jared, der ehrlich erstaunt wirkte. »Das sind in der Tat große Neuigkeiten.«

»Sag mir die Wahrheit«, verlangte Gigi. »Ist es dumm von mir, einem Casanova wie ihm eine Chance zu geben?«

»Nicht im Geringsten«, antwortete Jared. »Cooper ist klug, treu, lustig, hingebungsvoll und fleißig. Er ist einer der Menschen, die ich an meiner Seite wissen möchte, wenn es mal hart auf hart kommt, und er ist einer meiner besten Freunde, seit er laufen und reden kann.«

Cooper war so verblüfft von Jareds wortreichem Lob, dass er seinen älteren Bruder bloß anstarren konnte.

»Was?«, fragte Jared und lachte über Coopers Verwunderung. »Nichts davon dürfte neu für dich sein.«

»Es ist nur, dass ich all das noch nie zuvor von dir gehört habe.«

»Ich meine jedes Wort davon. Jede Frau kann sich unglaublich glücklich schätzen, dich als festen Freund zu haben, obwohl das noch nie einem Praxistest unterzogen worden ist.«

»Jetzt kommen wir der Sache näher«, stellte Gigi lachend fest. »Erzähl mir mehr, Jared.«

»Sei still, Jared«, warf Cooper mit einem warnenden Blick zu seinem Bruder ein.

»Nicht jetzt, wo es gerade interessant wird«, widersprach Gigi und schenkte Cooper ein Lächeln. »Ich möchte alles über die Millionen von Laceys in seinem Leben hören.«

»Ach, Lacey«, erwiderte Jared. »Das war doch eine von den Irren, oder?«

»Jared! Lass das!«

»Wage es nicht, ausgerechnet jetzt aufzuhören«, protestierte Gigi. »Von wie vielen reden wir denn? Hunderte? Tausende?«

Jared lachte, während er Cooper anschaute, der ihn mit Blicken förmlich durchbohrte. »Lass mich einfach sagen, dass mein kleiner Bruder immer schon Schlag bei Frauen hatte, aber ich habe ihn nie so an einer interessiert gesehen wie an dir.«

Cooper ließ Atem entweichen, den er unwillkürlich angehalten hatte. Er hätte wissen müssen, dass Jared ihm Rückendeckung geben würde. Das tat er immer.

»Er ist wirklich einer von den Guten, Gigi«, versicherte Jared. »Ich glaube, du kannst ihm gefahrlos alles glauben, was er dir versprochen hat.«

»Gut zu wissen. Er nimmt den Mund ziemlich voll, dein Bruder.«

»Für mich geht es hier nicht ums Sprücheklopfen«, stellte Cooper fest. »Mir ist das alles total ernst.«

»Gut zu wissen.«

Cooper konnte es gar nicht erwarten, wieder mit ihr allein zu sein, damit er ihr zeigen konnte, wie ernst ihm das mit ihr tatsächlich war.

* * *

Gigi hatte sich immer noch nicht von der halböffentlichen Erklärung erholt, die Cooper vor seinem Bruder und seiner Schwägerin abgegeben hatte. Ihr war klar geworden, dass er nicht sagte, was sie hören wollte, sondern einfach die Wahrheit aussprach, so wie er sie sah.

Er verliebte sich in sie und sie sich in ihn. Das jagte ihr eine Heidenangst ein, schließlich hatte sie sich immer große Mühe gegeben, ihren Vorrat an Liebe und Zuneigung für die drei Leute aufzusparen, von denen sie sich ganz sicher war, dass sie ihr nie wehtun würden.

Obwohl sie zugeben musste, dass sie Riley und Mason ins Herz geschlossen hatte, genau wie Finn und Chloe, die während des Sommers auf Gansett ihre Freunde geworden waren. Sie würden nie auf dem gleichen Level wie Nikki, Jordan und Evelyn rangieren, aber sie alle hatten dafür gesorgt, dass Gigi sich bei ihnen willkommen geheißen fühlte, und das bedeutete ihr viel.

Und jetzt gehörten zu dieser Gruppe auch noch Cooper sowie Jared und Lizzie.

Für jemanden wie sie waren das eine Menge Leute, die ihr wichtig waren, überlegte Gigi, während sie mit Cooper die Stufen zu ihrer Wohnung hochstieg, nachdem Jared und Lizzie sich zurückgezogen hatten, um sich hinzulegen, solange das möglich war. Nicht dass die beiden sich wirklich ausruhen konnten, wo doch morgen so ein wichtiger Tag für sie war.

»Was, glaubst du, wird mit dem Baby passieren?«, wollte Gigi von Cooper wissen.

»Jessie wird auf ihr Angebot eingehen.«

»Du klingst so zuversichtlich, während sie das überhaupt nicht sind.«

»Ich hab Jessie ein bisschen kennengelernt, als sie hier war, und es war ziemlich offensichtlich, dass sie keine Ahnung hatte, was sie mit einem Baby anfangen soll. Sie hat die Kleine bei meiner Schwägerin gelassen, weil sie wusste, Lizzie würde sich gut um sie kümmern.«

»Ich hoffe, du hast recht. Sie werden am Boden zerstört sein, falls sie sie zurückmöchte.«

»Ich bin mir ziemlich sicher, dass die Sache gut für sie ausgeht. Und für uns beide auch.«

»Glaubst du das wirklich?«

»Allerdings. Ich muss nur dich an Bord kriegen.«

»So langsam wird das. Es ist bloß … Es ist schwer für mich. Ich bin so daran gewöhnt, alles allein zu tun, was ich im Übrigen sogar mag.«

»Das verstehe ich, und ich respektiere dich wegen all dem, was du ganz allein erreicht hast.«

»Ich war nicht völlig auf mich allein gestellt. Evelyn hat mir immer wieder unter die Arme gegriffen. Das war eine große Hilfe.«

»Trotzdem, du bist nicht daran gewöhnt, dich auf jemand anderen zu verlassen als dich selbst oder dir Gefühle zu gestatten, die die Macht haben, dich zu verletzen.«

»Das stimmt wohl.«

»Denkst du, du könntest dich möglicherweise irgendwann daran gewöhnen?«

»Vielleicht.«

Bei seinem Lächeln leuchtete sein sündhaft gut aussehendes Gesicht auf, das sogar dann noch attraktiv war, wenn es halb verschorft war. Ein Vorteil davon, ihn in der Nähe zu haben, war definitiv, dass sie, sooft sie wollte, dieses atemberaubende Gesicht betrachten konnte, seine wunderschönen Augen und sein Lächeln. Daran könnte sie sich viel zu leicht gewöhnen.

Er führte sie in ihr Schlafzimmer, half ihr aus dem Kleid, das sie zum Dinner getragen hatte, und fuhr mit seinen Händen beinahe ehrfürchtig über ihren Körper, was völlig ungewohnt für sie war. Männer verehrten sie nicht. Sie begrapschten sie, nahmen sich, was sie wollten, und zogen weiter.

Cooper war da ganz anders. Jedes Mal, wenn sie auf diese Weise zusammen waren, behandelte er sie, als sei sie das Kostbarste in seinem Leben, und das war noch etwas, an das sie sich gewöhnen könnte. Wenn sie es sich gestattete. Auch als er ihr ins Bett half, sich selbst auszog und sich neben sie legte, war sich Gigi einer unsichtbaren Mauer bewusst, die zwischen ihnen errichtet blieb, sodass er nur bis zu einem bestimmten Grad zu ihr vordringen konnte.

Solange diese Mauer da war, fühlte sie sich sicher, auch als er sie so eng an sich zog, wie es nur ging, ihre Beine ineinander verschlungen, während er sie einfach bloß ansah.

»Was?«

»Nichts. Ich schau dich nur gerne an.«

Sie schnitt die albernste Grimasse, die sie sich ausdenken konnte.

Cooper lachte. »Trotzdem. Du bist wunderschön.«

»Du halluzinierst.«

»Das muss ich wohl, denn selbst wenn du versuchst, dich hässlich zu machen, funktioniert es nicht.« Er legte seine Hand an ihr Gesicht und streichelte ihre Wange mit seinem Daumen.

Die Art und Weise, wie er sie musterte, sorgte dafür, dass sie sich fühlte, als hätte sie eine Magnumflasche Champagner auf ex geleert. Und als er sie küsste, schien all die Unruhe, die so sehr ein Teil von ihr war, zu verschwinden. Sie war sich nicht sicher, ob sie überglücklich sein oder Angst haben sollte.

Der Mann kannte sich jedenfalls mit dem weiblichen Körper aus. Sie vermutete, dass er viel Übung hatte, aber wenn das dazu führte, dass er solche Empfindungen in ihr weckte, dann würde sie damit wohl leben können.

»Worüber grübelst du?«

»Was?«

»Immer wenn du angestrengt nachdenkst, bekommst du hier diese Falte«, erklärte er und küsste die Stelle zwischen ihren Augenbrauen.

Gigi seufzte, als ihr klar wurde, dass sie gegen ihn keine Chance hatte. Es war einfach völlig witzlos, sich gegen ihn zu wehren oder gegen seine Überzeugung, dass sie beide füreinander bestimmt waren.

»Cooper.«

Er küsste sie auf den Hals und sandte einen Schauer nach dem anderen durch ihren Körper. »Hm?«

»Ich muss dir was sagen.«

»Ich höre.«

»Es ist wichtig.«

Er hob den Kopf und erwiderte ihren Blick. »Was ist denn?«

Sie legte beide Hände an sein Gesicht und spürte seine Bartstoppeln unter ihren Handflächen.

»Sag es mir einfach, Süße. Was auch immer es ist, ich verspreche dir, ich will es hören.«

»Wenn du … Wenn du mir das Herz brichst, werde ich mich nie davon erholen.«

»Ach, Babe. Das ist das Allerletzte, was ich je tun würde. Wenn du dich auf mich einlässt, das schwöre ich dir, kümmere ich mich um dich und dein zerbrechliches Herz.«

»Es ist gut, das zu wissen.«

»Und ich meine das ernst, Gigi. Ich wäre so froh, wenn ich dich in meinem Leben hätte, dass ich alles tun würde, damit du bei mir bleibst.«

»Du hast mir eine Menge Stoff zum Nachdenken gegeben.«

»Während du nachdenkst«, meinte er, unmittelbar bevor er eine ihrer Brustspitzen zwischen die Lippen nahm, »lass dir zeigen, wie wir jede Menge Spaß miteinander haben können.«

Himmel, der Mann war in allem gut. Er hatte sie schon jetzt am Rande eines Höhepunkts, ohne sich in irgendeiner Weise anstrengen zu müssen. Wie schaffte er das nur?

»Bist du noch wund?«, erkundigte er sich.

»Nicht mehr so schlimm, wie ich es war.«

»Dann behalt das im Kopf.« Er stand auf, suchte seine Shorts und fischte ein Kondom aus der Tasche.

Während er voll erregt neben dem Bett stand, erklärte Gigi: »Hey, Cooper?«

»Ja, Ma'am?«

»Ich nehme die Pille, und ich bin getestet. Wenn du das ebenfalls bist, denke ich, brauchen wir kein Kondom.«

Er starrte sie an und meinte: »Wenn ich dich richtig verstehe, willst du mir damit mitteilen, dass wir das hier nicht brauchen?« Er hielt das Folienpäckchen hoch.

»Das ist es, was ich gesagt habe«, bestätigte sie und versuchte, nicht über seine Reaktion zu kichern.

»Äh … Ich glaube, wir sollten vielleicht, du weißt schon, ein bisschen Druck aus dem Kessel lassen, bevor wir das tun, sonst ist es vorbei, bevor es überhaupt beginnt.«

Gigi erhob sich auf die Knie und kam an die Bettkante, umfasste seine Erektion mit einem festen Griff. »Soll ich das so machen?«

Sein Adamsapfel hüpfte, und er nickte. »Das würde funktionieren.«

»Und das hier?«, fragte Gigi, während sie sich vorbeugte, um ihn in den Mund zu nehmen.

Er schnappte nach Luft. »Das würde noch schneller das gewünschte Ergebnis bringen.«

Sie verkniff sich ein Lachen, damit sie sich weiter darauf konzentrieren konnte, ihm Lust zu bereiten.

»Verdammt, Gigi, ich weiß nicht, wie lange ich das aushalte.« Er schob seine Finger in ihr Haar und hielt ihren Kopf, während er sich in dem Rhythmus bewegte, den sie vorgab. »Gigi … Himmel … Du solltest besser aufhören, es sei denn, du möchtest …«

Sie saugte fester und rieb ihre Zunge an ihm.

Er kam, während er unter der Macht des Orgasmus am ganzen Körper zitterte.

Sehr zufrieden mit sich, ließ sie ihn langsam los. »Ist der Dampf jetzt raus?«

»Ich bin komplett erledigt.«

Sie beugte sich vor und hauchte kleine Küsse auf die blauen Flecke über seinen Rippen, voller Mitgefühl für den Schmerz, den er hatte aushalten müssen.

Er schlang die Arme um sie und küsste sie auf den Scheitel. »Das war das Beste, was ich je erlebt habe.«

»Auf welcher Vergleichsbasis?«

»Sei still«, erwiderte er lachend.

»Nein, ehrlich. Reden wir von einem Baseballteam oder den Zuschauern, die ins Stadion kommen? Vermutlich Letzteres, oder?«

Er versetzte ihr einen kleinen Schubs, der sie auf den Rücken warf, schob sich über sie und küsste sie fest auf den Mund. »Du hältst dich wohl für unglaublich witzig.«

»Ich *weiß*, dass ich das bin, und Millionen Leute stimmen mir da zu.« Sie hatte noch nie so viel Spaß mit einem Mann gehabt. Das wusste sie mit Sicherheit.

»Ich wusste, irgendwo in dir verbirgt sich eine Diva. Schließlich hast du ja nicht umsonst Millionen von Fans, die an deinen Lippen hängen.«

»Ich bin überhaupt keine Diva!« Sie kniff ihn in den Po. »Nimm das zurück!«

Cooper lachte. »Ha, habe ich da einen Nerv getroffen?«

»Ja! Ich bin Anwältin, keine Diva.«

»Ach, Süße, es tut mir furchtbar leid, dass ich dir das mitteilen muss, aber du bist schon lange nicht mehr nur Anwältin. Du bist ein Superstar mit einer gewaltigen Fanbase, und ich möchte mich hier und jetzt um die Stelle des Fans Nummer eins bewerben.« Während er das sagte, legte er sich zwischen ihre Beine.

Das hatte sie davon, wenn sie sich mit einem jüngeren Mann einließ, der über jede Menge Durchhaltevermögen verfügte. »Ich werd's in Erwägung ziehen.«

»Wirst du auch das hier in Erwägung ziehen?«, fragte er, während er vorsichtig in sie eindrang.

Anfangs wehrte sich ihr Körper, und beinahe hätte sie ihn gebeten, aufzuhören.

»Entspann dich, Süße, wir machen es schön langsam.«

»Du hast leicht reden mit deinem ›Entspann dich‹, schließlich bist es ja nicht du, dem ein Knüppel eingeführt wird.«

Cooper brach auf ihr zusammen, so heftig musste er lachen. »Bring mich nicht zum Lachen. Du ruinierst meine Konzentration.«

»Ich bring dich nicht zum Lachen, wenn du mir nicht sagst, ich solle mich entspannen, während du gleichzeitig mit diesem Riesending da auf mich losgehst.«

»Ich bin verletzt wegen meines Riesendings.«

»Sag mir die Wahrheit. Es war das ganze Stadion, richtig?«

»Sei still.«

»Zwing mich doch.«

Er küsste sie mit ungezügeltem Verlangen, während er langsam, aber sicher in sie kam, bis sie sich in jeder nur möglichen Art und Weise an ihn verlor, während er ihren Körper, ihr Herz und ihre Seele mit Beschlag belegte. Selbst eine abgeklärte, zynische Frau wie sie konnte erkennen, dass alles hieran – und an ihm – etwas Besonderes war. Als sie vor Lust den letzten Rest ihrer Beherrschung verlor, war sie dankbar für die Klimaanlage und die geschlossenen Fenster, anderenfalls hätten sie Jared und Lizzie gerade eine tolle Vorstellung gegeben.

»Noch einen«, flüsterte er.

Gigi lachte und stöhnte dann, als er sich erneut in ihr zu bewegen begann, ihr zeigte, dass er keine Scherze machte. Und sie wollte verflucht sein, wenn wiedererwecktes Verlangen ihren gesamten Körper nicht erneut in Flammen setzte, der sich nach mehr von seiner ganz besonderen Magie sehnte. »Cooper.« Sie hob sich ihm entgegen.

»Ja, Gigi. Genau so. Nimm alles.«

Himmel, was für eine Wahl blieb ihr schon, als alles zu nehmen, was er zu geben hatte, und während sie über den Rand in den Grand Canyon stürzte, in etwas unglaublich Großes und Angsteinflößendes, fand sie nichts, was den Fall hätte stoppen können.

Kapitel 24

Cindy versuchte, sich einzureden, dass sie wegen der Musik ins Beachcomber ging, aber wenn sie ehrlich sein sollte, war es eher die Hoffnung, Jace wiederzutreffen. Sie kam sich albern vor, weil sie sich in einen ziemlich rauen, tätowierten Barkeeper verguckt hatte, doch seit ihrem letzten Besuch hier hatte sie nicht aufhören können, an ihn zu denken.

Als sie sich gestern mit einem Migräneanfall ins Bett hatte zurückziehen müssen, hatte sie in der Dunkelheit an die Decke ihres Schlafzimmers gestarrt und darüber nachgegrübelt, was wohl seine Geschichte war, und jetzt war sie zurück und saß zur Dinnerzeit auf einem der Hocker an seiner Bar.

»Hallo, schöne Frau.« Dieses Lächeln hatte wahrscheinlich schon jede Menge Herzen schneller schlagen lassen. »Freut mich, dich zu sehen.«

»Geht mir bei dir genauso.«

Er füllte ihr ein Glas mit Eiswasser und fügte eine Zitronenscheibe hinzu.

»Danke sehr.« Sie war froh, dass er es ihr offenbar nicht übel nahm, dass sie jemandem einen Platz an seiner Bar wegschnappte, der mehr als Wasser trinken würde. »Steht heute Abend irgendwas besonders Gutes auf der Karte?«

»Da ist tatsächlich was«, antwortete er und legte eine Speisekarte vor sie. »Die Stammgäste bestellen wie verrückt den Meeresfrüchte-Auflauf.«

Cindy überflog die Beschreibung des Gerichts, bei der ihr das Wasser im Mund zusammenlief. »Da bin ich dabei.«

»Und dazu Ofenkartoffel, Pommes frites oder Reis?«

»Pommes bitte, obwohl Reis wahrscheinlich besser für mich wäre.«

»Unsinn. Einmal Pommes für die schöne Lady. Coleslaw, Beilagensalat oder gemischtes Gemüse?«

Cindy spürte, wie ihre Wangen bei seinem Kompliment heiß wurden. Dass sie errötete, war ihr überaus peinlich.

»Coleslaw und eine Extraportion Tatarensoße?«

»Klar, gern. Kommt sofort.«

Während er ihre Bestellung in den Computer eingab, beobachtete sie ihn heimlich. Beim Tippen konnte sie das Spiel seiner Muskeln unter dem Shirt mit dem Beachcomber-Logo bewundern. Als er einen Blick in ihre Richtung warf, ertappte er sie dabei, wie sie ihn betrachtete, und lächelte. »Keine Allergien gegen Meeresfrüchte, oder?«

»Nope. Alles gut.«

»Ausgezeichnet.«

Während sie ihr Eiswasser trank und Nialls wie immer wunderbare Musik genoss, beobachtete sie Jace bei der Arbeit. Er begrüßte jeden neuen Gast freundlich und bediente alle schnell und zuvorkommend, was eine gewisse Erfahrung hinter dem Tresen vermuten ließ. Er war gut gelaunt und immer zu einem Lachen aufgelegt, was dazu beitrug, dass sich sein Trinkgeldglas rasch füllte.

Cindy spielte eine Runde Gin Rummy mit ihrer neuen Freundin Piper Bennett, die Laura im Sand & Surf aushalf. Doch dann mussten sie aufhören, weil Piper zurück an die Rezeption gerufen wurde.

»Ist der Platz frei?«

Überrascht schaute Cindy hoch und entdeckte ihren Bruder John, der neben ihr stand. Seit seiner Ankunft auf Gansett hatte er wenig geredet und sich auch sonst bedeckt gehalten. »Er gehört ganz dir.«

»Wie geht es dir heute? Mom hat erwähnt, dass du gestern Migräne hattest.«

»Heute ist es jedenfalls um Klassen besser als letzte Nacht. Die war nämlich furchtbar, aber meine neuen Medikamente helfen dabei, dass ich nicht mehr gleich mehrere Tage am Stück aus dem Verkehr gezogen bin.«

»Freut mich zu hören. Ich kann mich noch gut daran erinnern, wie schlimm das früher immer war.«

»Und wie Dad nie gelten lassen wollte, dass ich krank war.«

»›Steh auf, und stell dich nicht so an‹, hat er immer gesagt. Was für ein Dreckskerl.«

»Genau, und jetzt ist er exakt da, wo er hingehört.« Dass der ehemalige General Mark Lawry im Gefängnis saß, nachdem er sich für schuldig erklärt hatte, seine Frau jahrelang massiv misshandelt zu haben, und nun für immer aus ihrem Leben verschwunden war, war eine Riesenerleichterung für seine sieben Kinder, auch wenn sie sich noch weiter an die Vorstellung gewöhnen mussten. Immerhin war ihre Mutter jetzt glücklich mit dem wunderbaren Charlie Grandchamp verheiratet.

»Hast du mit Katie gesprochen?«, wollte er wissen.

»Ja, Anfang der Woche.«

»Wie geht es ihr? Ich hab mich nicht getraut, sie zu fragen.«

»Es wird langsam besser, und sie hofft, nächste Woche wieder arbeiten zu können.«

»Ich frage mich, warum es überhaupt zu Fehlgeburten kommen muss.«

»Ich schätze, auf diese Weise sagt uns das Universum, dass ein bestimmtes Baby nicht sein sollte. Shane und sie können es in ein paar Monaten noch einmal versuchen.«

»Bist du dir sicher, dass sie okay ist?«

»Shane kümmert sich gut um sie, und Mom und Julia besuchen sie jeden Tag. Ich habe Essen vorbeigebracht und Laura auch. Insgesamt schlägt Katie sich tapfer.«

»Ich finde es schrecklich, wenn irgendeiner von euch leidet, vor allem nach dem, was wir bereits durchgemacht haben.«

»Wir empfinden in deinem Fall genauso, weißt du?«

Jace kam zu ihrem Ende der Bar zurück und musterte John kritisch, der blonde Haare und blaue Augen hatte und ihrem älteren Bruder Owen ähnlich sah. Bildete sie sich das nur ein, oder wirkte Jace tatsächlich wenig erfreut darüber, dass sie sich mit einem anderen Mann unterhielt? »Jace, das ist mein Bruder John. John, das ist Jace.«

»Freut mich, deine Bekanntschaft zu machen«, sagte Jace, der seit dem Wort »Bruder« wieder lächelte. »Was kann ich dir zu trinken bringen?«

»Was habt ihr an Bier da?«

Nachdem Jace ihm alle Sorten aufgezählt hatte, entschied sich John für »Ein Sam Summer, bitte«.

»Kommt sofort. Möchtest du auch was essen?«

»Klar, gern.«

Jace reichte ihm die Karte und den Ausdruck mit den Tagesgerichten und ging dann, um ihm sein Bier zu holen.

»Ich habe den Meeresfrüchte-Auflauf von der Tageskarte bestellt. Jace sagt, die Gäste seien ganz begeistert davon.«

»Ach, Jace sagt das, ja? Er hat nicht besonders glücklich darüber gewirkt, dass du mit mir redest.«

»Sei nicht albern. Ich kenne ihn erst seit ein paar Tagen.«

»Er mag dich.«

»Hör auf.«

John stupste sie an. »Du wirst ganz rot.«

»Ach, sei still.«

Ihr Bruder lachte, was ein willkommener Anblick war. Seit er zur Einweihungsfeier angereist war, die ihre Mutter und Charlie in ihrem neuen Haus gegeben hatten, hatte er sehr niedergeschlagen gewirkt und kaum was von sich erzählt.

»Aber schön, dich lachen zu sehen«, sagte Cindy. »Wir haben uns Sorgen um dich gemacht.«

Sein Lächeln verschwand sofort. »Das tut mir leid.«

»Was ist eigentlich los? Musst du nicht irgendwann zurück zur Arbeit?«

Er war Polizist in Tennessee und hatte etwas von einem Problem mit einem Vorgesetzten erwähnt, doch mehr wusste Cindy nicht.

Jace kehrte mit Johns Bier zurück.

»Danke. Ich nehme das Gleiche wie meine Schwester.«

»Mit Pommes, Coleslaw und Tatarensoße?«

»Ja, bitte.«

»Alles klar. Wollt ihr, dass ich es euch zusammen serviere?«

»Das wäre nett«, erwiderte Cindy. »Danke, Jace.«

»Für dich immer gern«, antwortete der mit einem Zwinkern und einem Lächeln.

»Siehst du?«, meinte John.

»Das sagt er wahrscheinlich zu allen. Schau dir sein Trinkgeldglas an. Charme zahlt sich aus.«

»Er mag dich.«

Dass ihr Bruder bestätigte, was sie bereits vermutet hatte, gab Cindy das Gefühl, als raste sie die steile Abfahrt einer Achterbahn runter. »Genug von mir. Reden wir über dich.«

»Es wäre mir lieber, wenn wir das nicht täten«, bemerkte John mit gerunzelter Stirn.

»Ich habe nichts zu berichten. Du hingegen bist, seit du hier angekommen bist, nicht du selbst, und der Umstand, dass du offenbar keine große Eile verspürst, wieder heimzufahren, bestätigt meinen Verdacht, dass da irgendwas im Busch ist.«

»Ja, okay.« Er nahm einen Schluck von seinem Bier und begann die Serviette in kleine Stücke zu zerrupfen. »Ich hab mich, äh, mit jemandem von der Arbeit getroffen, und es hat leider hässlich geendet.«

»Das tut mir so leid. Möchtest du mir davon erzählen?«

»Nicht wirklich. Ich, äh … jedenfalls hab ich den Job hingeschmissen.«

Damit hatte Cindy ganz bestimmt nicht gerechnet. John liebte seine Arbeit. »Ernsthaft? War es so schlimm?«

»Er war mein Sergeant. Einer von uns musste gehen, und er war es nicht.«

Er.

»Oh, ich, äh … Das war mir gar nicht klar.«

»Darum hab ich mir ja immer solche Mühe gegeben, mein Privatleben vor dem General geheim zu halten. Du hast sein hasserfülltes Gerede über Schwuchteln gehört und darüber, dass sie alles ruinieren.«

»Du bist mit Frauen ausgegangen. Vielen Frauen.«

»Ablenkungsmanöver.«

»Himmel, John. Es tut mir so leid, dass du das durchmachen musstest.«

»Wir alle haben durch ihn so viel Schlimmes erlebt. Warum sollte ich davongekommen sein?«

»Wohl wahr.« Cindy trank einen Schluck von ihrem Wasser, während sie darüber nachdachte, was ihr Bruder gesagt hatte. »Aber du hast deinen Job aufgegeben. Was ist mit deiner Pension?«

»Einen Teil davon kann ich behalten, den ich übrigens investieren will. Keine Sorge, das wird alles schon, ich konnte nur einfach nicht dableiben, nachdem Leute das mit uns rausgefunden hatten und es sich zu einer Riesensache entwickelt hat. Ich hatte Angst, dass er mich umbringen würde.«

»Hast du dir deswegen ernsthaft Sorgen gemacht?«

»Er war so wütend darüber, dass andere von uns wussten. Ich vermute, er glaubt, dass ich es jemandem erzählt hätte, was ich natürlich nicht getan habe. Das hätte ich keinem von uns beiden angetan.«

»Also wie ist es sonst bekannt geworden?«

»Das ist eine gute Frage. Ich denke, es ist ihm irgendwo rausgerutscht, und dann hat er versucht, es mir in die Schuhe zu schieben.«

»Das ist ganz schön fies.«

»Jap, und jetzt bin ich hier, ohne Job *und* ohne Beziehung.«

Sie legte einen Arm um ihn. »Ich finde es furchtbar, dass dir das passiert ist, Johnny.«

Er lehnte sich an sie. »Danke. Das wird schon wieder. Schließlich hab ich etwas Geld gespart, und Mom und Charlie haben mir versichert, dass ich so lange bleiben kann, wie ich möchte. Ich werd schon etwas finden.«

Jace brachte zwei Teller, die er vor sie hinstellte. »Clams Casino, eine Spezialität des Hauses.«

»Das haben wir nicht bestellt«, protestierte Cindy, während sie zu ihrem Bruder schaute.

»Das geht auf mich«, erwiderte Jace mit dem freundlichen Lächeln, das ihr Herz etwas schneller schlagen ließ. »Lasst es euch schmecken.«

»Er mag dich«, erklärte John, sobald Jace sich anderen Kunden zugewandt hatte.

»Sei still, und iss deine Muscheln.«

Johns Gelächter hallte durch die Bar. »Cindy hat einen Freund«, begann er in neckendem Singsang. »Und wenn ich das mal so sagen darf, er ist ein sehr gut aussehender Mann.«

Ja, das ist er allerdings, dachte Cindy. Was hatte es zu bedeuten, dass er ihr – und ihrem Bruder – was Besonderes zum Essen spendierte?

* * *

Gigi erwachte vom Eintreffen einer Textnachricht von Matilda an sie und Jordan. Hopphopp, raus aus den Betten, Ladys. Ich muss mich um neun Uhr mit euch beiden treffen, um die letzte Episode der Staffel durchzusprechen. Bitte kommt allein zu mir ins Hotel. Das ist ein Meeting nur für uns drei. Ich kümmere mich ums Frühstück. Danke!

Jordans Erwiderung brauchte keine Minute. Warum muss sie so ein nervtötend gut gelaunter Frühaufsteher sein? Das ist ja widerlich.

Aber echt, antwortete Gigi.

Matilda reagierte mit lachenden Emojis. Ich krieg das alles mit! Schwingt eure Hintern aus dem Bett, und kommt her.

Gigi stöhnte und versuchte, sich aus Coopers Umarmung zu befreien. Sie hasste es normalerweise, wenn Männer sie im Schlaf so vereinnahmten, aber bei ihm schien sie das überhaupt nicht zu stören.

All ihre üblichen Regeln waren beim Teufel, wenn es um ihn ging, und da sich die Aufzeichnung der Staffel dem Ende zuneigte, musste sie dringend zurück zu ihrem »normal«, was auch immer das derzeit war.

Es gelang ihr, aus dem Bett zu kriechen, ohne ihn zu wecken, dann gönnte sie sich eine lange heiße Dusche, um den Kopf klar zu kriegen und alle Gedanken an den Mann, der ihre Welt in der letzten Nacht dreimal umgekrempelt hatte, daraus zu vertreiben. Aber als sie zwanzig Minuten später aus der Dusche trat, dachte sie trotzdem an ihn, durchlebte weiter jede Sekunde mit ihm und versuchte sich an den Gedanken zu gewöhnen, dass sie ihn vielleicht doch behalten könnte. Trotz der seismischen Verschiebung, die gestern in ihrem Leben stattgefunden hatte, weigerte sich ein großer Teil von ihr immer noch, daran zu glauben, dass etwas so Gutes andauern konnte.

»Warum bist du so früh auf?«, fragte Cooper mit geschlossenen Augen.

»Ich muss zu einem Treffen mit unserer Produzentin. Hast du nicht heute Vormittag deinen großen Termin bei den McCarthys?« Er wollte seine Geschäftsidee in der Marina Big Mac McCarthy, Luke Harris und Kara Torrington vorstellen.

»Mhm, das ist in einer Stunde.«

»Dann solltest du dich besser in Bewegung setzen.«

»Ich brauche nur eine Minute, um mich fertig zu machen.«

Gigi hatte ein ärmelloses weißes Kleid angezogen, zu dem sie in Wedge-Sandalen geschlüpft war. »In meinem nächsten Leben will ich ein Mann sein.«

»Das wäre eine Tragödie, Süße.«

Ihr Herz schmerzte wie seit Jahren nicht mehr, seit den schrecklichen Monaten, die sie zu dem außergewöhnlichen Schritt veranlasst hatten, sich juristisch von der einzigen »Familie«, die sie je gehabt hatte, zu trennen. Seither war es so viel einfacher gewesen, alles selbst zu schaffen. Das hatte auch gut funktioniert, bis Cooper in ihr Leben geschneit war und sie in Versuchung geführt hatte, andere Möglichkeiten in Erwägung zu ziehen. O ja, tatsächlich führte er sie auf jede nur denkbare Art und Weise in Versuchung.

»Möchtest du heute Abend mit zur Überraschungsparty zu Chloes dreißigstem Geburtstag im Wayfarer?«, fragte Cooper, der sich im Bett aufgesetzt hatte und sein Handy in der Hand hielt.

»Ich werde abwarten müssen, was Matilda will. Am Ende müssen wir heute Abend arbeiten.«

»Gibst du mir Bescheid?«

»Sicher. Ich werd's versuchen.«

Sie blickte zu ihm und ertappte ihn bei einem Stirnrunzeln, während er sie anschaute.

»Was ist los?«, wollte er wissen.

»Hm? Nichts.«

»Schwindel mich nicht an, Gigi. Du bist irgendwie verschlossen und abweisend. Was ist passiert?«

Du bist passiert, hätte sie ihm am liebsten entgegengeschleudert. »Nichts ist passiert. Ich bin nur sauer, dass Matilda mich wegen irgendeiner bescheuerten Besprechung aus dem Bett holt.« Sie nahm ihr noch feuchtes Haar und steckte es sich mit einem Clip auf dem Kopf fest.

»Und das ist wirklich alles?«

»Natürlich«, antwortete sie und drehte sich mit einem Lächeln zu ihm um, während ihr Herz vor Angst wie verrückt klopfte. Sie hasste dieses Gefühl, weil sie sich dann so schwach und armselig vorkam. »Was sollte denn sonst sein?« Ehe sie das Schlafzimmer verließ, ging sie zum Nachttisch, um ihr Handy aus der Ladestation zu nehmen.

Cooper streckte die Hand nach ihr aus.

Gigi zögerte, ihn zu berühren, legte aber schließlich ihre Hand in seine.

»Letzte Nacht war wunderbar«, erklärte er und hauchte ihr einen Kuss auf den Handrücken. »Lass uns das bald wieder tun, okay?«

»Sicher.« Sie musste hier weg, weg von ihm, bevor sie in eine Million Scherben zerbrach, die man nie wieder zu der Person zusammensetzen konnte, die sie gewesen war, bevor er sie am Pool seines Bruders getroffen hatte. »Ich muss los. Matilda mag es nicht, wenn wir sie warten lassen.«

»Lass mich wissen, was mit der Party ist«, bat er und küsste noch einmal ihren Handrücken.

»Mache ich.«

Er ließ sie los, betrachtete sie jedoch weiter mit diesem wissenden, alles sehenden Blick, der ihr das Gefühl gab, nackt zu sein, obwohl sie komplett bekleidet war.

Während sie das Apartment verließ, hoffte sie, dass der Kaffee in Matildas Hotel gut war, denn sie brauchte einen echten Kick, damit sie nicht etwas wirklich Dummes tat, wie sich in Cooper James zu verlieben.

* * *

Sie ist eine verdammt schlechte Lügnerin, dachte Cooper, während er zuschaute, wie Gigi das Apartment verließ, und war sich dabei vollauf bewusst, dass sie sich irgendwann wieder hinter ihren Schutzwall zurückgezogen hatte und nach einem Weg suchte, das mit ihm zu beenden. Vielleicht nicht heute oder morgen, aber bald. Was zur Hölle war zwischen ihrem dritten Höhepunkt und der Show, die sie eben für ihn abgezogen hatte, passiert?

Cooper setzte sich aufs Bett und ging jede Sekunde der letzten Nacht durch, versuchte, den Moment zu finden, in dem was schiefgelaufen war. Doch das Einzige, woran er sich erinnern konnte, war totale Lust, und er hatte nicht den geringsten Zweifel daran, dass sie das Gleiche erlebt hatte.

Das war vermutlich der springende Punkt. Dass das mit ihnen so perfekt passte, machte Gigi nervös. Sie war es nicht gewohnt, dass jemand für sie eintrat und ihr ein Sicherheitsnetz unter dem emotionalen Drahtseilakt bot, den sie so scheinbar mühelos aufführte. Weil sie so lange nichts und niemanden gebraucht hatte, hatte sie absolut keine Ahnung, wie sie sich ihm öffnen sollte.

Es schmerzte ihn um ihretwillen.

Und er liebte sie dafür.

Vielleicht war es zu schnell, aber er konnte nicht leugnen, dass das, was er für sie empfand, größer war als alles, was er zuvor erlebt hatte. Er konnte auf eine breite Erfahrungsbasis zurückgreifen, daher merkte er es, wenn etwas anders war als sonst. Trotz seiner zahlreichen Verabredungen hatte er immer darauf gehofft, den einen besonderen Menschen zu finden, mit dem er den Rest seines Lebens verbringen wollte. Bis ihm Gigi begegnet war, hatte er keine getroffen, die auch nur ansatzweise mitbrachte, was er von seiner Lebensgefährtin erwartete.

Es sollte jemand sein, mit dem er lachen konnte, jemand, bei dem er einfach er selbst sein konnte, jemand, der im Bett zu ihm passte und mit dem er etwas Dauerhaftes aufbauen konnte. Gigi erfüllte jede dieser Bedingungen, zusätzlich zu einigen anderen, die gar nicht auf seiner Liste gestanden hatten, bis er sie kennengelernt hatte.

Seine Rippen schmerzten ebenso wie sein Herz, während er sich hochstemmte, sich anzog und ihr Bett machte, wobei er darüber nachdachte, wie er bei diesem Problem weiterkommen könnte.

Schließlich begab er sich zu Jared und Lizzie, um zu sehen, wie die Lage bei ihnen war. Er betrat die Küche, wo die beiden mit dem Baby saßen und auf Jareds Handy starrten, als könnten sie es mittels Gedankenkraft zum Klingeln bringen. »Ich würd' ja fragen, wie es bei euch läuft, aber ich kann erkennen, dass ihr noch auf Nachricht wartet.«

»Mike trifft sich gerade mit Jessie, und wir sterben hier in der Zwischenzeit einen langsamen, qualvollen Tod«, erklärte Jared.

An irgendeinem Punkt war sein Bruder dem Zauber des Babys ebenso verfallen wie Lizzie, stellte Cooper fest. Er betete nur zu Gott und jeder anderen höheren Macht, die es geben mochte, dass die beiden die Kleine behalten durften. »Gibt es irgendwas, das ich für euch tun kann?«

»Ich wünschte, es gäbe was«, antwortete Jared. »Ist heute früh nicht eigentlich dein Treffen mit Mr McCarthy?«

Cooper streckte dem Baby eine Hand hin, und sein Herz schmolz, als die Kleine ihre winzige Faust um seinen Zeigefinger schloss. »Stimmt. Ich will nur rasch duschen und mich umziehen.« Das Baby gab einen Protestlaut von sich, als er ihm den Finger wegnahm. Es war schon verdammt niedlich. »Gebt mir Bescheid, wenn ihr was von Mike hört, okay?«

»Ja, machen wir«, sagte Jared.

Es erfüllte Cooper mit Sorge, wenn er sah, wie Lizzie dasaß und ins Leere starrte, als ob sie der Realität, die sich vor ihr ausbreitete, entkommen müsse. Wobei er ihr das nicht vorwerfen konnte, denn schließlich hielt er es ja selbst kaum aus.

Er duschte und schlüpfte in Shorts und ein Polohemd, denn alles andere als lässige Kleidung hätte auf der Insel seltsam gewirkt. Zum ersten Mal, seit er sich das Gesicht aufgeschürft hatte, rasierte er sich, wobei er die Bereiche ausließ, die verschorft waren. Es sah weiter übel aus, doch nicht mehr so schlimm wie noch vor ein paar Tagen. Als er fertig war, nahm er sein vorbereitetes Exposé und blätterte es ein letztes Mal durch, obwohl er jedes einzelne Wort auswendig kannte. Dieser Plan hatte sein Leben in den vergangenen beiden Jahren bestimmt, und jetzt war Showtime.

Cooper kehrte in die Küche zurück, wo alles noch genauso war wie vor einer halben Stunde.

»Möchtest du den Porsche nehmen?«, erkundigte sich Jared.

»Darf ich?«

»Wenn du dich von den Klippen fernhältst, schon.«

Cooper erstarrte mitten in der Bewegung. »Wie hast du denn davon erfahren?«

»Ist das wichtig?«, antwortete Jared grinsend. »Ich hab dir schon immer gesagt, dass deine Besessenheit von Selfies dich noch einmal umbringen würde.«

»Ich denke mal, von dieser Besessenheit bin ich offiziell geheilt.«

»In dem Fall darfst du den Porsche gern haben, Sohn.«

»Danke, Dad.« Cooper grinste seinen großen Bruder an, während er sich die Schlüssel vom Küchentresen nahm.

»Viel Glück in der Marina. Die Leute dort sind große Klasse, insbesondere wenn man mit ihnen ins Geschäft kommen möchte.«

»Danke für deine Hilfe beim Einfädeln des Meetings.«

»Nicht der Rede wert.«

»Schick mir eine Textnachricht, falls sich hier irgendwas tut, okay?«

»Geht klar.«

Cooper drückte Lizzie die Schulter, als er auf dem Weg nach draußen an ihr vorbeikam. Er fragte sich, wie sie das alles verkraften würde.

KAPITEL 25

Die Fahrt zur Marina dauerte zehn Minuten. Cooper entschied, den Wagen an der Straße abzustellen, ein ganzes Stück vor dem deutlich volleren Parkplatz dichter am Wasser, weil er vermutete, dass das Auto hier besser aufgehoben war.

Ihm hätte klar sein müssen, dass es nur eine Frage der Zeit sein würde, bis Jared erfuhr, was genau an den Klippen passiert war. Es war ein Wunder, dass er ihm den Porsche erneut überlassen hatte. Aber sein älterer Bruder war ihm gegenüber schon immer sehr nachsichtig gewesen, und Cooper war wirklich froh, dass er Jared in seinem Leben hatte.

Er liebte seine anderen Geschwister auch, doch Jared stand ihm am nächsten. Quinn war schon sehr früh zum Militär gegangen, als Cooper noch ganz jung gewesen war, daher hatte er ihn erst in den letzten paar Jahren besser kennengelernt, nachdem Quinn seine militärische Laufbahn beendet hatte, und seine Schwestern waren beide schon seit über zehn Jahren verheiratet. Als Nachzügler hatte Cooper sich anstrengen müssen, eine Beziehung zu ihnen aufzubauen, ehe er selbst erwachsen geworden war und sie aufgehört hatten, ihn wie ein Baby zu behandeln.

Cooper war ein erwachsener Mann und entschlossen, geschäftlich und im Leben Erfolg zu haben. Als er nach Gansett gekommen war, hatte er sich ganz auf das Geschäftliche konzentriert, aber seit er Gigi begegnet war, hatten sich seine Pläne ausgeweitet und schlossen nun sie ein. Wenn er sie nur auch davon überzeugen könnte, *ihn* in *ihre* Pläne einzubeziehen. Doch das war ein Problem, für das er später eine Lösung finden würde. Jetzt musste er sich erst mal darauf konzentrieren, Mr McCarthy und den anderen seine Geschäftsidee überzeugend vorzustellen.

Seit zwei Jahren hatte er auf diesen Augenblick hingearbeitet, und während er auf die offenen Garagentüren zulief, die Mr McCarthy ihm beschrieben hatte, holte er tief Luft, um seine Nerven zu beruhigen.

Big Mac McCarthy hatte er bereits auf der Hochzeit kennengelernt. Der ältere Mann saß an einem Picknicktisch, mit einer Gruppe von Männern, die lachten und miteinander redeten. Vor ihnen standen eine Kaffeekanne und ein Teller mit Donuts. Bei dem köstlichen Geruch nach in frischem Fett ausgebackenem Hefeteig, der zu ihm herüberwehte, lief Cooper das Wasser im Mund zusammen.

»Hallo, Cooper«, sagte Big Mac und stand auf. »Schön, Sie zu sehen.«

Cooper ergriff seine ausgestreckte Hand. »Gleichfalls.«

»Sie würde ich wirklich überall erkennen. Sie sehen Ihren beiden Brüdern sehr ähnlich.«

»Nur deutlich jünger und wesentlich attraktiver«, antwortete Cooper schlagfertig und hatte damit die Lacher auf seiner Seite.

Gelächter, das hatte er gelernt, öffnete eine Menge Türen, wenn man mit anderen Menschen zu tun hatte.

»Sie erinnern sich vielleicht von Quinns und Mallorys Hochzeit an die anderen. Das hier ist mein Geschäftspartner Luke Harris, daneben mein bester Freund Ned Saunders sowie dort drüben mein Bruder Frank.«

»Freut mich, Sie alle wiederzutreffen«, erwiderte Cooper und schüttelte jedem der Männer die Hand.

»Geht uns genauso«, verkündete Ned.

»Wir warten noch auf Kara, aber sie sollte bald hier sein«, meinte Big Mac. »Die Arme leidet unter heftiger Morgenübelkeit.«

»Das tut mir leid.«

»Gegen neun Uhr wird es gewöhnlich besser, daher dürfte es nicht mehr lange dauern, bis sie hier ist. Mein Sohn Mac ist ein weiterer Geschäftspartner, doch er lässt sich entschuldigen. Wie Sie wissen, ist er noch mit seiner Frau und den neugeborenen Töchtern in Providence.«

»Wie geht es den Babys und der Mutter?«

»Ausgezeichnet. Es heißt, dass sie Ende der Woche zurückkommen können.«

»Das sind ja sehr erfreuliche Nachrichten.«

»Apropos Babys«, meldete sich Luke zu Wort. »Hat dein Bruder irgendwas von der Mutter des Babys gehört?«

»Der Privatdetektiv, den Jared beauftragt hat, hat sie gefunden. Wir warten jetzt ab, wie sie entscheidet, dass es weitergehen soll.« Er würde den Rest der Geschichte für sich behalten, bis Jared und Lizzie eine Antwort auf ihren Vorschlag erhalten hatten.

»Dann versorgen wir Sie jetzt erst mal mit Kaffee und Donuts, bevor wir anfangen.«

»Zu beidem sage ich nicht Nein.«

Zehn Minuten später saß er am Picknicktisch, einen Kaffee und einen Teller mit frischen, zuckerbestreuten Donuts vor sich.

»Verdammt, sind die gut«, stieß er nach dem ersten Bissen aus.

»Spezialität des Hauses«, erklärte Big Mac mit einem Grinsen. »Ich schwöre, sie sind für einige unserer Stammgäste der Hauptgrund, jedes Jahr wiederzukommen.«

»Die Atmosphäre hier ist auch ziemlich cool«, stellte Cooper fest.

»Danke«, erwiderte Big Mac. »Ich hab das Exposé gelesen, das Sie letzte Woche per E-Mail geschickt haben, und die Idee gefällt mir sehr.«

»Oh, gut. Das freut mich.«

»Ich hab nur ein paar Punkte, die mir Kopfzerbrechen bereiten. Vor allem die Kombination aus Booten und Alkohol ist alles andere als ideal.«

»Ja, da gebe ich Ihnen recht. Das ist auch der Grund, weshalb wir die Anzahl der Drinks pro Person auf drei oder vier beschränken. Das setzen wir um, indem jeder Passagier eine bestimmte Anzahl von Vouchern bekommt, die dann gegen alkoholische Getränke eingetauscht werden können. Sobald die Voucher aufgebraucht sind, gibt es nichts mehr.«

»Und was ist mit Leuten, die bereits vorgeglüht haben, ehe sie an Bord gehen?«, erkundigte sich Luke.

»Wir lassen bei jedem eine Atemalkoholkontrolle durchführen, bevor er an Bord darf, und wir behalten uns das Recht vor, Passagiere abzuweisen, die gegen unsere Regeln verstoßen.«

Luke nickte, wirkte zufrieden. »Wenn wir dir erlauben, deine Boote von hier aus auslaufen zu lassen, möchten wir von jeglicher Haftung ausgeschlossen werden.«

»Das ist nur verständlich«, antwortete Cooper.

»Ich bin da«, rief in dem Moment eine hübsche Rothaarige aus einigen Metern Entfernung. »Tut mir leid, dass ich zu spät komme.«

Ein gut aussehender dunkelhaariger Mann folgte ihr. Irgendwas an ihm war Cooper vertraut.

»Ich bin Kara Torrington«, stellte die Frau sich ihm vor. »Und das ist mein Ehemann Dan.«

Ah, richtig. Der berühmte Anwalt war dafür bekannt, unrechtmäßig Verurteilte aus dem Gefängnis zu holen. Cooper schüttelte auch ihnen die Hand. »Es freut mich, Sie beide kennenzulernen.«

»Nimm Platz, Süße«, sagte Dan zu seiner Frau. »Ich besorge dir einen Smoothie.«

»Danke.« Kara setzte sich ganz vorn auf die Bankkante. »War ein besonders schwieriger Morgen. Dieses Kind sollte sich besser Mühe geben, dass es die ganzen Qualen auch wert ist.«

Big Mac lachte. »Das wird es bestimmt.«

»Ich verlasse mich auf dein Wort. Was habe ich versäumt?«

»Wir haben mit Cooper über Haftung und Alkohol im Zusammenhang mit Booten gesprochen.«

»Ah, ja, das ist viel zu oft eine tödliche Kombination.«

»Er hat einen guten Lösungsansatz, nämlich dass er den Alkoholkonsum an Bord über Gutscheine beschränkt.«

»Ich hab mit meinen Brüdern über den Ankauf der Boote gesprochen, und sie sind durchaus interessiert.« Sie legte eine Visitenkarte auf den Tisch. »Sie können meinen Bruder Kieran kontaktieren, und er wird mit Ihnen durchsprechen, was Sie brauchen.«

»Das ist großartig«, erklärte Cooper. »Danke, Kara.«

»Kein Problem.« Sie wurde erst gespenstisch bleich und gleich darauf grün im Gesicht, bevor sie vom Tisch aufsprang und zur Damentoilette rannte.

»Irgendwas, was ich gesagt habe?«, erkundigte sich Cooper mit einer Grimasse.

»Das passiert so ungefähr jeden Tag«, erwiderte Luke. »Sie denkt, es ist vorbei, aber das ist es nie.«

Dan kam mit einem Becher mit Strohhalm und einer Tüte aus dem Restaurant. Er blieb abrupt stehen, als er bemerkte, dass Kara nicht da war. »Schon wieder?«, wollte er wissen.

Big Mac deutete stumm mit dem Daumen Richtung Damentoilette.

»Die arme Mutter meines Kindes«, sagte Dan mit einem Seufzer. »Sie leidet wirklich.« Er schien hin- und hergerissen, ob er ihr folgen sollte, doch dann setzte er sich auf den Platz, den sie verlassen hatte, und schnappte sich einen Donut. »Ich muss essen, wenn sie nicht hinschaut.«

»Ich hoffe, es geht ihr bald besser«, meinte Cooper.

»Ich auch«, pflichtete ihm Dan bei. »Ich halte es kaum aus.«

»Für die Väter ist es immer am schwierigsten«, gab ihm Big Mac mit ernster Miene recht.

Die anderen Männer brachen in Gelächter aus.

»Ich hab Ihr Exposé gelesen«, wandte sich Dan zwischen zwei Bissen an Cooper. »Sie brauchen eine unanfechtbare Haftungsausschlussklausel. Ich kann Ihnen da was aufsetzen, wenn Sie möchten.«

»Äh, ja«, sagte Cooper, verblüfft, dass ein Rechtsanwalt von Dans Kaliber ihm Hilfe anbot. »Das wäre großartig.«

»Wir werden alles so wasserdicht machen, dass es keine Schlupflöcher gibt.«

»Super. Das klingt ja so, als hätte ich die Boote, die ich brauche, und eine Lösung für alles Juristische. Ich vermute, die letzte Frage, die es zu klären gilt, ist, ob die Gentlemen bereit wären, mir ab dem nächsten Sommer Anlegeplätze in der Marina zu vermieten.«

Big Mac blickte Luke an, der nickte.

»Ja, gerne«, erklärte Big Mac. »Ich möchte noch darauf hinweisen, dass wir dabei sind, Angebotspakete für Hochzeiten zusammenzustellen, und dachten, Ihr Geschäft würde gut dazu passen.«

»Inwiefern?«, erkundigte sich Cooper interessiert.

»Uns gehört auch das Wayfarer, und wir erhalten laufend Buchungsanfragen für die nächste Saison. Außerdem planen wir die Renovierung einer früheren Alpaka-Farm, die wir für kleinere, intimere Hochzeiten vorhalten wollen. Mehrere Pakete, zu denen auch Wellness-Angebote für die Gäste in unserer neuen Spa-Landschaft gehören, die wir gerade in unserem Hotel oben über der Bucht erweitern. Uns schweben außerdem Sonderpreise für Hochzeitsgäste bei den Hotelzimmern und reduzierte Anlegegebühren in der Marina vor, falls jemand sein Boot mitbringen möchte. Auf diese Weise können wir all unsere Geschäfte zusammenbringen. Ihre Junggesellen- beziehungsweise Junggesellinnenabschiede zu Wasser wären eine nette Ergänzung. Wir haben auch den Curl-Up-&-Dye-Salon für Hochzeitsfrisuren und Make-up an Bord, und schließlich die Boutique Naughty & Nice, in der man alles für die Hochzeitsnacht bekommt.«

Cooper konnte gar nicht glauben, wie sich alles zusammenfügte, und staunte darüber, was für ein gewiefter Geschäftsmann Big Mac McCarthy war. »Ich wäre liebend gern dabei.«

»Perfekt. Ich werde den Kontakt zu Nikki Stokes herstellen, der Geschäftsführerin des Wayfarer. Die Pakete waren ihre Idee, und sie kümmert sich um alle Details.«

»Großartig. Nikki kenne ich bereits.«

Dan saß da und starrte auf die Tür der Damentoilette. »Soll ich mal nach ihr schauen?«

»Würde sie das wollen?«, fragte Big Mac.

Dan schüttelte den Kopf. »Sie will auf keinen Fall, dass ich sie spucken sehe.«

»Dann würde ich hier sitzen bleiben, bis sie fertig ist.«

»Ich hasse das«, verkündete Dan.

»Es ist schwierig, hilflos dabeizustehen, wenn die, die wir lieben, leiden«, sagte Big Mac.

Seine Worte trafen ebenso auf Coopers Situation zu. Er musste zuschauen, wie die Frau, die er liebte, mit sich rang, weil sie Gefahr lief, sich zum ersten Mal zu verlieben. Wenn er nur wüsste, wie er ihr helfen konnte, zu begreifen, wie gut sie füreinander sein würden. Sein Handy vibrierte, und als er es herauszog, stellte er fest, dass es eine Textnachricht von Jared war.

Wir haben von Mike gehört. Er hat mit Jessie gesprochen und ihr unseren Vorschlag unterbreitet. Sie möchte ein paar Tage Bedenkzeit.

Argh.

»Mist«, sagte Dan, und Cooper ging auf, dass er diese Textnachricht ebenfalls empfangen hatte.

»Wo wir gerade von ›schwierig‹ reden«, meinte Cooper.

»Aber echt.«

»Alles in Ordnung?«, erkundigte sich Big Mac.

»Nur eine Komplikation bei Jared, Lizzie und dem Baby, um das sie sich kümmern«, antwortete Cooper. »Hoffentlich klärt sich das bald.«

Das musste es. Alles andere wäre unerträglich.

* * *

Jared verlor gerade den Verstand. Wie sollten sie noch ein paar Tage auf Jessies Entscheidung warten? Worüber musste sie eigentlich nachdenken? Sie hatte vor beinahe einer Woche ihr neugeborenes Baby bei ihnen abgeladen und sich in der ganzen Zeit nicht ein Mal nach ihrer Tochter erkundigt. Wenn sie glaubte, sie würden ihr das Baby einfach so wieder überlassen, als sei nichts geschehen, konnte sie nicht ganz richtig im Kopf sein.

Wenn Jessie die Kleine zurückhaben wollte, würde sie sich erst mit Blaine und dem Jugendamt auseinandersetzen müssen. Wie konnten sie sich ohne Prüfung von öffentlicher Seite sicher sein, dass Jessie auch wirklich vorhatte, sich angemessen um ihre Tochter zu kümmern?

Er stand am Rand seines Anwesens, beobachtete, wie sich die Wellen an den Felsen unten brachen, und wünschte sich, es gäbe einen Ausweg aus diesem höllischen Dilemma.

Lizzie trat hinter ihn, schlang die Arme um ihn und lehnte ihren Kopf an seinen Rücken. Das Empfangsteil ihres Babyfons baumelte von ihrem Zeigefinger.

Jared legte seine Hand über ihre. »Es tut mir leid, dass das so stressig ist, Süße. Ich hatte gehofft, wir hätten heute eine Antwort.«

»Ich bin diejenige, der es leidtun sollte. Ich habe diesen Stress in unser Leben gebracht.«

»Du hast versucht, jemandem in einer Notsituation zu helfen. Es ist nicht deine Schuld, dass sie uns das Baby aufgehalst hat und abgehauen ist.«

»Sie hatte Zeit und Raum, alles zu überdenken, was sie getan hat.«

»Es ist nicht fair, uns so einem Wechselbad der Gefühle auszusetzen.«

»Nein, ist es nicht. Aber egal, was passiert, wir werden es überstehen, weil wir einander haben.«

Jared schob ihre Arme ein Stück weg, allerdings nur, damit er sich zu ihr umdrehen konnte. Dann zog er sie an sich. »Wie schaffst du das?«

»Was denn?«

»Diese innere Ruhe zu finden, oder was auch immer es ist, das dafür sorgt, dass du genau weißt, was ich hören muss?«

»Ich bin nicht sicher, wie ich das mache, doch die eine Sache, die ich mit Sicherheit weiß, ist, dass unsere Beziehung hieran – oder an irgendwas anderem – nicht zerbricht.«

»Nein, das werden wir nicht zulassen.«

»Wenn wir sie nicht behalten können, dann wäre ich wirklich traurig, weil ich sie bereits in mein Herz geschlossen habe.

Aber ich verspreche, was auch immer passiert, ich werde es heil überstehen, wenn du das ebenfalls tust.«

»Solange es dir gut geht, auf jeden Fall.« Jared drückte sie fest an sich, während ihm Tränen in den Augen brannten. Er konnte sich nicht erinnern, wann er das letzte Mal das Gefühl gehabt hatte, weinen zu müssen. Nein, das stimmte nicht. Als sie erfahren hatten, dass der letzte Versuch mit künstlicher Befruchtung nicht zu einer Schwangerschaft geführt hatte, war ihm das das letzte Mal passiert.

Sein Handy klingelte, und er löste sich aus der Umarmung, um es aus seiner Hosentasche zu ziehen. »Das ist Mike.« Er nahm den Anruf an und stellte auf Lautsprecher. Lizzie behielt ihre Hände an seinen Hüften, während er einen Arm um sie legte. »Hey, Mike.«

»Jessie hat sich bei mir gemeldet. Sie würde gerne mit Ihnen über eine Adoption reden.«

Lizzie seufzte, und alle Spannung wich aus ihrem Körper.

Jared drückte sie fester an sich. »Sie haben ja eine Kopie der vorläufigen Sorgerechtsvereinbarung, die Sie ihr geben können, richtig?«

»Das ist bereits erledigt, und ich hab ihr gesagt, dass Sie die Kosten für ihren Anwalt übernehmen, damit sie jemanden hat, der sie bei dem Adoptionsprozess berät. Dafür war sie sehr dankbar. Ich hab den Kontakt zu einem befreundeten Anwalt hergestellt, und Jessie und er treffen sich, um alle Einzelheiten durchzusprechen.«

»Und der Vater?«

»Es war ein One-Night-Stand während einer Party, und sie kennt weder seinen Namen, noch will sie ihn wissen. Sie hat darauf bestanden, dass er keine Rolle spielt und das auch nie tun wird. Ich glaube, dass das zum großen Teil dafür verantwortlich ist, dass das alles so traumatisch für sie war. Sie hat einen Fehler gemacht und saß am Ende mit einem Baby da.«

»Vielen Dank für Ihre Hilfe hierbei, Mike.« Jared war so überwältigt, dass er kaum sprechen konnte. Sie würden Eltern sein.

»Ein Wort zur Vorsicht: Bitte erst feiern, wenn alles unterschrieben und unter Dach und Fach ist«, schob Mike nach. »Sie kann immer noch jederzeit ihre Meinung ändern.«

»Das ist uns klar.«

»Ich melde mich morgen früh, hoffentlich mit mehr guten Nachrichten.«

»Wir werden auf den Anruf warten.«

»Bislang sieht es vielversprechend aus, und wir stehen dicht davor, alles zu einem guten Abschluss zu bringen.«

»Noch mal danke.« Jared beendete den Anruf und lehnte seine Stirn gegen Lizzies. »Vielleicht klappt es ja wirklich.«

Sie blickte ihn mit Tränen in den Augen an. »Ich kann es immer noch nicht glauben.«

»Du hast ja gehört, was Mike gesagt hat: Noch ist es zu früh zum Feiern.«

»Ich tue es trotzdem. Jessie weiß, dass das hier das Richtige für ihr kleines Mädchen ist, und Dan hat die Vereinbarung so aufgesetzt, dass sie ihre Tochter besuchen kann. Das ist die bestmögliche Lösung.«

Jared holte tief Luft. »Ich habe Angst, mich zu früh zu freuen.«

»Ich hab ein gutes Gefühl, und du weißt ja, wie das mit meinen Gefühlen ist.«

»Damit liegst du immer richtig.« Er zögerte, bevor er hinzufügte: »Sie braucht einen Namen.«

»Violet. Und wir nennen sie Vi.«

»Das gefällt mir. Könnte ihr zweiter Vorname Catherine sein, nach meiner Lieblingsgroßmutter?«

»Natürlich. Violet Catherine James. Das ist ein wunderschöner Name für ein wunderschönes Mädchen.«

360

»*Unser* wunderschönes Mädchen.«

Sie umarmten einander fest, und als sie sich voneinander lösten, liefen ihnen beiden Tränen über die Wangen.

Lizzie hob eine Hand, um ihm seine abzuwischen. »Wir haben es geschafft, Jared. Nicht auf die Art und Weise, wie wir dachten, doch wir haben es geschafft. Ich muss glauben, dass es so vorherbestimmt war.«

»Es fühlt sich jedenfalls irgendwie schicksalhaft an. Gott sei Dank gibt es dich und dein großes Herz, das nicht anders kann, als zu helfen, wenn du jemanden in Not siehst. Du hast Vi in unser Leben gebracht, und wir werden eine glückliche kleine Familie sein.«

»Ich kann es gar nicht erwarten, allen die Neuigkeiten zu erzählen.«

»Wir müssen es noch für uns behalten, bis es offiziell ist.«

»Ich weiß, trotzdem … Ich kann es kaum erwarten.«

Er legte ihr eine Hand an die Wange und küsste sie, war glücklich, weil sie glücklich war. »Ich auch nicht.«

KAPITEL 26

Jordan war spät dran, und Matilda wurde sauer. »Wo steckt sie?«, wollte sie von Gigi wissen und blickte zum zwanzigsten Mal in genauso vielen Minuten auf ihre Armbanduhr. Jedes ihrer kurzen dunklen Haare befand sich exakt an dem Platz, an den es gehörte, und ihr Make-up war so makellos wie immer. Sogar wenn sie nicht in Hollywood war, konnte sie offenbar nicht anders, als immer perfekt zurechtgemacht zu sein. Sie saßen auf der Hotelveranda, von wo aus man eine atemberaubende Aussicht auf den großen Salzsee hatte, auch wenn Gigi sich ziemlich sicher war, dass Matilda das überhaupt noch nicht bemerkt hatte.

»Sie ist ja unterwegs.«

»Ich hab neun Uhr gesagt.«

»Mit einer Stunde Vorlauf. Vielleicht war sie gerade mit irgendwas beschäftigt.«

»Wie beispielsweise ihrem Feuerwehrmann?«

»Möglicherweise«, erwiderte Gigi mit einem Grinsen. »Sie sind ziemlich unersättlich.«

»Was wird er nur ohne sie anfangen, wenn sie wieder nach L. A. fliegt?«

Diese Frage überraschte Gigi. Glaubte Matilda tatsächlich, dass Jordan Mason verlassen würde, um nach Kalifornien

362

zurückzukehren? Dann hatte sie wirklich nicht gut aufgepasst. »Keine Ahnung«, antwortete sie und blieb absichtlich vage. Es war nicht an ihr, Matilda beizubringen, dass Jordan vermutlich dauerhaft auf Gansett Island bleiben würde.

»Nun, ich hoffe, sie ist bald hier. Wir haben eine Menge zu diskutieren.«

Während sie ihre zweite Tasse Kaffee trank, war Gigi zwar neugierig darauf, worüber Matilda reden wollte, aber ihre Gedanken wanderten immer wieder zu Cooper und zu der Frage, wie seine Besprechung wohl lief. Er hatte so viel Arbeit in seine Präsentation gesteckt. Sie hoffte, dass alles nach Plan ging. Und sie hoffte auch, dass Jared und Lizzie bald gute Nachrichten in Bezug auf das Baby erhalten würden. Es musste die Hölle sein, darauf zu warten, dass die Mutter sich äußerte.

»Hast du auch nur ein Wort von dem gehört, was ich gesagt habe?«, wollte Matilda wissen.

»Oh, tut mir leid. Wie bitte?«

»Ich hab gefragt, ob ihr schon die Werbeangebote gesichtet habt, die ihr beide in den letzten Wochen erhalten habt.«

»Noch nicht.«

»Worauf wartet ihr? Gigi, ihr beide sitzt auf einer Goldmine, und ihr müsst das Eisen schmieden, solange es heiß ist.«

»Darum kümmern wir uns, wenn die Staffel abgedreht ist.«

»Diese Angebote gelten nicht ewig. Ihr müsst in die Pötte kommen.«

Gewöhnlich war Gigi nicht so. Sie erledigte Sachen für sich selbst und für ihre Mandanten zügig, aber seit sie auf Gansett war, hatte das Gefühl von Dringlichkeit nachgelassen und war einer entspannten Haltung gewichen, die ihren Tatendrang massiv störte. Es war wohl tatsächlich höchste Zeit, die Insel wieder zu verlassen.

Jordan kam fünf Minuten später angerauscht und sprudelte Entschuldigungen hervor. »Es tut mir so leid, dass ich spät dran bin.«

»Wo hast du denn gesteckt?«, fragte Matilda.

»Da war etwas, worum ich mich erst kümmern musste, und dabei habe ich die Zeit aus den Augen verloren. Wird nicht wieder passieren.«

Doch, wird es garantiert, dachte Gigi, während sie versuchte, nicht laut zu lachen. Nach dem rundum befriedigten Ausdruck im Gesicht ihrer Freundin zu schließen, war das, worum sie sich erst hatte »kümmern« müssen, Mason gewesen. Schön für sie.

»Jetzt, da ihr beide hier seid, haben wir eine Menge zu besprechen«, erklärte Matilda. »Zuallererst müssen wir über die letzte Episode der Staffel sprechen und entscheiden, wie wir das Ende gestalten. Wir möchten auf jeden Fall dafür sorgen, dass die Zuschauer heiß auf die Fortsetzung sind, sobald die letzte Folge gelaufen ist.«

»Also, was das betrifft«, begann Jordan, »ich glaub nicht, dass es eine weitere Staffel geben wird.«

Matilda starrte sie an, als hätte sie gerade verkündet, dass die Sonne lila sei. »Das ist nicht dein Ernst. Ihr beide habt die beliebteste Show im Kabelfernsehen. Man macht nicht Schluss, wenn man auf Platz eins ist, Jordan.«

»Vielleicht. Aber es ist trotzdem das, was ich möchte. Ich liebe Mason. Wir erwarten ein Baby und wollen heiraten, und wir werden hier leben. Ich werde weiter als Halbtagskraft in der Senioreneinrichtung arbeiten und mit dem Mann, den ich liebe, eine Familie gründen.«

Gigi hatte gewusst, dass das kommen würde, es jedoch von Jordan laut ausgesprochen zu hören, traf sie trotzdem wie ein Hieb in den Magen. Ihr gemeinsames Leben in L. A. war Geschichte, und Gigi würde allein heimkehren.

Die eine Sache, die sie mit Sicherheit sagen konnte, war, dass Jordan für sich das Richtige tat.

Als Teil der Gansett-Island-Staffel hatten sie eine denkwürdige Episode im Seniorenheim gedreht, in der Jordan und Gigi die Bewohner gemeinsam unterhielten, und Gigi freute sich schon darauf, die geschnittene Aufzeichnung davon zu sehen. Es war rührend und zur selben Zeit furchtbar lustig gewesen. Jordan traf genau den richtigen Ton mit den älteren Menschen, und sie liebten sie. Mason liebte sie auch. Er liebte sie so, wie Jordan es verdiente, geliebt zu werden, und niemand gönnte ihr das mehr als Gigi, selbst wenn ihr das Herz brach bei der Vorstellung, so weit entfernt von ihrer besten Freundin zu leben – und der Schwester ihrer besten Freundin.

Sie hatten eine super Zeit gehabt, aber jetzt war der Punkt erreicht, an dem jede ihr eigenes Leben führen musste. Gigi würde eine ganze Weile brauchen, um sich daran zu gewöhnen, dass Jordan und Nikki nicht mehr zu ihrem Alltag gehören würden, doch sie würde es überleben. Das tat sie immer.

»Was hast du dazu zu sagen, Gigi?«, erkundigte sich Matilda.

»Es ist ihre Show. Ich bin nur der Sidekick.«

»Du bist so viel mehr als das, wie du sehr genau weißt«, widersprach Jordan. »Ich will dir nichts vermasseln, aber ich kann Mason nicht verlassen. Ich werde ihn auch nicht verlassen, vor allem jetzt nicht, wo wir ein Kind kriegen.«

»Herzlichen Glückwunsch zu dem Baby«, meinte Matilda. »Das sind wirklich aufregende Neuigkeiten, allerdings bedeutet nichts davon automatisch das Ende der Show. Ihr beide seid vor der Kamera einfach wunderbar, und ich bin davon überzeugt, dass es einen Weg gibt, weiterzumachen und gleichzeitig dafür zu sorgen, dass alle bekommen, was sie wollen. Einer der Hauptgründe, weshalb ich euch beide heute früh sehen wollte, ist, dass die Kabelgesellschaft ein äußerst lukratives Angebot für drei weitere Staffeln unterbreitet hat.«

Matilda reichte jeder der beiden ein Blatt Papier, auf dem die Bedingungen des Multimillionen-Dollar-Deals aufgelistet waren. Und zum ersten Mal war Gigis Gage genauso hoch wie Jordans.

Jordan blickte Gigi an, versuchte offensichtlich, ihre Reaktion einzuschätzen.

»Du bist der Boss«, sagte Gigi zu ihrer Freundin.

»Ich weiß nicht ...«, erwiderte Jordan und wirkte hin- und hergerissen. »Ich liebe es, die Show mit euch beiden zu machen, doch mein Leben findet nun hier statt. Ich werde nicht zurück nach L. A. gehen. Ich habe mit einem Immobilienmakler dort darüber gesprochen, dass mein Haus zum Verkauf angeboten werden soll.«

Bei dieser Nachricht musste Gigi schlucken, weil sie plötzlich einen Riesenkloß in der Kehle hatte. Es passierte wirklich. Jordan zog dauerhaft her. *Hör auf, so eine emotionale Närrin zu sein*, ermahnte sie sich. *Du wusstest das bereits.*

»Ich verstehe dich«, antwortete Matilda, »und ich kann deinen Wunsch nachvollziehen, mit Mason hier auf der Insel zu leben. Nur gibt es ja sicherlich irgendeine Form von Mittelweg, bei dem alle zufrieden sind. Gansetts Hochsaison ist im Sommer, daher können wir ja vielleicht im Winter in L. A. drehen.«

»Mason ist das ganze Jahr über Chef der Feuerwehr von Gansett, Matilda. Er kann nicht kommen und gehen, wie es ihm gefällt.«

Matilda lehnte sich in ihrem Stuhl zurück, wirkte verblüfft. »Ihr habt beide so hart dafür gearbeitet, an diesen Punkt zu gelangen, Jordan. Du bist mittlerweile selbst ein großer Star, völlig unabhängig von Zane.«

»Erwähne seinen Namen nicht in unserer Gegenwart«, verlangte Gigi scharf.

»Es tut mir leid, ihn aufs Tapet bringen zu müssen, doch wir wissen alle, dass es so begonnen hat, durch Jordans Verbindung zu ihm. Inzwischen ist es nur so viel weiter gediehen.«

»Wir werden einige Zeit benötigen, um das zu klären«, verkündete Jordan.

»Das ist es ja gerade. Wir haben nicht viel Zeit. Wenn dies die letzte Staffel der Show sein soll, bleibt uns noch eine Episode dafür, alles zu einem Abschluss zu bringen. Wenn es nicht vorbei ist, müssen wir uns überlegen, wie wir das Ende der letzten Folge gestalten, damit das Publikum unbedingt die nächste Staffel sehen will. Nächsten Dienstag landet der Flieger, der uns hier abholt und nach Hause bringt, was bedeutet, dass wir bloß noch diese eine Woche dafür haben, die finale Episode unter Dach und Fach zu bringen. Darum muss ich unbedingt heute Abend wissen, was ihr beschlossen habt, damit wir das Ende entsprechend anpassen können.«

Matilda unterschrieb den Kassenbeleg, den die Kellnerin auf den Tisch gelegt hatte, steckte die Kopie für ihre Spesenabrechnung ein und erhob sich. »Hier ist das Skript für die ersten beiden Drittel der letzten Folge.« Sie legte zwei Ordner auf den Tisch. »Das letzte Drittel hängt davon ab, wie ihr euch entscheidet. Ich überlasse es euch, das auszudiskutieren, und hoffe, ihr trefft die richtige Entscheidung. Gelegenheiten wie diese bieten sich einem in unserer Branche nicht jeden Tag. Ihr habt eine realistische Chance, eure Show noch größer zu machen, als sie bereits ist. Ich hoffe, bald von euch zu hören, denn was auch immer ihr beschließt, der Schluss der letzten Episode muss vor dem Dreh noch geschrieben werden.«

Nachdem sie gegangen war, sagten ganze fünf Minuten lang weder Gigi noch Jordan etwas, während sie darüber nachdachten, was Matilda vorgebracht hatte.

»Also«, begann Gigi schließlich, »wie läuft dein Tag so?«

»Er hat großartig begonnen, aber jetzt? Ich weiß nicht.«

»Ich hatte gerade eine Idee, die ich dir kurz skizzieren möchte. Bitte lass mich ausreden, bevor du sie ablehnst.«

»Okay ...«

»Was, wenn Mason sich im Winter drei Monate freinehmen kann, damit wir die Show in L. A. oder sonst irgendwo abdrehen können und er bei dir und eurem Baby sein kann?«

»Ich bezweifle, dass er damit einverstanden wäre. Seine Karriere ist ihm sehr wichtig.«

»Ich weiß, doch er wird dir bestätigen, dass hier im Winter tote Hose ist, daher wäre es für ihn vermutlich auch mal ganz schön, die Wache während ein paar weniger Monate seinem Stellvertreter zu überlassen.«

»Eigentlich möchte ich ihn nicht darum bitten.«

»Er fände es sicher nicht richtig, wenn du so eine Riesengelegenheit, dank derer ihr beide für den Rest eures Lebens ausgesorgt hättet, einfach sausen lässt, ohne ihn überhaupt zu fragen.«

»Du möchtest also gern weitermachen?«

»Nur wenn wir einen Weg finden, wie es für uns beide funktioniert. Meinetwegen können wir auch aufhören, falls dir das lieber ist.«

»Ich möchte, dass du finanziell abgesichert bist. Und ich kann mir gut vorstellen, dass die Crew überglücklich wäre, ein paar Jahre länger so was wie eine Jobgarantie zu haben.«

»Ich stehe finanziell gut da. Ich hab mit dem, was wir bereits verdient haben, sinnvoll gewirtschaftet, und ich hab meine Kanzlei und eine Reihe von Angeboten für Werbeverträge – genau wie du.«

»Aber eine Gage in dieser Größenordnung würde es dir deutlich leichter machen. Das wünsche ich mir für dich.«

»Wenn es dir Schwierigkeiten mit Mason einbrockt, will ich das nicht. Eure Beziehung kommt an erster Stelle.«

»Und was ist mit Cooper?«

Gigi zuckte förmlich zurück vor der Frage. »Was soll mit ihm sein?«

»Spielt er denn gar keine Rolle bei deiner Entscheidung?«

»Natürlich nicht. Ich habe ihn ja gerade erst kennengelernt.« Sofort fühlte sie sich furchtbar illoyal ihm gegenüber, daher schob sie rasch nach: »Ich mag ihn sehr, er ist ein echt netter Typ, und er ist total lieb zu mir gewesen. Aber trotzdem ist es nur eine Affäre.«

»Wen versuchst du davon zu überzeugen? Mich oder dich?«

»Könnten wir bitte zum Thema zurückkommen und uns entscheiden, was zur Hölle wir wegen Matilda und dem Angebot unternehmen wollen?«

»Es hat mir Spaß gemacht, hier auf der Insel zu drehen«, erklärte Jordan.

»Dir macht es Spaß, mit deinem höllisch sexy Feuerwehrchef ins Bett zu steigen.«

»Ja, das auch. Trotzdem war es schön, mal was ganz anderes zu machen als den doch irgendwie vorhersehbaren L.-A.-Kram.«

»Stimmt. Also, wenn wir das fortsetzen, suchen wir uns andere Orte, um sie zu erforschen und ein oder zwei Monate lang kennenzulernen, beispielsweise Santa Fe oder Phoenix oder irgendwas, wo es im Winter warm ist.«

»Das könnte ich mir durchaus vorstellen, solange ich für die Sommer hierher zurückkehren kann«, meinte Jordan. »Denkst du, Matilda und die Crew ließen sich noch mal dafür gewinnen, woanders zu drehen?«

»Sie wollen drei weitere Staffeln Jobsicherheit, und dafür brauchen sie uns. Deshalb vermute ich, dass sie alles unterstützen, was wir entscheiden. Du musst trotzdem erst mit Mason reden, bevor wir irgendwas in Gang setzen.«

»Vermutlich schon«, erwiderte Jordan mit einem Seufzen. »Bist du dir sicher, dass er mich nicht hassen wird, wenn ich das von ihm verlange?«

»Ich bin mir sicher, er liebt dich mehr als alles andere auf der Welt, sogar mehr als seinen Job.«

»Er freut sich so auf das Baby. Ich habe ihn noch nie so glücklich über irgendwas gesehen.«

»Er freut sich auf das Leben mit dir. Rede mit ihm. Erzähl ihm, was Matilda uns anbietet, und findet raus, ob ihr beide das hinkriegt. Wenn nicht, macht es gar keinen Sinn, darüber auch nur noch ein Wort zu verlieren, und dann endet die Show mit dieser Staffel.«

»Du wirst mich nicht hassen, wenn es das ist, was ich entscheide?«

Wieder verdrehte Gigi die Augen. »Mason ist nicht der Einzige, der dich liebt.«

Jordans Augen füllten sich mit Tränen, während sie ihre Hand über Gigis legte. »Gleichfalls. Für immer.«

Jordan würde nie wissen, wie viel es Gigi bedeutete, das von ihr zu hören. In diesem Sommer hatte sich alles geändert, aber manche Dinge – die wichtigsten Dinge – blieben gleich.

»Ich rede mit ihm und lass es dich wissen.«

»Rede schnell. Sie möchte nachher eine Antwort haben.«

»Bin schon dabei – und PS, du solltest auch mit Cooper darüber sprechen, weil der Mann verrückt nach dir ist und es verdient, hierüber im Bilde zu sein.«

»Ich überlege es mir.«

»Ruinier das mit ihm nicht, Gigi. Ich hab da so ein Gefühl, als würdest du das ewig bereuen.«

Gigi befürchtete, dass ihre Freundin da recht hatte.

* * *

Jordan verließ das Hotel in North Harbor und fuhr zu Polizeidienststelle und Feuerwehrwache, die zusammen in einem Gebäude untergebracht waren. Sie hoffte, Mason in seinem Büro zu erwischen, wenn er sich gerade nicht um einen Notruf kümmern musste. Zu dieser Jahreszeit war er so eingespannt, dass er nach den Zwölfstundenschichten immer restlos erschöpft heimkam. Sie zählten die Tage bis zum Labor Day, nach dem sich alles beruhigen würde.

Sie hatte sich so darauf gefreut, das Show-Finale zu drehen, und war fest davon ausgegangen, dass mit der letzten Episode dieser Staffel Schluss sein würde. Das äußerst lukrative Angebot für drei weitere Staffeln machte ihr da einen Strich durch die Rechnung, genau wie bei ihrem Plan, sich mit Mason und ihrem Baby für die vorhersehbare Zukunft auf Gansett niederzulassen.

Ihre Schwester war hier und wollte in Kürze Riley McCarthy heiraten. Jordan hatte einen wunderbaren neuen Freundeskreis gefunden: Chloe und Finn, Kevin und Chelsea und zu viele andere, um sie alle aufzuzählen. Jeden Tag gab es irgendwo irgendwas zu unternehmen, mit Leuten, mit denen sie gern zusammen war. Und dazu gehörten auch die alten Leute, mit denen sie ein paar Stunden die Woche arbeitete.

Dazu kam noch, dass Evelyn ihren Aufenthalt auf der Insel bis in den Herbst verlängert hatte, und Jordan war begeistert, ihre Großmutter in dieser aufregenden Zeit in ihrem Leben in der Nähe zu haben.

Jordan wollte nirgendwo anders sein als genau hier.

Nur hatte eben auch Matilda recht. Das Angebot der Fernsehgesellschaft war so großzügig, dass es ihnen für den Rest ihres Lebens finanzielle Sicherheit verschaffen würde. Sie müssten schon verrückt sein, um das abzulehnen, besonders da es solchen Spaß machte, die Show mit Gigi zu drehen. Alles, was sie tun mussten, war, vor der Kamera sie selbst zu sein, und die Leute schienen es zu lieben. Das Angebot bedeutete außerdem, dass den Managern des Senders gefallen haben musste, was sie bislang von der Show hier zu sehen bekommen hatten.

Jordan hatte sich gefragt, wie die Reaktion wohl ausfallen würde, als sie vorgeschlagen hatte, den Dreh auf Gansett durchzuführen, damit sie den Sommer über bei Mason sein konnte. Offensichtlich hatte sich der Zauber von L. A. auf eine kleine, abgelegene Insel vor der Küste von Rhode Island übertragen lassen, denn sonst gäbe es das neue Angebot nicht.

Masons Dienst-SUV stand auf seinem Parkplatz vor dem Gebäude, registrierte sie erleichtert. Sie musste dieses Gespräch mit ihm führen, bevor sie die Nerven verlor. Ein Teil von ihr fragte sich immer noch, ob sie überhaupt das Recht hatte, ihn um so etwas zu bitten. Aber er hatte ihr das Gefühl gegeben, auf ihre Beziehung vertrauen zu können, und dieses Vertrauen spürte sie auch wieder, als sie reinging und sich am Empfang erkundigte, ob sie den Chief sprechen könne.

Nachdem er kurz per Telefon nachgefragt hatte, sagte der Beamte hinter dem Tresen: »Er lässt ausrichten, dass Sie direkt zu ihm kommen sollen, Ms Stokes.«

»Jordan, bitte.«

Der junge Mann lief rot an. »Oh, danke … Ich liebe Ihre Show.«

»Vielen Dank, dass Sie sie sich anschauen.«

Mason stand auf der Türschwelle seines Büros und beobachtete, wie sie auf ihn zulief, hatte wieder den verlangenden Ausdruck voller Liebe im Gesicht, der sie selbst nach den Monaten, die sie nun zusammen waren, jedes Mal wieder in Erstaunen versetzte. Er war so groß und muskulös, dass er die Türöffnung beinah komplett auszufüllen schien. »Was für eine nette Überraschung.«

»Schön, dass du das denkst.«

Mason ließ sie vor sich eintreten und schloss dann die Tür. »Der junge Quigley wird niemals vergessen, dass Jordan Stokes ihn angelächelt hat.«

»Ach, sei still.«

»Mein Mädchen hat nun mal diese Wirkung auf die meisten Männer.« Er fasste sie an der Hand und zog sie auf seinen Schoß, nachdem er auf einem seiner Besucherstühle Platz genommen hatte. »Was führt dich her?«

»Tut mir leid, wenn ich dich bei der Arbeit störe.«

»Du kannst mich jederzeit bei der Arbeit stören, wann immer du möchtest. Das ist der Vorteil davon, der Boss zu sein.« Er legte ihr eine große Hand auf den Bauch und küsste sie, als hätte er sie seit Monaten nicht gesehen, obwohl er sie erst vor wenigen Stunden mit einem zärtlichen Liebesakt geweckt hatte, der dafür gesorgt hatte, dass sie zu spät zu dem Treffen mit Matilda erschienen war. »Wie geht es der Mama meines Babys heute?«

»Jetzt schon viel besser, da sie wieder mit dem Daddy ihres Babys zusammen ist.«

»Es waren zwei lange Stunden ohne dich.«

Jordan lächelte über diese maßlose Übertreibung. »Wir benehmen uns lächerlich.«

»Lächerlich hat sich noch nie so gut angefühlt. Was wollte Matilda?«

»Sie wollte mit uns über die letzte Folge hier sprechen und wissen, ob das das Ende der Staffel oder der Show insgesamt sein soll.«

»Was hast du ihr geantwortet?«

»Nun, sie hat alles komplizierter gemacht, indem sie uns ein überaus lukratives Angebot für drei weitere Staffeln unterbreitet hat.«

»Wow. Das ist großartig, Süße. Glückwunsch.«

»Wir haben noch nicht zugesagt.«

Er zog leicht die Brauen zusammen. »Warum nicht?«

Sie warf ihm einen Du-weißt-warum-Blick zu. »Dein und mein Leben findet hier statt. Mit der Show sollte nach dieser Staffel Schluss sein. So war das immer geplant.«

»Aber jetzt hast du dieses wunderbare neue Angebot. Das solltest du nicht ausschlagen, vor allem nicht meinetwegen.«

»Warum sonst sollte ich es ablehnen? Ich möchte bei dir sein, und dein Job ist nun mal auf Gansett.«

»Jordan, wir sollten mindestens darüber reden, bevor du einen so hervorragenden Deal ausschlägst.«

»Wir reden ja darüber.« Sie schaute in das attraktive Gesicht, das in ein paar kurzen Monaten der Mittelpunkt ihres Lebens geworden war. »Gigi hatte eine Idee.«

»Ich hab fast Angst, zu fragen.«

Jordan lachte darüber, wie er das sagte. Mason hatte auf die harte Tour gelernt, vor Gigis und ihren Schnapsideen auf der Hut zu sein.

»Was ist das für eine Idee?«

»Es ist ein riesiges Was-wäre-wenn-Szenario, und ich möchte, dass du es mir sofort sagst, wenn es nicht geht. Versprichst du mir, ganz aufrichtig mit mir zu sein?«

»Immer. Rück schon mit der Sprache raus.«

»Was, wenn du während des Winters drei Monate unbezahlten Urlaub nehmen könntest, sodass wir die Show irgendwo drehen und trotzdem zusammen sein könnten?« Ihr Herz klopfte wie verrückt, während sie auf seine Antwort wartete.

»Ich bin mir nicht völlig sicher, ob das möglich wäre, aber wenn, würde ich es sofort tun.«

»Ehrlich?«

»Den Winter irgendwo mit dir und dem Baby verbringen und gleichzeitig einen dreimonatigen Urlaub bekommen? Hölle, ja, natürlich.«

»Nur für den Fall, dass ich es dir heute noch nicht gesagt habe: Ich liebe dich.«

»Ich liebe dich auch, und ich möchte, dass du alles hast, was du dir wünschst. Wenn du die Show filmen möchtest, dann ist es das, was du tun wirst. Für den Rest finden wir eine Lösung.«

»Ich kann nicht monatelang von hier weg und ohne dich sein, Mason. Das wird nicht funktionieren.«

»Lass mich das mit dem Bürgermeister klären und hören, was er davon hält. Ich könnte Dermot den Winter über die Leitung der Wache übertragen. Das fände der sicher prima, und außerdem wäre es gut für ihn, wenn er lernt, was es bedeutet, die Verantwortung zu haben.«

»Danke, dass du das in Erwägung ziehst. Ich weiß, wie viel dir deine Arbeit bedeutet.«

»Nichts auf dieser Welt bedeutet mir mehr als du und unser Kleines.«

Dankbar für die Liebe dieses unglaublichen Mannes küsste sie ihn und lehnte ihre Stirn gegen seine. »Matilda will heute noch ihre Antwort.«

»Natürlich will sie das«, erwiderte Mason mit seiner gewohnten Verachtung für Matildas unvernünftige Wünsche.

»Wie diese Staffel endet, hängt davon ab, ob es mehr Staffeln geben wird oder nicht. Das ist der Grund für das Drängeln.«

»Ich verstehe das schon, Süße. Ich werde gleich nachher mit dem Bürgermeister reden.«

»Danke. Ich weiß ja, wie gern du Sachen mit ihm besprichst.«

Darüber lachte Mason. Bürgermeister Upton konnte Mason und Blaine gleichermaßen bis zur Weißglut reizen wie sonst niemand. »Das Opfer bringe ich gerne für dich.«

KAPITEL 27

Gigi verließ das Hotel und fuhr direkt zu einem versteckt gelegenen Strand auf der Westseite der Insel. Sie holte ihren Strandstuhl aus dem Kofferraum und suchte sich einen schönen schattigen Platz unter einem Felsüberhang. Chloe hatte ihr vor einigen Wochen von dieser Stelle erzählt, und seitdem war es Gigis Lieblingsplatz geworden, wenn sie mal allein sein wollte.

Sie blätterte das Skript für die letzte Episode der Staffel durch, das Matilda ihr überlassen hatte. Die Leute waren häufig überrascht, wie viel von der Show vorab von einem Autorenteam geschrieben wurde, doch das half, die einzelnen Folgen zu strukturieren. Jordan und sie wurden allerdings immer ermutigt, alles, was sich die Autoren ausdachten, mit Improvisationen aufzulockern, und diese Improvisationen ließen alles echt und authentisch wirken, was wiederum der Grund für die Popularität der Sendung war.

Bei dem Gedanken, dass sie Gansett am nächsten Dienstag verlassen würde, schossen Gigi plötzlich Tränen in die Augen. Tränen machten sie wütend. Sie waren für schwache Leute, und das war Gigi ganz sicher nicht. Sie war stolz auf ihre innere Stärke, und sie weigerte sich, zuzulassen, dass ihr gesamtes Selbstbild in einem einzigen Sommer auf den Kopf gestellt wurde.

Jordan gefiel es, dass Gigi mit Cooper zusammen war. Sie schien das Gefühl zu haben, dass er etwas in ihr zum Positiven verändert hatte, und Gigi konnte nicht abstreiten, dass da was dran sein konnte. Aber das bedeutete nicht, dass sie ihr ganzes Leben umkrempeln sollte, um darin Raum für ihn zu schaffen.

Das müsstest du ja auch gar nicht, flüsterte ihr ihre innere Stimme zu. *Er hat dir versichert, dass er außerhalb der Saison dorthin geht, wo immer du sein möchtest, solange er im nächsten Sommer wieder auf Gansett sein kann, um sein Geschäft zu führen. Und es wäre kein großes Opfer für dich, die Sommer hier zu verbringen und Jordan, Nikki und Evelyn zu besuchen.*

Alles in ihr sehnte sich nach einem Leben, das genau so aussah wie das, das er beschrieben hatte. Doch dazu müsste sie sich auf das Risiko einlassen, das es mit sich brachte, wenn sie der Beziehung mit ihm eine Chance gab.

»Hey, ist hier noch ein Plätzchen frei?«, fragte Chloe Dennis und stellte ihren Stuhl neben dem von Gigi auf.

Geschockt, dass sie fast dabei erwischt worden war, wie sie wegen eines Mannes weinte, zwang sich Gigi zu einem Lächeln für Chloe. »Jetzt nicht mehr.«

»Tut mir leid, dass ich dich störe. Ich hatte eine Stunde frei und bin rasch hergekommen.«

»Ich bin froh, dass du das getan hast.«

»Dreht ihr heute gar nicht?«

Gigi schüttelte den Kopf. »Wir schließen die Staffel in den nächsten Tagen ab.«

»Oh, wow. Das ging ja schnell. Auch wenn ich mir sicher bin, dass es sich für euch nicht so angefühlt hat.«

»Die Zeit ist ziemlich schnell verflogen.«

»Das ist immer so. Der Winter zieht sich endlos hin, und der Sommer saust einfach so an einem vorüber.«

»Wie geht es dir?«

Chloe hatte kürzlich einen schlimmen Schub rheumatoider Arthritis gehabt, sodass sie einige Tage außer Gefecht gesetzt gewesen war – ausgerechnet auch noch genau an den Tagen, an denen es auf der Insel den Stromausfall gegeben hatte.

»Schon sehr viel besser. Danke der Nachfrage.«

»Ich finde es furchtbar, dass du so leiden musst.«

»Es ist total blöd, aber sehr viel weniger blöd als vorher, als ich noch keinen Finn hatte, der sich um mich kümmert.«

»Es ist echt süß, dass er das tut.«

»Auf jeden Fall. Trotzdem war es am Anfang schwierig für mich, seine Hilfe anzunehmen. Bis mir klar wurde, dass ein Mann wie er nichts tut, was er nicht wirklich will, weißt du?«

»Ja«, erwiderte Gigi und dachte an Cooper, der ganz ähnlich gestrickt war. »Ich weiß genau, was du meinst.«

»Wie sieht es mit dir und Cooper aus?«

»Weiß eigentlich die ganze Insel, dass wir zusammen sind, oder kommt mir das nur so vor?«

»Wenn man beim ersten Date beinahe einen Porsche an den Klippen schrottet, spricht sich das ziemlich schnell rum.«

Gigi stöhnte. »Das war alles seine Schuld. Er wollte ein Selfie mit mir und dem Auto.«

»Der Mann ist schließlich auch bloß ein Mensch, und du bist Gigi Gibson.«

»Ach, sei still«, sagte Gigi.

Lachend meinte Chloe: »Der arme Kerl ist völlig verrückt nach dir. Das kann man sofort sehen.«

»Er ist wirklich nett.«

»Ja, das ist er, und das findet man nicht so ohne Weiteres. Da brauchst du nur mich zu fragen. Ich habe Jahre damit verbracht, nach meinem Mr Right zu suchen, ehe ich aufgegeben habe, weil ich davon überzeugt war, dass Männer ohnehin alle Mistkerle seien. Dann ist Finn McCarthy in meinen Friseursalon gekommen und hat mir bewiesen, dass es manchmal doch möglich ist, das große Los zu ziehen.«

»Ich bin froh, dass du ihn gefunden hast – oder er dich.«

»Ich bin froh, dass wir uns gegenseitig gefunden haben.« Chloe warf ihr einen Blick zu und schien einen Moment zu zögern. »Ich hoffe, es macht dir nichts aus, dass ich ein paar Details deiner Geschichte kenne.«

Gigi zuckte die Achseln, mittlerweile daran gewöhnt, dass die Leute Dinge über sie wussten, die sie lieber für sich behalten hätte. Das gehörte wohl dazu, wenn man berühmt war. »Ich bin ein offenes Buch.«

»Ich bin ebenfalls in Pflegefamilien aufgewachsen. Mein Vater hat erst meine Mutter und dann sich selbst umgebracht.«

»O mein Gott, Chloe. Das tut mir so leid.«

»Danke, aber das liegt jetzt schon ein ganzes Leben zurück. Das definiert mich nicht. Nicht mehr.«

Gigis Gedanken schossen wild durcheinander, während sie zu verarbeiten versuchte, was sie da erfahren hatte.

»Ich erzähle dir das nur, weil ich verstehe, wie es dir jetzt gerade mit Cooper geht.«

Gigi hatte fast Angst, zu fragen. »Und wie ist das?«

»Du magst ihn – sogar sehr. Trotzdem bist du dir nicht sicher, ob du dich dazu durchringen kannst, dem, was zwischen euch sein könnte, eine Chance zu geben.«

Gigi starrte Chloe an. »Woher weißt du das?«

»Weil es bei mir genauso war. Und das ist noch gar nicht lange her. Ich habe mir wirklich große Mühe gegeben, dem, was zwischen mir und Finn passierte, zu widerstehen. Ich war so lange auf mich selbst gestellt, dass ich vergessen hatte, wie man andere an sich heranlässt.«

Das verstand Gigi nur zu gut.

»Außerdem muss ich mich mit dieser verdammten RA rumschlagen, die mich für den Rest meines Lebens begleiten wird. Das betrifft dann nicht nur meine Zukunft, sondern auch seine, also habe ich versucht, ihm auszureden, sich in mich zu verlieben.«

»Und, hat das funktioniert?«

»Er ist immer wieder aufgetaucht und hat mir immer wieder gezeigt, dass ich mich auf ihn verlassen kann, und er hat mich nie enttäuscht. Das hat er jetzt bei meinem letzten Schub erneut sehr deutlich bewiesen. Er war mein Fels in der Brandung.«

»Es freut mich so, dass ihr es geschafft habt. Jeder kann sehen, dass er ganz verrückt nach dir ist.«

»Das gilt für dich und deinen Cooper auch.«

»Er ist nicht *mein* Cooper!«

»Tatsächlich nicht, Gigi?«, fragte Chloe sie sanft.

Bei dieser Frage zerbrach etwas in Gigi, und plötzlich überwältigte sie das, was sie für ihn empfand.

»Du willst das nicht. Ich kann das besser nachvollziehen als alle anderen. Mir ist klar geworden, dass ich das Schlimme aus meiner Vergangenheit auf Finn projiziert habe, erwartet habe, dass er so ist wie mein Dad, was ihm gegenüber ziemlich unfair war. Er ist überhaupt nicht wie mein Vater, und er wird nie etwas anderes sein als das, was er ist: perfekt für mich.«

Erneut liefen Gigi blöde Tränen über die Wangen, obwohl sie sich solche Mühe gab, sie zu unterdrücken. Genau wie die Gefühle, die für den Dammbruch verantwortlich waren.

Chloe legte ihre Hand auf Gigis. »Ich verstehe das total, Gigi. Wirklich.«

Gigi drehte ihre Hand um und umfasste vorsichtig Chloes, deren Gelenke rot und geschwollen waren und schmerzhaft aussahen.

»Für uns bedeutet es ein großes Risiko, Menschen eine Chance zu geben.«

»Ich bin in einem märchenhaften Palast in Beverly Hills aufgewachsen«, erzählte Gigi. »Das ist kaum mit dem zu vergleichen, was dir passiert ist.«

»Ich habe gehört, dass du dich mit sechzehn für mündig hast erklären lassen, was vermutlich bedeutet, dass nicht alles in diesem Palast in Beverly Hills märchenhaft war.«

»Nein, allerdings nicht.«

»Dann nehme ich an, dass es dir jetzt ganz ähnlich geht wie mir, als Finn aufgetaucht ist und mein Herz erobert hat. All die Schutzwälle, die ich gegen die Gefahren für das Leben, wie ich es mir eingerichtet hatte, aufgetürmt hatte, sind in sich zusammengefallen, als wären sie aus Sand.«

Chloes Worte beschrieben ziemlich genau Gigis gegenwärtiges Dilemma mit Cooper. »Ich habe immer geglaubt, dass meine Schutzwälle aus Stahl und Beton wären, aber seit ich ihn getroffen habe, stelle ich fest, dass das nicht stimmt.«

Darüber musste Chloe laut lachen. »Es ist schockierend, wenn einem klar wird, wie mühelos sie sie überwinden können, oder?«

»Schockierend und ein bisschen erschreckend.«

Mit einem Lächeln meinte Chloe: »Das ist nur am Anfang so. Wenn man den ersten Schock hinter sich hat, ist es tatsächlich ziemlich wunderbar, jemanden zu haben, der einen durch alle Höhen und Tiefen des Lebens begleitet und einen unterstützt.« Sie berührte den wunderschönen Diamantanhänger, den sie an einer Kette um den Hals trug. »Finn ist das Beste, was mir je passiert ist. Ich bin nie glücklicher gewesen als jetzt, da ich mir erlaubt habe, mich von ihm glücklich machen zu lassen.«

Chloes Worte brachten eine Saite in Gigi zum Klingen. *Da ich mir erlaubt habe, mich von ihm glücklich machen zu lassen.* »Ich bin echt froh, dass ihr zwei das geschafft habt.«

»Das bin ich auch, und er versichert mir, er war ebenfalls nie glücklicher, was genauso wichtig für mich ist wie mein eigenes Glück.« Sie zuckte die Achseln, als hätte sie nicht gerade lebensverändernde Entwicklungen beschrieben. »Wenn es stimmt, stimmt es einfach.«

Gigi fürchtete fast, ihr Gehirn würde gleich explodieren von all den Gedanken, die auf sie einstürmten. So viele Überlegungen, Gefühle und Bedenken, während sich ihr Sommer auf Gansett unerbittlich seinem Ende entgegenneigte. »Danke, dass du mir das erzählt hast, Chloe. Das hat mir sehr geholfen.«

»Ich habe festgestellt, wenn man so glücklich ist wie ich mit Finn, möchte man, dass andere, die einem wichtig sind, ebenfalls ihr Glück finden.«

Zu hören, dass sie Chloe wichtig war, stürzte Gigis Gefühlswelt wieder ins Chaos. Was war nur los mit dieser Insel und ihren Bewohnern? Sie war noch nie so nah am Wasser gebaut gewesen, selbst während des ganzen Mists mit ihren Eltern nicht. Da war sie durchgerauscht, als hätte sie kein Problem auf der Welt, doch jetzt …

Jordan hatte recht. Chloe hatte recht. Das hier mit Cooper … Das war anders.

Ihr Handy meldete eine Textnachricht. Sie war von ihm. Wie war das Treffen mit Matilda? Meins in der Marina ist super gelaufen – besser, als ich gehofft hatte. Ich muss dir dringend davon erzählen. Kommst du heute Abend mit?

»Kommt ihr heute Abend auch zu meiner Überraschungsparty?«

Verblüfft schaute Gigi zu Chloe, die lachte. »Finn kann Überraschungen so gar nicht für sich behalten. Er hat sich in den letzten zwei Tagen mindestens sechsmal verplappert.«

»Aber du wirst heute Abend trotzdem die Überraschte spielen?«

382

»Natürlich. Ich will ihm doch nicht den Spaß verderben.«

Gigi wollte für ihre neue Freundin da sein, und sie wollte eine weitere Nacht mit Cooper, obwohl ihr bewusst war, dass jede Minute, die sie mit ihm verbrachte, es nur schwieriger machen würde, ihn zu verlassen, wenn nächsten Dienstag der Privatjet landete, um sie abzuholen.

Unsere Besprechung war interessant. Wir müssen Entscheidungen fällen. Ich bin schon ganz neugierig darauf, mehr von deinem Treffen zu hören. Ich würde gerne zu Chloes Party mitkommen. Bin bald zurück.

Ich werde da sein.

Vier einfache Worte, die so viel sagten: *Ich werde da sein.*

Sie hatte noch ein paar Tage dafür, zu entscheiden, ob sie ihm eine Chance geben oder lieber auf dem bekannten, sicheren Weg bleiben wollte. Aber je länger sie darüber nachdachte, desto weniger gefiel ihr der bekannte Weg. Nichts gefiel ihr mehr als er.

* * *

Später am Abend, in Coopers Armen auf der Tanzfläche des Wayfarer, während er leise »God Only Knows« von den Beach Boys mitsang, das Owen Lawry gerade auf der Bühne zum Besten gab, wurde Gigi klar, dass sie sehr viel tiefer drinsteckte, als sie sich bisher eingestanden hatte. Als er ihr »God only knows what I'd be without you« ins Ohr sang, wurde es ihr mit einem Mal zu viel, und sie bekam Angst.

Sie musste zurück nach L. A., wo die Dinge für sie Sinn ergaben. Auf Gansett Island ergab nichts Sinn. Es war, als wäre sie binnen der drei Monate auf der kleinen Insel jemand geworden, der ihr völlig fremd war. Wie konnte es sein, dass neunundzwanzig Jahre einfach ausgelöscht wurden von drei kurzen Monaten und ein paar Tagen mit einem Typen, der das Richtige sagte und tat?

Finn hatte sich mit dem Essen und den Getränken und der Musik selbst übertroffen. Chloe strahlte, während sie mit ihrem Verlobten tanzte. Für ihre Freundin lief es gut. Sie hatte Glück gehabt. Gigi hingegen hatte nie Glück gehabt.

»Woher kennst du diesen Song?«, fragte sie Cooper, suchte verzweifelt nach Ablenkung von ihren verwirrenden Gedanken.

»Das ist der Lieblingssong meiner Mutter. Ich bin mit *Pet Sounds* aufgewachsen.«

»Was zur Hölle ist *Pet Sounds*?«

»Nur das ikonischste Album aller Zeiten. Die Beach Boys, etwa 1966, und glücklicherweise hatten wir diese Unterhaltung, bevor du meine Mom getroffen hast, oder sie würde dich für meiner unwürdig erachten.«

»Das wird sie ohnehin tun.«

Cooper löste sich von ihr und sah sie verwirrt an. »Warum meinst du das?«

»Zusammen mit dem Rest der Welt hat sie mir die letzten paar Jahre dabei zugeschaut, wie ich mich im Fernsehen zum Narren gemacht habe. Sie denkt vermutlich, dass du was Besseres verdient hast.«

»Du hast dich nicht zum Narren gemacht. Du hast viele Leute zum Lachen gebracht und sie sehr gut unterhalten.«

»Es ist eine alberne Show.«

»Es ist einfach Spaß. Du solltest stolz auf das sein, was du und Jordan da abliefert.«

»Bin ich auch. Irgendwie.«

Er griff nach ihrer Hand und führte sie von der Tanzfläche auf die Veranda, die auf den Strand hinausging.

»Das ist wirklich eine wunderschöne Location, die die McCarthys hier haben«, erklärte sie, während sie den Ausblick bewunderte, der selbst jetzt im Dunkeln überwältigend war.

»Auf jeden Fall. Warum verrätst du mir nicht, was los ist, und lass mich vorwegschicken, dass es nutzlos wäre, zu behaupten, es sei nichts los, denn du bist nicht du selbst, seit du vorhin nach Hause gekommen bist.«

»Und du kennst mich gut genug, um das mit Sicherheit sagen zu können?«

»Jap.«

Gigi verschränkte die Arme vor der Brust, als könnte sie so ihre Schutzwälle verstärken, die ohnehin in der Versenkung verschwanden, wenn er sie auf diese gewisse Art und Weise ansah. »Ich verlasse die Insel am Dienstag.«

Er schaute sie erschreckt an. »Nächsten Dienstag?«

Sie nickte.

»Warum so bald schon?«

»Montag drehen wir die letzte Folge, und der Sender schickt ein Flugzeug, um die gesamte Crew heimzufliegen.«

»Also müsstest du nicht am Dienstag abreisen. Du hast dich nur dafür entschieden.«

»Mein Job ist erledigt, ich habe eine Mitfahrgelegenheit, ich reise ab.«

»Okay.«

»Okay. Können wir jetzt zurück zur Party?«

»Sicher.«

Als sie wieder reingingen, kamen Jordan und Mason gerade durch den Haupteingang. Jordan steuerte direkt auf Gigi zu, umarmte sie, während Cooper stehen blieb, um mit Finn zu reden. »Der Bürgermeister hat zugestimmt, dass Mason sich im Winter drei Monate freinehmen kann! Wir können mit der Show weitermachen!«

»Das ist ja großartig, Jordan. Ich freue mich so für dich.«

»Ich freu mich für *uns*, Gigi. Drei weitere Staffeln, in denen wir zusammen Spaß haben können, während wir genug Geld verdienen, um für den Rest unseres Lebens keine finanziellen Sorgen mehr zu haben. Das ist der beste Tag überhaupt!«

»Warum seid ihr Mädels denn so aufgeregt?«, fragte Nikki, die sich zu ihnen gesellte.

»Man hat uns ein unglaublich lukratives Angebot für drei weitere Staffeln der Show unterbreitet, und eben haben wir erfahren, dass der Bürgermeister Mason erlauben wird, im Winter drei Monate unbezahlten Urlaub zu nehmen. In der Zeit können wir dann drehen.«

»Das sind ja großartige Neuigkeiten!«, rief Nikki und umarmte sie beide. »Ihr habt so hart dafür gearbeitet. Ich bin stolz auf euch.«

»Du fliegst dahin, wo immer wir drehen, richtig?«, fragte Jordan ihre Schwester.

Die bei den Zuschauern beliebtesten Episoden waren die, in denen es auch um Jordans Zwillingsschwester ging.

»Natürlich«, sagte Nikki. »Ich bin dabei.«

»So fügt sich alles«, seufzte Jordan mit einem unglaublich breiten, zufriedenen Lächeln. »Noch eine weitere Folge für diese Staffel, und dann haben wir bis Januar frei!«

»Ich habe nicht frei, Diva«, widersprach Gigi. »Ich habe eine Kanzlei, zu der ich zurückkehren muss.« Sie hatte zwei Mitarbeiter, die sich während ihrer Abwesenheit um alles kümmerten, aber es war höchste Zeit, dass sie in die Realität zurückkehrte. »Ich fliege am Dienstag.«

»Was? Warum? Du musst nicht gleich abreisen.«

»Doch, muss ich.« Und jetzt musste sie erst mal dringend von hier verschwinden, solange das noch mit einem Rest von Würde möglich war. Gigi schaute nach rechts, wo Cooper stand und sich mit Riley, Finn und ein paar anderen Leuten unterhielt, die Gigi nicht kannte. Er lachte und redete mit ihnen, aber sein besorgter Blick ruhte auf ihr.

Während sie überlegte, standen plötzlich Jordan und Nikki neben ihr, hakten sich bei ihr unter und zogen sie weg.

KAPITEL 28

»Äh, okay, was genau habt ihr vor?«, fragte Gigi, während die beiden sie in Nikkis Büro zerrten und die Tür schlossen.

»Das hier ist eine Intervention«, verkündete Jordan und baute sich mit verschränkten Armen und zu schmalen Schlitzen zusammengekniffenen Augen vor ihr auf. »Was soll das?«

»Ich verstehe die Frage nicht ganz.«

»Warum suchst du das Weite, obwohl du einen großartigen Typen hast, der verrückt nach dir ist und ganz eindeutig mehr von dir möchte?«, wollte Jordan wissen.

»Ich reise ab, weil ich nicht hier lebe.«

»Du bist unabhängig, Gigi«, erwiderte Nikki. »Du musst nicht in der Sekunde deine Koffer packen, in der die letzte Minute der Show abgedreht ist. Nach drei Monaten hier, was sind da ein, zwei Wochen mehr?«

Ein, zwei weitere Wochen würden dafür sorgen, dass sie ihn nicht mehr verlassen konnte. Sie musste jetzt gehen, solange das noch möglich war. Sie schüttelte den Kopf. »Ich muss fort.«

»Du läufst vor ihm weg«, erklärte Jordan.

»Nein, ich kehre in mein echtes Leben zurück. Das hier ist eine Fantasie.«

»Für mich fühlt es sich verdammt echt an«, meinte Nikki.

»Für mich auch«, fügte Jordan hinzu. »Er ist in dich verliebt.«

»Nein, ist er nicht. Er ist in seine Idee von mir verliebt.«

Jordan schüttelte den Kopf. »Er erkennt, wer du in Wahrheit bist, und diese Frau ist es, die er liebt.«

Gigi verspürte den mit jeder Minute stärker werdenden Drang, dieser Intervention zu entkommen, und lachte. »Ihr seid so verliebt ins Verliebtsein, dass ihr es überall zu entdecken glaubt, wohin ihr auch blickt. Cooper und ich sind Freunde. Es war eine Affäre, mehr nicht.«

»Wen versuchst du davon zu überzeugen, Gigi?«, fragte Nikki leise. »Uns oder dich selbst?«

»Ihr seid doch völlig übergeschnappt! Ich kenne ihn erst ein paar Tage. Menschen ändern nicht ihr Leben oder ihre Pläne wegen jemandem, den sie gerade erst getroffen haben.«

Nikki hob die Hand. »Ich hab das getan.«

Jordan tat es ihr nach. »Ich auch.«

»Für euch ist es anders. Ihr wünscht euch Herzchen und Blümchen und ein Happy End, aber ich ticke so nicht.«

»Glaubst du etwa, wir hätten so getickt, nachdem wir die hässlichste Scheidungsschlacht der Geschichte, komplett mit einem Sorgerechtsstreit direkt aus der Hölle, am eigenen Leib miterlebt haben?«, gab Nikki zu bedenken. »Du bist unter schwierigen Verhältnissen aufgewachsen, doch vergiss nicht, wie unser Leben war. Wenn wir Herzchen, Blümchen und einem Happy End eine Chance geben, warum nicht auch du?«

»Weil ich das nicht will. Ich mag mein Leben, wie es ist – unkompliziert und ohne Ballast. So funktioniert es für mich.«

»Im Moment vielleicht«, meinte Jordan. »Nur wird dieses Leben anders sein, wenn wir nicht mehr in L. A. sind, oder?«

Oh, das war unterhalb der Gürtellinie. Gigis Brust schmerzte, und der verdammte Kloß bildete sich erneut in ihrer Kehle. »Ich komme schon zurecht.«

»Du hast uns nicht nach unserer Meinung gefragt«, fügte Nikki hinzu, »aber ich glaube, du wirst es bitter bereuen, wenn du dem, was du mit Cooper haben könntest, den Rücken kehrst und wegläufst.«

»Mag sein, doch ich werde es überstehen. So wie auch sonst immer alles. Kann ich jetzt gehen?«

»Tu nichts, was du später bereust, Gigi«, warnte Nikki sie behutsam. »Cooper ist ein wunderbarer Mann, der wirklich viel für dich empfindet.«

Wenn sie nicht sofort von hier wegkam, würde sie vor den beiden zusammenbrechen, und das durfte nicht passieren. »Ich verstehe euch, und ich hab euch beide total gern, aber ich reise ab.« Sie blinzelte Tränen zurück, drehte sich um, um den Raum zu verlassen, landete jedoch direkt an Coopers breiter Brust.

Er schlang die Arme um sie, und sie verlor die Fassung, schluchzte herzerweichend und kämpfte mit dem verdammten Kloß in ihrer Kehle, der überhaupt nicht mehr verschwinden zu wollen schien.

»Hey«, sagte er. »Was ist denn los?«

Gigi konnte nicht sprechen, und alle, die sie gut kannten, hätten bestätigt, dass das nur ganz selten geschah. Sie gönnte sich noch fünf weitere tröstliche Minuten in Coopers Armen, während sie den Duft einatmete, den sie für immer mit ihm in Verbindung bringen würde. »Ich muss weg.«

»Ich bring dich nach Hause.«

»Nein, ich muss die Insel verlassen, Cooper. Das mit dir … Ich kann das nicht. Ich kann einfach nicht. Ich … Es tut mir furchtbar leid.« Sie löste sich von ihm und schaute, dass sie von hier wegkam, solange sie das noch konnte. Halb laufend, halb gehend erreichte sie binnen weniger Minuten den Fähranleger, wo sie in das erste Taxi stieg, das sie sah. »Können Sie mich bitte zum Haus von Jared James bringen?«

»Klar doch«, antwortete der Fahrer. »Alles okay, Süße?«

»Das wird schon wieder. Irgendwann.«

»Möchten Sie drüber reden?«, wollte er wissen und blickte sie aus freundlichen Augen im Rückspiegel an.

»Nein, aber danke der Nachfrage.«

»Meine Frau und ich, wir sind große Fans Ihrer Show. Sie und Jordan sind urkomisch.«

»Vielen Dank«, erwiderte Gigi und wischte sich die Tränen ab.

»Ich hab mal wo gelesen, dass die witzigsten Leute die sind, die am tiefsten empfinden, oder was Ähnliches.«

Seine freundlichen Worte führten nur zu noch mehr Tränen.

»Ich hab Ihren Freund Cooper getroffen. Scheint mir ein netter junger Mann zu sein.«

»Genau das ist er.« Gigi unterdrückte ein Schluchzen. Woher wusste er das von ihr und Cooper?

»Es ist ganz schön schwierig, von jemand so Besonderem Abschied zu nehmen.«

Sie nickte, hoffte, dass er das im Spiegel sehen konnte.

»Es tut mir leid. Sie haben gesagt, Sie wollten nicht drüber reden, aber ich sitze da und quatsche Sie voll. Darf ich Ihnen trotzdem eine kleine Geschichte aus meinem Leben erzählen?«

»Sicher«, antwortete Gigi und wischte sich weitere Tränen weg.

»Vor mehr als dreiunddreißig Jahren hab ich hier auf Gansett Island ein Mädchen kennengelernt und mich bis über beide Ohren in sie verliebt, so heftig, dass ich mich nie wieder davon erholt hab, verstehen Sie?«

Sie begann das nur zu gut zu verstehen. »Was ist passiert?«

»Sie hat einen anderen geheiratet.«

Gigi brach schier das Herz für ihn. »O nein.«

»Ja, es war ziemlich lange wirklich schlimm für mich. Jedenfalls haben die beiden zwei kleine Mädchen bekommen, und ich musste zuschauen, wie meine Liebste mit unglücklicher Miene durch die Stadt lief. Ich wusste, er behandelt sie nicht gut, aber was konnte ich schon tun? Sie hatte ihre Wahl getroffen. Und dann ist der Kerl eines Morgens an Bord der Fähre gegangen und nie mehr zurückgekehrt.«

»Er hat sie mit zwei kleinen Kindern sitzen lassen?«

»Jap.«

»Und was haben Sie getan?«

»Ich konnte nichts anderes tun, als alles aus der Ferne zu verfolgen.«

»Das muss sehr schwierig gewesen sein.«

»Es war furchtbar, weil ich sie immer noch geliebt habe und mich um sie und ihre Mädchen kümmern wollte. Wissen Sie, was mich davon abgehalten hat?«

»Was?«, erkundigte sich Gigi, gefesselt von seiner Geschichte.

»Mein eigener dummer Stolz und jede Menge Angst. Ich hätte schon vor Jahren alles mit ihr und diesen süßen Mädchen haben können, doch ich hatte zu große Angst, um es überhaupt zu versuchen. Haben Sie eine Vorstellung, was ich dadurch versäumt habe?«

Gigi schüttelte den Kopf, wusste nicht, was sie erwidern sollte.

»Alles«, antwortete er leise. »Das hübsche Mädchen und ich sind inzwischen verheiratet, weil ich endlich den Mut aufgebracht habe, zu tun, was ich schon vor langer Zeit hätte tun sollen, und jetzt ... jetzt endlich habe ich alles. Jede einzelne Sache, die ich schon viel früher hätte haben können, wenn ich mich nur getraut hätte. Die beiden kleinen Mädchen sind inzwischen erwachsene Frauen, und sie haben mich zum siebenfachen Großvater gemacht.«

Gigi vergoss auf der Rückbank stumme Tränen, total gerührt von seiner Geschichte.

Er lenkte den Kombi auf Jareds Einfahrt und stellte den Ganghebel auf »Parken«, bevor er sich zu ihr umdrehte und ihr ein Taschentuch reichte. »Tun Sie nichts, was Sie später bereuen, Süße.«

Sie nahm das Tuch und benutzte es, um sich die Tränen zu trocknen. »Ich bin so froh, dass sich für Sie und Ihre Frau alles so gut entwickelt hat.«

»Ich auch. Ich bin nie in meinem ganzen verdammten Leben glücklicher gewesen als jetzt. Und ich hab das Gefühl, dass sich für Sie ebenfalls alles so entwickeln wird, wie es vorherbestimmt ist. Ganz sicher.«

Gigi öffnete ihre Handtasche, in der ihr Portemonnaie und ihr Handy waren, und nahm einen Zwanziger heraus, den sie ihm hinhielt.

»Lassen Sie Ihr Geld stecken, Süße. War mir ein Vergnügen, Sie kennenzulernen und ein Schwätzchen mit Ihnen zu halten.«

»Wie heißen Sie?«

»Ned Saunders.«

»Ganz vielen Dank, Ned, für die Fahrt und das Schwätzchen.«

»Gern geschehen.«

Gigi stieg aus dem Wagen und ging über die Einfahrt zu ihrem Apartment über der Garage.

Ned schaltete die Scheinwerfer oben auf dem Wagen an, um ihr den Weg auszuleuchten, und wartete, bis sie an ihrer Tür angekommen war, bevor er einmal kurz hupte und dann losfuhr.

Seine Frau und seine Stieftöchter konnten von Glück reden, einen Mann wie ihn in ihrem Leben zu haben, selbst wenn es Jahre gedauert hatte, bis sie ihren Weg zueinander gefunden hatten. Manche Leute hatten einfach Glück, andere nicht. So funktionierte die Welt, und Gigi war stets Realistin gewesen, weswegen sie es nicht zuließ, dass sie wie andere Frauen dem Hirngespinst ewiger Liebe nachjagte. Hochzeit und Kinder und ein Häuschen mit weißem Lattenzaun … So ein Leben war nichts für sie, und das hatte sie schon die ganze Zeit gewusst.

Jetzt, da sie mit Cooper Schluss gemacht hatte, konnte sie sich darauf konzentrieren, wieder in die Wirklichkeit zurückzukehren.

* * *

»Sie hat mit mir Schluss gemacht«, wandte sich Cooper an Nikki und Jordan, als sie zu ihm auf den Flur vor Nikkis Büro traten.

»Ausgeschlossen«, erwiderte Jordan. »Das kann ich nicht glauben.«

»Nun, sie hat es aber getan.« Der Schmerz, der in seinem Herzen begonnen hatte, war bis in jede Faser seines Körpers gedrungen, während er zugeschaut hatte, wie sie vor ihm weglief, als ob ihr Leben davon abhinge, so schnell und so weit wie möglich von ihm wegzukommen.

»Sie hat Angst«, erklärte Nikki. »Sie hat auf die harte Tour gelernt, dass sie niemandem vertrauen kann außer dem sehr kleinen Kreis Freunde, den sie nah genug an sich heranlässt.«

»Ich habe ihr auf jede Art und Weise, die mir nur einfällt, zu zeigen versucht, dass sie mir ebenfalls vertrauen kann.«

»Und jetzt wirst du sie in Ruhe lassen und darauf warten müssen, dass sie zu dir zurückkommt«, meinte Jordan.

»Nur dass sie das nicht tun wird.«

»Doch«, widersprach Jordan. »Ich glaube, das wird sie. Allerdings muss es ihre Entscheidung sein und nichts, was ihr in irgendeiner Weise aufgezwungen worden ist.«

»Und was soll ich in der Zwischenzeit tun?«, wollte Cooper wissen, der dringend Tipps von Gigis zwei besten Freundinnen brauchte.

»Warten und hoffen«, antwortete Jordan. »Gib ihr den Raum, zu begreifen, dass du genau das bist, was sie will.«

»Und wenn das nicht geschieht?«

»Dann, vermute ich, hat es einfach nicht sein sollen, doch ich kann mir nicht vorstellen, dass das passieren wird.«

Cooper wünschte, er könnte sich da auch so sicher sein.

»Jordan hat recht«, meinte Nikki. »Du darfst sie jetzt auf keinen Fall weiter bedrängen, damit sie in Ruhe nachdenken und mal tief durchatmen kann. Sie weiß, was *du* willst. Lass sie selbst herausfinden, was *sie* will.«

Er würde noch verrückt werden, während er einfach warten und hoffen musste, dass sie es sich anders überlegte, aber die beiden Schwestern kannten Gigi besser als irgendjemand sonst, daher würde er versuchen, ihren Rat zu befolgen.

»Eine Frage habe ich«, begann Nikki. »Hat sie geweint, als sie gesagt hat, dass es vorbei sei?«

»Ja.« Was ihm im Übrigen heftig zugesetzt hatte. »Sie war in Tränen aufgelöst.«

»Gigi weint nicht«, erklärte Jordan. »Also nie.«

»Wenn sie geweint hat, während sie mit dir Schluss gemacht hat«, fügte Nikki hinzu, »dann liegt das daran, dass sie zu viel für dich empfindet und keine Ahnung hat, was sie deswegen unternehmen soll. Ich stimme völlig mit Jordans Einschätzung überein, dass du dich zurückhalten und ihr die Zeit lassen solltest, allein herauszufinden, was sie tun will.«

»Danke für euren Rat.«

»Falls du's noch nicht bemerkt hast«, erwiderte Jordan lächelnd, »wir sind auf deiner Seite. Wir stehen am Spielfeldrand und feuern euch an, weil wir uns wünschen, dass ihr einen Weg findet.«

»Es bedeutet mir eine Menge, dass ihre beiden besten Freundinnen möchten, dass wir zusammen sind.«

»Sie ist glücklich mit dir«, stellte Nikki fest. »Das kann jeder sehen. Ihr Problem ist, dass sie nicht weiß, wie es ist, wenn man wirklich glücklich ist, daher sträubt sie sich aus der Angst heraus, dass alles am Ende doch den Bach runtergeht und das Leben zerstört, das sie sich aufgebaut hat.«

»Das klingt jetzt vermutlich seltsam, aber ich verstehe das«, verkündete Cooper. »Alles, was ich möchte, ist, sie glücklich zu machen. Ich hab ihr bereits gesagt, dass ich sie nie verletzen oder im Stich lassen würde, wenn sie uns eine Chance gibt.«

»Es jagt ihr eine Heidenangst ein, dass sie keinen guten Grund finden kann, der dagegenspricht«, antwortete Jordan. »Sie empfindet Dinge so tief, und sie ist in der Vergangenheit zu oft verletzt worden, erst von den Eltern, denen gar nicht weniger an ihr hätte liegen können, und dann von den beiden Idioten, die sie davon überzeugt hatten, dass sie in sie verliebt wären, obwohl sie nur sich selbst lieben konnten. Sie hat gelernt, auf der Hut zu sein, wenn ihr jemand große Versprechungen macht.«

»Ich meine jedes Wort ernst, das ich je zu ihr gesagt habe.«

»Und tief innerlich weiß sie das auch.« Nikki drückte Cooper den Arm. »Und jetzt lass ihr die Zeit, zu erkennen, dass sie dich in ihrem Leben haben möchte.«

Cooper verstand, was sie ihm sagten, und stimmte ihnen sogar zu. Nur wie um alles in der Welt sollte er die Geduld dafür finden, sich von Gigi fernzuhalten, obwohl er sie mehr wollte als je irgendjemanden zuvor?

Er blieb im Wayfarer, bis die Party kurz vor Mitternacht zu Ende ging. Chloe umarmte und küsste alle, dankte ihnen dafür, dass sie ihr geholfen hatten, mit Stil dreißig zu werden, bevor sie sich mit Finn auf den Heimweg machte.

Cooper fuhr allein, was nicht dem entsprach, was er sich für das Ende des Abends ausgemalt hatte. Nachdem er auf Jareds Einfahrt geparkt hatte, schaute er hoch zu Gigis Apartment, das im Dunkeln lag. Er wandte sich zum Haus um und bemerkte ein glimmendes Licht auf der Terrasse am Pool. »Jared?«

»Ja. Komm, rauch eine Zigarre mit mir.«

Obwohl er dringend allein sein wollte, um ungestört nachdenken zu können, trat Cooper zu seinem Bruder, setzte sich neben ihn und nahm die Zigarre, die er ihm anbot.

»Irgendwelche Neuigkeiten vom Festland?«, erkundigte sich Cooper, nachdem er die Zigarre angezündet und ein paarmal gepafft hatte.

»Es könnte sein, dass meine Frau und ich morgen um diese Zeit Eltern sind.«

Obwohl diese Erklärung ganz beiläufig geäußert wurde, konnte Cooper in jedem Wort Jareds tiefe Freude spüren. »Das ist ja toll, Jared. Ich bin so froh für euch beide.«

»Danke. Noch ist nichts unterschrieben, aber es sieht gut aus. Jessie hat erklärt, dass sie nicht imstande ist, sich angemessen um ihre Tochter zu kümmern. Wir haben uns auf eine offene Adoption geeinigt, die ihr regelmäßige Besuchsrechte einräumt.«

»Klingt nach einer Win-win-Situation.«

»Das denken wir auch. Jetzt müssen wir nur noch den Atem anhalten, bis Jessie morgen die Papiere unterzeichnet hat. Dann muss ein Richter unterschreiben, was vermutlich ein oder zwei Monate dauern wird. In dieser Zeit kann sie sich noch umentscheiden, daher sind wir nicht ganz vom Haken, doch viel dichter am Ziel als zuvor.«

»Was für ein Stress.«

»Ja, aber am Ende bekommen wir eine Tochter. Violet Catherine James, die wir Vi rufen werden.«

»Ein wirklich schöner Name.«

»Mir ist aufgefallen, dass du allein heimgefahren bist.«

»Ja. Gigi hat mit mir Schluss gemacht.«

»Ehrlich? Das hätte ich nicht gedacht.«

»Ich auch nicht. Sie haben am Montag den letzten Drehtag, und sie und die Crew werden Dienstag mit dem Privatjet zurück nach L. A. fliegen. Jordan und Nikki meinen, sie drehe durch vor Angst, weil der Sommer vorbei ist und das mit mir viel ernster geworden ist, als sie erwartet hatte. Sie sagen, ich muss ihr den Raum dafür lassen, selbst die Entscheidung zu treffen, zu mir zurückzukommen.«

»Und was hältst du davon?«

»Sie kennen sie besser als alle anderen.«

»Das Warten und Hoffen ist natürlich nicht schön.«

»Es ist großer Mist.«

»Ich kann mich noch daran erinnern, wie man sich da fühlt. Die Wochen, nachdem ich dachte, Lizzie hätte meinen Antrag abgelehnt, gehörten zu den schlimmsten meines Lebens. Ich habe befürchtet, ich würde sie nie wiedersehen.«

»Ich kann mir keinen von euch ohne den anderen vorstellen.«

»Jetzt schon, doch es gab eine Zeit, als das alles andere als sicher war. Es ist wirklich schwierig und für manche Leute sogar beinahe unmöglich, den Schritt ins Ungewisse zu tun und einer anderen Person zu vertrauen.«

»Das ist genau das Problem, das sie hat. Sie ist häufig enttäuscht worden, daher ist sie total vorsichtig.«

»Sie war noch nicht mit dir zusammen.«

»Das ist Teil des Problems.«

»Ich stimme dem zu, was Jordan und Nikki dir geraten haben. Gib ihr Raum, und warte, bis sie zu dir kommt. Wenn es sein soll, wird sie das tun.«

»Und wenn nicht?«

»Dann wirst du ziemlich heftigen Liebeskummer haben, und es wird echt furchtbar.«

»Das ist es jetzt schon, und es ist ja erst vor zwei Stunden passiert.«

»Nur nicht die Hoffnung aufgeben, Kumpel. Ich bin sicher, du hast alles in deiner Macht Stehende getan, um ihr zu zeigen, wie es zwischen euch sein könnte, und wenn es das ist, was sie will, wird sie zurückkommen.«

»Das hoffe ich.«

»Ich auch, aber es tut gut, zu wissen, dass du schließlich doch sterblich bist.«

»Haha, sehr komisch. Ich hab schon drauf gewartet, dass du mir unter die Nase reibst, dass das überfällig war.«

Jareds leises Lachen entlockte Cooper zum ersten Mal seit Stunden ein Lächeln.

»Wie war das Treffen mit den McCarthys?«

»Besser als erwartet.« Er erzählte Jared von den Hochzeitpaketdeals, die die Familie anzubieten plante, und dass seine Geschäftsidee eine gute Ergänzung dazu abgab.

»Das ist großartig. So eine Werbung kannst du nicht mit Geld bezahlen.«

»Ich weiß, und Mr McCarthys Freund Ned Saunders hat mir vorgeschlagen, dass ich mich an seinem Immobiliengeschäft beteilige. Offensichtlich ist er schon seit vierzig Jahren in dem Bereich tätig und möchte sich jetzt zurückziehen und mehr Zeit mit seiner Familie verbringen. Er sucht jemanden, der Interesse hätte, mit bei ihm einzusteigen.«

»Das ist eine unglaubliche Gelegenheit, Cooper. Er hat mit Immobilien auf der Insel ein Vermögen verdient.«

»Ich finde das witzig, schließlich fährt er Taxi.«

»Das macht er zum Spaß.« Jared nahm einen Zug von seiner Zigarre. »Also war dein Tag kein kompletter Mist.«

»Die erste Hälfte war ziemlich klasse.«

»Halte durch, Bruder. Gigi weiß, dass du einer von den Guten bist. Lass ihr Zeit, alles in Ruhe zu durchdenken, und versuch, nicht die Hoffnung zu verlieren.«

Er würde ihr allen Raum geben, den sie brauchte, auch wenn er befürchtete, dass er sie vielleicht für immer verloren hatte.

KAPITEL 29

Gigi stürzte sich mit Feuereifer in die Dreharbeiten für die letzte Episode, in der bekannt gegeben werden sollte, dass Jordan ihr erstes Kind erwartete. Allerdings war geplant, diese Neuigkeit bis zum Sendetermin geheim zu halten. In der Schlussfolge besuchten sie noch einmal einige ihrer Lieblingsplätze auf der Insel, den Aussichtspunkt an den Klippen, den Strand und den Fähranleger, wo ihnen gezeigt worden war, wie man die riesigen Fährschiffe steuerte.

Die letzten Szenen sollten am Montagnachmittag in Eastward Look gefilmt werden, dem Feriendomizil aus Jordans und Nikkis Kindheit.

Nikki und Riley würden einen Kurzauftritt haben, ebenso wie Evelyn, Finn und Chloe, die ganz aufgeregt waren, weil sie ins Fernsehen kamen.

Es ist nicht halb so aufregend, wie man meinen könnte, hätte Gigi ihnen am liebsten gesagt.

Da sie eine Zweitmeinung haben wollte, hatte sie Dan Torrington gebeten, einen Blick auf das Angebot der Fernsehgesellschaft für drei weitere Staffeln mit Jordan und ihr zu werfen. Er stimmte ihrer Einschätzung zu, dass damit alles in Ordnung war und sich keine Fallstricke darin verbargen. Sie und Jordan würden nach Abschluss der Dreharbeiten heute unterschreiben.

Während die Zahl der Tage, die ihr von ihrem Aufenthalt auf der Insel noch blieben, immer weiter schrumpfte, gab Gigi sich große Mühe, nicht an Cooper zu denken oder daran, was er gerade tat oder wie er sich heute fühlte, oder an sonst irgendetwas, das mit ihm zu tun hatte. Wenn sie ihre Gedanken in seine Richtung schweifen ließ, schmerzte ihr Herz wie nie zuvor, sodass sie sich wie die größte Närrin der Geschichte vorkam.

Wie um alles in der Welt hatte es passieren können, dass sie so tiefe Gefühle für einen Mann entwickelt hatte, den sie erst so kurz kannte? Das wusste sie nicht, aber sie konnte nicht abstreiten, dass ihre Gefühle stark waren und mit jedem Tag, der ohne ihn verstrich, nur stärker wurden.

Matilda trat auf der Suche nach ihr unter den Pavillon, den das Produktionsteam aufgestellt hatte, um sie zwischen den einzelnen Takes vor der Sonne zu schützen. »Ich hatte gehofft, dich kurz allein zu erwischen. Mason hat eine Überraschung für Jordan geplant, die wir aufzeichnen wollen. Wenn du ihn also kommen siehst, geh zur Seite.«

»Klar, das kann ich tun. Was für eine Art Überraschung plant er denn?«

»Ich bin mir nicht sicher. Er hat mich nur gefragt, ob er uns für ein paar Minuten unterbrechen kann und ob wir ihm den Gefallen tun könnten, es zu filmen.«

Wollte er ihr noch einmal einen Heiratsantrag machen, aber diesmal vor der Kamera?

O Gott, natürlich.

Gigi konnte kaum noch atmen, so heftige Gefühle stürmten auf sie ein – Freude für Jordan und Mason und Verzweiflung um ihrer selbst willen, was dafür sorgte, dass sie sich dumm und unreif fühlte. Ihre Freundin heiratete, sie starb nicht an irgendeiner schlimmen Krankheit.

Reiß dich zusammen, ermahnte sie sich. *Und PS, du hättest das gleiche Glück haben können, das sie mit Mason gefunden hat, wenn du dir nur nicht selbst im Weg stehen würdest. – Ach, sei still. – Nein, sei* du *still.*

Ein paar Minuten später wurde sie zurückgerufen, um auf dem Rasen des Hauses, in dem Jordan und Nikki so viele wunderschöne Sommer verbracht hatten, mit dem Dreh der letzten Szene zu beginnen. Während sie also auf den Adirondack-Stühlen saßen und mit Nikki und Evelyn in Erinnerungen an jene Zeit schwelgten, erschien Mason in seiner Feuerwehruniform.

Er war der größte Mann, den Gigi kannte, und er liebte ihre Freundin von ganzem Herzen.

Jordan hatte Mason den Rücken zugewandt, daher konnte sie ihn nicht kommen sehen, bis er direkt neben ihr stehen blieb. Sie schnappte überrascht nach Luft, als sie ihn entdeckte. »Was tust du denn hier?«

»Ladys, könnte ich kurz mal allein mit Jordan sprechen?«

»Natürlich«, antwortete Evelyn strahlend.

Wenn er vorhatte, offiziell um Jordans Hand anzuhalten, hatte er vermutlich vorher Evelyn um Erlaubnis gefragt, weil er zu der Sorte Mann gehörte, die das tat.

»Warte, wir filmen gerade«, entgegnete Jordan.

»Es wird nicht lange dauern.«

Gigi, Nikki und Evelyn traten beiseite und überließen Mason die Bühne, der sich prompt vor Jordan auf ein Knie niederließ.

Die schlug sich die Hände vor den Mund, während ihr Tränen in die Augen traten.

Gigi konnte durch ihre eigenen Tränen hindurch selbst kaum noch etwas erkennen.

Mason nahm Jordans Hand und hauchte einen Kuss darauf. »Hallo.«

Jordan lachte unter Tränen. »Wie geht's dir so?«

»Seit ich dich kenne, besser als je zuvor. Das hier ist der schönste Sommer meines Lebens, und das liegt allein an dir. Ich hatte schon alle Hoffnung aufgegeben, jemals die wahre Liebe zu erleben, doch dann hab ich dich hier in Eastward Look gefunden. Zugegebenermaßen warst du da allerdings nicht in bester Verfassung.«

»Das bleibt bei Nahtoderfahrungen nun mal nicht aus. Danke übrigens, dass du mich gerettet hast.«

»Das war meine beste Tat, denn so konntest du auch mich retten. Jordan Stokes, Liebe meines Lebens, wirst du mir die unfassbare Ehre erweisen, meine Frau zu werden?«

»Ja«, antwortete sie und ließ sich in seine Arme fallen, die sich sofort in einer Bärenumarmung um sie schlossen.

Er lehnte sich zurück, um sie zu küssen und ihr einen Ring an die linke Hand zu stecken. »Wenn dir der Ring nicht gefällt, können wir ihn gegen ein anderes Modell umtauschen.«

»Untersteh dich. Ich liebe diesen Ring. Und ich liebe dich und kann es gar nicht erwarten, dich zu heiraten.«

Sie küssten einander wieder, dann schaute Mason zu Matilda. »Ist das alles im Kasten?«

»Ja, wir haben es«, erwiderte Matilda und musste sich selbst die Augen abtupfen.

»Dürfen wir sie jetzt umarmen?«, fragte Nikki.

»Tu dir keinen Zwang an«, sagte Matilda und signalisierte dem Kameramann, weiterzufilmen.

Sie umarmten einander, stießen mit dem alkoholfreien Sekt an, den Evelyn aus Rücksicht auf das glückliche Paar besorgt hatte, denn Mason war ja trockener Alkoholiker und Jordan schwanger. So feierten sie die Verlobung und das unvergessliche Ende der Staffel auf Gansett Island.

Als Gigi nach dem festlichen Dinner, das Evelyn für die Familie und die Filmcrew ausgerichtet hatte, allein heimfuhr, verspürte sie den dringenden Wunsch, Cooper anzurufen und ihm davon zu erzählen. Aber das konnte sie nicht. Es wäre ihm gegenüber nicht fair, nachdem sie mit ihm Schluss gemacht hatte.

Er hatte ihre Wünsche respektiert und in den vergangenen Tagen Abstand gehalten.

Sie hatte ihn einmal gesehen, als er mit Lizzie und dem Baby am Pool gesessen hatte, doch sonst hatte sie keinen Kontakt mit ihm gehabt.

Am Haus angekommen, lief sie die Treppe hoch zu ihrem Apartment und verbrachte den Rest des Abends mit Packen, damit sie pünktlich um zehn am nächsten Morgen mit dem Flieger die Insel verlassen konnte. Sie hatte jemanden angeheuert, der ihr Auto Ende der Woche zur Fähre bringen würde, von wo aus es zu ihr nach L. A. geliefert werden würde. Nachdem all ihre Sachen verstaut waren, blieb ihr nichts anderes mehr zu tun übrig, als die Decke anzustarren und jede Minute, die sie mit Cooper verbracht hatte, erneut zu durchleben, wobei ihr die ganze Zeit Tränen über die Wangen liefen.

Die verdammten Tränen hatten einfach nicht aufgehört, seit sie Schluss gemacht hatte.

Es war richtig gewesen. Das glaubte sie immer noch, aber Hölle, tat es weh.

Die Nacht verstrich in quälender Langsamkeit, während sie versuchte, sich davon abzuhalten, durch den Garten zu ihm zu gehen.

Doch sie hatte ihre Entscheidung getroffen, und jetzt musste sie damit leben.

Um acht am Morgen stand sie auf, zog das Bett ab und steckte Laken und Bezüge in die Waschmaschine zu den Handtüchern und der anderen Wäsche aus der Wohnung. Lizzie hatte ihr gesagt, sie solle die Waschmaschine anstellen, sie würde sich um den Rest kümmern. In einem Monat würde der nächste Mieter einziehen, und das Leben würde weitergehen, als wäre Gigi nie hier gewesen.

Als sie schließlich ihre Koffer die Stufen runter zu dem Taxi trug, das sie sich bestellt hatte, war Gigi bereit, alles zurückzunehmen, wenn sie nur fünf Minuten mehr mit Cooper haben könnte, bevor sie die Insel verließ und ihn nie wiedertraf.

Ned Saunders begrüßte sie mit einem herzlichen Lächeln. »Schön, Sie wiederzusehen, Süße.«

»Gleichfalls, Ned.«

»Geht's zurück nach La La Land?«

»Genau, ich fliege nach Hause.« Selbst als sie das sagte, musste sie zugeben, dass sich, nachdem sie den besten Sommer ihres Lebens hier verbracht hatte, nichts je mehr nach zu Hause angefühlt hatte als diese lächerliche kleine Insel.

Sie hatte gestern Jared und Lizzie getroffen, sich mit ihnen über die Adoption von Vi gefreut, sich bedankt, dass sie hier hatte wohnen dürfen, und sich verabschiedet. Die beiden hatten versprochen, sie zu besuchen, wenn sie das nächste Mal in L. A. waren. Cooper hatte sie nicht zu Gesicht bekommen, und sein Name war auch nicht gefallen.

Abzureisen, ohne sich von ihm zu verabschieden, fühlte sich falsch, aber notwendig an.

Wenn sie ihn auch nur ganz flüchtig sah, würde sie nicht fahren können.

Sie setzte sich auf die Rückbank von Neds Taxi und schloss die Tür, weigerte sich, zurückzuschauen. Den Blick fest auf die Zukunft gerichtet zu halten hatte ihr schon immer geholfen, daher würde sie genau das auch jetzt tun.

* * *

Cooper beobachtete Gigis Abfahrt vom Wohnzimmerfenster aus und war überrascht, wie heftig es wehtat, dass sie ging, ohne sich von ihm zu verabschieden.

Was hatte er erwartet? Sie hatte ihm von Anfang an gesagt, dass ihre Beziehung nicht mehr als eine Affäre für sie war. Er war derjenige gewesen, der es außer Kontrolle hatte geraten lassen. Dafür war er verantwortlich, und jetzt musste er schauen, wie er ohne sie weitermachen konnte.

Er hatte ihr Raum gelassen, und sie hatte ihre Entscheidung getroffen.

Aber Himmel, es war schlimm, sie abfahren zu sehen.

»Ist sie fort?«, fragte Jared.

»Ja, gerade eben.«

»Tut mir leid, Coop.«

»Ist schon okay«, sagte er, obwohl nichts daran okay war. »Ich setz mich an den Pool und erledige noch ein paar Sachen.«

»Lass es mich wissen, wenn du irgendetwas brauchst.«

Das eine, was er brauchte, war das Einzige, was ihm sein milliardenschwerer Bruder nicht besorgen konnte. An jedem anderen Tag hätte ihn die Ironie zum Lachen gebracht. Er nahm seinen Laptop mit an den Pool und beschäftigte sich zum ersten Mal seit Tagen mit seinem Portfolio, versank völlig in der Arbeit, damit er nicht der Versuchung erlag, Gigi nachzulaufen wie ein bemitleidenswerter, liebeskranker Narr.

Kurz darauf erhob sich ein schlanker Learjet vom Flughafen in die Luft und flog direkt über das Haus. Cooper beobachtete, wie das Flugzeug immer höher stieg. Sie war fort. Es war vorbei. Und jetzt musste er einen Weg finden, ohne sie zu leben.

Eine halbe Stunde später war es ihm endlich gelungen, sich wieder auf die Arbeit zu konzentrieren, statt sich dem Schmerz ihres Verlustes hinzugeben. Er war so tief in die Tabellen, Grafiken, Statistiken und Prognosen versunken, dass er es nur ganz am Rande mitbekam, als ein Auto vorfuhr.

Cooper zwang sich, die Augen auf den Bildschirm gerichtet zu halten, bis das Klackern von Absätzen und der unverwechselbare Duft seiner Liebsten zu ihm drangen und eine Welle von Empfindungen auslösten, die ihn schließlich dazu brachten, den Kopf zu drehen. Er traute seinen Augen nicht, als er Gigi erblickte, die ein komplettes Set von Louis-Vuitton-Koffern hinter sich auf die Terrasse zog.

»Gerade eben am Flughafen ist mir was ganz Komisches passiert«, verkündete sie.

Er hatte Angst, zu atmen, von Reden ganz zu schweigen. Aber als er ihr wunderschönes Gesicht musterte, bemerkte er die Spuren, die die letzten paar Tage dort hinterlassen hatten: die geschwollenen Augen, die dunklen Schatten darunter und die ungewohnt bleichen Wangen.

»Ich hab begriffen, dass ich das Allerwichtigste in meinem Leben zurückgelassen hab, und ich musste zurückkommen, um es mir zu holen. Ich musste hierher zurück, um *dich* zu holen, Cooper.«

»Ich hab das Flugzeug wegfliegen sehen. Ich dachte, du wärst fort.«

»Ich konnte es nicht über mich bringen.«

Er stellte seinen Laptop auf den Stuhl neben sich und streckte eine Hand nach ihr aus.

Sie ergriff sie und ließ sich von ihm in die Sitzecke ziehen. »Es tut mir leid, Coop.«

»Entschuldige dich nicht. Du musstest diese Entscheidung ganz allein treffen, auch wenn es gedauert hat.« Er legte die Arme um sie, und als sie sich an ihn schmiegte, konnte er zum ersten Mal seit Tagen wieder durchatmen. »Hast du dich entschieden? Für mich und für uns?«

»Ich glaub schon.«

»Du musst dir bitte sicher sein, Süße, denn die letzten paar Tage waren die Hölle.«

»Es tut mir leid, dass ich dir das angetan habe.«

»Du sollst dich nicht entschuldigen, schon vergessen?« Er hob ihr Kinn an, sodass er sie küssen konnte. »Da ist noch was, was ich dir gar nicht habe sagen können, bevor du mich abserviert hast.«

Sie zuckte bei seiner Wortwahl zusammen. »Und was ist das?«

»Ich liebe dich, Gabrielle Gigi Gibson.«

»Ich liebe dich auch, Coop. Das tue ich wirklich, und das ist auch überhaupt der Grund, warum ich durchgedreht bin. Ich weiß nicht, wie man das macht.«

»Für mich ist es auch das erste Mal. Was hältst du davon, wenn wir es zusammen rausfinden?«

»Liebend gern.« Sie lehnte ihren Kopf an seine Brust und ließ ein tiefes Seufzen hören. »Du warst hier, und ich war dort, und du hast mir so furchtbar gefehlt.«

Er streichelte ihr übers Haar und rieb ihr den Rücken. Jetzt, da es ihm erlaubt war, sie wieder zu berühren, würde er nie mehr damit aufhören. »Du hast mir auch furchtbar gefehlt.«

»Cooper, kommst du diesen Winter mit mir nach L. A. und vielleicht sogar mit an den neuen Drehort für die Show? Und bringst du mich dann nächsten Sommer wieder zurück auf diese wunderbare Insel, damit du hier deine Geschäftsidee umsetzen kannst, während ich meine Freundinnen besuche?«

»Nichts wäre mir lieber, als so mit dir zu leben, Süße.«

»Dann lass uns das tun.«

Er umarmte sie fest. »Genau so machen wir es.«

EPILOG

»Hast du schon was von Jordan gehört, seit sie und Mason offiziell verlobt sind?«, fragte Cooper Gigi viel später in der Nacht, als sie zusammen in ihrem Apartment über der Garage im Bett lagen. Jared und Lizzie waren so froh gewesen, dass sie zu Cooper zurückgekehrt war, dass sie ihr gesagt hatten, sie könne so lange bleiben, wie sie wolle.

»Seit dem großen Tag habe ich nicht mehr mit ihr gesprochen. Sie sind quasi untergetaucht. Irgendjemand hat mir erzählt, dass er sogar Urlaub genommen hat.«

»Das ist doch prima«, antwortete Cooper grinsend. »Und für uns auch.« Er drehte sich mit ihr um, sodass er auf ihr lag und ihr in die Augen sehen konnte, als er für Runde zwei wieder in sie eindrang. »Ich hab nicht vergessen, dass ich dir noch ein Dinner im Beachcomber schulde, als Ausgleich für unser katastrophales erstes Date.«

»Unser erstes Date war das beste erste Date, das ich überhaupt je hatte.«

»Ach ja?«

Sie nickte, während sie die Arme um ihn schlang. »Und was das Dinner betrifft, so hab ich gerade etwas, das man Urlaub nennt. Die Leute behaupten, es mache Spaß und man könne tun, was immer man wolle, also zum Beispiel mit seinem Freund im Beachcomber essen gehen.«

»Ich liebe es, dein Freund zu sein«, erklärte er und küsste sie, bevor er seine Stirn an ihre lehnte. »Sag es mir noch einmal.«

»Ich liebe dich, Cooper.«

»Ich liebe dich auch, Gigi. Wir werden es rocken und einfach alles haben.«

»Du lässt mich glauben, dass das tatsächlich möglich ist.«

»Ist es auch, solange wir einander haben. Danke, dass du zu mir zurückgekommen bist.«

»Ich hab da so ein Gefühl, als ob sich das als das Klügste herausstellen wird, was ich je getan habe.«

* * *

Jared machte sich auf die Suche nach Lizzie und fand sie am Kinderbett, wo sie stand und ihre Tochter betrachtete. Sie hatten eine Tochter. Jessie hatte die vorläufige Sorgerechtsübertragung unterzeichnet, und Dan hatte die offiziellen Adoptionsschritte eingeleitet. Wenn das Familiengericht keinen Einspruch erhob, konnten sie Violet adoptieren und als ihre eigene Tochter aufziehen.

Dan hatte sie noch mal darauf hingewiesen, dass Jessie ihre Meinung natürlich noch ändern konnte, doch die hatte ihnen versichert, dass das nicht geschehen würde. Sie hatte sich wortreich dafür entschuldigt, dass sie das Baby einfach bei ihnen gelassen hatte, aber Lizzie hatte sie beruhigt und ihr erklärt, sie glaube fest daran, dass Dinge nicht ohne Grund passierten. Sie war so ruhig und vernünftig geblieben, während Jared fast durchgedreht war.

Und jetzt war er der Vater eines süßen kleinen Mädchens.

Sie waren eine Familie.

Er legte Lizzie die Hände auf die Schultern. »Du brauchst Ruhe und Erholung, Liebes«, flüsterte er.

»Ich möchte immer nur hier stehen und sie anstarren, ohne ein einziges Mal zu blinzeln.«

»Morgen früh wird sie immer noch da sein.«

»Versprichst du mir das?«

»Ja.«

Sie fuhr mit dem Zeigefinger ganz sacht über die Wange ihrer Tochter, dann ließ sie sich von ihm zu ihrem Bett führen. »Was denkst du, wie lange es dauern wird, bis ich glauben kann, dass das hier tatsächlich geschehen ist?«

»Vielleicht schon ein bisschen, aber wir werden diesen Punkt erreichen.«

»Wir haben eine Tochter, Jared.«

»Ja«, sagte er, belustigt von dem Staunen in ihrer Stimme, während er sie fest an sich drückte. »Und Gigi ist zu Cooper zurückgekommen.«

»Gott sei Dank. Ich habe ihn nie so niedergeschlagen erlebt, wie er war, nachdem sie mit ihm Schluss gemacht hatte.«

»Ich weiß. Ich hab mich schon gesorgt, was wohl aus ihm wird.«

»Ich glaube, dass sie sehr glücklich miteinander sein werden.«

»Stimmt, doch lass uns lieber darüber reden, wie glücklich *wir* sind.«

»Ich bin nie glücklicher gewesen. Danke, dass du es mit mir und meinen verrückten Macken und verlassenen Babys und alldem aufnimmst.«

»Ich liebe dich und deine verrückten Macken mehr als alles andere.«

»Ist es nicht fast schon ein Wunder, dass du und ich uns hier gefunden haben, und jetzt Cooper und Gigi ebenfalls?«

»Es ist dieser Ort. Der ist magisch, das habe ich vom ersten Moment an gespürt, als ich auf die Insel gekommen bin, und die Beweise für diese Theorie häufen sich weiter.« Er zog sie enger an sich und küsste sie. »Was hältst du davon, wenn du und ich und Vi für den Rest unseres Lebens Magie machen?«

»Ja, unbedingt.«

FAMILIE MCCARTHY, SIEBEN PERSONEN

EINE GANSETT-ISLAND-SHORT-STORY

Big Mac McCarthy fuhr mit Macs und Maddies SUV in Point Judith von der Fähre und zum Women & Infants Hospital in Providence, um seinen Sohn, seine Schwiegertochter und seine beiden neugeborenen Enkelinnen abzuholen.

»Ich kann es gar nicht erwarten, die Babys wiederzusehen«, sagte Big Macs Frau Linda. Zwar waren sie kurz nach der dramatischen Geburt der Zwillinge schon hier gewesen, um den frischgebackenen Eltern Kleidung und andere Sachen zu bringen, aber seither nicht mehr, da sie zu Hause auf der Insel bei der Versorgung der drei anderen Kinder von Mac und Maddie halfen.

»Ich auch nicht. Ich bin so froh, dass sie endlich nach Hause dürfen.«

Die Babys waren vor zwei Tagen aus dem Krankenhaus entlassen worden und hatten mit ihren Eltern in Franks Haus in Providence gewohnt, bis die Ärzte die Freigabe für die Überfahrt nach Gansett erteilt hatten.

Mac hatte gestern Abend angerufen und erzählt, dass Maddie davor zurückschrecke, die Zwillinge auf die Insel zu bringen. Big Mac hatte versucht, seinen Sohn zu beruhigen, indem er ihn darauf hinwies, dass mit Dr. David Lawrence und den Krankenschwestern Victoria Stevens und Katie McCarthy die medizinische Versorgung für die Mädchen sichergestellt sei. Für Notfälle gab es außerdem einen Rettungshubschrauber, doch er betete zu Gott, dass kein Familienmitglied mehr darauf angewiesen sein würde.

Sowohl seine Tochter Janey als auch seine Schwiegertochter Maddie hatten in den letzten Jahren mit dem Hubschrauber zum Krankenhaus auf dem Festland geflogen werden müssen, und das reichte ihm für den Rest seines Lebens.

»Woran denkst du gerade?«, erkundigte sich Linda.

»Rettungshubschrauber und wie dankbar ich bin, dass wir sie haben, falls wir sie brauchen.«

»Den Zwillingen geht es gut, sonst hätten die Ärzte sie niemals nach Hause gelassen. Außerdem haben David und Victoria mit den Ärzten in Providence gesprochen. Es wird nichts passieren.« Die Babys hatten heute Morgen einen letzten Check-up im Krankenhaus, wo sie sie abholen würden.

Big Mac und Linda kämpften sich durch den sehr dichten Verkehr, der die Autofahrt, die normalerweise eine Stunde dauerte, um dreißig Minuten verlängerte. Am Krankenhaus angekommen, luden sie die Babyschalen aus und brachten sie rein.

Linda hatte Mac kurz zuvor Bescheid gesagt, dass sie gleich da wären, und er hatte geantwortet, er werde in der Lobby auf sie warten.

Er umarmte sie beide und nahm ihnen die Schalen ab. »Danke, Leute, auch dafür, dass ihr in den letzten beiden Wochen bei der Versorgung der Bande geholfen habt.«

Big Mac bemerkte, dass sein Sohn glücklich, aber müde aussah.

»Es war schön und hat Spaß gemacht, außerdem war ja Kelsey da«, erwiderte Linda. »Die drei können es gar nicht erwarten, ihre kleinen Schwestern kennenzulernen. Selbst Thomas ist aufgeregt.«

Mac lachte. Thomas hatte sich bisher wenig begeistert darüber geäußert, dass er zwei weitere kleine Schwestern bekommen würde, zumal die eine, die er bisher hatte, schon so nervtötend war.

»Wie geht's Maddie?«, erkundigte sich Big Mac, auch wenn sie in den letzten beiden Wochen regelmäßig Berichte über sie und die Babys erhalten hatten.

»Sie ist erschöpft und gleichzeitig froh und erleichtert, dass sie nie wieder schwanger sein muss.«

»Das ist ein gutes Gefühl«, pflichtete Linda ihm bei. »Zu wissen, dass du den Teil deines Lebens hinter dir hast und dich jetzt ganz gemütlich zurücklehnen und auf den Rest freuen kannst.«

»Sie hat für Anfang September einen Termin für die Vasektomie vereinbart«, brummte Mac, während sie mit dem Aufzug zur Kinderstation fuhren.

»Du wirst es überleben, Sohn«, tröstete ihn Big Mac, der an seine eigene Vasektomie dachte, die er nach Janeys Geburt hatte vornehmen lassen. Damals hatten sie beschlossen, dass fünf Kinder genug waren – ohne seinerzeit zu ahnen, dass es da noch ein sechstes gab: Mallory, die ihn erst nach dem Tod ihrer Mutter gefunden hatte, als sie bereits fast vierzig Jahre alt gewesen war. Jetzt war Mallory ein so wichtiger Teil ihrer Familie, dass es ihnen schien, als wäre sie schon immer da gewesen.

Sie fanden Maddie in einem Behandlungsraum, wo sie eine ihrer Töchter auf dem Arm hatte, während der Arzt die andere untersuchte.

Sie begrüßte ihre Schwiegereltern mit einem Lächeln. »Da sind sie ja«, sagte sie zu den Mädchen. »Jetzt geht es gleich nach Hause.« An Linda und Big Mac gewandt, fügte sie hinzu: »Emma und Evie haben die Untersuchung heute Morgen mit Bravour bestanden.«

»Grünes Licht dafür, auf die Insel umzusiedeln«, bestätigte der Arzt. »Es geht ihnen super.«

Mac und Maddie schnallten die Babys dank der bei drei Kindern erworbenen Erfahrung ohne Probleme in den Kindersitzen an.

Zwanzig Minuten später hatten sie die Kleinen samt Wickeltaschen und Koffern in den SUV geladen und waren in südlicher Richtung auf der 95 unterwegs. Big Mac fuhr, Mac und Maddie saßen hinten bei Emma und Evie.

»Ihr Mädels habt auf eurer Fahrt nach Hause den großartigsten Chauffeur aller Zeiten«, erklärte Mac den Babys. »Grandpa Big Mac ist der Beste der Besten.«

Bei diesen Worten musste Big Mac lächeln. Das Wichtigste auf der Welt war für ihn, dass seine Familie glücklich, gesund und in Sicherheit war. Im Vergleich dazu verblasste alles andere zur Bedeutungslosigkeit. Er konnte es gar nicht erwarten, zu sehen, wie diese kleinen Mädchen, ihre Geschwister und Cousins und Cousinen groß wurden, und er war fest entschlossen, sie nach Strich und Faden zu verwöhnen, so wie es sich für einen Großvater gehörte.

Ihr Freund Seamus O'Grady wartete an der Fähre auf sie. Er kam zu ihnen und streckte den Kopf durchs Fenster, um einen ersten Blick auf die Neugeborenen zu werfen. »Die sind ja unfassbar niedlich«, stellte er fest. »Joe lässt euch übrigens ausrichten, er sei so erleichtert, dass sie vom Aussehen her ihrer Mutter nachgeraten.«

»Haha«, brummte Mac. »Sehr lustig.«

»Hey, ich bin nur der Überbringer der Nachricht.« Seamus wies Big Mac ein, der rückwärts auf die Fähre fuhr. »VIPs im Anmarsch, Leute.«

Die Crew, die am Pier arbeitete, setzte sich sofort in Bewegung, um die Anordnungen ihres Bosses auszuführen.

»Schon schön, wenn man Beziehungen hat«, bemerkte Big Mac, nachdem er das Auto geparkt hatte.

Sie nahmen die Babys in ihren Sitzen aus dem Wagen und trugen sie für die eine Stunde, die die Überfahrt dauerte, nach oben. Leute, die sie von der Insel kannten, schauten vorbei, um Hallo zu sagen, wodurch die Zeit wie im Flug verging. Als sie in den Hafen einliefen, entdeckte Big Mac Ned und Francine mit Thomas, Hailey und Baby Mac. Sie hatten Ballons und Blumen und ein großes Schild mit der Aufschrift: »Willkommen zu Hause, Emma und Evie!«

»Die Babys haben ein richtiges Begrüßungskomitee«, sagte Big Mac zu Linda und zeigte auf die anderen am Ufer.

»Mac und Maddie werden sich so freuen, ihre Kinder zu sehen.«

»Wir sollten es ihnen noch nicht verraten, damit es eine Überraschung ist, dass sie hier sind.«

Sie verfrachteten die Babyschalen zurück in den SUV, und als sie von der Fähre fuhren, schrie Maddie beim Anblick ihrer anderen drei Kinder und ihrer Eltern glücklich auf.

Big Mac lenkte den Wagen zur Familienzusammenführung direkt auf den Parkplatz.

Mac und Maddie sprangen aus dem Auto und fingen Thomas und Hailey auf, die zu ihnen gerannt kamen.

Als Baby Mac seine Mom sah, stieß er einen lauten Freudenschrei aus.

Maddie nahm ihn Francine ab und drückte ihn fest an sich. »Wir haben euch so vermisst!«

»Wir haben euch auch vermisst«, erklärte Thomas. »Und Hailey war die ganze Zeit, während ihr weg wart, total unartig.«

»Thomas«, mahnte Francine. »Was haben wir darüber gesagt, nicht zu petzen?«

»Na ja, sie *war* aber unartig«, beharrte Thomas.

»Ich merke schon, alles wie gewohnt«, meinte Mac, während er seinen ältesten Sohn in die Arme schloss.

»Können wir die Babys sehen?«, wollte Thomas wissen.

»Natürlich, kommt und schaut sie euch an, nur seid bitte ganz leise und vorsichtig.«

Thomas stieg allein ins Auto, während Mac Hailey und den kleinen Mac hineinhob, damit sie ihre neuen Geschwister betrachten konnten.

»Was denkt ihr?«, fragte Mac sie.

»Sie sind so winzig«, stellte Thomas fest. »Genau, wie Mac es war.«

»Das werden sie auch noch eine Weile bleiben, doch bevor wir wissen, wie uns geschieht, werden sie rumrennen.«

»Na toll«, beschwerte sich Thomas. »Genau das, was mir gefehlt hat.«

»Babys«, sagte Hailey.

»Ja, das sind deine kleinen Schwestern«, erklärte Mac seiner Tochter. »Wir müssen sie jetzt nach Hause bringen, also steigst du bei Grandma Francine und Grandpa Ned ein, und wir fahren hinter euch her, okay?«

Hailey klammerte sich fester an ihren Vater, als hätte sie Angst, dass er wieder verschwinden könnte, wenn sie ihn losließ.

»Wir sind direkt hinter euch, Süße«, versicherte ihr Mac und reichte sie Ned.

Alle setzten sich in die Autos und machten sich auf den Weg Richtung Sweet Meadow Farm Road.

»Als ich dieses Haus das erste Mal gesehen habe«, erinnerte sich Maddie, »hätte ich niemals gedacht, dass wir jedes einzelne der Schlafzimmer brauchen würden.«

»Ich hab das schon irgendwie geahnt«, antwortete Mac.

»Na klar«, erwiderte Maddie lachend.

»Wir haben fünf Kinder.«

»In Restaurants seid ihr jetzt ›Familie McCarthy, sieben Personen‹«, warf Big Mac ein.

»Sie werden alle auf dem College sein, ehe wir sie in ein Restaurant einladen«, beschloss Mac.

Big Mac lächelte Linda an. »Erinnerst du dich noch daran, dass wir das auch gesagt haben?«

»Ich erinnere mich nur allzu gut, und dann ist alles so schnell gegangen. Ihr müsst jede Minute davon genießen, ihr beide. Ihr werdet nicht glauben, wie schnell sie alle flügge werden und das Nest verlassen.«

»Bis dahin scheint es mir im Moment noch eine Ewigkeit zu sein«, seufzte Maddie.

»Ihr werdet schon noch merken, wie schnell die Zeit vergeht«, versicherte ihnen Big Mac.

»Das haben wir schon bei Thomas gemerkt«, bestätigte Mac. »Wie kann es sein, dass er schon sechs ist?«

»Und nichts als Unsinn im Kopf hat«, ergänzte Linda.

»Wir würden es auch nicht anders haben wollen«, verkündete Mac.

Big Mac konnte erkennen, dass sein Sohn sehr froh war, endlich wieder zu Hause zu sein und seine Familie zum ersten Mal unter einem Dach vereint zu haben. Er und Linda bereiteten für alle Abendessen zu, halfen dabei, die drei älteren Kinder ins Bett zu bringen, und lasen ihnen die verlangten drei Geschichten vor, bevor sie sich verabschiedeten und versprachen, morgen wiederzukommen.

»Ich bin richtig kaputt«, gestand Big Mac, als sie im Auto saßen. »Wie können drei kleine Menschen zwei erfahrene Großeltern so fertigmachen?«

»Sprich für dich selbst. Ich bin genauso frisch und munter wie heute Morgen, als ich aufgestanden bin.«

»Na klar«, meinte er lachend.

»Mein Rücken bringt mich um, weil ich Baby Mac so viel rumgetragen habe. Er ist irgendwie plötzlich so groß geworden.«

»Er wächst wie Unkraut, genau wie unsere Familie.« Vor Ablauf des nächsten Jahres würden sie insgesamt vierzehn Enkelkinder haben, inklusive der neugeborenen Zwillinge sowie Adams und Abbys Vierlingen. Evan und Grace und Grant und Stephanie hatten schon Witze gerissen, dass sie noch Minderwertigkeitskomplexe entwickeln würden, weil sie jeweils nur ein Baby erwarteten.

»Wir werden eine Excel-Tabelle brauchen, damit wir keinen Geburtstag vergessen«, stellte Linda fest.

»Insgesamt ist das aber ein sehr schönes Problem.«

»Auf jeden Fall. Vorhin hab ich an meinen ersten Besuch auf der Insel gedacht, an dem Tag, nachdem wir uns kennengelernt hatten, als du mir die Marina zeigen wolltest, die du gerade gekauft hattest.«

»Ach ja«, sagte er und lachte leise. »Der Fährverkehr war komplett eingestellt worden, und wir mussten die Nacht in dem Spinnenzimmer verbringen.«

Linda verzog das Gesicht und schüttelte sich, wie sie es jedes Mal tat, wenn er das Spinnenzimmer erwähnte.

»Ich hatte wirklich Glück, dass du danach überhaupt noch mit mir gesprochen hast«, fuhr er fort und lächelte bei der Erinnerung.

»O bitte. Nach vierundzwanzig Stunden mit dir war ich schon so auf dich geeicht, dass ich dir überallhin gefolgt wäre, wohin auch immer du gehen wolltest.«

»Mehr war nicht nötig, was? Vierundzwanzig Stunden?«

»Ich glaube, es waren eher zwölf.«

Big Mac lachte auf. »Ich hab etwa zwölf *Sekunden* gebraucht, bis mir klar war, dass du genau die Richtige für mich bist.«

»Ich denke so gerne an diese frühen Tage zurück, genau wie an alle andern danach.«

»Ich auch. Wir könnten uns nicht mehr wünschen, als dass alle unsere sechs Kinder glücklich verheiratet sind, vierzehn Enkelkinder da oder unterwegs sind und alle von ihnen nah genug bei uns leben, dass wir sie jederzeit verwöhnen können. Und wenn der Babyboom etwas abflaut, können wir uns wieder ans Reisen machen.«

»Ich bin dabei.«

Big Mac parkte den Pick-up in der Einfahrt des Weißen Hauses, wie die Einheimischen das weiß gestrichene Gebäude nannten, das oberhalb von North Harbor stand, und lehnte sich über die Mittelkonsole, um seine Frau zu küssen. »Das war – und ist – alles, was ich hören wollte.«

* * *

Während Maddie sich um die etwas quengeligen Zwillinge kümmerte, schaute Mac nach den drei Älteren, angefangen mit Baby Mac, dem in seinem Bettchen schon die Augen zufielen, und dann Hailey, die tief und fest schlummerte, bevor er seine Runde in Thomas' Zimmer beendete. »Rück mal ein Stück.«

Er hatte das Kichern seines Sohnes vermisst und dass er ihm mit beinahe so etwas wie Heldenverehrung folgte. Thomas war neun Monate alt gewesen, als Mac Maddie kennengelernt hatte. Er hatte sofort eine besondere Verbundenheit mit dem kleinen Jungen gespürt, der jetzt auch offiziell sein Sohn war. »Ich habe gehört, wie gut du in unserer Abwesenheit Oma und Opa bei Baby Mac geholfen hast.«

»Er ist so niedlich und lustig, da mache ich das echt gern.«

»Und deine Schwester bringst du zu gerne auf die Palme, was?«

»Was für eine Palme denn?«

»Das ist so eine Redewendung.«

»Was bedeutet das?«

»Das ist eine andere Art, zu sagen, dass du sie gerne ärgerst.«

»*Sie* ärgert *mich*! Warum musstet ihr mir unbedingt zwei weitere kleine Schwestern besorgen? Jetzt sind sie in der Überzahl. Und Mac ist noch viel zu klein, um mir beim Streiten zu helfen.«

»Du wirst dich nicht mit ihnen streiten. Du wirst sie lieben.«

»Vielleicht eines Tages, aber im Moment nerven sie.«

Mac biss sich auf die Lippen, um nicht laut zu lachen. Manchmal musste er sich vor Augen führen, dass er jetzt Vater war und nicht länger eins von den Kindern.

»Ich wünschte, Connor wäre nicht gestorben«, seufzte Thomas.

Die Erwähnung des Babys, das sie verloren hatten, versetzte Mac einen Stich. »Ich auch, Kumpel. Doch wenn er gelebt hätte, hätten wir vielleicht Mac nicht.«

»Warum nicht?«, wollte Thomas wissen, und seine feinen blonden Brauen zogen sich verwirrt zusammen.

»Das erzähle ich dir später, wenn du älter bist, okay?«

»Warum gibt es so viele Sachen, die ich nicht wissen darf, bis ich älter bin?«

»Weil du älter sein musst, um sie zu verstehen. Ich verspreche, dass ich dir all diese wichtigen Sachen erkläre, wenn du bereit bist.«

»Woher willst du wissen, dass ich bereit bin?«

Mac küsste den Jungen auf die Stirn. »Ich werde das wissen. Ich war früher schließlich auch mal ein sechsjähriger Junge mit jeder Menge Fragen.«

»Du warst niemals so klein wie ich!«

»O doch!«

Thomas brach in Gelächter aus. »Niemals.«

»Wohl. Jetzt schlaf, damit du groß und stark wirst wie Daddy.« Mac spannte seine Muskeln an, um es zu demonstrieren.

»Ich bin so froh, dass du mein Daddy bist.«

Wieso rührten ihn ein paar kleine Worte fast zu Tränen? »Dein Daddy zu sein, und der von Hailey, Mac, Emma und Evie, ist für mich das Schönste auf der ganzen weiten Welt.«

»Aber am allerliebsten bist du mein Dad, richtig?«, fragte Thomas mit einem frechen Grinsen.

»Das hättest du wohl gern, was?« Mac fand ihn unglaublich lustig. Trotzdem würde er niemals zugeben, dass der Junge immer einen ganz besonderen Platz in seinem Herzen innehaben würde. »Ich seh dich morgen.«

»Ihr werdet hier sein, oder?«

»Genau hier, Kumpel.«

Er verließ Thomas' Zimmer und kehrte ins große Schlafzimmer zurück, wo Maddie eins der Babys stillte, während das andere im Bett neben ihrem schlief. Zwillinge zu stillen war praktisch eine olympische Disziplin, und Maddie war auf die Goldmedaille abonniert. Bei ihr sah es so einfach aus, obwohl es doch alles andere als das war, und sie hatte gescherzt, dass ihre übergroßen Brüste jetzt endlich zu etwas gut seien.

»Kann ich dir irgendwas bringen?«, fragte er.

»Wenn du mir das Wasser reichen könntest, wäre das toll.«

Mac nahm den Thermobecher mit Eiswasser vom Nachttisch und gab ihn ihr.

»Mein Held«, sagte sie und lächelte ihn an.

»Klar bin ich das. Ich bin der Grund, warum du jetzt Zwillinge stillst.«

»Das ist definitiv alles deine Schuld, aber sie sind auf jeden Fall bezaubernd.«

»Ja, sind sie. Sie sehen genauso aus wie ihre wunderschöne Mutter, und dafür bin ich total dankbar.«

»Ich erkenne genauso dich in ihnen. Evie macht diese Sache mit ihrer Lippe, wenn sie schlecht drauf ist, und dann sieht das genau wie bei dir aus.«

Mac warf einen Blick auf das gelbe Armband an dem Baby, das Maddie stillte. Gelb für Emma, Pink für Evie. Er setzte sich auf die Bettkante und hätte Maddie gern erzählt, was Thomas über Connor gesagt hatte, wollte sie aber am heutigen Tag nicht aufregen, der für ihre Familie so großartig gelaufen war. »Ich habe mich nie nutzloser gefühlt, als seit ich dich Zwillinge hab stillen sehen.«

»Du bist nicht nutzlos«, widersprach Maddie. »Sag das nicht. Du hast bei allem so sehr geholfen.«

»Du bist der Rockstar, Süße. Es überrascht mich immer wieder, wie du das alles schaffst, selbst mit neugeborenen Zwillingen.«

»Neugeborene Zwillinge mit dir sind einfacher als Thomas, als ich alleinerziehende Mutter war. *Alles* ist einfacher, solange wir zusammen sind.«

»Ich kann es gar nicht erwarten, dass wir endlich wieder Dinge zusammen tun«, erwiderte er und wackelte anzüglich mit den Augenbrauen, während er sich vorbeugte, um sie zu küssen.

»Nicht vor dem großen Schnitt.«

»Hör auf, darüber zu reden. Du verletzt seine Gefühle.«

Maddies lachte auf und erschreckte damit Emma, die indigniert losschrie und dadurch ihre Schwester weckte. »Und jetzt schau nur, was du und dein Ding wieder angerichtet habt.«

»Ich fühle mich im Namen meines Dings beleidigt.« Mac nahm Evie hoch, während Maddie sich um Emma kümmerte.

»Dir und deinem Ding wird es gut gehen.«

»Es wird mir gut gehen, solange ich dich und die Kinder habe.«

»Ich würde sagen, zu diesem Zeitpunkt wirst du uns nicht so leicht wieder los.«

»Und dafür danke ich Gott.« Mit fünf von ihren Kindern, die unter seinem Dach schliefen, und einem sechsten, das er immer im Herzen tragen würde, hielt sich Mac McCarthy junior für den glücklichsten Menschen auf Gansett Island.

DANKSAGUNG DER AUTORIN

Danke, dass Sie »Versuchung auf Gansett Island« gelesen haben! Ich hoffe, Ihnen hat die Geschichte von Cooper und Gigi gefallen und Sie haben sich über die Gelegenheit gefreut, einige andere alte Bekannte auf Gansett Island wiederzusehen. Für diejenigen unter Ihnen, die vermuten, dass Jace und Cindy als Nächste dran sind – Sie haben recht!

Ich freue mich schon sehr darauf, ihre Geschichte aufzuschreiben und die Dinge für den Rest der Lawry-Geschwister voranzutreiben. Und es ist unfassbar, dass wir uns jetzt tatsächlich auf Buch 25 zubewegen! Es ist so aufregend, dass Gansett Island auch zehn Jahre nach dem Erscheinen von »Maid for Love« (»Liebe auf Gansett Island«) immer noch seine Leser:innen findet – und es ist kein Ende in Sicht!

Vielen Dank an das wunderbare Team, das mich hinter den Kulissen unterstützt: Julie Cupp, Lisa Cafferty, Jean Mello, Andrea Buschell und Ashley Lopez. Ein Dankeschön an Diane Lugar, die Coverdesignerin der amerikanischen Originalausgaben von Gansett Island, und an meine Beta-Leserinnen Anne Woodall und Kara Conrad. Danke an meine Lektorinnen Linda Ingmanson und Joyce Lamb sowie an Dan, Emily und Jake.

Ein großes Dankeschön an die Beta-Leserinnen der Gansett-Island-Serie: Judy, Marianne, Mona, Jennifer, Andi, Jennifer, Julianne, Betty, Doreen, Betty, Melanie, Michelle, Jaime, Kelly und Gwen. Ihr alle habt mir mit der letzten Durchsicht des Buches wieder einmal den Hintern gerettet!

Und schließlich ein riesiges Dankeschön an die Leser:innen, die Gansett Island in den letzten zehn Jahren so sehr geliebt haben. Ich freue mich auf alles, was noch kommt!

XOXO

Marie

Zeitfracht Medien GmbH
Ferdinand-Jühlke-Straße 7
99095 Erfurt, Deutschland
produktsicherheit@kolibri360.de

Druck:
CPI Druckdienstleistungen GmbH
im Auftrag der
Zeitfracht Medien GmbH
Ein Unternehmen der Zeitfracht - Gruppe
Ferdinand-Jühlke-Str. 7
99095 Erfurt